射鵰英雄傳

金庸

前頁圖片／潘天壽「松鷲」：潘天壽是當代負有盛名的畫家，長期擔任杭州浙江美術學院院長。他自刻有一顆閒章：「一味霸悍」，這四字可以形容他的主要畫風。

王翬「臨安山色圖」—王翬，字石谷，江蘇常熟人，清初大畫家「四王」之一。此圖寫臨安附近山水，為一長卷，刊印者為原圖之一小部份。錢塘江畔小村，其為牛家村乎？原圖藏夏威夷美術館。

韓幹「牧馬圖」：韓幹，唐玄宗時畫院供奉，畫馬號稱古今獨步，所傳神話甚多。左角爲宋徽宗題字。現藏故宮博物院。

宋高宗像：宋高宗名趙構，徽宗之子，欽宗之弟。此圖爲高宗晚年之

右圖／梁楷「潑墨仙人」：梁楷，宋寧宗嘉泰年間畫院待詔，是與郭靖同時代的人物，善畫人物，筆畫淋漓，用筆草草，稱爲「減筆」。
左圖／梁楷「六祖圖」：現藏日本松本清亮伯爵家。

李嵩「西湖圖」：李嵩，錢塘人，宋光宗、寧宗、理宗三朝畫院待詔。此圖寫西湖全景，孤山、六橋及雷峯塔等均歷歷可見，爲我國現存描繪西湖全貌的最早作品。李嵩與郭靖同時代。郭靖、黃蓉遊覽西湖時，所見者當即爲圖中之景。

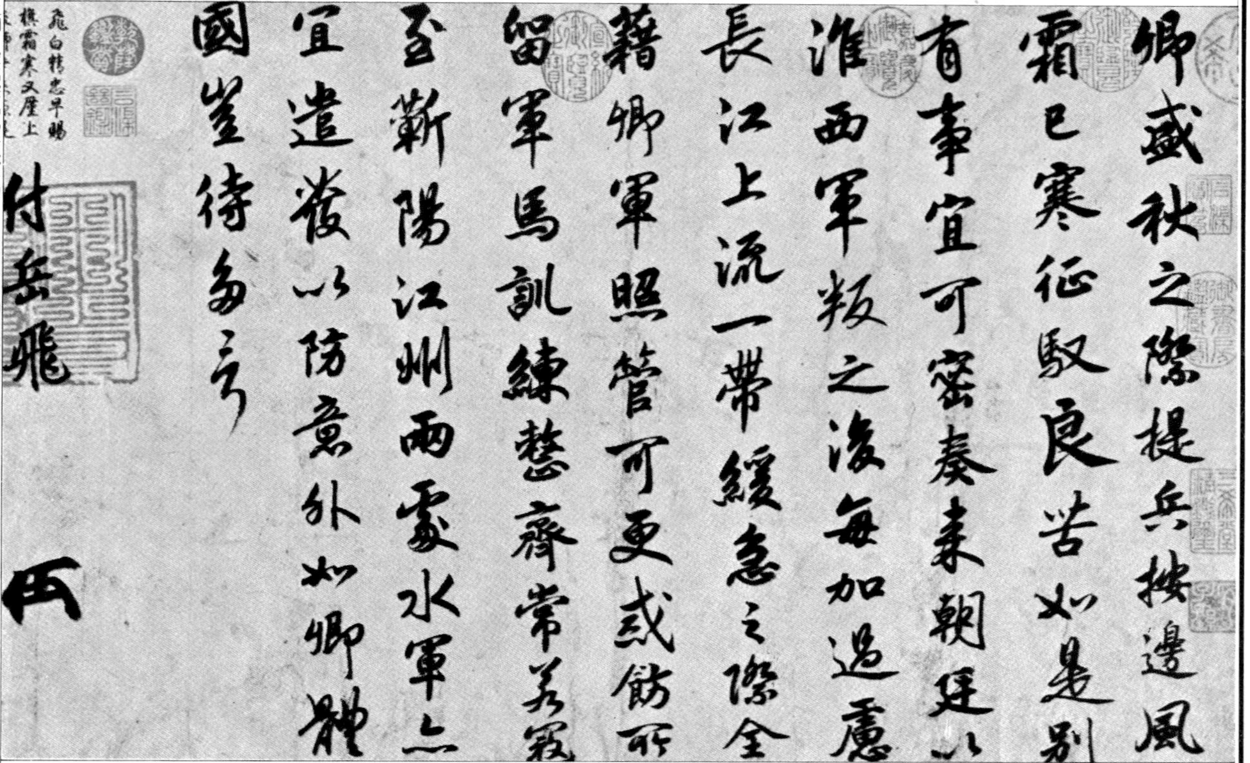

上圖／宋高宗「賜岳飛手敕」：敕書中大拍岳飛馬屁，原文：「卿盛秋之際，提兵按邊，風霜已寒，征馭良苦。如是別有事宜，可密奏來。朝廷以淮西軍叛之後，每加過慮長江上流一帶，緩急之際，全藉卿軍照管，可更戒飭所留軍馬，訓練整齊，常若寇至。蘄陽江州兩處水軍，亦宜遣發，以防意外。如卿體國，豈待多言。付岳飛」。鈐印「御書之寶」，下有御押。左角清乾隆帝題詩：「飛白精忠早賜旗，霜寒又屢上流師。本來原是腹心託，十二金牌竟若爲！」

下圖／宋徽宗「文會圖」。

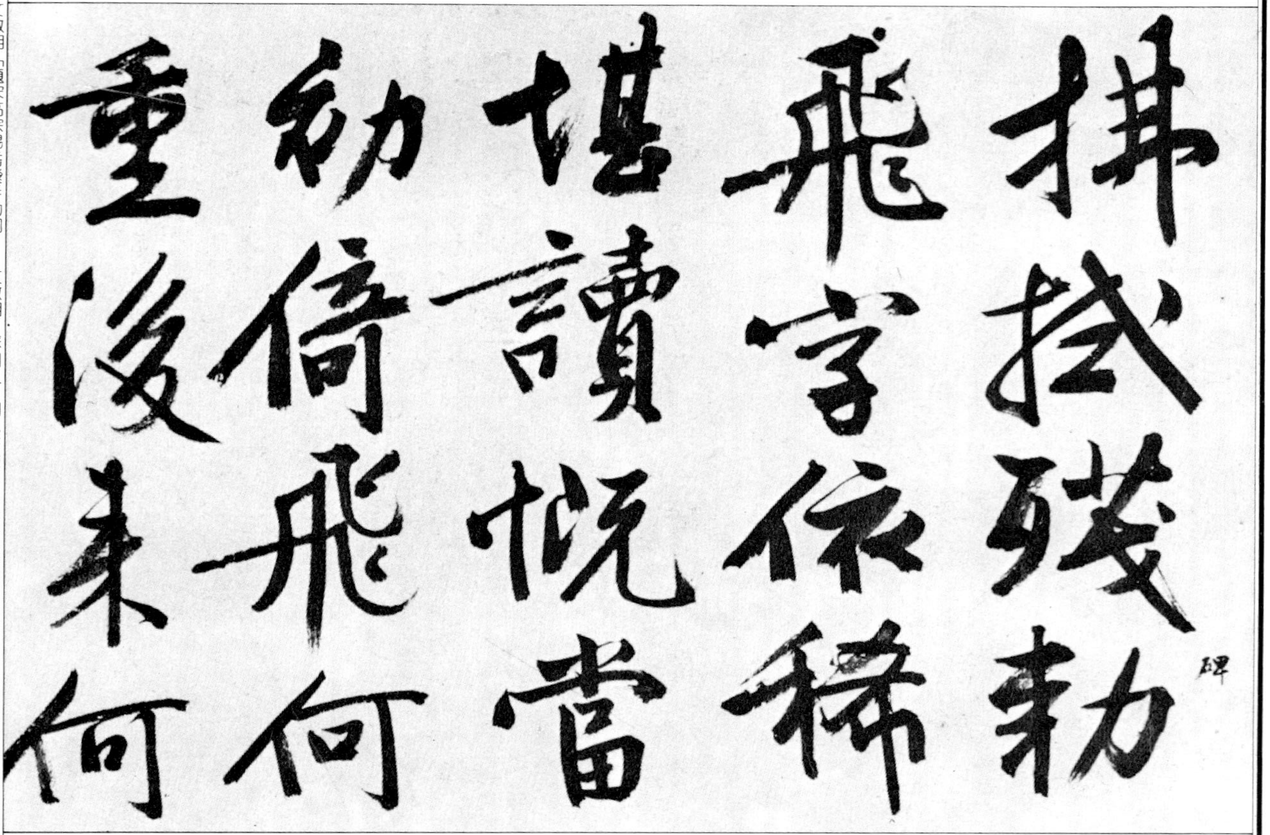

文徵明「題宋高宗賜岳飛手勑詞」：文徵明，蘇州人，明代書畫家。他見到宋高宗的賜岳飛書後，題了一首「滿江紅」詞：「拂拭殘碑，勑飛字依稀堪讀。慨當初倚飛何重，後來何酷？果是功成合死，可憐事去言難贖。最無辜堪恨最堪悲，風波獄。豈不念，中原蹙？豈不念，徽欽辱？念徽欽既返，此身誰屬？千載休談南渡錯，當時自怕中原復。笑區區一檜亦何能，逢其欲。」

酷果是功
成身合死
可憐事去
言難贖罪
無章堪恨
更堪悲風

夏珪「西湖圖」：夏珪，字禹玉，錢塘人，宋寧宗朝畫院待詔，是與郭靖同時代的人物。其畫筆墨峻峭，氣韻極高。

秦仲文「水郭煙波」：秦仲文，河北遵化人，當代山水畫家。

圖一／「更定百子圖」：縱橫斜正相加，均爲五百零五。中國古代算學家對這類縱橫圖甚感興趣，圖式花樣百出，並有立體者。

圖二／李治「測圓海鏡」算經中的一頁：李治，宋理宗年間人。中國古算法的算式與西法不同，如第五行之算式爲 $-2x^2+654x$

圖三／朱世傑「四元玉鑑」算經中的一頁：朱世傑，宋末元初人。第一行第二個算式即 $-xy^2-120y-2xy+2x^2+2x$

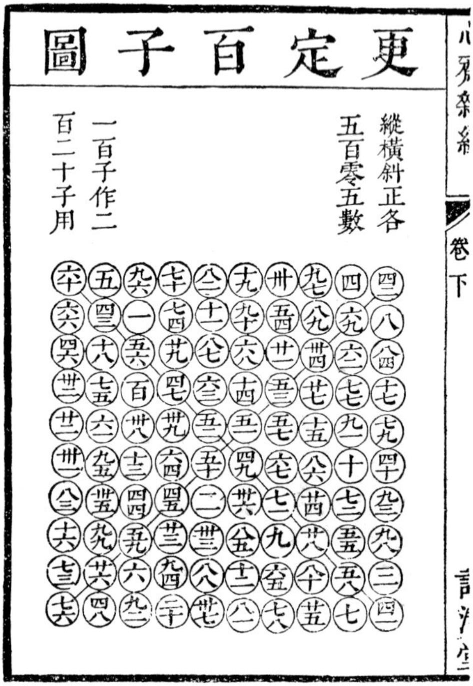

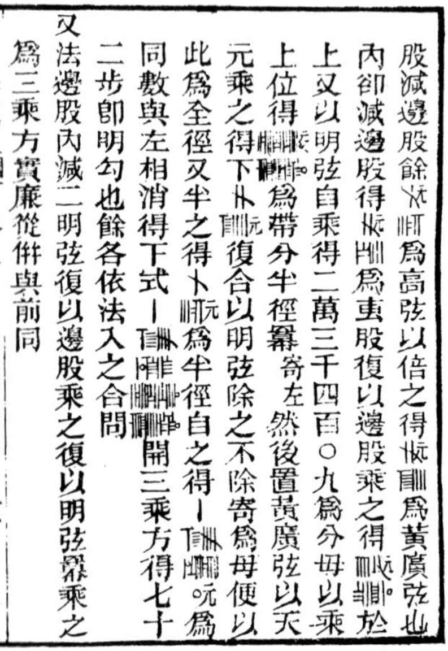
股減邊股餘 [illegible] 爲高弦以倍之得 [illegible] 爲黃廣弦也內卻減邊股得 [illegible] 爲東股復以邊股乘之得 [illegible] 於上又以明弦自乘得二萬三千四百〇九爲分母以乘上位得 [illegible] 爲帶分半徑冪寄左然後置黃廣弦以天元乘之得下 [illegible] 復合以明弦除之不除寄爲母便以此爲全徑又半之得 [illegible] 爲半徑自之得 [illegible] 爲同數與左相消得下式 [illegible] 開三乘方得七十二步即明勾也餘各依法入之合問
又法邊股內減二明弦復以邊股乘之復以明弦冪乘之爲三乘方實廉從倂與前同

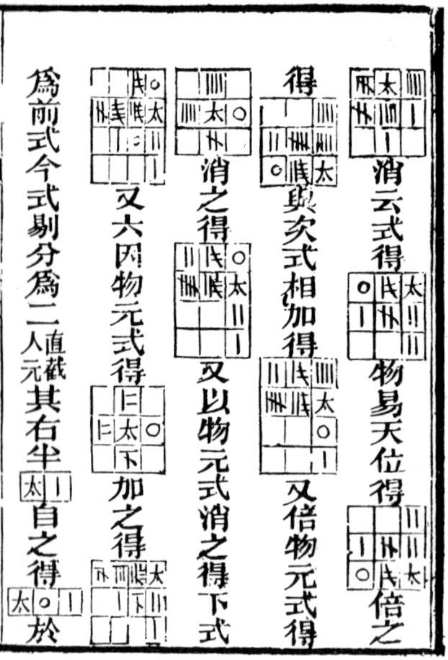
消云式得 [illegible] 物易天位得 [illegible] 倍之得 [illegible] 與次式相加得 [illegible] 又倍物元式得 [illegible] 消之得 [illegible] 又以物元式消之得下式 [illegible] 又六因物元式得 [illegible] 加之得 [illegible] 爲前式今式剔分爲二直截人元其右半 [illegible] 自之得 [illegible] 於

上圖／明代木刻「岳陽樓圖」。下圖／韓世忠書法：這封信是向運使直閣侍史要求急撥軍費三十萬貫。

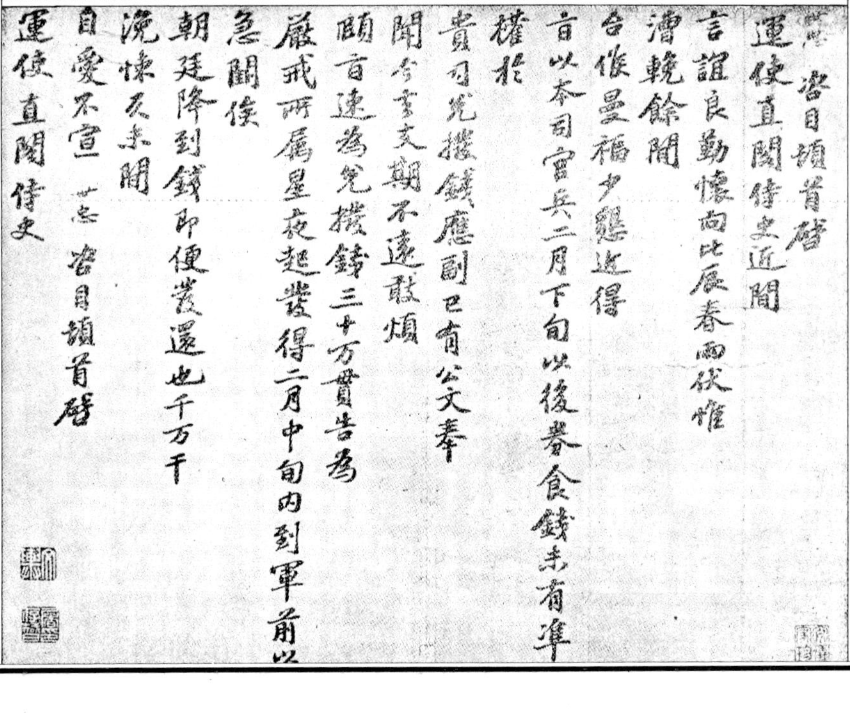

世忠咨目頓首啓
運使直閣侍史近聞
言誼良勤懷向比辰春雨伏惟
漕轄餘閑
台候萬福少慰近得
旨以本司官兵二月下旬以後券食錢未有準
擬於
貴司先撥錢應副已有公文奉
聞今來支期不遠敢煩
顧言速為先撥錢三十万貫告為
嚴戒所屬星夜起發得二月中旬內到軍前以
急闕候
朝廷降到錢即便發還也千万千
浼悚不來聞
自愛不宣 世忠 咨目頓首啓
運使直閣侍史

岳陽樓。

射鵰英雄傳

金庸著

金庸作品集⑦

射鵰英雄傳㈢

The Eagle-shooting Heroes, Vol. 3

作　者／金　庸

平裝版封面設計／黃金鐘　典藏版封面設計／霍榮齡
內頁挿畫／姜雲行　內頁圖片構成／霍榮齡·潘清芬·陳銘

發行人／王　榮　文
出　版／遠流出版事業股份有限公司
臺北市汀州路3段184號七樓之5
郵撥／0189456-1　**電話**／365-3707(代表號)
發　行／信報股份有限公司

印　刷／優文印刷有限公司
□1987(民76)年2月1日　初版一刷
□1994(民83)年8月1日　二版十五刷

平裝版　每冊200元(本作品全四冊，共800元)
〔典藏版「金庸作品集」全套36冊〕

行政院新聞局局版臺業字第1295號

ISBN　957-32-0410-X(套：平裝)
ISBN　957-32-0413-4(第三冊：平裝)

目錄

三人當即動手，將古松當作支柱，推動井字形樹幹，大纜盤在古松樹幹上，慢慢縮短，巨岩就一分一分的抬了起來。歐陽克陷身在泥漿之中，但見巨岩微微幌動，只壓得大纜格格作響。

第二十一回　千鈞巨岩

歐陽鋒只感身上炙熱，脚下船板震動甚劇，知道這截船身轉眼就要沉沒，但洪七公兀自纏鬥，毫不稍懈，再不施展絕招殺手，只怕今日難逃性命，右手蛇杖忽縮，左臂猛力橫掃出去。洪七公以竹棒追擊蛇杖，左手揮出擋格他手臂，忽見歐陽鋒手臂隨勢而彎，拳頭疾向自己右太陽穴打來。

這「靈蛇拳法」是歐陽鋒潛心苦練而成的力作，原擬於二次華山比武時一舉壓倒餘子，是以在桃花島上與洪七公拚拆千招，這路取意於蛇類身形扭動的拳法，卻始終不曾使過。蛇身雖有骨而似無骨，能四面八方，任意所之，因此這路拳法的要旨，在於手臂似乎能於無法彎曲處彎曲，敵人只道已將來拳架開，那知便在離敵最近之處，忽有一拳從萬難料想的方位打到。要令手臂當眞隨處軟曲，自無此理，但出拳的方位匪夷所思，在敵人眼中看來，自己的手臂宛然靈動如蛇。

本來歐陽鋒在這緊急關頭怪招猝發，洪七公原難抵擋，就算不致受傷，也必大感窘迫，那知歐陽克在寶應與郭靖動手時已先行使用過了，雖然獲勝，卻給洪七公覷到了其中關竅。那日他不赴黎生等羣丐之宴，便是在苦思破解之法，這時見歐陽鋒終於使出，心頭暗喜，勾腕伸爪，疾以擒拿手拿他拳頭。這一下恰到好處，又快又準，正是剋制他「靈蛇拳法」的巧妙法門。看來似乎碰巧使上，其實卻是洪七公經數晝夜的凝思，此後又不斷練習而成，以之應付整套「靈蛇拳法」，原是尚嫌不足，卻大有奇兵突出、攻其無備之效。

歐陽鋒本來料到對方大驚之下，勢必手足無措，便可乘機猛施殺手，不料大吃一驚的卻是自己，不由得倒退數步，突然間空中一片火雲落將下來，登時將他全身罩住。

洪七公也是一驚，向後躍出，看清楚落下的原來是一張着了火的大帆。

以歐陽鋒的武功，那帆落下時縱然再迅捷數倍，也必罩不住他，只是他驀然見到自己兩年苦思、三年勤練的「靈蛇拳法」竟被對方漫不在意的隨手破解了，一時之間茫然若失，竟致不及閃避。那張帆又大又堅，連着桅桿橫桁，不下數百斤之重，歐陽鋒躍了兩次，都未能將帆掀開。他雖遭危難，心神不亂，豎起蛇杖要撐開帆布，豈知蛇杖卻被桅桿壓住了豎不起來。他心中嘆道：「罷了罷了，老兒今日歸天！」突然間身上一鬆，船帆從頭頂揭起，只見洪七公提着船頭的鐵錨，以錨爪鈎住了橫桁，正在將帆拉開。卻是洪七公不忍見他就此活活燒死，當即出手相救。

這時歐陽鋒全身衣服和鬚眉毛髮都已着火，立時躍起，在船板上急速滾動，要想滾滅身上火燄，豈知禍不單行，那半截船身忽地傾側，帶動一根粗大的鐵鍊從空中橫飛過來，迅捷異常的向他掃去，勢道甚是猛惡。

洪七公叫聲：「啊喲！」縱身過去搶住鐵鍊。那鐵鍊已被火燒通紅，只燙得雙手嗤嗤聲響，肉爲之焦。他急忙鬆手，將鐵鍊投入海中，正要跟着躍下，突然間後頸微微一痲。他一呆之下，一個念頭如電光般在腦海中閃過：「我救了西毒性命，難道他竟用蛇杖傷我？」回頭看時，果見蛇杖剛從眼前掠過，一條毒蛇滿口鮮血，昂頭舞動。洪七公怒極，呼呼兩掌，猛向歐陽鋒劈去。歐陽鋒陰沉着臉向旁閃開，喀喇一聲巨響，洪七公這兩掌把船上一根副桅震爲兩截。

歐陽鋒偷襲得手，心下喜不自勝，但見洪七公狂掃亂打，聲勢駭人，卻也暗暗心驚，不敢硬接他招術，只是閃躲退讓。

郭靖大叫：「師父，師父！」爬上船來。洪七公忽感一陣昏迷，搖搖欲墜。歐陽鋒搶上兩步，運勁猛力一掌擊落，正打在洪七公背心正中。歐陽鋒杖上的怪蛇本來劇毒無比，幸得他先幾日與周伯通賭賽屠鯊，取盡了毒液，怪蛇數日之間難以復原。因此洪七公背上被咬，中毒就輕得多了，但蛇毒畢竟還是十分猛惡，以他這般深厚功力，仍是頃刻間便神智迷糊，受到歐陽鋒掌擊時竟未運功抵禦，口中鮮血噴出，俯身跌倒。

洪七公武功非同小可，歐陽鋒情知這一掌還未能送他性命，日後被他養好傷勢，那可是遺患無窮，正是：「容情不下手，下手不容情。」飛身過去，舉脚使勁往他後心踹下。

郭靖剛從小艇艇首爬上甲板，眼見勢急，已自不及搶上相救，雙掌齊發，一招「雙龍取水」，猛擊歐陽鋒後腰。歐陽鋒雖知郭靖武功不弱，卻也不把他放在心上，左手迴帶，既架來掌，又攻敵肩，右脚仍是踹下。郭靖大驚，救師心切，顧不得自身安危，縱身躍起，去抱歐陽鋒的頭頸，這一來自己門戶洞開，波的一聲，脅下被西毒反手掃中。

這一掃力道雖不甚大，但歐陽鋒勁隨意到，每一出手都足致敵死命，若非郭靖內功已頗具根柢，受傷已自不輕，饒是如此，也感脅下劇痛，半身幾乎麻痺。他奮力撲上，已抱住歐陽鋒的頭頸。歐陽鋒只道自己這般猛力反掃，對方必然退避，豈知這傻小子竟會如此不顧性命，使上了兩敗俱傷的蠻招。這一來，踏向洪七公背心的一脚落到中途，只得收回，彎腰反手來打郭靖。到了這近身肉搏的境地，他甚麼蛤蟆功、靈蛇拳等等上乘武功都已使用不出。須知武功高強之人臨敵出手，決不容他人近身，不待對方發拳出腿，早已克敵制勝，至於高手比武，更是點到卽止，那有這般胡扭瞎纏之理？是以任何上乘拳術之中，都無摟抱扭打的招數。這時歐陽鋒被郭靖扼住咽喉要害，反手打出，卻被他向左閃開，漸感呼吸急促，但覺喉中雙手越收越緊，疾忙又以左肘向後撞去。

郭靖斜身右避，只得放開了左手，隨卽使出蒙古的摔跤之技，左手搶着從敵人左腋下穿出，在他後頸猛力扳落，歐陽鋒武功雖強，在他這般狠扳之下，頸骨卻也甚是疼痛。這一扳在摔跤術中稱爲「駱駝扳」，意思說以駱駝這般龐然大物，給這麼一扳也不免頸骨斷折，其實駱駝的頭頸當然扳不斷，只是這一扳手法巧妙，若非摔跤高手，極難解救。歐陽鋒不會摔跤手法，只得右手又是向後揮擊。郭靖大喜，右手立時從他喉頭放下，仰身上手，右手又從他右脅下穿了上去，扳在他後頸，縱聲猛喝，雙手互叉，同時用勁捺落。這在摔跤術中稱爲「斷山絞」，被絞者已是陷於絕地，不論臂力多強，摔術多巧，只要後頸被對手如此絞住，只有叫饒投降，否則對方勁力使出，頸骨立斷。

但歐陽鋒的武功畢竟非蒙古摔跤手之可比，處境雖已不利之極，仍能設法敗中求勝，郭靖雙手扳下，他卻以上乘輕功順勢探頭向下一鑽，一個觔斗，竟從郭靖胯下翻了出去。以他武學大宗師的身分，如此從後輩胯下鑽出，若非身陷絕境，那是說甚麼也不幹的。他一解開這「斷山絞」，立卽左手出拳，反守爲攻，擊向郭靖的後背，不料拳未打到，左下臂卻又被扭住。郭靖知道武功遠非他的對手，幸好貼身肉搏，自己擅於摔跤，又是絲毫不顧死活，只要不讓敵人離開一步，他就傷不得師父。

這時半截船身幌動更烈，甲板傾斜，兩人再也站立不定，同時滾倒，衣髮上滿是火燄。這時可急壞了黃蓉，眼見洪七公半身掛在船外，全然不動，不知生死，郭靖卻與歐陽鋒滾來滾去的扭打不休，兩人身上都已着火，情勢緊迫之極，當下舉槳往歐陽克頭上砸去。歐陽克右臂雖斷，武功仍強，側身避過木槳，左手倏地探出，來拿她手腕。黃蓉雙足猛力一頓，小艇傾側。歐陽克不識水性，身子幌了幾幌，驚惶之下，便卽縮手。黃蓉乘那小艇側回，借着船舷上昇之勢躍入海中。

她划得數下，已衝向大船。那半截大船已泰半入水，船面離水不高，黃蓉爬到船上，從腰間取出蛾眉鋼刺，上前相助郭靖。只見他與歐陽鋒扭成一團，翻來滾去，畢竟歐陽鋒武功強出甚多，已把郭靖按在底下，但郭靖牢牢揪住他的雙臂，叫他無法伸手相擊。黃蓉穿火突烟，縱上前去，舉刺向歐陽鋒背心揷下。

歐陽鋒雖與郭靖扭打正急，但鋼刺剛要碰到他背心，已然驚覺，用力扳轉，反把郭靖舉在上面。黃蓉彎腰仍用鋼刺去刺他腦袋，可是歐陽鋒左閃右避，靈動之極，她接連三刺都沒刺中，最後一刺托的一下，插上了船板。一陣黑煙隨風颳來，薰得她眼也睜不開來，剛要伸手揉眼，忽地腿上一痛，翻身摔倒，原來被歐陽鋒反脚以脚跟踢中。黃蓉打了個滾，躍起身來，頭髮也已着火，正要上前再鬥，郭靖大叫：「先救師父，先救師父！」黃蓉心想不錯，奔到洪七公身旁，抱着他一齊躍入海中，身上火燄立時熄滅。

黃蓉將洪七公負在背上，雙足踏水，游向小艇。歐陽克站在艇邊，高舉木槳，叫道：「放下老叫化，只許你一人上來！」黃蓉將鋼刺一揚，叫道：「好，咱們水裏見眞章！」攀住艇邊，猛力搖幌。小舢舨左右擺動，眼見就要艇底向天。歐陽克大驚，牢牢抓住船舷，叫道：「別……別搖，小船要給你搞翻啦！」黃蓉一笑，說道：「快拉我師父上去，小心了，你弄一點兒鬼，我把你在水裏浸足三個時辰。」歐陽克無奈，只得伸左手抓住洪七公的後心，提上艇去。黃蓉微笑讚道：「自從識得你以來，第一次見到你做了件好事。」歐陽克心中一蕩，要待說話，卻說不出來。

黃蓉正要轉身再游往大船助戰，猛聽得山崩般一聲巨響，一大堵水牆從空飛到，罩向頭頂。她大吃一驚，忙屏息閉氣，待海水落下，回過頭來，伸手將濕淋淋的頭髮往後一掠，這一下登時呆了。只見海面上一個大旋渦團團急轉，那冒烟着火的半截大船卻已不見，船上扭打纏鬥的郭靖與歐陽鋒也已無影無蹤。

在這一瞬間，她腦中空洞洞地，既不想甚麼，也不感到甚麼，似乎天地世界以及自己的身子也都驀地裏消失，變得不知去向。突然間，一股鹹水灌向口中，自己正在不斷往下沉去，她這才驚覺，雙手向下掀了數下，身子竄上來冒頭出海，四顧茫茫，除了一艘小艇之外，其餘的一切都已被大海吞沒。

黃蓉低頭又鑽入了海中，急往漩渦中游去。她水性極高，漩渦力道雖強，卻也能順着水勢游動。她來往迴游找尋郭靖，在四周打了十多個圈，郭靖固然不見蹤影，連歐陽鋒也不知到了何處，看來兩人都被沉船帶入海底深處了。

再游一陣，她已是筋疲力盡，但仍不死心，在大海中亂游亂闖，只盼天可憐見，竟能撞到郭靖，但四下裏唯見白浪連山，絕無人影，又游了大半個時辰，實在支持不住了，心想只好上船休息片刻，再下海找尋，當下游近舢舨。

歐陽克伸手拉她上去。他見叔父失蹤，也是十分惶急，連問：「見到我叔叔麼？見到我叔叔麼？」黃蓉心力交瘁，突然眼前一黑，暈了過去。

也不知過了多少時候，才慢慢回復知覺，但覺身子虛浮，似在雲端上下飄盪，耳畔風捲浪濤，澎湃作響。她定一定神，坐起身來，只見小舢舨順着海流正向前疾行。這時離沉船處已不知多遠，郭靖是再也找不到的了，她心中一陣傷痛，又暈了過去。歐陽克左手牢牢抓住船舷，雙足撐住船板，只怕舢舨起伏之際將自己拋了出去，那敢移動半步。

又過了一頓飯時分，黃蓉重又醒轉，心想靖哥哥既已葬身海底，自己活着有何意味，眼見歐陽克那副眼霎唇顫、臉如土色的害怕神態，只感說不出的厭憎，心想：「我豈能與這畜生死在一起？」站起身來，喝道：「快跳下海去！」歐陽克驚道：「甚麼？」黃蓉道：「你不跳麼？我把舢舨弄翻了再說。」縱身往右舷一跳，舢舨登時側過，她跟着又往左舷一跳，船身向左側得更是厲害。

但聽歐陽克嚇得高聲大叫，黃蓉於悲傷中微覺快意，又往右舷躍去。歐陽克知道只要被她東跳西躍的來回幾次，舢舨非翻不可，見她又躍向右舷，忙縱身躍向左舷，身子落下的時刻拿揑得恰到好處，兩人同時落下，舢舨只向下一沉，卻不傾側。黃蓉連試兩次，都被他用這法子擋住。

黃蓉叫道：「好，我在船底鑿幾個洞，瞧你有甚麼法子。」拔出鋼刺，躍向船心，瞥眼間只見洪七公俯伏在船底，因他始終不動，自己心中只是念着郭靖，竟把師父忘了，這時一驚之下，忙俯身探他鼻息，緩緩尙有呼吸。她心中畧慰，扶起洪七公來，見他雙目緊閉，臉如白紙，再撫摸他心口，雖在跳動，卻是極爲微弱。黃蓉救師心切，便不再去理會歐陽克，解開洪七公的上衣察看傷勢。

突然舢舨猛烈震動，歐陽克歡聲大叫：「靠岸啦，靠岸啦！」黃蓉抬起頭來，只見遠處鬱鬱葱葱，盡是樹木，舢舨卻已不動，原來在一塊礁石上擱了淺。

這處所離岸尙遠，但瞧到海底，水深不過到胸腹之間。歐陽克躍入水中，跨出幾步，回頭向黃蓉瞧瞧，重又回來。

黃蓉見洪七公背上右胛骨處有一黑色掌印，深陷入肌，似是用烙鐵烙出來一般，不禁駭然，心想：「那西毒一掌之力，怎會如此厲害？」又見他右邊後頸有兩個極細的齒痕，若非用心檢視，幾乎瞧不出來，伸手在齒痕上輕按，卻是觸手生疼，炙熱異常，急忙縮手，問道：「師父，您覺得怎樣？」

洪七公哼了一聲，並不答話。黃蓉向歐陽克道：「拿解藥來。」歐陽克雙手一攤，做了個無可奈何的姿式，說道：「解藥都在我叔叔那裏。」黃蓉道：「我不信。」歐陽克道：「你搜便是。」解開衣帶，將身上各物盡數捧在左手。黃蓉見果然並無藥瓶，道：「幫我扶師父上岸！」

兩個各自將洪七公的一臂放在肩上，黃蓉伸出右手，握住歐陽克的左手，讓洪七公坐在兩人的手臂之上，走向岸去。黃蓉感到師父身子不住顫抖，心中甚是焦急。歐陽克卻大為快慰，只覺一隻柔膩溫軟的小手拉着自己的手，正是近日來夢寐以求的奇遇，只可惜走不多時，便已到岸。

黃蓉蹲低身子，將洪七公放在地下，道：「快去將舢舨拉上岸來，別給潮水衝走了。」歐陽克將左手放在唇邊，兀自出神，聽黃蓉呼叫，呆呆發怔，卻沒聽清她說些甚麼，幸好黃蓉不知他心中所思何事，只橫了他一眼，又說了一遍。

歐陽克將舢舨拖上岸來，見黃蓉已將洪七公身子翻轉了，讓他俯伏草地，要設法治傷，心想：「這裏不知是何處所。」一奔上一個小山峯四下眺望，不禁驚喜交集，只見東南西北盡是茫茫大海，處身所在原來是個小島。島上樹木茂密，卻不知有無人烟。他驚的是：這若是個荒島，既無衣食，又無住所，如何活命？喜的是：天緣巧合，竟得與這位天仙化身的美女同到了此處，老叫化眼見重傷難愈，自己心願豈有不償之理？心想：「得與佳人同住於斯，荒島卽是天堂樂土，縱然旦夕之間就要喪命，也是心所甘願的了。」想到得意之處，不禁手為之舞，足為之蹈，突然右臂一陣劇痛，這才想起臂骨已斷，於是用左手折下兩根樹枝，撕下衣襟，將右臂牢牢的與樹枝綁在一起，掛在頸中。

黃蓉在師父背上蛇咬處擠出不少毒液，不知如何再行施救，只得將他移上一塊大石，讓他躺着休息，高聲對歐陽克道：「你去瞧瞧這是甚麼所在，鄰近可有人家客店。」歐陽克笑道：「這是個海島，客店是準定沒有的。有人沒有，那得瞧咱們運氣。」

黃蓉微微一驚，道：「你瞧瞧去。」歐陽克受她差遣，極是樂意，展開輕功向東奔去，只見遍地都是野樹荆棘，絕無人迹曾到的景象，路上用石子打死了兩頭野兔，折而向北，兜了個大圈子回來，對黃蓉道：「是個荒島。」

黃蓉見他嘴角間含笑，心中有氣，喝道：「荒島？那有甚麼好笑？」歐陽克伸伸舌頭，不敢多話，將野兔剝了皮遞給她。黃蓉探手入懷，取出火刀火石和火絨，幸好火絨用油紙包住，有一小塊未曾浸濕，當下生起火來，將兩隻野兔烤了，擲了一隻給歐陽克，撕了一塊後腿肉餵給師父吃。

洪七公旣中蛇毒，又受掌傷，一直神智迷糊，斗然間聞到肉香，登時精神大振，兔肉放到嘴邊，當即張口大嚼，吃了一隻兔腿，示意還要，黃蓉大喜，又撕了一隻腿餵他，洪七公吃到一半，漸感不支，嘴裏咬着一塊肉沉沉睡去。

黃蓉只吃得兩塊兔肉，想起郭靖命喪大海之中，心中傷痛，喉頭哽住，再也吃不下了，眼見天色漸黑，找到了個岩洞，將師父扶進洞去，歐陽克過來相助，幫着除穢鋪草，抱着洪七公輕輕臥下，又用乾草鋪好了兩人的睡臥之處。黃蓉冷眼旁觀，只是不理，見他整理就緒，伸了個懶腰，賊忒嘻嘻的要待睡倒，霍地拔出鋼刺，喝道：「滾出去！」歐陽克笑道：「我睡在這裏又不礙你事，幹麼這樣兇？」黃蓉秀眉豎起，叫道：「你滾不滾？」歐陽克笑道：「我安安靜靜的睡着就是，你放心。滾出去卻是不必了。」黃蓉拿起一根燃着的樹枝，點燃了他鋪着的乾草，火頭冒起，燒成一片灰燼。

歐陽克苦笑幾聲，只得出洞，他怕島上有毒蟲猛獸，躍上一株高樹安身。這一晚他上樹下樹也不知有幾十次，但見岩洞口燒着一堆柴火，隱約見到黃蓉睡得甚是安穩，數十次想闖進洞去，總是下不了這個決心。他不住咒罵自己膽小無用，自忖一生之中，偷香竊玉之事不知做了多少，何以對這小小女子卻如此忌憚。他雖傷臂折骨，然單憑一手之力，對付她尙自裕如，洪七公命在垂危，更可不加理會，但每次走到火堆之前，總是悚然回頭。

這一晚黃蓉卻也不敢睡熟，既怕歐陽克來犯，又耽心洪七公的傷勢有變，直到次日清晨，才安心睡了一個時辰。睡夢中聽得洪七公呻吟了數聲，便卽驚醒而起，問道：「師父，怎樣？」洪七公指指口，牙齒動了幾動。黃蓉一笑，把昨晚未吃完的兎肉撕了幾塊餵他。洪七公肉一下肚，元氣大增，緩緩坐起身來調勻呼吸。黃蓉不敢多言，只凝神注視他的臉色，但見他臉上一陣紅潮湧上，便卽退去，又成灰白，這般紅變白，白變紅的轉了數次，不久頭頂冒出熱氣，額頭汗如雨下，全身顫抖不已。

忽然洞口人影一閃，歐陽克探頭探腦的要想進來。

黃蓉知道師父以上乘內功療傷，正是生死懸於一綫之際，若被他闖進洞來一陣囉唣，擾亂心神，必然無救，低聲喝道：「快出去！」歐陽克笑道：「咱們得商量商量，在這荒島之上如何過活。今後的日子可長着呢！」說着便踱進洞來。

洪七公眼睁一綫，問道：「這是個荒島？」黃蓉道：「師父您用功罷，別理他。」轉頭對歐陽克道：「跟我來，咱們外面說去。」歐陽克大喜，隨她走出岩洞。

這一日天色晴朗，黃蓉極目望去，但見藍天與海水相接，遠處閒閒的掛着幾朵白雲，四下裏確無陸地的影子。她來到昨日上陸之處，忽然一驚，問道：「舢舨呢？」歐陽克道：「咦，那裏去了？定是給潮水沖走啦！啊喲，糟糕，糟糕！」

黃蓉瞧他臉色，料知他半夜裏將舢舨推下海去，好教自己不得泛海而去，其居心之卑鄙齷齪，不問可知。郭靖既死，自己本已不存生還之想，大海中風浪險惡，這一艘小舢舨原亦不足以載人遠涉波濤，但這樣一來，事機迫切，只怕已挨不到待師父傷愈再來制服這惡賊。她向歐陽克凝視片刻，臉上不動聲色，心中卻在思量如何殺他而相救師父。歐陽克被她瞧得低下頭去，不敢正視。黃蓉躍上海邊一塊大岩，抱膝遠望。

歐陽克心想：「此時不乘機親近，更待何時？」雙足一登，也躍上岩來，挨着她坐下，過了片刻，見她既不惱怒，也不移開身子，於是又挨近一些，低聲說道：「妹子，你我兩人終老於此，過神仙一般的日子。我前生不知是如何修得！」黃蓉格格一笑，說道：「這島上連師父也只得三人，豈不寂寞？」歐陽克見她語意和善，心中大喜，道：「有我陪着你，有甚麼寂寞？再說，將來生下孩子，那更不寂寞了。」黃蓉笑道：「誰生孩兒呀，我可不會。」歐陽克笑道：「我會教你。」說着伸出左臂去摟她。

只覺左掌上一暖，原來黃蓉已伸手握住了他的手掌。歐陽克一顆心突突亂跳，神不守舍。黃蓉左手緩緩上移，按在他手腕上的脈門之處，低聲問道：「有人說，穆念慈姊姊的貞節給你毀了，可有這回事？」歐陽克哈哈一笑，道：「那姓穆的女子不識好歹，不肯從我，我歐陽公子是何等樣人，豈能強人所難？」黃蓉嘆道：「這麼說，旁人是冤屈她啦。穆姊姊的情郎爲了這件事跟她大吵大鬧。」歐陽克笑道：「這孩子空自擔了虛名兒，可惜可惜！」黃蓉忽向海中一指，驚道：「咦，那是甚麼？」

歐陽克順她手指往海心望去，不見有異，正要相詢，突覺左腕一緊，脈門已被她五指緊扣住，半身酸軟，登時動彈不得。黃蓉右手握住鋼刺，反手向後，疾往他小腹刺去。兩人相距極近，歐陽克又正是神魂顛倒之際，兼之右臂折骨未愈，如何招架得了？總算他得過高人傳授，白駝山二十餘載寒暑的苦練沒有白費，在這千鈞一髮之際，突然長身往前疾撲，胸口往黃蓉背心猛力撞去。黃蓉身子一幌，跌下岩來，那一刺卻終於刺中了他的右腿，劃了一條半寸多深、尺來長的口子。歐陽克躍下岩來，只見黃蓉倒提蛾眉鋼刺，笑吟吟的站着，但覺滿胸疼痛，低頭看時，見胸前衣襟上鮮血淋漓，才知適才這一撞雖然逃得性命，但她軟蝟甲上千百條尖刺卻已刺入了自己胸肌。

黃蓉嗔道：「咱們正好好的說話兒，你怎麼平白無端的撞我一下？我不理你啦。」說着轉身便走。歐陽克心中又愛又恨，又驚又喜，百般說不出的滋味，呆在當地，做聲不得。

黃蓉回向岩洞，一路暗恨自己學藝不精，得遇如此良機仍是被他逃脫。走進洞內，見洪七公已然睡倒，地下吐了一灘黑血，不禁大驚，忙俯身問道：「師父，怎樣？覺得好些麼？」洪七公微微喘息，道：「我要喝酒。」黃蓉大感爲難，在這荒島之上卻那裏找酒去，口中只得答應，安慰他道：「我這就想法子去。師父，你的傷不得事麼？」說着流下淚來。她遭此大變，一直沒有哭過，這時淚水一流下，便再也忍耐不住，伏在洪七公的懷裏放聲大哭。洪七公一手撫摸她頭髮，一手輕拍她背心，柔聲安慰。老叫化縱橫江湖，數十年來結交的都是草莽豪傑，從來沒和婦人孩子打過交道，被她這麼一哭，登時慌了手脚，只得翻來覆去的道：「好孩子別哭，師父疼你。乖孩子不哭。師父不要喝酒啦。」

黃蓉哭了一陣，心情略暢，抬起頭來，見洪七公胸口衣襟上被自己淚水濕了一大塊，微微一笑，掠了掠頭髮，說道：「剛才沒刺死那惡賊，眞是可惜！」於是把岩上反手出刺之事說了。洪七公低頭不語，過了半晌，說道：「師父是不中用的了。這惡賊武功遠勝於你，只有跟他鬥智不鬥力。」黃蓉急道：「師父，等您休息幾天，養好了傷，一掌取他狗命，不就完了？」洪七公慘然道：「我給毒蛇咬中，又中了西毒蛤蟆功的掌力。我拚着全身功力，才逼出了蛇毒，終究也沒乾淨，就算延得數年老命，但畢生武功已毀於一旦。你師父只是個糟老頭兒，再也沒半點功夫了。」黃蓉急道：「不，不，師父，您不會的，不會的。」洪七公笑道：「老叫化心腸雖熱，但事到臨頭，不達觀也不成了。」

他頓了一頓，臉色忽轉鄭重，說道：「孩子，師父迫不得已，想求你做一件十分艱難、大違你本性之事，你能不能擔當？」黃蓉忙道：「能，能！師父您說罷。」洪七公嘆了口氣，說道：「你我師徒一場，只可惜日子太淺，沒能傳你甚麼功夫，現下又是強人所難，要把一副千斤重擔給你挑上，做師父的心中實不自安。」

黃蓉見他平素豪邁爽快，這時說話卻如此遲疑，料知要託付的事必然極其重大艱巨，說道：「師父，您快說。您今日身受重傷，都是爲了弟子的事赴桃花島而起，弟子粉身碎骨，也難報師父大恩。就只怕弟子年幼，有負師父囑咐。」洪七公臉現喜色，問道：「那麼你是答允了？」黃蓉道：「是。請師父吩咐便是。」

洪七公顫巍巍的站起身來，雙手交胸，北向躬身，說道：「祖師爺，您手創丐幫，傳到弟子手裏，弟子無德無能，不能光大我幫。今日事急，弟子不得不卸此重擔。祖師爺在天之靈，要佑庇這孩子逢凶化吉，履險如夷，爲普天下我幫受苦受難的衆兄弟造福。」說罷又躬身行禮。黃蓉初時怔怔的聽着，聽到後來，不由得驚疑交集。

洪七公道：「孩子，你跪下。」黃蓉依言跪下，洪七公拿過身邊的綠竹棒，高舉過頭，拱了一拱，交在她手中。黃蓉惶惑無已，問道：「師父，您叫我做丐幫的……丐幫的……」洪七公道：「正是，我是丐幫的第十八代幫主，傳到你手裏，你是第十九代幫主。現下咱們謝過祖師爺。」黃蓉此際不敢違拗，只得學着洪七公的模樣，交手於胸，向北躬身。

洪七公突然咳嗽一聲，吐出一口濃痰，卻落在黃蓉的衣角上。黃蓉暗暗傷心：「師父傷勢當眞沉重，連吐痰也沒了力氣。」當下只是故作不見，更是不敢拂拭。洪七公嘆道：「他日衆叫化正式向你參見，少不免尙有一件骯髒事，唉，這可難爲你了。」黃蓉微微一笑，心想：「叫化子個個污穢邋遢，髒東西還怕少了？」

洪七公吁了一口長氣，臉現疲色，但心頭放下了一塊大石，神情甚是喜歡。黃蓉扶着他躺下。洪七公道：「現下你是幫主，我成了幫中的長老。長老雖受幫主崇敬，但於幫中事務，須奉幫主號令處分，這是歷代祖師爺傳下的規矩，萬萬違背不得。只要丐幫的幫主傳下令來，普天下的乞丐須得凜遵。」

黃蓉又愁又急，心想：「在這荒島之上，不知何年何月方能回歸中土。況且靖哥哥旣死，我也不想活了，師父忽然叫我做甚麼幫主，統率天下的乞丐，這眞是從何說起呢？」但眼見師父傷重，不能更增他煩憂，他囑咐甚麼，只得一切答應。

洪七公又道：「今年七月十五，本幫四大長老及各路首領在洞庭湖畔的岳陽城聚會，本來爲的是聽我指定幫主的繼承人。只要你持這竹棒去，衆兄弟自然明白我的意思。幫內一切事務有四大長老襄助，我也不必多囑，只是平白無端的把你好好一個女娃兒送入了骯髒的叫化堆裏，可當眞委屈了你。」說着哈哈大笑，這一下帶動了身上創傷，笑聲未畢，跟着不住大咳起來，黃蓉在他背上輕輕按摩，過了好一陣子方才止咳。

洪七公嘆道：「老叫化眞的不中用了，唉，也不知何時何刻歸位，得趕緊把打狗棒法傳你才是。」黃蓉心想這棒法名字怎地恁般難聽？又想憑他多兇猛的狗子，也必是一掌擊斃，何必學甚麼打狗棒法，但見師父說得鄭重，只得唯唯答應。

洪七公微笑道：「你雖做了幫主，也不必改變本性，你愛頑皮胡鬧，仍然頑皮胡鬧便是，咱們所以要做叫化，就貪圖個無拘無束、自由自在，若是這個也不成，那個又不行，幹麼不去做官做財主？你心中瞧不起打狗棒法，就爽爽快快的說出來罷！」黃蓉笑道：「弟子心想那狗子有多大能耐，何必另創一套棒法？」洪七公道：「現下你做了叫化兒的頭子，就得像叫化一般想事。你衣衫光鮮，一副富家小姐的模樣，那狗子瞧着你搖頭擺尾還來不及，怎用得着你去打牠？可是窮叫化撞着狗子卻就慘啦。自古道：窮人無棒被犬欺。你沒做過窮人，不知道窮人的苦處。」

黃蓉拍手笑道：「這一次師父你可說錯啦！」洪七公愕然道：「怎麼不對？」黃蓉道：「今年三月間，我逃出桃花島到北方去玩，就扮了個小叫化兒。一路上有惡狗要來咬我，給我兜屁股一脚，就挾着尾巴逃啦。」洪七公道：「是啊，要是狗子太兇，踢牠不得，就須得用棒來打。」黃蓉尋思：「有甚麼狗子這樣兇？」突然領悟，叫道：「啊，是了，壞人也是惡狗。」洪七公微笑道：「你眞是聰明。若是……」他本想說郭靖必然不懂，但心中一酸，住口不語了。

黃蓉聽他只說了半句，又見到他臉上神色，便料到他心中念頭，胸口一陣劇烈悲慟，若在平時，已然放聲大哭，但此刻洪七公要憑自己照料，反而自己成了大人而師父猶似小兒一般，全副重擔都已放在自己肩頭，只得強自忍住，轉過了頭，淚水卻已撲簌簌的掉了下來。

洪七公心中和她是一般的傷痛，明知勸慰無用，只有且說正事，便道：「這三十六路打狗棒法是我幫開幫祖師爺所創，歷來是前任幫主傳後任幫主，決不傳給第二個人。我幫第三任幫主的武功尤勝開幫祖師，他在這路棒法中更加入無數奧妙變化。數百年來，我幫逢到危難關頭，幫主親自出馬，往往便仗這打狗棒法除奸殺敵，鎭懾羣邪。」

黃蓉不禁神往，輕輕嘆了口氣，問道：「師父，您在船上與西毒比武，幹麼不用出來？」洪七公道：「用這棒法是我幫的大事，況且卽使不用，西毒也未必勝得了我。誰料到他如此卑鄙無恥，我救他性命，他卻反在背後傷我。」黃蓉見師父神色黯然，要分他的心，忙道：「師父，您將棒法教會蓉兒，我去殺了西毒，給您報仇。」

洪七公淡淡一笑，撿起地下一根枯柴，身子斜倚石壁，口中傳訣，手上比劃，將三十六路棒法一路路的都授了她。她知黃蓉聰敏異常，又怕自己命不久長，是以一口氣的傳授完畢。那打狗棒法名字雖然陋俗，但變化精微，招術奇妙，實是古往今來武學中的第一等功夫，若非如此，焉能作爲丐幫幫主歷代相傳的鎭幫之寶？黃蓉縱然絕頂聰明，也只記得個大要，其中玄奧之處，一時之間卻那能領會得了？

等到傳畢，洪七公嘆了一口氣，汗水涔涔而下，說道：「我教得太過簡署，到底不好，可是……可是也只能這樣了。」「啊喲」一聲，斜身倒地，暈了過去。黃蓉大驚，連叫：「師父，師父！」搶上去扶時，只覺他手足冰冷，氣若遊絲，眼見是不中用了。

黃蓉在數日之間迭遭變故，伏在師父胸口一時卻哭不出來，耳聽得他一顆心還在微微跳動，忙伸掌在他胸口用力一掀一放，以助呼吸，就在這緊急關頭，忽聽得身後有聲輕響，一隻手伸過來拿她手腕。她全神貫注的相救師父，歐陽克何時進來，竟是全不知曉，這時她忘了身後站着的是一頭豺狼，卻回頭道：「師父不成啦，快想法子救他。」

歐陽克見她回眸求懇，一雙大眼中含着眼淚，神情楚楚可憐，心中不由得一蕩，俯身看洪七公時，見他臉如白紙，兩眼上翻，心下更喜。他與黃蓉相距不到半尺，只感到她吹氣如蘭，聞到的儘是她肌膚上的香氣，幾縷柔髮在她臉上掠過，心中癢癢的再也忍耐不住，伸左臂就去摟她纖腰。

黃蓉一驚，沉肘反掌，用力拍出，乘他轉頭閃避，已自躍起身來。歐陽克原本忌憚洪七公了得，不敢對黃蓉用強，這時見他神危力竭，十成中倒已死了九成半，再無顧忌，幌身攔在洞口，笑道：「好妹子，我對旁人決不動蠻，但你如此美貌，我實在熬不得了，你讓我親一親。」說着張開左臂，一步步的逼將過來。

黃蓉嚇得心中怦怦亂跳，尋思：「今日之險，又遠過趙王府之時，看來只有自求了斷，只是不手刃此獠，總不甘心。」一翻手，將鋼刺與鋼針都拿在手中。歐陽克臉露微笑，脫下長衣當作兵器，又逼近了兩步。黃蓉站着不動，待他又跨出一步，足底尚未着地之際，身子倏地向左橫閃。歐陽克跟着過來，黃蓉左手一揚，見他揮起長衣抵擋鋼針，身子已是如箭離弦，急向洞外奔去。

那知她身法快，歐陽克更快。黃蓉只感身後風聲勁急，敵人掌力已遞到自己背心。她身穿軟蝟甲，原不怕敵人傷害，何況早存必死之心，但求傷敵，不救自身，當下不擋不架，反手一刺，揷向他胸膛。歐陽克本就不欲傷她，這一掌原是虛招，存心要戲弄她一番，累她個筋疲力盡，見她鋼刺戳來，伸臂往她腕上輕格，已將她這一刺化解了，同時身隨步轉，搶在外門，又將黃蓉逼在洞內。但洞口狹隘，轉身不開，黃蓉的出手又是招招狠辣的拚命之着，她只攻不守，武功猶如增強了一倍。歐陽克功夫雖高出她甚多，只因存了個捨不得傷害之心，動上手就感處處掣肘。

轉眼間兩人折了五六十招，黃蓉已迭遇凶險。她的功夫得自父親的親傳，歐陽克則是叔父所傳。黃藥師與歐陽鋒的武功本來不相伯仲，可是黃蓉還只盈盈十五，歐陽克卻已年過三旬，兩人學藝的時日相差幾達二十年，何況男女體力終究有別，而黃蓉學武又不若歐陽克勤勉，她後來雖得洪七公教了幾套武功，但學過便算，此後也沒好好練習，是以歐陽克雖然身上負傷，卻仍然大佔上風。

酣鬥中黃蓉忽然向前疾撲，反手擲出鋼針，歐陽克揮衣擋開，黃蓉猛然竄上，舉蛾眉刺疾刺他右肩。歐陽克右臂折斷，使不出力，左臂穿上待要招架，黃蓉的鋼刺在手中疾轉半圈，方向已變，噗的一聲，已插進他的傷臂。

黃蓉心中正自一喜，忽感手腕酸麻，噹啷一聲，鋼刺掉在地下，原來腕上穴道已被點中。歐陽克出手迅捷之極，見她轉身要逃，左臂伸了兩伸，已將她左足踝上三寸的「懸鍾穴」、右足內踝上七寸的「中都穴」先後點中。黃蓉又跨出兩步，俯面摔下。歐陽克縱身而上，搶先將長衣墊在地下，笑道：「啊喲，別摔痛了。」

黃蓉這一跌下去，左手鋼針反擲，以防敵人撲來，隨卽躍起，那知雙腿麻木，竟自不聽使喚，身子離地尺許，又復跌下。歐陽克伸手過來相扶。黃蓉只剩了左手還能動彈，隨手一拳，但在慌亂之中，這一拳軟弱無力，歐陽克一笑，又點中了她左腕穴道。

這一來黃蓉四肢酸麻，就如被繩索縛住了一般，心中自悔：「剛才我不舉刺自戕，現下可是求死不得了。」霎時五內如焚，眼前一黑，暈了過去。歐陽克柔聲安慰：「別怕，別怕！」伸手便要相抱。

忽聽得頭頂有人冷冷的道：「你要死還是要活？」歐陽克大吃一驚，急忙回頭，只見洪七公拄棒站在洞口，冷眼斜睨，這一下只嚇得魂飛魄散，叔父從前所說王重陽從棺中躍出、假死傷人的事，如電光般在腦中一閃，暗叫：「老叫化原來裝死，今日我命休矣！」洪七公的本事自己曾領教過多次，可萬萬不是他的對手，驚慌之下，雙膝跪地，說道：「侄兒跟黃家妹子鬧着玩，決無歹意。洪伯父請勿生氣。」

洪七公哼了一聲，罵道：「臭賊，還不把她穴道解開，難道要老叫化動手麼？」歐陽克連聲答應，忙解開黃蓉四肢的穴道。洪七公沉着嗓子道：「你再踏進洞門一步，休怪老叫化無情。快給我滾出去！」說着身子一側。歐陽克如遇大赦，一溜烟的奔了出去。

黃蓉悠悠醒來，如在夢寐。洪七公再也支撐不住，一交直摔下去。黃蓉又驚又喜，忙搶上扶起，只見他滿口鮮血，吐出三顆門牙。黃蓉暗自傷神：「師父本來是絕世的武功，這時一交摔倒，竟把牙齒也撞落了。」

洪七公手掌中托着三顆牙齒，笑道：「牙齒啊牙齒，你不負我，給老叫化咬過普天下的珍饈美味。看來老叫化天年已盡，你先要離我而去了！」他這次受傷，實是沉重之極，所中蛇毒既十分厲害，背上筋脈更被歐陽鋒一掌震得支離破碎，幸而他武功深湛，這才不致當場斃命，但全身勁力全失，比之不會武的常人尚且不如。黃蓉穴道被點，洪七公其實已無力給她解開，仗着昔時的威風，才逼着歐陽克解穴。他見黃蓉臉露哀戚之色，勸慰道：「不用擔心。老叫化餘威尚在，那臭賊再也不敢來惹你了。」

黃蓉尋思：「我在洞內，那賊子確是不敢再來，但飲水食物從那兒來？」她本來滿腹智計，但適才身遭大險，心慌意亂，兀自不曾寧定。洪七公見她沉吟，問道：「你在想尋食的法門，是不是？」黃蓉點了點頭。洪七公道：「你扶我到海灘上去晒晒太陽。」黃蓉立時領悟，拍手笑道：「好啊，咱們捉魚吃。」當下讓洪七公伏在她肩頭，慢慢走到海邊。

這日天氣晴朗，海面有如一塊無邊無際的緞子，在清風下微微顫動。黃蓉心道：「倘若這眞是一塊大藍緞子，伸手撫摸上去，定然溫軟光滑，舒服得很。」陽光照在身上，兩人都爲之精神一爽。

歐陽克站在遠處一塊巖邊，看到兩人出來，忙又逃遠十餘丈，見他們不追，這才站定，目不轉瞬的望着兩人。

洪七公和黃蓉都暗自發愁：「這賊子十分乖巧，時刻一久，必定給他瞧出破綻。」但這時也顧不得許多，洪七公倚在巖石上坐倒，黃蓉折了一根樹枝作爲釣桿，剝了一長條樹皮當釣絲，囊中鋼針有的是，彎了一枚作鈎，在海灘上檢些小蟹小蝦作餌，海中水族繁多，不多時便釣到三尾斤來重的花魚。黃蓉用燒叫化鷄之法，煮熟了與師父飽餐了一頓。

休息了一陣，洪七公叫黃蓉把打狗棒法一路路的使將出來，自己斜倚在巖石旁指點。黃蓉於這棒法的精微變化，攻合之道，又領悟了不少。傍晚時分，她練得熱了，除去外衣，跳到海中去洗個澡，在碧波中上下來去，忽發痴想：「聽說海底有個龍宮，海龍王的女兒甚是美貌，靖哥哥可是到了龍宮中去麼？」

她不住向下潛水，忽然左脚踝上一下疼痛，急忙縮脚，但左脚已被甚麼東西牢牢挾住，竟然提不起來。她自幼在海中嬉戲，知道必是大蚌，也不驚慌，彎腰伸手摸去，不由得嚇了一跳，那蚌竟有小圓桌面大小，桃花島畔海中可從沒如此大蚌，當下雙手伸入蚌壳，運勁兩下一分。那大蚌的力道奇強，雙手這麼分扳，竟然奈何牠不得。蚌壳反而挾得越緊，脚上更加痛了。黃蓉雙手壓水，想把那蚌帶出海面，再作計較，豈知道這蚌重達二三百斤，在海底年深日久，蚌壳已與礁石膠結牢固，那裏拖牠得動？

黃蓉幾下掙扎，脚上越痛，心下驚慌，不禁喝了兩口鹹水，心想：「我本來就不想活了，只是讓師父孤零零的在這荒島之上，受那賊子相欺，我死了也不瞑目。」危急中捧起一塊大石，往蚌殼上撞去，但蚌殼堅厚，在水中又使不出力，擊了數下，蚌殼竟然紋絲不動。那蚌受擊，肌帶更是收得緊了，黃蓉又吃了口水，驀地想起一事，忙抛下大石，抓起一把海沙投入蚌殼的縫中。果然蚌貝之類最怕細沙小石，覺有海沙進來，急忙張開甲殼，要把海沙吐出殼去。黃蓉感到脚踝上鬆了，立卽縮上，手足齊施，升上海面，深深吸了口氣。

洪七公見她潛水久不上來，焦急異常，知道必已在海底遇險，要待入海援救，苦於步履艱難，水性又是平平，只慌得連連搓手，突見黃蓉的頭在海面鑽起，不由得喜極而呼。

黃蓉向師父揮了揮手，又再潛至海底。這次她有了提防，落足在離大蚌兩尺之處，拿住蚌殼左右搖幌，震鬆蚌殼與礁石間的膠結，將巨蚌托了上來。她足下踏水，將巨蚌推到海灘淺水之處。蚌身半出海面，失了浮力，重量大增，黃蓉舉之不動，上岸來搬了一塊大石，將蚌殼打得稀爛，才出了這口惡氣，只見足踝上被蚌挾出了一條深深血痕，想起適才之險，不覺打了個寒噤。

這晚上師徒二人就以蚌肉爲食，滋味倒也甚是鮮美。

次日清晨，洪七公醒來，只覺身上疼痛大爲減輕，微微運幾口氣，胸腹之間甚感受用，不禁「咦」了一聲。黃蓉翻身坐起，問道：「師父，怎地？」洪七公道：「睡了一晚，我傷勢竟是大有起色。」黃蓉大喜，叫道：「必是吃了那大蚌肉能治傷。」洪七公笑道：「蚌肉治傷是不能的，只是味道鮮美，治得了你師父的口。我的口治好了，於傷勢自也不無小補。」

黃蓉嘻嘻一笑，疾衝出洞，奔到海灘去割昨日剩下的蚌肉。一時心下喜歡，卻忘了提防歐陽克，剛割下兩大塊蚌肉，忽見一個人影投在地下，正自緩緩行近。黃蓉彎腰抓起一把蚌殼碎片向後擲出，雙足一登，躍出丈餘，站在海邊。

歐陽克冷眼旁觀了一日，瞧着洪七公的動靜，越來越是起疑，料定他必是受傷極重，行走不得，但要闖進洞去，卻也無此膽量，當下逼上前去，笑道：「好妹子，別走，我有話跟你說。」黃蓉道：「人家不理你，偏要來糾纏不清，也不怕醜。」說着伸手刮臉羞他。

歐陽克見她一副女兒情態，臉上全無懼色，不由得心癢難搔，走近兩步，笑道：「都是你自己不好，誰教你生得這麼俊，引得人家非纏着你不可。」黃蓉笑道：「我說不理你就不理，你讚我討好我也沒用。」歐陽克又走近一步，笑道：「我不信，偏要試試。」黃蓉臉色一沉，說道：「你再走過來一步，我叫師父來揍你。」歐陽克笑道：「算了罷，老叫化還能走路？我去揹他出來，好不好？」黃蓉暗吃一驚，退了兩步。歐陽克笑道：「你愛跳到海裏就跳，我只在岸上等着。瞧你在海裏浸得久呢，還是我在岸上待得久？」

黃蓉叫道：「好，你欺侮我，我永遠不理睬你。」轉身就跑，只奔出幾步，忽然在石上一絆，「啊喲」一聲，摔倒在地。歐陽克料她使奸，笑道：「你越是頑皮胡鬧，我越是喜歡。」除下長衣拿在手中，以防她突放鋼針，然後緩緩走近。黃蓉叫道：「別過來。」掙扎着站起，只走得三步，又摔了下去。這一次竟是摔得極重，上半身倒在海中，似乎暈了過去，半晌不動。歐陽克心道：「這丫頭詭計多端，我偏不上你當。你一身武功，好端端地怎會突然摔倒，暈了過去？」站定了觀看動靜。

過了一盞茶功夫，但見她仍是動也不動，自頭至胸，全都浸在水中。歐陽克擔心起來：「這可眞是暈過去了，我再不救，美人兒要活生生溺死啦。」搶上前去伸手拉她的脚。一拉之下，登時嚇了一跳，只感到她全身僵硬，急忙俯身水面，去抱她起來，剛將她身子抱起，黃蓉雙手急攏，已摟住他雙腿，喝道：「下去！」歐陽克站立不穩，被她一拖一摔，兩人同時跌入海裏。

身入水中，歐陽克武功再高，卻也已施展不出，心道：「我雖步步提防，還是着了小丫頭的道兒，這番我命休矣！」黃蓉計謀得售，心花怒放，只是把他往深水處推去，將他的頭揿在水中。歐陽克但覺鹹水從口中骨都骨都的直灌進來，天旋地轉，不知身在何處，伸手亂拉亂抓，要想拉住黃蓉。但她早已留神，儘在他周身游動，那能被他抓住？

慌亂之中，歐陽克又吃了幾口水，身往下沉，雙足踏到了海底。他武功卓絕，爲人又甚機敏，只因不識水性，身子飄在水中時一籌莫展，脚下旣觸到了實地，神智頓清，只感飄飄蕩蕩的又再浮上去，忙彎腰抓住海底岩石，運起內功，閉住呼吸，睜眼找尋回歸島上的方向，但四周碧綠沉沉，不辨東西南北。他前後左右各走數步，心想往高處走總是不錯，於是手中捧了塊大石，邁開大步，往高處走去。海底礁石嶙峋，極是難行，但他仗着內功深湛，一口氣向前直奔。

黃蓉見他沉下之後不再上來，忙潛下察看，見他正在海底行走，不覺一驚，悄悄游到他的身後，蛾眉鋼刺順着水勢刺了過去。歐陽克感到水勢激盪，側身避過，足下加快，全速而行。這時他已感氣悶異常，再也支持不住，放手拋去大石，要浮上水面吸幾口氣再到海底行走，探頭出水時，只見海岸已近在身旁。

黃蓉知道已奈何他不得，嘆了口氣，重又潛入水中。

歐陽克大難不死，濕淋淋的爬上岸來，耳暈目眩，伏在沙灘之上，把腹中海水吐了個清光，連酸水也嘔了出來，只感全身疲軟，恍如生了一場大病，喘息良久，正是怒從心上起，惡向膽邊生，心一橫，說道：「我先去殺了老叫化，瞧小丫頭從不從我！」

話是這麼說，念頭是這麼轉，可是對洪七公終究十分忌憚，當下調勻呼吸，養了半日神，這才疲累盡去，於是折了一根短短的堅實樹枝，代替平時用慣的點穴鐵扇，放輕脚步，向岩洞走去。他避開洞口正面，從旁悄悄走近，側耳聽了一會，洞中並無聲息，又過半晌，這才探頭向洞內望去，只見洪七公盤膝坐在地下，迎着日光，正自用功，臉上氣色也不甚壞，不似身受重傷模樣。

歐陽克心道：「我且試他一試，瞧他能否走動。」高聲叫道：「洪伯父，不好啦，不好啦。」洪七公睜眼問道：「怎麼？」歐陽克裝出驚惶神色，說道：「黃家妹子追捕野兎，摔在一個深谷之中，身受重傷，爬不上來啦。」洪七公吃了一驚，忙道：「快救她上來。」歐陽克聞言大喜，心道：「若非他行走不得，怎不飛奔出去相救？」長身走到洞口，笑道：「她千方百計的要傷我性命，我豈能救她？你去救罷。」

洪七公眼見他的神色，已知他是僞言相欺，心道：「賊子看破我武功已失，老叫化大限到了！」眼下之計，只有與他拚個同歸於盡，暗暗將全身勁力運於右臂，待他走近時捨命一擊，那知微一運勁，背心創口忽爾劇痛，全身骨節猶如要紛紛散開一般，但見歐陽克臉現獰笑，一步步的逼近，不禁長嘆一聲，閉目待死。

黃蓉見歐陽克逃上沙灘，心中發愁，尋思：「經此一役，這賊子必是防範更嚴，再要算計於他，卻是難上加難了。」她向海外潛出數十丈，出水吸了口氣，折而向左，潛了一陣水，探頭看時，見島旁樹木茂盛，與那邊沙灘頗爲不同。想起桃花島的景象，不覺神傷，忽然想起：「如能找個隱蔽險要的所在，與師父倆躲將起來，那賊子一時也未必能夠找到。」明知那絕非妙計，但拖得一時好一時，說不定吉人天相，師父的傷勢竟能逐漸痊可。於是離水上岸，她不敢深入內陸，深怕遇上歐陽克時逃避不及，只在沿海處信步而行，心想：「我從前若不貪玩，學通了爹爹的奇門五行之術，也必有法子對付這賊子。唉，不成，爹爹將桃花島的總圖傳了給他，這賊子心思靈敏，必能參悟領會。」正想得出神，左脚踏上了一根藤枝，脚下一絆，頭頂簌簌簌一陣響，落下無數泥石。

她急忙向旁躍開，四周都是大樹，背心撞在一株樹上，肩頭已被幾塊石子打中，幸好穿着軟蝟甲，也未受損，抬頭看時，不禁大吃一驚，只嚇得心中怦怦亂跳。

只見頭頂是座險峻之極的懸崖，崖邊頂上另有一座小山般的巨岩。那岩石恰好一半擱在崖上，一半伸出崖外，左右微微幌動，眼見時時都能掉下。崖上有無數粗藤蜿蜒盤纏，她剛才脚上所絆的藤枝，就與巨岩旁的沙石相連。倘若踏中的是與巨岩相連的藤枝，這塊不知有幾萬斤重的巨岩掉將下來，立時就被壓成一團肉漿了。

那巨岩左右擺動，可是總不跌落。黃蓉提心吊膽，揀着無藤枝之處落足，跨一步，停一步，退後了數丈，這才驚魂稍定，再抬頭瞧那懸崖與巨岩，不禁驚嘆造物之奇，心想只要以一手之力，就能將岩石拉下，可是此處人迹不到，獸蹤罕至，連大鳥也沒一隻，這巨岩在懸崖上已幌動了不知幾千百年，今日仍在搖擺起伏。懸崖旁羣峯壁立，將四下裏的海風都擋住了，看來今後千百年中，這巨岩仍將在微風中搖幌不休。

黃蓉出了一會神，不敢再向前行，轉身退回，要去服侍師父，走出半里多路，忽然心念一動：「上天要殺此賊子，故爾特地生就了這個巧機關，我怎麼如此胡塗？」想到此處，喜得躍起身來，連翻了兩個空心觔斗。

她忙回到懸崖之下，細細察看地勢，見崖旁都是參天古木，若要退避，一縱之下最多只能躍出四五尺地，那巨岩擊將下來，縱然是飛鳥松鼠，只怕也難以躲閃得開。她摸出鋼刺，小心翼翼的走到崖下，看準了與巨岩相連的七八條藤枝不去觸動，以鋼刺旁的利口去割切餘下的數十條藤枝。她下手時屏住呼吸，又快又穩，一割之後，這才呼吸數口，再去割第二根藤枝，只怕用力稍大，牽動與巨岩相連的藤枝，自己立卽變成一團肉餅了。等到數十條藤枝盡數割斷，已累得滿身是汗，直比一場劇戰尤爲辛苦。她將斷枝仍然連在一起，放幾堆乾草做了記認，又把來去的通道看得明白，記得清楚，這才回去，一路上哼着小曲，甚是得意。

將近岩洞時仍是不見歐陽克的人影，忽聽洞中傳出他得意之極的笑聲，跟着說道：「你自負武功蓋世，今日栽在公子爺手裏，心裏服氣麼？好罷，我憐你老邁，讓你三招不還手如何？你把降龍十八掌一掌掌的都使出來罷！」

黃蓉低呼：「啊喲！」眼下局面已緊迫之極，當卽高聲叫道：「爹爹，爹爹，你怎麼啦？

啊，歐陽伯父，你也來啦！」

歐陽克在洞中將洪七公盡情嘲弄了一番，正要下手，忽聽黃蓉叫將起來，驚喜交集，心想：「怎麼叔叔和黃老邪都來啦。」轉念一想：「必是那丫頭要救那老叫化，胡說八道的想騙我出去。好，反正老叫化終究逃不出我手掌，先出去瞧瞧何妨？」袍袖一揮，轉身出洞。只見黃蓉向着海灘揚手呼叫：「爹爹，爹爹！」歐陽克注目遠望，那裏有黃藥師的人影？笑道：「妹子，你要騙我出來陪你，我可不是出來了麼？」黃蓉回眸一笑，說道：「誰愛騙你？」說着沿海灘而奔。歐陽克笑道：「這次我有了提防，你想再拉我入海，咱們就來試試。」說着發足追去。他輕功了得，片刻間已卽追近。黃蓉暗叫：「不妙，到不了懸崖之下，就得被他捉住。」

又奔數十丈，歐陽克更加近了。黃蓉折而向左，離海邊已只丈許。歐陽克這次已學了乖，不敢逼近，笑道：「好，咱們來玩捉迷藏。」足下不停，心下卻是全神戒備，防她再使甚麼詭計。黃蓉住足笑道：「前面有頭大蟲，你再追我，牠一口吃了你。」歐陽克笑道：「我也是大蟲，我也要一口吃了你。」說着縱身便撲。黃蓉格格一笑，又向前奔。

兩人一前一後，不多時離懸崖已近。黃蓉越跑越快，一轉彎，高聲叫道：「來罷！」已竄到了懸崖之前，倏然間瞥眼見到海灘上似有兩個人影。在這當口她雖大感詫異，卻那敢有絲毫停留，看準了堆着乾草的斷藤之處落足，三起三落，已縱到了崖底，隨卽急掠而過。

歐陽克笑道：「大蟲呢？」足下加快，如箭離弦般奔到崖前。黃蓉落足處的藤枝已經割斷，歐陽克那知其中機關，自然踏中未曾割斷的藤枝，等於是以數百斤的力道去拉扯頭頂的巨岩。

喀喀兩聲響過，歐陽克猛覺頭頂一股疾風壓將下來，抬頭一望，只嚇得魂飛天外，但見半空中一座小山般的巨岩正對準了自己壓下。這巨岩離頭頂尙遠，但強風已逼得他喘不過氣來，危急中疾忙後躍，豈知身後都是樹木，後背重重的撞到一株樹上，這一撞力道好強，喀喇一聲，那樹立斷，碎裂的木片紛紛刺入背心。他這時只求逃命，那裏還知疼痛，奮力躍起，巨岩離頂心已只三尺。

在這一瞬間，已自嚇得木然昏迷，忽覺領口被人抓住了向外急拖，竟將他身子向後拉開數尺，但終究爲時已晚，只聽得轟的一聲巨響，歐陽克長聲慘呼，眼前烟霧瀰漫，砂石橫飛，渾不知這變故如何而來，已然暈去。

黃蓉見妙計得售，驚喜無已，不提防巨巖落下時鼓動烈風，力道強勁之極，將她向外推出，一交坐在地下，頭頂砂子小石紛紛落下。她彎下腰來，雙手抱住了頭，過了一陣，聽砂石落下之聲已歇，睜開眼來，烟霧中卻見巨巖之側站着兩人。

這一下宛在夢境，揉了揉眼睛，定睛看時，見站在身前的一個是西毒歐陽鋒，另一個卻是自己念茲在茲、無時忘之的郭靖。

黃蓉大叫一聲，躍起身來。郭靖也萬料不到竟在此處與她相遇，縱身向前，抱在一起。兩人驚喜之下，渾忘了大敵在旁。

那日歐陽鋒與郭靖在半截着了火的船上纏鬥，難解難分，斷船忽沉，將二人帶入了海底。

深海中水力奇重，與淺海中迴不相同，兩人只覺海水從鼻中、耳中急灌進來，疼痛難當，原本互相緊纏扭打的兩隻手不由得都鬆開來去按住鼻孔耳竅。那海底卻有一股急速異常的潛流，與海面水流的方向恰恰相反，二人不由自主，轉瞬間被潛流帶出數里之外。待得郭靖竭力掙上海面來喘氣時，黑夜之中，那小舢舨已成了遠處隱隱約約的一個黑點。

郭靖高聲呼叫，其時黃蓉正潛在海中尋他，海上風濤極大，相距既遠，那裏還能相遇？郭靖又叫了幾聲，忽覺左脚一緊，接着一個人頭從水中鑽出，正是歐陽鋒。他只稍通水性，到了大海之中，雖是武學大師，卻也免不了慌張失措，亂划亂抓，居然抓到了郭靖的脚，這一來自然是牢牢抓住，死命不肯放手。郭靖用力掙扎，接着右脚也被他抓了。

兩人在水中掙奪得幾下，又都沉下水底。二次冒上來時郭靖叫道：「放開我脚，我不離開你就是。」歐陽鋒也知兩人這般扭成一團，勢必同歸於盡，於是放開了他脚，卻隨即抓住他右臂。郭靖伸手托在他脅下，兩人這才浮在海面。就在這時，一根巨木被浪濤打了過來，撞向郭靖肩頭。歐陽鋒叫道：「小心！」郭靖反手扶住，心中大喜，叫道：「快抱住了，別放手。」這巨木原來是一根斷桅。

二人四顧茫茫，並無片帆的影子。歐陽鋒的蛇杖早已不知去向，暗暗發愁：「若是遇上大羣鯊魚，只有如周伯通那樣亂打一番，當時有我救他，此時更有何人前來救我？」

兩人在海中漂流，遇有海魚游過身旁，便以掌力擊暈，分食生魚渡日。古人言道：「同舟共濟」，這兩個本要拚個你死我活的人，在大海之上竟然扶住半截斷桅，同桅共濟起來。漂流了數日，幸喜並未遇上若何凶險。海中這股水流原是流向洪七公與黃蓉所到的那座小島，是以將舢舨送到島上之後，過了兩日，又將郭靖和歐陽鋒漂送過來。

兩人上岸後躺在沙灘上喘息良久，忽聽得遠處隱隱傳來笑語之聲，歐陽鋒躍起身來，循聲尋去，也眞有這麼巧，正遇上歐陽克踏中機關，懸崖上的巨巖壓將下來。歐陽鋒橫裏搶去相救，雖將姪兒拉後數尺，但歐陽克兩腿還是被巨巖壓住了，劇痛難當，登時暈去。

歐陽鋒驚疑不定，上下四周環視，見再無危險，這才察看姪兒，摸了摸他的鼻息，並未斃命，運勁在巨巖上推了兩下，卻是紋絲不動。他蹲下身來，運起蛤蟆神功，雙手平推，吐氣揚眉，閣閣閣三聲叫喊。論這三推之力，實是非同小可，但那巨巖重達數萬斤，豈是一人之力所能移動？

他俯身下去，歐陽克睜開眼來，叫了聲：「叔叔！」聲音甚是微弱。歐陽鋒道：「你忍着點兒。」抱起他上身，輕輕一扯，歐陽克大叫一聲，又暈了過去。巨巖壓住他雙腿，這一下拉扯只有令他更加疼痛難當，身子卻拉不出半分。地下是堅如金鐵的厚巖，無鏟無鋤，決計無法挖掘。歐陽鋒瞧着只是發怔。

郭靖拉着黃蓉的手，問道：「師父呢？」黃蓉伸手一指道：「在那邊。」郭靖聞道師父無恙，心中大喜，正要她領去拜見，聽得歐陽克這一聲慘叫，心下不忍，對歐陽鋒道：「我來助你。」黃蓉拉住他衣袖，說道：「咱們見師父去，別理惡人！」

歐陽鋒不知一切全是她巧布的機關，他親眼見到巨巖從空跌落，這巖石重逾萬斤，決非人力所能推上懸崖，但聽得她阻止郭靖相助，登時怒從心起，又聽洪七公在此，不由自主的吃了一驚，但隨即想起：「老叫化吃了我那一掌，又給我毒蛇咬中，居然還不死，算他了得，然而料得他這條老命中十成中已只賸不下一成，又懼他何來？」眼見黃蓉與郭靖携手而去，又蹲下身來，裝作出力推巖，待兩人轉過彎角，對姪兒道：「放心好了，我必能想法救你。現下你緩緩運息，只護住心脈，只當兩條腿不是自己的，別去想着。」躡足遠遠跟在二人之後。只見二人伸手互摟對方腰間，耳鬢廝磨，神態甚是親熱，心下愈怒，暗道：「我若不將你這兩個小鬼折磨得死不成活不了，可就枉稱爲西毒了。」

黃蓉帶着郭靖來到巖洞之前。郭靖撲進洞去，大叫：「師父。」只見洪七公閉目倚着石壁，臉色焦黃，更無半分血色。適才他被歐陽克一逼，惱怒已極，傷勢又復轉惡。黃蓉忙俯身替他解開胸口衣服，郭靖給他按摩手足。

洪七公睜眼瞧見郭靖，大喜過望，嘴角露出微笑，低聲道：「靖兒，你也來啦！」

郭靖正要答言，忽聽背後一聲斷喝：「老叫化，我也來啦。」聲音猶似金鐵相擊，甚是刺耳。郭靖疾忙轉身，回掌護住洞門。黃蓉搶起師父身畔的竹棒，站在郭靖身旁。歐陽鋒笑道：「老叫化，出來罷，你不出來，我可要進來啦。」郭靖與黃蓉對望了一眼，均想：「就是豁出性命，也得阻他進洞加害師父。」

歐陽鋒一聲長笑，猱身而上。郭靖揮掌推出。歐陽鋒側身避過他鋒銳凌厲的掌風，搶到了他右側，斗然間迎面一棒刺來，棒身幌動，似是刺向上盤，卻又似向下三路纏打，一時竟爾難以斷定。他心中一凜，左手向上揮格，同時右足橫掃，不論對方如何變招，都可拆開。豈知黃蓉手中竹棒抖動，竟是疾打中盤腰眼。歐陽鋒大驚，托地向後跳出，側目斜視。

黃蓉初使打狗棒法，初出手就逼開了強敵，甚是得意。歐陽鋒萬料不到這小丫頭居然已學會了老叫化的精妙棒法，哼了一聲，縱身又上，伸手逕來硬奪她手中竹棒。黃蓉將新學到的棒法使開了，刺打盤挑，綠影飛舞，雖然不能傷得對方，但歐陽鋒連出七八招，卻也始終抓不到她棒頭。

郭靖又驚又喜，連叫：「好蓉兒，好棒法！」左掌右拳，從旁夾擊。歐陽鋒閣閣兩聲怒吼，蹲下身來，呼的雙掌齊出。掌力未到，掌風已將地下塵土激起。郭靖見來勢猛惡，黃蓉若是硬接，必受內傷，忙在她肩上一推，兩人同時讓開了這一招蛤蟆功之力。

歐陽鋒踏上兩步，又是雙掌推出。這蛤蟆功厲害無比，以洪七公如此功夫，當日在桃花島上也只與他打個平手，郭黃二人功力遠爲不及，當下被他逼得步步後退。歐陽鋒衝進洞來，左手反手一掌，只打得石壁上碎石簌簌而落，右手舉起，虛懸在洪七公頭頂，卻不擊落，凝神瞧他動靜。

黃蓉叫道：「我師父救你性命，你反傷他，要不要臉？」歐陽鋒伸手在洪七公胸口輕輕一推，只覺他胸口肌肉陷了進去，他內力外功，俱已臻爐火純青之境，本來週身筋肉一遇外力立生反彈，這時卻應手而陷，果然武功盡失，心下暗喜，當即抓起他身子，喝道：「你們助我去救出我姪兒，那就饒了老叫化的性命。」

黃蓉道：「老天爺放下大石來將他壓住，你是親眼瞧見的，誰又能救得了？你再作孽，老天爺也丟塊大石下來壓死你。」郭靖眼見歐陽鋒將洪七公高高舉起，作勢要往地下猛擲，心知他不過作爲要脅，決不致就此加害，但總是擔心，忙道：「快放下我師父，我們助你去救人便是。」

歐陽鋒掛念着姪兒，恨不得立時就去，但臉上卻是神色如恒，慢慢將洪七公放下。

黃蓉道：「助你救他不難，咱們可得約法三章。」歐陽鋒道：「小丫頭又有甚麼刁難？」黃蓉道：「救了你姪兒之後，咱們同住在這荒島之上，你可不得再生壞心，加害我們師徒三人。」歐陽鋒心想：「我叔姪不通水性，要回歸陸地，原須依靠兩個小鬼相助。」於是點頭道：「好，在這島上我不殺你們三人，離了此島，那可難說。」黃蓉道：「那時候就算你不動手，我們可要向你動手了。第二件，我爹爹已將我許配於他，你是親耳所聞，親眼所見，此後你那姪子若是再向我囉唣，你就是個豬狗不如的畜生。」歐陽鋒「呸」了一聲，道：「好，那也只限於在這島上，一離此島，咱們走着瞧。」黃蓉微微一笑，道：「那第三件呢，我們盡力助你，可是我們並非神仙，若是老天爺定要送你姪子性命，非人力能救，你卻不得另生枝節。」

歐陽鋒怪目亂轉，叫道：「若是我姪兒死了，你們三個也休想活命，小丫頭別再胡言亂語，快救我姪兒去。」竄出巖洞，往懸崖急奔而去。

郭靖正要隨去，黃蓉道：「靖哥哥，待會西毒用力推那巨巖，你冷不防在他背後一掌，結束了他。」郭靖道：「背後傷人，太不光明。」黃蓉嗔道：「他傷害師父，難道光明正大麼？」郭靖道：「咱們言而有信，先救出他姪兒，再想法給師父報仇。」黃蓉微笑着嘆了口氣，知道終究難以強逼他暗算傷人。這兩日來只道他定已死於大海之中，居然得能重逢，心中實是喜歡得便要炸開來一般，郭靖就是有甚麼十惡不赦、荒謬無理的言語舉動，她也決計絲毫不以為迕，自必盡皆依從，何況他不肯背後偷襲，雖然迂腐，終究也是光明磊落的大丈夫行逕，當下溫柔一笑，說道：「好，你是聖人，我聽你話。」

兩人奔向懸崖，遠遠便聽得歐陽克大聲呻吟，聲音之中極為痛楚。歐陽鋒喝道：「還不快來。」兩人縱身過去與他並肩而立，六隻手一齊按在巖上。歐陽鋒喝道：「起！」三人掌力齊發。巨巖微微一幌，立即壓回。歐陽克大叫一聲，兩眼上翻，不知死活。

歐陽鋒大驚，急忙俯身，但見姪兒呼吸微弱，為了忍痛，牙齒已把上下唇咬得全是鮮血。饒是歐陽鋒身負絕頂武功，到了這地步卻也是束手無策，這巨巖是再也推不得的了，若不是一舉便即掀開，巨巖一起一落，只有把姪兒壓得更慘，正自徬徨，左脚忽然踏入濕沙之中，提起脚來，卻把鞋子陷在沙中。

歐陽鋒低頭去拾鞋子，不由得吃了一驚，原來潮水漸漲，海水已淹至巨巖外五六丈之處。歐陽鋒急道：「小丫頭，要你師父活命，得快想法子救我姪兒。」

黃蓉早在尋思，但那巖石如此沉重，荒島之上又再無別人能來援手，如何能將巨巖掀開？她片刻之間想到十幾種法子，卻沒一條頂事，聽歐陽鋒如此說，瞪眼道：「若是師父身上沒傷，他外家功夫登峯造極，加上他的掌力，咱們四人必能將這巨巖推開。現下……」雙手一攤，意思說實是沒法。

這幾句話雖是氣惱之言，歐陽鋒聽了卻也眞是做聲不得，心想：「冥冥中實有天意，倘若老叫化並未受傷，他俠義心腸，必肯出手相救。我一掌打傷了老叫化，那知道卻是打死了我的親生兒子。」歐陽克名雖是他姪子，實則是他與嫂子私通所生，是他的嫡親骨肉。歐陽鋒向來心腸剛硬，此刻卻也不禁胸口酸楚，回過頭來，見海水又已淹近了數尺。

歐陽克叫道：「叔叔，你一掌打死我罷。我……我實是受不住啦。」歐陽鋒從懷裏拔出一把切肉的匕首，咬牙道：「你忍着點兒，沒了雙腿也能活。」上前要將他被巨巖壓住的雙腿割斷。歐陽克驚道：「不，不，叔叔，你還是一刀殺了我的好。」歐陽鋒怒道：「枉我教誨了這許多年，怎地如此沒骨氣？」歐陽克伸手抓胸，竭力忍痛，不敢再說。歐陽鋒見巨巖直壓到姪兒腰間，當眞要割斷他雙腿，十九也是難以活命，一時躊躇，不敢下手。

黃蓉見西毒叔姪無言相對，都是神色悽楚，不禁心腸一軟，想起父親在桃花島上運石搬木之法，叫道：「且慢！我有一個法子在此，管不管事，卻是難說。」歐陽鋒喜道：「快說，快說，好姑娘，你想出來的法子準成。」

黃蓉心想：「你救姪兒心切，不再罵我小丫頭啦，居然叫起『好姑娘』來！」微微一笑，說道：「好，那就依我吩咐，咱們快割樹皮，打一條拉得起這巖石的繩索。」歐陽鋒道：「誰來拉啊？」黃蓉道：「像船上收錨那樣……」歐陽鋒立時領悟，叫道：「對，對，用絞盤絞！」

郭靖一聽黃蓉說要削樹皮打索，也不問如何用法，早已拔出短劍，縱身上樹切割樹皮。歐陽鋒與黃蓉也卽動手，片刻之間，三人已割了數十條長條樹皮下來。歐陽鋒手中割切樹皮，雙眼只是望着姪兒，忽然長嘆一聲，說道：「不用割啦！」黃蓉奇道：「怎麼？不成麼？」歐陽鋒向姪兒一指，黃蓉與郭靖低頭看時，只見潮水漲得甚快，已然淹沒了他大半個身子，且別說打繩索、做絞盤，樹皮尙未割夠，海水早已將他浸沒了。歐陽克沉在水裏，動也不動。黃蓉叫道：「別喪氣，快割！」歐陽鋒這橫行一世的大魔頭給她如此一喝，竟然又動刀切割樹皮。黃蓉躍下樹去，奔到歐陽克身旁，捧起幾塊大石，將他上半身扶起，把大石放在背後。

這樣一來，他口鼻高了數尺，海水一時就不致淹到。

歐陽克低聲道：「黃姑娘，多謝你相救。我是活不成的了，但見到你出力救我，我是死也歡喜。」黃蓉心中忽感歉疚，說道：「你不用謝我。這是我布下的機關，你知道麼？」歐陽克低聲道：「別這麼大聲，給叔叔聽到了，他可放你不過。我早知道啦，死在你的手裏，我一點也不怨。」黃蓉嘆了口氣，心道：「這人雖然討厭，對我可眞不壞。」回到樹下，撿起樹皮條子編結起來。

她先結成三股一條的繩索，將六根繩索結作一條粗索，然後又將數根粗索絞成一根碗口粗細的巨纜。歐陽鋒與郭靖不停手的切割樹皮，黃蓉不停手的搓索絞纜。三人手脚雖快，潮水卻漲得更快，巨纜還結不到一丈，潮水已漲到歐陽克口邊，再結了尺許，海水已浸沒他嘴唇，只露出兩個鼻孔透氣了。

歐陽鋒躍下地來，叫道：「你們走罷，我有話對我姪兒說。你們已經盡力而爲，我心領了。」他眞也沉得住氣，當此之時，仍是鎭定如恒，臉上殊無異狀。

郭靖見情勢無望，只得下樹，與黃蓉並肩行開。走出十餘丈，黃蓉悄聲道：「到那巨巖後面去，且聽他說甚麼。」郭靖道：「這不關咱們的事。再說，歐陽老兒必然察覺。」黃蓉道：「他姪兒一死，多半便要來加害師父，倘能得知他心意，先可有個防備。要是給老毒物知覺了，咱們就說是回來和他姪兒訣別。」

郭靖點了點頭。兩人轉過彎角，繞到樹後，悄悄又走回來，隱在巨巖之後，只聽歐陽鋒哽咽道：「你好好去罷，我知道你的心事，你一心要娶黃老邪的閨女爲妻，我必能令你如願。」

黃蓉和郭靖大奇，均想：「他片刻之間就死，『我必能令你如願』這話怎生說？」再聽歐陽鋒說了幾句話，兩人又驚又怒，同時打了個寒噤。原來歐陽鋒說道：「我這就去殺了黃老邪的閨女，將她和你同穴而葬。人都有死，你和她雖生不得同室，但死能同穴，也可瞑目了。」歐陽克口在水下，已不能說話。

黃蓉捏了捏郭靖的手，兩人悄悄轉身，歐陽鋒傷痛之際，竟未察覺。走過轉角，郭靖怒道：「咱們去和老毒物拚個你死我活。」黃蓉道：「和他鬥智不鬥力。」郭靖道：「怎生鬥智？」黃蓉道：「我正在想呢。」轉過山坳，忽然見到山脚下的一叢蘆葦。

黃蓉心念一動，說道：「他若不是恁地歹毒，我倒有個救他姪兒的法子。」郭靖忙問：「怎麼？」黃蓉拔出小刀，割了一根蘆管，一端放在口中，抬頭豎起蘆管吸了幾下。郭靖拍手笑道：「啊，眞是妙法，好蓉兒，你怎麼想得出來？你說救他呢不救？」黃蓉小嘴一扁道：「自然不救。老毒物要殺我，就讓他來殺，哼，我才不怕他呢。」但想到歐陽鋒的毒辣兇狠，不由得打了個寒噤，此人武功高強之外，比他姪兒可機警狡猾得多，要誘他上當，着實不是易事。郭靖不語，呆呆出神。

黃蓉拉住他手掌，柔聲道：「難道你要我去救那歹人？你是爲我躭心是不是？咱們救了他，這兩個歹人未必就能對咱們好呢。」郭靖道：「話是不錯，可是我念着你，也念着師父。我想老毒物是一派宗師，說話總得有三分準兒。」黃蓉說道：「好，咱們先救了他再說，行一步算一步。」

兩人回過身來，繞過巨巖，只見歐陽鋒站在水中，扶着姪兒。他見郭黃二人走近，眼露兇光，顯見就要動手殺人，喝道：「叫你們走開，又回來幹麼？」黃蓉在一塊巖石上坐下，笑吟吟的道：「我來瞧瞧他死了沒有？」歐陽鋒厲聲道：「死便怎地，活又怎地？」黃蓉嘆道：「要是死了，就沒法子啦！」

歐陽鋒立時從水中躍起，急道：「好……好姑娘，他沒死，你有法子救他，快說，快說。」黃蓉將手中蘆管遞了過去，道：「你把這管子插入他口中，只怕就死不了。」歐陽鋒大喜，搶過蘆管，躍到水中，急忙插在姪兒嘴裏。這時海水已淹沒歐陽克的鼻孔，他正在呼出胸中最後的幾口氣，耳朵卻尚在水面，聽得叔父與黃蓉的對答，蘆管伸到口邊，急忙啣住，猛力吸了幾口，眞是說不出的舒暢，這一下死裏逃生，連腿上的痛楚也忘懷了。

歐陽鋒叫道：「快，快，咱們再來結繩。」黃蓉笑道：「歐陽伯伯，你要將我殺了，給你姪兒殉葬，是不是？」歐陽鋒一驚，臉上變色，心道：「怎麼我的話給她聽去啦？」黃蓉笑道：「你殺了我，若是你自己也遇上了甚麼三災六難，又有誰來想法子救你？」歐陽鋒這時有求於她，只好任她奚落，只當沒有聽見，又縱上樹去切割樹皮。

三人忙了一個多時辰，已結成一條三十餘丈長的巨纜，潮水也已漲到懸崖脚下，將巨巖浸沒了大半。歐陽克的頭頂淹在水面之下數尺，只露出一根蘆管透氣。歐陽鋒不放心，不時伸手到水底下去探他脈搏。

又過小半個時辰，海水漸退，歐陽克頂上頭髮慢慢從水面現出。黃蓉比了比巨纜的長度，叫道：「夠啦，現下我要四根大木做絞盤。」歐陽鋒心下躊躇，暗想在這荒島之上，別說斧鑿鎚刨，連一把大刀也沒有，如何能做絞盤？只得問道：「怎生做法？」黃蓉道：「你別管，把木材找來便是。」

歐陽鋒生怕她使起性來，撒手不管，當下不敢再問，奔到四顆海碗口粗細的樹旁，蹲下身子，使出蛤蟆功來，每顆樹被他奮力推了幾下，登時齊腰折斷。郭靖與黃蓉見他內勁如此凌厲，不覺相顧咋舌。歐陽鋒找到一塊長長扁扁的巖石，運勁將樹幹上的枝葉刺去，拖來交給黃蓉。

這時黃蓉與郭靖已將大纜的一端牢牢縛在巨巖左首三株大樹根上，將大纜繞過巨巖，拉到右首的一株大松樹邊上。那是株數百歲的古松，參天而起，三四人合抱也圍不過來。黃蓉道：「這顆松樹對付得了那塊大岩石罷？」歐陽鋒點了點頭。

黃蓉命他再結一條九股樹皮索，將四根樹幹圍着古松縛成井字之形，心將大纜繞在其上。歐陽鋒讚道：「好姑娘，你眞聰明，那才叫做家學淵源，有其父必有其女。」黃蓉笑道：「那怎及得上你家姪少爺？動手絞罷！」

三人當卽動手，將古松當作支柱，推動井字形樹幹，大纜盤在古松樹幹上，慢慢縮短，巨岩就一分一分的抬了起來。

此時太陽已沉到西邊海面，半天紅霞，海上道道金光，極爲壯觀。潮水早已退落，歐陽克陷身在泥漿之中，眼睁睁的望着身上的巨岩，只見它微微幌動，壓得大纜格格作響，心中又是焦急，又是歡喜。

那四根樹幹所作的井字形絞盤轉一個圈，巨岩只抬起半寸。古松簌簌而抖，受力極重，針葉紛紛跌落，大纜直嵌入樹身之中。歐陽鋒素來不信天道，不信鬼神，此時心中卻暗暗禱祝，豈知心願許到十七八個時，突然間嘭的一聲猛響，大纜斷爲兩截，纜上樹皮碎片四下飛舞，巨岩重又壓回，只壓得歐陽克叫也叫不出聲來。絞盤急速倒轉，將黃蓉推得直摔出去，倒在地下。郭靖忙搶上扶起。

到了這地步，歐陽鋒固然沮喪已極，黃蓉也是臉上難有歡容了。

郭靖道：「咱們把這條纜續起，再結一條大纜，兩條纜一起來絞。」歐陽鋒搖頭道：「那更難絞動，咱三個人幹不了。」郭靖自言自語：「有人相幫就好啦！」歐陽鋒怒目而視，斥道：「廢話！」他明知郭靖這句話出於好心，但沮喪之下，暴躁已極。

黃蓉出了一會神，忽地跳了起來，拍手笑道：「對，對，有人相幫。」郭靖喜問：「怎麼會有人來相幫？」黃蓉道：「嗯，只可惜歐陽大哥要多吃一天苦，須得明兒潮水漲時才能脫身。」歐陽鋒與郭靖望着她，茫然不解，各自尋思：「豈難道明兒潮水漲時，會有人前來相助？」

黃蓉笑道：「累了一天，可餓得狠啦，找些吃的再說。」歐陽鋒道：「姑娘，你說明兒有人前來相助，此話怎樣講？」黃蓉道：「明日此時，歐陽大哥身上的大石必已除去。此刻卻是天機不可洩漏。」歐陽鋒見她說得着實，心下將信將疑，但若不信，也無別法，只得守在姪兒身旁。

郭靖和黃蓉打了幾隻野兔，烤熟了分一隻給歐陽叔姪，與洪七公在岩洞中吃着兔肉，互道別來之情。

郭靖聽黃蓉說那巨岩機關原來是她所布，不禁又驚又喜。三人知道歐陽鋒爲了相救姪兒，這時必定不敢過來侵犯，只在洞口燒一堆枯柴阻擋野獸，當晚睡得甚是酣暢。

次日天剛黎明，郭靖睜眼卽見洞口有個人影一閃，急忙躍起，只見歐陽鋒站在洞外，低聲道：「黃姑娘醒了麼？」黃蓉在郭靖躍起時已經醒來，聽得歐陽鋒詢問，卻又閉上雙眼，呼吸沉重，裝作睡得正香。郭靖低聲道：「還沒呢。有甚麼事？」歐陽鋒道：「等她醒了，就請她過來救人。」郭靖道：「是了。」洪七公接口道：「我給她喝了『百日醉』的美酒，又點了她的昏睡穴，三個月之內，只怕難以醒轉。」歐陽鋒一怔，洪七公哈哈大笑起來。歐陽鋒知是說笑，含怒離開。

黃蓉坐起身來，笑道：「此時不氣氣老毒物，更待何時？」慢條斯理的梳頭洗臉，整理衣衫，又去釣魚打兔，燒烤早餐。歐陽鋒來回走了七八趟，當得猶似熱鍋上螞蟻一般。郭靖道：「蓉兒，潮水漲時，當眞有人前來相助麼？」黃蓉道：「你相信會有人來麼？」郭靖搖頭道：「我不大信。」黃蓉笑道：「我也不信。」郭靖驚道：「你是欺騙老毒物？」黃蓉道：「倒也不是騙他，潮水漲時，我自有法子救人。」郭靖知她智計極多，也不再問。兩人在海灘旁檢拾花紋斑斕的貝殼玩耍。

黃蓉自幼無伴，桃花島沙灘上、海礁間貝殼雖多，獨自檢拾，卻也索然無味，現下有郭靖相陪，自然是興高采烈。兩人比賽揀貝殼，瞧誰揀得又多又美。每人衣兜裏都揀了一大堆，海灘上笑聲不絕。

玩了一陣，黃蓉道：「靖哥哥，你頭髮亂成這個樣子啦，來，我給你梳梳。」兩人並肩坐在一塊岩石上。黃蓉從懷裏取出一柄小小的鑲金玉梳，將郭靖的頭髮打散，細細梳順，嘆了口氣，道：「怎生想個法兒將西毒叔姪趕走，咱倆和師父三人就住在這島上不走了，豈不是好？」郭靖道：「我就是想媽，還有六位恩師。」黃蓉道：「嗯，還有我爹爹。」過了一陣，又道：「不知穆姊姊現下怎麼了？師父叫我做丐幫的幫主，我倒有點兒想念那些小叫化了。」郭靖笑道：「看來還是想法兒回去的好。」

黃蓉將他頭髮梳好，挽了個髻子。郭靖道：「你這般給我梳頭，眞像我媽。」黃蓉笑道：「那你叫我聲媽。」郭靖笑着不語。黃蓉伸手到他腋窩裏呵癢，笑問：「你叫不叫？」郭靖笑着跳起，頭髮又弄亂了。黃蓉笑道：「不叫就不叫，誰希罕了？你道將來沒人叫我媽？快坐下。」郭靖依言坐下，黃蓉又給他挽髻，輕輕拂去他頭髮上的細沙，心中對他愛極，低下頭來在他後頸中輕輕一吻，想起昨日與歐陽鋒動手，郭靖見到自己初學乍練的打狗棒法時滿臉的歡喜讚歎，當下便想將這路棒法教他。她只要見到郭靖武功增強，可比自己學會甚麼本事還更喜歡得多。要知她既是黃藥師之女，自幼便有無窮無盡的才技擺在她眼前，再精妙的武功她也不會覺得十分希罕，猶如大富大貴人家的子弟，自不如何將金銀珠寶瞧在眼裏。但隨即想到：「這路棒法只丐幫的幫主能學，我可不能傳給他。」問道：「靖哥哥，你想不想當丐幫的幫主？」

郭靖道：「師父叫你當幫主，你怎麼又來問我？」說着轉過頭來。黃蓉道：「我這樣一個年輕女孩兒，當丐幫的幫主實在不像。不如我把這幫主之位轉手傳了給你。你這麼威風凜凜的一站出來，那些大叫化、小叫化、不大不小的中叫化便都服了你啦。再說，你當了丐幫幫主，這路神妙之極的打狗棒法，就可教給你了。」郭靖連連搖頭，道：「不成，不成。我當不來幫主。我甚麼主意都想不出，別說幫中的大事，就是小事我也辦不了。」

黃蓉心想這話倒也不錯，師父臨危之際以幫主之位相傳，雖說是迫不得已，卻也定然想到自己年紀雖小，卻是才智過人，處事決疑，未必便比幫中的長老們差了，否則的話，大可命自己持這棒去立旁人爲幫主，再將棒法轉授給他，當這幫主，終究不是傻裏傻氣的單憑會使降龍十八掌與打狗棒法便成，於是笑道：「你不當就不當。只可惜這路打狗棒法你便學不到了。」郭靖道：「你會得使，跟我會使還不是一樣。」

黃蓉聽他這句話中深情流露，心下感動，過了一會，說道：「只盼師父身上的傷能好，我再把這幫主的位子傳還給他。那時……那時……」她本想說「那時我和你結成了夫妻」，但這句話終究說不出口，轉口問道：「靖哥哥，怎樣才會生孩子，你知道麼？」郭靖道：「我知道。」黃蓉道：「你倒說說看。」郭靖道：「人家結成夫妻，那就生孩子。」黃蓉道：「這個我也知道。爲甚麼結了夫妻就生孩子？」郭靖道：「那我可不知道啦，蓉兒，你說給我聽。」黃蓉道：「我也說不上。我問過爹爹，他說孩子是從臂窩裏鑽出來的。」

郭靖正待再問端詳，忽聽身後一個破鈸似的聲音喝道：「生孩子的事，你們大了自然知道。潮水就快漲啦！」黃蓉「啊」的一聲，跳了起來，沒料到歐陽鋒一直悄悄的在旁窺伺，她雖不明男女之事，但也知說這種話給人聽去甚是羞恥，不禁臉蛋兒脹得飛紅，拔足便向懸崖飛奔，兩人隨後跟去。

歐陽克給巨岩壓了一日一夜，已是氣若游絲。

歐陽鋒板着臉道：「黃姑娘，你說潮水漲時有人前來相助，這可不是鬧着玩的。」黃蓉道：「我爹爹精通陰陽五行之術，他女兒自然也會三分，雖然及不上黃老邪，但這一點兒未卜先知之術，又算得了甚麼。」歐陽鋒素知黃藥師之能，脫口道：「是你爹爹要來麼？那好極了。」黃蓉哼了一聲，道：「這些些小事，何必驚動我爹爹？再說，我爹爹見到你害我師父，豈肯饒你？我爹爹再加上我們兩個，你打得過嗎？你又喜歡甚麼？」歐陽鋒被她搶白得無言可對，沉吟不語。

黃蓉對郭靖道：「靖哥哥，去弄些樹幹來，越多越好，要揀大的。」郭靖應聲而去。黃蓉將昨日斷了的大纜結起，又割切樹皮結索。歐陽鋒問她到底是否黃藥師會來，還是另有旁人，連問幾次，她只是昂起了頭哼曲兒，毫不理會。

歐陽鋒雖感沒趣，但見黃蓉神色輕鬆，顯是成竹在胸，當下又多了幾分指望，於是去幫着折樹。他見郭靖使出降龍十八掌掌法，只幾下就把一株碗口粗細的柏樹震斷，心想：「這小子功夫實是了得，兼之又熟讀九陰眞經，留着終是禍胎。」心中暗暗盤算，不論姪兒能否得救，終須將他除去。當下在兩株相距約莫三尺的柏樹之間蹲下，雙手彎曲，一手撐住一株樹幹，閣的一聲大叫，雙手挺出，兩株柏樹一齊斷了。

郭靖甚是驚佩，說道：「歐陽世伯，不知幾時我才得練到您這樣的功夫。」歐陽鋒不答，臉色陰沉，臉頰上兩塊肉微微牽動，心道：「等你來世再練罷。」

兩人抱了十多條木料到懸崖之下。歐陽鋒凝目向海心張望，卻那裏有片帆孤檣的影子。黃蓉忽道：「瞧甚麼？沒人來的。」歐陽鋒又驚又怒，叫道：「你說沒人來？」黃蓉道：「這是個荒島，自然沒人來。」歐陽鋒氣塞胸臆，一時說不出話，右手蓄勁，只待殺人。

黃蓉正眼也不去瞧他，轉頭問郭靖道：「靖哥哥，你最多舉得起幾斤？」郭靖道：「總是四百斤上下罷。」黃蓉道：「嗯，六百斤的石頭，你準是舉不起的了？」郭靖道：「那一定不成。」黃蓉道：「若是水中一塊六百斤的石頭呢？」

歐陽鋒立時醒悟，大喜叫道：「對，對，一點兒不錯！」郭靖却尙未領會。歐陽鋒道：「潮水漲時，把這直娘賊的大岩浸沒大半，那時岩石就輕了，咱們再來盤絞，準能成功。」黃蓉冷冷的道：「那時潮水將松樹也浸沒大半，你在水底幹得了活麼？」歐陽鋒咬牙道：「那就拚命罷。」黃蓉道：「哼，也不用這麼蠻幹。你將這些樹幹都去縛在大岩石上。」

此言一出，居然連郭靖也明白了，高聲歡呼，與歐陽鋒一齊動手，將十多條大木用繩索縛在岩石周圍。歐陽鋒只怕浮力不足，又去折了七八條大木來縛上，然後又與郭靖合力將昨天斷了的大纜續起。黃蓉在一旁微笑不語，瞧着兩人忙碌，不到一個時辰，一切全已就緒，只待潮水上漲。黃蓉與郭靖自去伴陪師父。

等到午後，眼見太陽偏西，潮水起始上漲，歐陽鋒奔來邀了郭黃二人，再到懸崖之下。又等了良久，潮水漲至齊腹，三人站在水中，再將那大纜繞在大松樹上，推動井字形絞盤。這一次巨岩上縛了不少大木，浮力大增，每一條大木便等如是幾個大力士在水中幫同抬起巨岩，再則岩在水中，本身份量便已輕了不少，三人也沒費好大的勁，就將巨岩絞鬆動了。再絞了數轉，歐陽鋒凝住呼吸，鑽到水底下去抱住姪兒，輕輕一拉，就將他抱上水面。

郭靖見救人成功，情不自禁的喝起采來。黃蓉也是連連拍手，卻忘了這陷人的機關原本是她自己布下的。

黃蓉躍上樹枝坐穩，叫道：「發砲！」郭靖手一放，她身子向前急彈而出，筆直飛去，在空中接連翻了兩個觔斗，在離木筏數丈處輕輕入水。

第二十二回　騎鯊遨遊

黃蓉見歐陽鋒拖泥帶水的將姪兒抱上岸來，一向陰鷙的臉上竟也笑逐顏開，可是畢竟不向自己與郭靖說一個「謝」字，當即拉拉郭靖衣袖，一同回到岩洞。

郭靖見她臉有憂色，問道：「你在想甚麼？」黃蓉道：「我在想三件事，好生為難。」郭靖道：「你這樣聰明，總有法子。」黃蓉輕輕一笑，過了一陣，又微微的凝起了眉頭。

洪七公道：「第一件事，也就罷了。第二、第三件事，卻當眞教人束手無策。」郭靖奇道：「咦，您老人家怎知她想的是那三件事？」洪七公道：「我只是猜着蓉兒的心思。那第一件，必是怎生治好我的傷，這裏無醫無藥，更無內功卓越之人相助，老叫化聽天由命，死活走着瞧罷。第二件，是如何抵擋歐陽鋒的毒手？此人武功實在了得，你們二人萬萬不是敵手。第三件，那是怎生回歸中土了。蓉兒，你說是不是？」黃蓉道：「是啊，眼下最緊迫之事，是要想法子制服老毒物，至不濟也得叫他不敢為惡。」洪七公道：「照說，自當是跟他鬥智。老毒物雖然狡猾，但他十分自負，自負則不深思，要他上當本也不算極難，可是他上當之後，立即有應變脫困的本事，隨之而來的反擊，可就厲害得很了。」兩人凝神思索。黃蓉想到對手與爹爹和師父向來難分高下，縱令爹爹在此，也未必能夠勝他，自己如何是他對手？若不能一舉便制他死命，單是要他上幾個惡當，終究無濟於事。洪七公心神一耗，忽然胸口作痛，大咳起來。

黃蓉急忙扶他睡倒，突見洞口一個陰影遮住了射進來的日光，抬起頭來，只見歐陽鋒橫抱着姪兒，嘶聲喝道：「你們都出去，把山洞讓給我姪兒養傷。」郭靖大怒，跳了起來，道：「這裏是我師父住的！」歐陽鋒冷冷的道：「就是玉皇大帝住着，也得挪一挪。」郭靖氣憤憤的欲待分說，黃蓉一拉他的衣角，俯身扶起洪七公，走出洞去。

待走到歐陽鋒身旁，洪七公睜眼笑道：「好威風，好殺氣啊！」歐陽鋒臉上微微一紅，這時一出手就可將他立斃於掌下，但不知怎地，只感到他一股正氣，凜然殊不可侮，不由自主的轉過頭去，避開他的目光，說道：「回頭就給我們送吃的來！你們兩個小東西若在飲食裏弄鬼，小心三條性命。」

三人走下山後，郭靖不住咒罵，黃蓉卻沉吟不語。郭靖道：「師父請在這裏歇一下，我去找安身的地方。」

黃蓉扶着洪七公在一株大松樹下坐定，只見兩隻小松鼠忽溜溜的上了樹幹，隨即又奔了下來，離她數尺，睜着圓圓的小眼望着兩人。黃蓉甚覺有趣，在地上撿起一個松果，伸出手去。一隻松鼠走近在松果上嗅嗅，用前足捧住了慢慢走開，另一隻索性爬到洪七公的衣袖之上。黃蓉嘆道：「這裏準是從沒人來，你瞧小松鼠毫不怕人。」

小松鼠聽到她說話聲音，又溜上了樹枝。黃蓉順眼仰望，見松樹枝葉茂密，亭亭如蓋，樹上纏滿了綠藤，心念一動，叫道：「靖哥哥，別找啦，咱們上樹。」郭靖應聲停步，朝那松樹瞧去，果然好個安身所在。兩人在另外的樹上折下樹枝，在大松樹的枝椏間紮了個平台，每人一手托在洪七公的脅下，喝一聲：「起！」同時縱起，將洪七公安安穩穩的放上了平台。黃蓉笑道：「咱們在枝上做鳥兒，讓他們在山洞裏做野獸。」

郭靖道：「蓉兒，你說給不給他們送吃的？」黃蓉道：「眼下想不出妙策，又打不過老毒物，只好聽話啦。」郭靖悶悶不已。

兩人在山後打了一頭野羊，生火烤熟了，撕成兩半。黃蓉將半片熟羊丟在地下道：「你撒泡尿在上面。」郭靖笑道：「他們會知道的。」黃蓉道：「你別管，撒罷！」郭靖紅了臉道：「不成！」黃蓉道：「幹麼？」郭靖囁嚅道：「你在旁邊，我撒不出尿。」黃蓉只笑得直打跌。洪七公在樹頂上叫道：「拋上來，我來撒！」郭靖拿了半片熟羊，笑着躍上平台，讓洪七公在羊肉上撒了一泡尿，哈哈大笑，捧着朝山洞走去。

黃蓉叫道：「不，你拿這半片去。」郭靖搔搔頭，說道：「這是乾淨的呀。」黃蓉道：「不錯，是要給他們乾淨的。」郭靖可胡塗了，但素來聽黃蓉的話，轉身換了乾淨的熟羊。黃蓉將那半片尿浸熟羊又放在火旁薰烤，自到灌木叢中去採摘野果。洪七公對此舉也是不解，老大納悶，饞涎欲滴，只想吃羊，然而那是自己撒過了尿的，只得暫且忍耐。

那野羊烤得好香，歐陽鋒不等郭靖走近，已在洞中聞到香氣，迎了出來，夾手奪過，臉露得色，突然一轉念，問道：「還有半片呢？」郭靖向後指了指。歐陽鋒大踏步奔到松樹之下，搶過髒羊，將半片乾淨的熟羊投在地下，冷笑數聲，轉身去了。

郭靖知道此時臉上決不可現出異狀，但他天性不會作僞，只得轉過了頭，一眼也不向歐陽鋒瞧，待他走遠，又驚又喜的奔到黃蓉身旁，笑問：「你怎知他一定來換？」黃蓉笑道：「兵法有云：虛者實之，實者虛之。老毒物知道咱們必在食物中弄鬼，不肯上當，我可偏偏讓他上個當。」郭靖連聲稱是，將熟羊撕碎了拿上平台，三人吃了起來。

正吃得高興，郭靖忽道：「蓉兒，你剛才這一着確是妙計，但也好險。」黃蓉道：「怎麼？」郭靖道：「若是老毒物不來掉換，咱們豈不是得吃師父的尿？」黃蓉坐在一根樹椏之上，聽了此言，笑得彎了腰，跌下樹來，隨即躍上，正色道：「很是，很是，眞的好險。」洪七公嘆道：「傻孩子，他若不來掉換，那髒羊肉你不吃不成麼？」郭靖愕然，哈的一聲大笑，一個倒栽葱，也跌到了樹下。

歐陽叔姪吃那羊肉，只道野羊自有臊氣，竟然毫不知覺，還讚黃蓉烤羊手段高明，居然略有鹹味。過不多時，天色漸黑，歐陽克傷處痛楚，大聲呻吟。

歐陽鋒走到大松樹下，叫道：「小丫頭，下來！」黃蓉吃了一驚，料不到他轉眼之間就來下手，只得問道：「幹甚麼？」歐陽鋒道：「我姪兒要茶要水，快服侍他去！」樹上三人聽了此言，無不憤怒。歐陽鋒喝道：「快來啊，還等甚麼？」

郭靖悄聲道：「咱們這就跟他拚。」洪七公道：「你們快逃到後山去，別管我。」這兩條路黃蓉早就仔細算過，不論拚鬥逃跑，師父必然喪命，爲今之計，唯有委曲求全，於是躍下樹來，說道：「好罷，我瞧瞧他的傷去。」歐陽鋒哼了一聲，又喝道：「姓郭的小子，你也給我下來，睡安穩大覺麼？好適意。」郭靖忍氣吞聲，落下地來。歐陽鋒道：「今兒晚上，去給我弄一百根大木料，少一根打折你一條腿，少兩根打折你兩條腿！」黃蓉道：「要木料幹麼？再說，這黑地裏又到那裏弄去？」歐陽鋒罵道：「小丫頭多嘴多舌！你快服侍我姪兒去，關你甚麼事？只要你有絲毫不到之處，零碎苦頭少不了你的份兒！」黃蓉向郭靖打個手勢，叫他勉力照辦，不可鹵莽壞事。

眼見歐陽鋒與黃蓉的身影在黑暗之中隱沒，郭靖抱頭坐地，氣得眼淚幾欲奪目而出。洪七公忽道：「我爺爺、爹爹、我自己幼小之時，都曾在金人手下為奴，這等苦處也算不了甚麼。」郭靖惕然驚覺：「原來恩師昔時為奴，後來竟也練成了蓋世的武功。我今日一時委屈，難道便不能忍耐？」當下取火點燃一紮松枝，走到後山，展開降龍十八掌手法，將碗口粗細的樹幹一根根的震倒。他深知黃蓉機變無雙，當日在趙王府中為羣魔圍困，尚且脫險，此日縱遇災厄，想來也必能自解，當下專心致志的伐起樹來。

可是那降龍十八掌最耗勁力，使得久了，任是鐵打的身子也感不支，他不到小半個時辰，已震倒了二十一棵松樹，到第二十二棵上，運氣時已感手臂酸痛，一招「見龍在田」，雙掌齊出，那樹幌得枝葉直響，樹幹卻只擺了一擺，並未震斷，只感到胸口一麻，原來勁力未透掌心，反激上來，這等情景，正是師父曾一再告誡的大忌，降龍十八掌剛猛無儔，若是使力不當，回傷自身的力道也是剛猛無儔。他吃了一驚，忙坐下凝神調氣，用了半個時辰的功，才又出招將那松樹震倒，要待再行動手時，只覺全身疲軟，臂酸腿虛。

他知道若是勉力而行，非但難竟事功，甚且必受內傷，荒島之上又無刀斧，如何砍伐樹木？眼見一百根之數尚差七十八根，自己這雙腿是保不住了，轉念一想：「他姪兒被壓壞了雙腿，他必恨我手足完好。縱然我今夜湊足百根，他明夜要我砍伐千根，那又如何完工？鬥既鬥他不過，荒島上又無人援手。」言念及此，不覺嘆了一口長氣，尋思：「即令此間並非荒島，世上又有誰救得了我？洪恩師武功已失，存亡難卜，蓉兒的爹爹恨透了我，全眞七子和六位恩師均非西毒敵手，除非……除非我義兄周伯通，但他早已跳在大海裏自盡了。」一想到周伯通，對歐陽鋒更增憤慨，心想這位老義兄精通九陰眞經，創下了左右互搏的奇技，卻被他生生逼死，「啊！九陰眞經！左右互搏？」這幾個字在他腦海中閃過，宛如在沉沉長夜之中，斗然間在天邊現出了一顆明星。

「我武功固然遠不及西毒，但九陰眞經是天下武學秘要，左右互搏之術又能使人功夫斗增一倍，待我與蓉兒日夜苦練，與老毒物一拚便了。只是不論那一門武功，總非一朝一夕可成，這便如何是好？」

他站在樹林之中苦苦思索，忽想：「何不問師父去？他武功雖失，心中所知的武學卻失不了，必能指點我一條明路。」當即回到樹上，將心中所思各節，一一對洪七公說了。

洪七公道：「你將九陰眞經慢慢念給我聽，瞧有甚麼可以速成的厲害功夫。」郭靖當下將眞經一句句的背誦出來。洪七公聽到「人徒知枯坐息思爲進德之功，殊不知上達之士，圓通定慧，體用雙修，即動而靜，雖攖而寧」這幾句，身子忽然一顫，「啊」了一聲。郭靖忙問：「怎麼？」

洪七公不答，把那幾句話揣摩了良久，道：「剛才這段你再唸一遍。」郭靖甚是喜歡，心想：「師父必是在這幾句話中，想到了制服老毒物的法門。」當下將這幾句話又慢慢的唸了一遍。洪七公點點頭道：「是了，一路背下去罷。」

郭靖接着背誦，上卷經文將完時，他背道：「摩罕斯各兒，品特霍幾恩，金切胡斯，哥山泥克……」洪七公奇道：「你說些甚麼？」郭靖道：「那是周大哥教我讀熟的經文。」洪七公皺眉道：「卻是些甚麼話？」郭靖道：「我不知道，周大哥也不懂。」洪七公道：「你背罷。」郭靖又唸道：「別兒法斯，葛羅烏里……」一路背完，盡是這般拗舌聱牙的話。洪七公哼道：「原來眞經中還有唸咒捉鬼的本事。」他本來想再加一句：「裝神弄鬼，騙人的把戲。」但想到眞經博大精奧，這些怪話多半另有深意，只不過自己不懂而已，這句話已到口邊，又縮了回去。過了半晌，洪七公搖頭道：「靖兒，經文中所載的精妙厲害的功夫很多，但是都非旦夕之間所能練成。」郭靖好生失望。

洪七公道：「你快去將那廿幾根木料紮一個木筏，走爲上策。我和蓉兒在這裏隨機應變，跟老毒物周旋。」郭靖急道：「不，我怎能離您老人家而去。」洪七公嘆道：「西毒忌憚黃老邪，不會傷害蓉兒，老叫化反正是不成的了，你快走罷！」郭靖悲憤交迸，舉手用力在樹幹上拍了一掌。

這一掌拍得極重，聲音傳到山谷之中，隱隱的又傳了回來。洪七公一驚，忙問：「靖兒，你剛才打這一掌，使的是甚麼手法？」郭靖道：「怎樣？」洪七公道：「怎麼你打得如此重實，樹幹卻沒絲毫震動？」郭靖甚感慚愧，道：「我適才用力震樹，手膀酸了，是以沒使勁力。」洪七公搖頭道：「不是，不是，你拍這一掌的功夫有點古怪。再拍一下！」

手起掌落，郭靖依言拍樹，聲震林木，那松樹仍是絲毫不顫動，這次他自己也明白了，道：「那是周大哥傳給弟子的七十二路空明拳手法。」洪七公道：「空明拳？沒聽說過。」郭靖道：「是啊，周大哥給囚在桃花島上，閒着無事，自行創了這套拳法，他教了我十六字訣，說是：『空朦洞鬆、風通容夢、沖窮中弄、童庸弓蟲』。」洪七公笑道：「甚麼東弄窟窿的？」郭靖道：「這十六字訣，每一字都有道理，『鬆』是出拳勁道要虛；『蟲』是身子柔軟如蟲；『朦』是拳招胡裏胡塗，不可太過清楚。弟子演給您老瞧瞧好不好？」洪七公道：「黑夜之中瞧不見，聽來倒着實有點道理。這種上乘武功，也不用演，你說給我聽就是。」當下郭靖從第一路「空碗盛飯」、第二路「空屋住人」起，將拳路之變、勁力之用都說給洪七公聽了。周伯通生性頑皮，將每一路拳法都起了個滑稽淺白的名稱。

洪七公只聽到第十八路，心中已不勝欽佩，便道：「不用再說了，咱們就跟西毒鬥鬥。」郭靖道：「用這空明拳麼？只怕弟子火候還不夠。」洪七公道：「我也知道不成，但死裏求生，只好冒險，你身上帶着丘處機送你的短劍是麼？」

黑夜中寒光一閃，郭靖將短劍拔了出來。洪七公道：「你有空明拳的功夫，可以用這短劍去伐樹了。」郭靖拿着這柄尺來長刃薄鋒短的短劍，猶豫不語。洪七公道：「我傳你的降龍十八掌是外家的頂峯功夫，那空明拳卻是內家武功的精要所聚。你這柄短劍本可斷金削玉，割切樹幹，那又算得了甚麼？要緊的是，手勁上須守得着『空』字訣和『鬆』字訣。」

郭靖想了半晌，又經洪七公指點解說，終於領悟，縱身下樹，摸着一顆中等大小的杉樹，運起空明拳的手勁，輕輕巧巧，若有若無的舉刃一劃，短劍刃鋒果然深入樹幹。他隨力所之，轉了一圈，那杉木應手而倒。郭靖喜極，用這法子接連切斷了十多棵樹，看來不到天明，那一百棵之數就可湊滿了。

正切割間，忽聽洪七公叫道：「靖兒上來。」郭靖縱上平台，喜道：「果眞使得，好在一點兒也不費勁。」洪七公道：「費了勁反而不成，是不是？」郭靖叫道：「是啊，是啊！原來『空朦洞鬆』是這個意思，先前周大哥教了很久，我總是不明白。」洪七公道：「這功夫用來斷樹是綽綽有餘了，若說與西毒拚鬥，卻尙遠爲不足，須得再練九陰眞經，方有取勝之機。咱們怎生想個法子，跟他慢慢的拖。」講到籌策設計，郭靖是幫不了忙兒的，只有呆在一旁，讓師父去想法子。

過了良久，洪七公搖頭道：「我也想不出來，只好明兒叫蓉兒想。靖兒，我適才聽你背誦九陰眞經，卻叫我想起了一件事，這時候我仔細捉摸，多半沒錯。你扶我下樹，我要練功夫。」郭靖嚇了一跳，道：「不，您傷勢沒好，怎麼能練？」洪七公道：「眞經上言道：圓通定慧，體用雙修，即動而靜，雖撄而寧。這四句話使我茅塞頓開，咱們下去罷。」郭靖不懂這幾句話的意思，不敢違拗，抱着他輕輕躍下樹來。

洪七公定了定神，拉開架子，發出一掌。黑暗之中，郭靖見他身形向前一撞，似要摔倒，搶上去要扶，洪七公卻已站定，呼呼喘氣，說道：「不礙事。」過了片刻，左手又發一掌。郭靖見他跌跌撞撞，脚步踉蹌，顯得辛苦異常，數次張口欲勸，豈知洪七公越練精神越是旺盛，初時發一掌喘息半晌，到後來身隨掌轉，足步沉穩，竟是大有進境。一套降龍十八掌打完，又練了一套伏虎拳。

郭靖待他抱拳收式，大喜叫道：「你傷好啦！」洪七公道：「抱我上去。」郭靖一手攬住他腰，躍上平台，心中喜不自勝，連說：「眞好，眞好！」洪七公嘆了口氣，說道：「也沒甚麼好，這些功夫是中看不中用的。」郭靖不解。洪七公道：「我受傷之後，只知運氣調養，卻沒想到我這門外家功夫，愈是動得厲害，愈是有益。只可惜活動得遲了一些，現下性命雖已無碍，功夫是難得復原了。」

郭靖欲待出言寬慰，卻不知說些甚麼話好，過了一會兒，道：「我再砍樹去。」

洪七公忽道：「靖兒，我想到了個嚇嚇老毒物的計策，你瞧能不能行？」說着將那計謀說了。郭靖喜道：「準成，準成！」當即躍下樹去安排。

次日一早，歐陽鋒來到樹下，數點郭靖堆着的木料，只有九十根，冷笑一聲，高聲喝道：「小雜種，快滾出來，還有十根呢？」

黃蓉整夜坐在歐陽克身邊照料他的傷勢，聽他呻吟得甚是痛苦，心中也不禁微感歉疚，天明後見歐陽鋒出洞，也就跟着出來，聽他如此呼喝，頗爲郭靖擔心。

歐陽鋒待了片刻，見松樹上並無動靜，卻聽得山後呼呼風響，似有人在打拳練武，忙循聲過去，轉過山坡，不禁大吃一驚。只見洪七公使開招術，正與郭靖打在一起，兩人掌來足往，鬥得甚是緊湊。黃蓉見師父不但已能自行走動，甚且功力也似已經恢復，更是又驚又喜，只聽他叫道：「靖兒，這一招可得小心了！」推出一掌。郭靖舉掌相抵，尙未與他手掌相接，身子已斗然間往後飛出，砰的一聲，重重的撞在一株松樹之上。那樹雖不甚大，卻也有碗口粗細，喀喇一響，竟被洪七公這一推之力撞得從中折斷，倒在地下。

這一撞不打緊，卻把歐陽鋒驚得目瞪口呆。

黃蓉讚道：「師父，好劈空掌啊！」洪七公叫道：「靖兒，運氣護住身子，莫要被我掌力傷了。」郭靖道：「弟子知道！」一言甫畢，洪七公掌力又發，喀喇一聲，郭靖又撞倒了一株松樹。但見一個發招，一個接勁，片刻之間，洪七公以劈空掌法接連將郭靖推得撞斷了十株大樹。黃蓉叫道：「已有十株啦。」郭靖氣喘吁吁，叫道：「弟子轉不過氣來了。」洪七公一笑收掌，說道：「這九陰眞經的功夫果然神妙，我身受如此重傷，只道從此功力再也難以恢復，不料今晨依法修練，也居然成功。」

歐陽鋒疑心大起，俯身察看樹幹折斷之處，更是心驚，但見除了中心圓徑寸許的樹身之外，邊上一圈都是斷得光滑異常，比利鋸所鋸還要整齊，心道：「那眞經上所載的武學，難道眞是如斯神異？看來老叫化的功夫猶勝昔時，他們三人聯手，我豈能抵敵？事不宜遲，我也快去練那經上的功夫。」向三人橫了一眼，飛奔回洞，從懷中取出那郭靖所書、用油紙油布層層包裹的經文來，埋頭用心研讀。

洪七公與郭靖眼見歐陽鋒走得沒了蹤影，相對哈哈大笑。黃蓉喜道：「師父，這眞經眞是妙極。」洪七公笑着未答，郭靖搶着道：「蓉兒，咱們是假裝的。」於是將此中情由一五一十的對她說了。

原來郭靖事先以短劍在樹幹上劃了深痕，只留出中間部份相連，洪七公的掌上其實沒半分勁道，都是郭靖背上使力，將樹撞斷。歐陽鋒萬料不到空明拳的勁力能以短劍斷樹，自然瞧不破其中的機關。

黃蓉本來笑逐顏開，聽了郭靖這番話後，半晌不語，眉尖微蹙。洪七公笑道：「老叫化能再走動，已是徼天之倖，還管它甚麼眞功夫假功夫呢。蓉兒，你怕西毒終究能瞧出破綻，是不是？」黃蓉點了點頭。洪七公道：「老毒物何等眼力，豈能被咱們長此欺瞞？不過世事難料，眼下空擔心也是白饒。我說，靖兒所念的經文之中，有一章叫甚麼『易筋鍛骨篇』的，聽來倒很有意思，左右無事，咱們這就練練。」

這幾句話說得輕描淡寫，黃蓉卻知事態緊急，師父既指出這一篇，自必大有道理，當下說道：「好，師父快教。」洪七公命郭靖將那「易筋鍛骨篇」唸了兩遍，依着文中所述，教兩人如法修習，他卻去獵獸釣魚，生火煮食。郭靖與黃蓉來挿手相助，每次均被他阻止。

忽忽七日，郭黃二人練功固是勇猛精進，歐陽鋒在洞中也是苦讀經文，潛心思索。到第八日上，洪七公笑道：「蓉兒，師父烤的野羊味兒怎麼樣？」黃蓉笑着扁扁嘴，搖搖頭。洪七公笑道：「我也是食不下咽。你倆第一段功夫已經練成啦，今兒該當舒散筋骨，否則不免窒氣傷身。這樣罷，蓉兒弄吃的，我與靖兒來紮木筏。」郭靖與黃蓉齊道：「紮木筏？」洪七公道：「是啊，難道咱們在這荒島上一輩子陪着老毒物？」

郭黃二人大喜，連聲稱好，當即動手。郭靖那日伐下的一百根木料好好堆在一旁，只消以樹皮結索，將木料牢牢縛在一起，那就成了。綑綁之際，郭靖用力一抽，一根粗索拍的一響就崩斷了。他還道繩索結得不牢，換了一條索子，微一使勁，一條又粗又韌的樹皮又是斷成兩截。郭靖呆在當地，做聲不得。

那邊廂黃蓉也是大叫着奔來，雙手捧着一頭野羊。原來她出去獵羊，拿着幾塊石子要擲打羊頭，那知奔了幾步，不知不覺間竟早已追在野羊前面，回過身來，順手就將野羊抓住，身法之快，出手之準，全然出乎自己意料之外。

洪七公笑道：「這麼說，那九陰眞經果然大有道理，這麼多英雄好漢爲它送了性命，也還不寃。」黃蓉喜道：「師父，咱們能去把老毒物痛打一頓了麼？」洪七公搖頭道：「那還差得遠，至少總還得再練上十年八年的。他的蛤蟆功非同小可，除了王重陽當年的一陽指外，沒別的功夫能夠破它。」黃蓉撅起了嘴道：「那麼就算咱們再練十年八年，也未必能勝他啦。」洪七公道：「這也難說，說不定眞經上的功夫，比我所料的更要厲害呢。」郭靖道：「蓉兒，別性急，咱們練功夫總是不錯。」

又過數日，郭靖與黃蓉練完了易筋鍛骨篇上的第二段功夫，木筏也已紮成。三人用樹皮編了一張小帆，淸水食物都已搬到筏上。歐陽鋒一直不動聲色，冷眼瞧着三人忙忙碌碌。

這一晚一切整頓就緒，只待次日啓航。臨寢之時，黃蓉道：「明兒要不要跟他們道別？」郭靖道：「得跟他們訂個十年之約，咱們受了這般欺侮，豈能就此罷手？」黃蓉拍手道：「正是！求求老天爺，第一保佑兩個惡賊回歸中土，第二保佑老毒物命長，活得到十年之後。要不然，師父的功力恢復得快，一兩年內便自己料理了他，那就更好。」

次日天尙未明，洪七公年老醒得早，隱隱約約間聽到海灘上似有響動，忙道：「靖兒，海灘上是甚麼聲音？」

郭靖翻身下樹，快步奔出，向海邊望去，不禁高聲咒罵，追了下去。此時黃蓉也已醒了，跟着追去，問道：「靖哥哥，甚麼事？」郭靖遙遙回答道：「兩個惡賊上了咱們的筏子。」黃蓉聞言吃了一驚。待得兩人奔到海旁，歐陽鋒已將姪兒抱上木筏，張起輕帆，離岸已有數丈。郭靖大怒，要待躍入海中追去，黃蓉拉住他的袖子，道：「趕不上啦。」只聽得歐陽鋒哈哈大笑，叫道：「多謝你們的木筏！」

郭靖暴跳如雷，發足向身旁的一株紫檀樹猛踢。黃蓉靈機一動，叫道：「有了！」捧起一塊大石，靠在紫檀樹向海的一根椏枝上，說道：「你用力扳，咱們發砲。」郭靖大喜，雙足頂住樹根，兩手握住樹根，向後急扳。紫檀木又堅又靭，只是向後彎轉，卻不折斷。郭靖雙手忽鬆，呼的一響，大石向海中飛去，落在木筏之旁，激起了丈許水花。黃蓉叫了聲：「可惜！」又裝砲彈，這一次瞄得準，正好打在筏上。只是木筏紮得極爲堅牢，受石彈這麼一擊，並無大碍。兩人接着連發三砲，卻都落空跌在水中。

黃蓉見砲轟無效，忽然異想天開，叫道：「快，我來做砲彈！」郭靖一怔，不明其意。黃蓉道：「你射我入海，我去對付他們。」郭靖知她水性既高，輕身功夫又極了得，並無危險，拔出短劍塞在她手中，道：「小心了。」又使力將樹枝扳後。

黃蓉躍上樹枝坐穩，叫道：「發砲！」郭靖手一放，她的身子向前急彈而出，筆直飛去，在空中接連翻了兩個觔斗，在離木筏數丈處輕輕入水，姿式美妙異常。歐陽叔姪不禁瞧得呆了，一時不明白她此舉是何用意。

黃蓉在入水之前深深吸了口氣，入水後更不浮起，立即向筏底潛去，只見頭頂一黑，知已到了木筏之下。歐陽鋒把木槳在水中四下亂打，卻那裏打得着她。黃蓉舉起短劍，正要往結紮木筏的繩索上割去，忽然心念一動，減小手勁，只在幾條主索上輕輕劃了幾下，將繩索的三股中割斷兩股，叫木筏到了汪洋大海之中，受了巨浪衝撞，方才散開。她又復潛水，片刻間已游出了十餘丈外，這才鑽出海面，大呼大叫，假裝追趕不及。

歐陽鋒狂笑揚帆，過不多時，木筏已遠遠駛了出去。

待得她走上海灘，洪七公早已趕到，正與郭靖同聲痛罵，卻見黃蓉臉有得色，問知端的，不禁齊聲喝采。黃蓉道：「雖然叫這兩個惡賊葬身大海，咱們可得從頭幹起。」

三人飽餐一頓，精神勃勃的即去伐木紮筏，不數日又已紮成，眼見東南風急，張起用樹皮編織的便帆，離島西去。

黃蓉望着那荒島越來越小，嘆道：「咱三個險些兒都死在這島上，可是今日離去，倒又有點教人捨不得。」郭靖道：「他日無事，咱們再來重遊可好？」黃蓉拍手道：「好，一定來，那時候你可不許賴。咱們先給這小島起個名字，師父，你說叫甚麼好？」

洪七公道：「你在島上用巨巖壓那小賊，就叫壓鬼島好啦。」黃蓉搖頭道：「那多不雅。」洪七公道：「你要雅，那乘早別問老叫化。依我說，老毒物在島上吃我的尿，不如叫作吃尿島。」黃蓉笑着連連搖手，側頭而思，只見天邊一片彩霞，璀燦華艷，正罩在小島之上，叫道：「就叫作明霞島罷。」洪七公搖頭道：「不好，不好，那太雅了。」郭靖聽着師徒二人爭辯，只是含笑不語。這島名雅也好，俗也好，他總之是想不出來的，內心深處，倒覺「壓鬼」、「吃屎」的名稱，比之「明霞」甚麼的可有趣得多。

順風航了兩日，風向仍是不變。第三日晚間，洪七公與黃蓉都已睡着，郭靖掌舵守夜，海上風聲濤聲之中，忽然傳來「救人哪，救人哪！」兩聲叫喊。那聲音有如破鈸相擊，雖混雜在風濤呼嘯之中，仍是神完氣足，聽得清清楚楚。洪七公翻身坐起，低聲道：「是老毒物。」只聽得叫聲又是一響。黃蓉一把抓住洪七公的手臂，顫聲道：「是鬼，是鬼！」

其時六月將盡，天上無月，唯有疏星數點，照着黑漆漆的一片大海，深夜中傳來這幾聲呼叫，不由得令人毛骨悚然。洪七公叫道：「是老毒物麼？」他內力已失，聲音傳送不遠。郭靖氣運丹田，叫道：「是歐陽世伯麼？」只聽得歐陽鋒在遠處叫道：「是我歐陽鋒，救人哪！」黃蓉驚懼未息，道：「不管他是人是鬼，咱們轉舵快走。」

洪七公忽道：「救他！」黃蓉急道：「不，不，我怕。」洪七公道：「不是鬼。」黃蓉道：「是人也不該救。」洪七公道：「濟人之急，是咱們丐幫的幫規。你我是兩代幫主，不能壞了歷代相傳的規矩。」黃蓉道：「丐幫這條規矩就不對了，歐陽鋒明明是個大壞蛋，做了鬼也是個大壞鬼，不論是人是鬼，都不該救。」洪七公道：「幫規如此，更改不得。」黃蓉心下憤憤不平。只聽歐陽鋒遠遠叫道：「七兄，你當眞見死不救嗎？」黃蓉說道：「有了，靖哥哥，待會兒見到歐陽鋒，你先一棍子打死了他。你不是丐幫的，不用守這條不通的規矩。」洪七公怒道：「乘人之危，豈是我輩俠義道的行逕？」

黃蓉無奈，只得眼巴巴的看着郭靖把着筏舵，循聲過去。沉沉黑夜之中，依稀見到兩個人頭在水面隨着波浪起伏，人頭旁浮着一根大木，想是木筏散後，歐陽叔姪搶住一根筏材，這才支持至今。黃蓉道：「要他先發個毒誓，今後不得害人，這才救他。」洪七公嘆道：「你不知老毒物的爲人，他寧死不屈，這個誓是不肯發的。靖兒，救人罷！」

郭靖俯身出去，抓住歐陽克後領，提到筏上。洪七公急於救人，竟爾忘了自己武功已失，伸手相援。歐陽鋒抓住他的手，一借力，便躍到筏上，但這一甩之下，洪七公竟爾撲通一聲掉入了海中。

郭靖與黃蓉大驚，同時躍入海中，將洪七公救了起來。黃蓉怒責歐陽鋒道：「我師父好意救你，你怎地反而將他拉入海中？」

歐陽鋒已知洪七公身上並無功夫，否則適才這麼一拉，豈能將一個武功高明之士拉下筏來？但他在海中浸了數日，已是筋疲力盡，此時不敢強項，低頭說道：「我……我確然不是故意的，七兄，做兄弟的跟你陪不是了。」洪七公哈哈大笑，道：「好說，好說，只是老叫化的本事，可就洩了底啦。」

歐陽鋒道：「好姑娘，你給些吃的，咱們餓了好幾天啦。」黃蓉道：「這筏上只備三人的糧食清水，分給你們不打緊，咱們吃甚麼啊？」歐陽鋒道：「好罷，你只分一點兒給我姪兒，他腿上傷得厲害，實是頂不住。」黃蓉道：「果眞如此，咱們做個買賣，你的毒蛇傷了我師父，他至今未曾痊愈，你拿解藥出來。」

歐陽鋒從懷中摸出兩個小瓶，遞在她的手裏，說道：「姑娘你瞧，瓶中進了水，解藥都給水沖光啦！」黃蓉接過瓶子，搖了幾搖，放在鼻端一嗅，果然瓶中全是海水，說道：「既然如此，你將解藥的方子說出來，咱們一上岸就去配藥。」

歐陽鋒道：「若要騙你糧食淸水，我胡亂說個單方，你也不知眞假，但歐陽鋒豈是這等人？實對你說，我這怪蛇是天下一奇，厲害無比，若給咬中，縱然武功高強之人一時不死，八八六十四日之後，也必落個半身不遂，終身殘廢。解藥的單方說給你聽本亦無妨，只是各種藥料不但採集極難，更須得三載寒暑之功，方能泡製得成，終究是來不及了。這話說到此處爲止，你要我給七兄抵命，那也由你罷。」

黃蓉與郭靖聽了這番話，倒也佩服，心想：「此人雖然歹毒，但在死生之際，始終不失了武學大宗師的身分。」洪七公道：「蓉兒，他這話不假。一個人命數有定，老叫化也不放在心上。你給他吃的罷。」黃蓉暗自神傷，知道師父畢竟是好不了的了，拿出一隻烤熟的野羊腿擲給歐陽鋒。歐陽鋒先撕幾塊餵給姪兒吃了，自己才張口大嚼。

黃蓉冷冷的道：「歐陽伯伯，你傷了我師父，二次華山論劍之時，恭喜你獨冠羣英啊。」歐陽鋒道：「那也未必盡然，天下還是有一人治得了七兄的傷。」

郭靖與黃蓉同時跳起，那木筏側了一側，兩人齊聲問道：「當眞？」歐陽鋒咬着羊腿，道：「只是此人難求，你們師父自然知曉。」兩人眼望師父。洪七公笑道：「明知難求，說他作甚？」黃蓉拉着他衣袖，求道：「師父，您說，再難的事，咱們也總要辦到。我求爹爹去，他必定有法子。」

歐陽鋒輕輕哼了一聲。黃蓉道：「你哼甚麼？」歐陽鋒不答。洪七公道：「他笑你以爲自己爹爹無所不能。可是那人非同小可，就算是你爹爹，也怎能奈何了他？」黃蓉奇道：「那人！是誰啊？」洪七公道：「且莫說那人武功高極，即令他手無縛鷄之力，老叫化也決不做這般損人利己之事。」黃蓉沉吟道：「武功高極？啊，我知道啦，是南帝段皇爺。師父，求他治傷，怎麼又損人利己了？」洪七公道：「睡罷，別問啦，我不許你再提這回事，知不知道？」黃蓉不敢再說，她怕歐陽鋒偷取食物，靠在水桶與食物堆上而睡。

次晨醒來，黃蓉見到歐陽叔姪，不禁嚇了一跳，只見兩人臉色泛白，全身浮腫，自是在海中連浸數日之故。

木筏航到申牌時分，望見遠遠有一條黑綫，隱隱似是陸地，郭靖首先叫了起來。再航了一頓飯時分，看得清清楚楚，果是陸地，此時風平浪靜，只是日光灼人，熱得難受。

歐陽鋒忽地站起，身形微幌，雙手齊出，一手一個，登時將郭靖黃蓉抓住，腳尖起處，又將洪七公身上穴道踢中。郭黃二人出其不意，被他抓住脈門，登時半身酥麻，齊聲驚問：「幹甚麼？」歐陽鋒一聲獰笑，卻不答話。

洪七公嘆道：「老毒物狂妄自大，一生不肯受人恩惠。咱們救了他性命，他若不把恩人殺了，心中怎能平安？唉，只怪我黑夜之中救人心切，忘了這一節，倒累了兩個孩子的性命。」歐陽鋒道：「你知道就好啦。再說，九陰眞經既入我手，怎可再在這姓郭的小子心中又留下一部，遺患無窮。」洪七公聽他說到九陰眞經，心念一動，大聲道：「努爾七六，哈瓜兒，寧血契卡，平道兒……」

歐陽鋒一怔，聽來正是郭靖所寫經書中百思不得其解的怪文，聽洪七公如此說，只道他懂得其中含義，心想：「經書中這一大篇怪文，必是全經關鍵。我殺了這三人，只怕世上再無人懂，那我縱得經書，也是枉然。」問道：「那是甚麼意思？」洪七公道：「混花察察，雪根許八吐，米爾米爾……」他雖聽郭靖背過九陰眞經中這段怪文，但如何能記得？這時信口胡謅，臉上卻是神色肅然。歐陽鋒卻只道話中含有深意，凝神思索。

洪七公大喝：「靖兒動手。」郭靖左手反拉，右掌拍出，同時左脚也已飛起。

他被歐陽鋒脚施襲擊，抓住了脈門，本已無法反抗，但是洪七公一番胡言亂語，瞎說八道，歐陽鋒果然中計，分神之際手上微鬆，郭靖立施反擊。他已將經中「易筋鍛骨篇」練到了第二段，雖無新的招數拳法學到，但原來的功力卻斗然間增強了二成，這一拉、一拍、一踢，招數平平無奇，勁力竟大得異常。歐陽鋒一驚之下，筏上狹窄，無可退避，只得舉手格擋，抓住黃蓉的手卻仍是不放。

郭靖拳掌齊施，攻勢猶似暴風驟雨一般，心知在這木筏之上，如讓歐陽鋒援手運起了蛤蟆功來，三人眞是死無葬身之地了。這一陣急攻，倒也把歐陽鋒逼得退了半步。黃蓉身子微側，橫肩向他撞去。歐陽鋒暗暗好笑，心想：「小丫頭向我身上撞來，也不想想自己有多大功力？不反彈你到海中才怪。」心念甫動，黃蓉肩頭已然撞到。歐陽鋒不避不擋，並不理會，突然間胸口微感刺痛，驚覺她原來穿着桃花島鎭島之寶的軟蝟甲，這時他站在筏邊，已是半步都不能再退，她甲上又生滿尖刺，無可着手之處，急忙左手放脫她脈門，借勢外甩，將她猛推出去。黃蓉立足不定，眼見要跌入海中，郭靖回手一把拉住，左手仍向敵人進攻。黃蓉拔出短劍，猱身而上。

歐陽鋒站在筏邊，浪花不住濺上他膝彎，但不論郭靖黃蓉如何進攻，始終不能將他逼入海中。洪七公與歐陽克都是動彈不得，眼睜睜瞧着這場惡鬥，心下只是怦怦亂跳，但見雙方勢均力敵，生死間不容髮，皆苦恨不能挿手相助。

歐陽鋒的武功原本遠勝郭黃二人聯手，但他在海中浸了數日，性命倒已去了半條；黃蓉武功雖不甚高，但身披軟蝟甲，手持鋒銳之極的短劍，這兩件攻防利器可也教他大爲顧忌；再加上郭靖的降龍十八掌、七十二路空明拳、左右互搏、以及最近所練的九陰眞經「易筋鍛骨篇」等合成一起之後，威力實也非凡，是以三人在筏上鬥了個難分難解。

時候一長，歐陽鋒的掌法愈厲，郭黃二人漸感不敵，洪七公只瞧得暗暗着急。掌影飛舞中歐陽鋒左脚踢出，勁風凌厲，聲勢驚人，黃蓉不敢拆解，一個斛斗翻入了海中。郭靖獨抗強敵，更是吃力。黃蓉從左邊入海，立時從筏底鑽過，從右邊躍起，揮短劍向歐陽鋒背心刺去。歐陽鋒本已得勢，這一來前後受敵，又打成了平手。

黃蓉奮戰之際，暗籌對策：「如此鬥將下去，我們功力不及，終須落敗，不到海中，總是勝他不了。」心念一動，揮短劍割斷帆索，便帆登時落下，木筏在波浪上起伏搖幌，不再前行。她退開兩步，扯着帆索在洪七公身上繞了幾轉，再在木筏的一根主材上繞了幾轉，牢牢打了兩個結。

她一退開，郭靖又感不支，勉力接了三招，第四招已是招架不住，只得向後退了一步。歐陽鋒得理不讓人，雙掌連綿而上。郭靖一退再退，以一招「魚躍於淵」接過了敵掌，下一掌卻又招架不住，再退得一步，左足踏空，他臨危不亂，右足飛起，守住退路，叫敵人不能乘勢相逼，然後撲通一聲，躍入海中。

那木筏猛幌兩幌，黃蓉借勢躍起，也跳入了海中。兩人扳住木筏，一掀一抬，眼見就要將筏子翻過身來。這一翻不打緊，歐陽克非立時淹斃不可，歐陽鋒到了水中，自然也非郭黃二人之敵。洪七公卻是身子縛在筏上，二人儘可先結果了西毒，再救師父。

歐陽鋒識得此計，提足對準洪七公的腦袋，高聲喝道：「兩個小傢伙聽了，再幌一幌，我就是這麼一脚！」

黃蓉一計不成，二計早生，吸口氣潛入了筏底，伸短劍就割繫筏的繩索，此時離陸地不遠，算計了歐陽叔姪之後，再抱住大木浮上岸去也自無妨。只聽得喀喀數聲，木筏已分成兩半。歐陽克在左邊一半，歐陽鋒與洪七公則在右邊一半。歐陽鋒暗暗心驚，探身伸手忙將姪兒提過，彎腰望着水中，只等黃蓉再割，便一把扭住她揪上筏來。

歐陽鋒這副模樣，黃蓉在水底瞧得清楚，知道他這一抓下來定然既準且狠，也真不敢上來再割。僵持良久，黃蓉游遠丈許，出水吸了口氣，又潛入水中候機發難。雙方凝神俟隙，頃刻間由極動轉到了極靜。海上陽光普照，一片寧定，但在這半邊木筏的一上一下之間，卻蘊藏着極大殺機。黃蓉心想：「半邊木筏只要再分成兩截，在波浪中非滾轉傾覆不可。」歐陽鋒心想：「只要她一探頭，我隔浪一掌擊去，水力就能將她震死。小丫頭一除，留下姓郭的小賊一人就不足爲患。」

兩人目不轉瞬，各自躍躍欲試。歐陽克忽然指着左側，叫道：「船，船！」洪七公與郭靖順着他手指望去，果見一艘龍頭大船扯足了帆，乘風破浪而來。過不多時，歐陽克看到了船首站着一人，身材高大，披着大紅袈裟，似是靈智上人，大船再駛近了些，定睛看去，果然不錯，忙對叔父說了。歐陽鋒氣運丹田，高聲叫道：「這裏是好朋友哪，快過來。」

黃蓉在水底尚未知覺，郭靖卻已知不妙，急忙也潛入水中，一拉黃蓉的手臂，示意又來了敵人。黃蓉在水底難明他意思，但料來總是事情不對，打個手勢，叫他接住歐陽鋒的掌力，自己乘機割筏。郭靖知道自己功力本就遠不及敵人，現今己身在水而敵在筏上，相差更遠，這一掌接下來大有性命之憂，但事已急迫，捨此更無別法，力運雙臂，忽地鑽上。歐陽鋒「閣」的一聲大叫，雙掌從水面上拍將下來，郭靖的雙掌也從水底擊了上去。海面上水花不起，但水中卻兩股大力一交，突然間半截木筏向上猛掀，翻起數尺，喀喀兩聲，黃蓉已將繫筏的繩索割斷。就在此時，大船也已駛到離木筏十餘丈外。

黃蓉一割之後立即潛入水底，待要去刺歐陽鋒時，卻見郭靖手足不動，身子慢慢下沉，不禁又驚又悔，忙游過去拉住他的手臂，游出數丈，鑽出海面，但見郭靖雙目緊閉，臉青唇白，已然暈去。

那大船放下舢舨，幾名水手扳槳划近木筏，將歐陽叔姪與洪七公都接了上去。

黃蓉連叫三聲：「靖哥哥！」郭靖只是不醒。她想來者雖是敵船，卻也只得上去，當下托住郭靖後腦，游向舢舨。艇上水手拉了郭靖上去，伸手欲再拉她，黃蓉忽然左手在艇邊一按，身如飛魚，從水中躍入艇心，幾個水手都大吃一驚。

適才水中對掌，郭靖爲歐陽鋒所激，受到極大震盪，登時昏暈，待得醒轉，只見自己倚在黃蓉懷裏，卻是在一艘小艇之中。他呼吸了幾口，察知未受內傷，展眉向黃蓉一笑。黃蓉回報一笑，消了滿腔驚懼，這才瞧那大船中是何等人物。

一望之下，心中不禁連珠價叫苦，只見船首高高矮矮的站了七八個人，正是幾月前在燕京趙王府裏會見過的武林高手：身矮足短、目光如電的是千手人屠彭連虎，頭頂油光晶亮的是鬼門龍王沙通天，額角上長了三個瘤子的是三頭蛟侯通海，童顏白髮的是參仙老怪梁子翁，身披大紅袈裟的是藏僧大手印靈智上人，另有幾個卻不相識，心想：「靖哥哥與我的武功近來大有長進，若與彭連虎等一對一的動手，我縱使仍然不敵，靖哥哥卻是必操勝算。只是老毒物在旁，又有這許多人聚在一起，今日要想脫險，可是難上加難了。」

大船上諸人聽到歐陽鋒在木筏上那一聲高呼，本已甚爲驚奇，及至見到是郭靖等人，更是大感奇怪。

歐陽鋒抱着姪兒，郭靖與黃蓉抱了洪七公，五人分作兩批，先後從小艇躍上大船。一人身穿繡花綿袍，從中艙迎了出來，與郭靖一照面，兩人都是一驚。那人頷下微鬚，面目清秀，正是大金國的六王爺趙王完顏洪烈。

原來完顏洪烈在寶應劉氏宗祠中逃脫之後，生怕郭靖追他尋仇，不敢北歸，逕行會合了彭連虎、沙通天等人，南下盜取岳武穆的遺書。

其時蒙古大舉伐金，中都燕京被圍近月，燕雲十六州已盡屬蒙古。大金國勢日蹙。完顏洪烈心甚憂急，眼見蒙古兵剽悍殊甚，金兵雖以十倍之衆，每次接戰，盡皆潰敗，他苦思無策，不由得將中興復國大志，全都寄託在那部武穆遺書之上，心想只要得了這部兵書，自能用兵如神，戰無不勝，就如當年的岳飛一般，蒙古兵縱然精銳，也要望風披靡了。

這次他率衆南來，行蹤甚是詭秘，只怕被南朝知覺有了提防，是以改走海道，一心要神不知鬼不覺的在浙江沿海登陸，悄悄進入臨安將書盜來。當日他遍尋歐陽克不得，雖知他是一把極得力的高手，但久無消息，也不能單等他一人，只得逕自啓程，這時海上相遇，卻見他與郭靖爲伴，不由得暗自着急，只怕他已將這大秘密洩漏了出去。

郭靖見了殺父仇人，自是心頭火起，雖在強敵環伺之際，仍是對他怒目而視。這時一人從船艙中匆匆上來，只露了半面，立即縮身回入。黃蓉眼尖，看到依稀是楊康模樣。

歐陽克道：「叔叔，這位就是愛賢若渴的大金國六王爺。」歐陽鋒拱了拱手。完顏洪烈不知歐陽鋒在武林中有多大威名，見他神情傲慢，但瞧在歐陽克面上，拱手爲禮。彭連虎、沙通天等人聽得此言，一齊躬身唱喏：「久仰歐陽先生是武林中的泰山北斗，今日有幸拜見。」歐陽鋒微微躬身，還了半禮。大手印靈智上人素在藏邊，不知西毒的名頭，只是雙手合十，不作一聲。完顏洪烈知道沙通天等個個極爲自負，向不服人，但見了歐陽鋒卻如此恭敬，顯得既敬且畏，復大有諂媚之意，這等神色從來沒在他們臉上見過，立知這個周身水腫、蓬頭赤足的老兒來頭不小，當下着實接納，說了一番敬仰的話。

這些人中梁子翁的心情最是特異，郭靖喝了他珍貴之極的蝮蛇寶血，這時相見，如何不惱？但自己生平最怕的洪七公卻又在其旁，只有心中惱怒，臉上陪笑，上前躬身拜倒，說道：「小的梁子翁參見洪幫主，您老人家好。」

此言一出，衆人又是一驚，西毒北丐的威名大家都是久聞的，但均未見過，想不到這當世兩大高人竟然同時現身，正要上前拜見，洪七公哈哈一笑，說道：「老叫化倒了霉啦，給惡狗咬得半死不活的，還拜見甚麼？乘早拿東西來吃是正經。」衆人一怔，均想：「這洪七公躺着動彈不得，原來是身受重傷，那就不足爲懼。」望着歐陽鋒，要瞧他眼色行事。

歐陽鋒早已想好對付三人的毒計：洪七公必須先行除去，以免自己以怨報德的劣行被他張揚開來；郭靖則要先問出他經書上怪文的含義，再行處死；至於黃蓉，姪兒雖然愛她，留下來卻終是極大禍根，但若自己下手殺她，黃藥師知道了豈肯干休，須得想個借刀殺人之計，假手於旁人，眼下三人上了大船，不怕他們飛上天去，當下向完顏洪烈道：「這三人狡猾得緊，武功也還過得去，請王爺派人好好看守。」

梁子翁聞言大喜，當即斜身向左竄出，繞過沙通天身側，反手來拉郭靖的手腕。郭靖順腕翻過，拍的一聲，梁子翁已然肩頭中掌，這一招「見龍在田」又快又重，梁子翁武功雖高，竟也被他打得踉踉蹌蹌的倒退兩步。彭連虎和梁子翁一直在完顏洪烈之前互爭雄長，只想壓倒對方，都是面和心不和，見他受挫，均各暗自得意，立時散開，將洪七公等三人圍在垓心，要待梁子翁被打倒之後，再上前動手。

梁子翁適才所以要繞過沙通天，從側來拉郭靖，爲的就是防備他那招獨一無二的「亢龍有悔」，以便不至受他迎面直擊，難以抵擋，不料一別經月，他居然並不使「亢龍有悔」，只是隨手一掌，自己竟爾躲避不開，這一下他臉上如何下得來？見郭靖並不追擊，當即縱身躍起，雙拳連發，使出他生平絕學的「遼東野狐拳法」來，立心要取郭靖性命，既要掙回適才所失的顏面，又報昔日殺蛇之恨。

當年梁子翁在長白山採參，見到獵犬與野狐在雪中相搏。那野狐狡詐多端，竄東跚西，靈動異常，獵犬爪牙雖利，纏鬥多時，仍是無法取勝。他見了野狐的縱躍，心中有悟，當下人參也不採了，就在深山雪地的茅廬之中，苦思數月，創出了這套「野狐拳法」。這拳法以「靈、閃、撲、跌」四字訣爲主旨，於對付較己爲強之勁敵時最爲合用，首先教敵人捉摸不着自己前進後退、左趨右避的方位，然後俟機進擊。這時他不敢輕敵，使開這路拳法，未攻先閃，跌中藏撲，向郭靖打去。

這套拳法來勢怪異，郭靖從未見過，心想：「蓉兒的落英神劍掌虛招雖多，終究或五虛一實，或八虛一實，這老兒的拳法卻似全是虛招，不知鬧的是甚麼古怪？」當下依着洪七公前時所指點的方策，不論敵招如何變化多端，自己只是將降龍十八掌的掌力發將出去。

兩人數招一過，衆高手都瞧得暗暗搖頭，心想：「梁老怪總算是一派的掌門，與這後生小子動手，怎麼儘是閃避，不敢發一招實招？」

再拆數招，郭靖的掌力將他越迫越後，眼見就要退入海中。梁子翁見「野狐掌」不能取勝，要想另換拳法，但被郭靖掌力籠罩住了，那裏緩得出手來？掌聲呼呼之中，只聽洪七公叫道：「下去罷！」郭靖的一招「戰龍在野」，左臂橫掃。梁子翁大聲驚呼，身不由主的往船舷外跌出。

衆人一驚之下，齊向梁子翁跌下處奔過去察看。只聽得海中有人哈哈長笑，梁子翁忽爾飛起，噠的一聲，直挺挺的跌在甲板之上，再也爬不起來。

這一來衆人驚訝更甚，難道海水竟能將他身子反彈上來？爭着俯首船邊向海中觀看。只見一個白鬚白髮的老兒在海面上東奔西突，迅捷異常，再凝神看時，原來他騎在一頭大鯊魚背上，就如陸地馳馬一般縱橫自如。郭靖又驚又喜，大聲叫道：「周大哥，我在這裏啊！」

那騎鯊的老兒正是老頑童周伯通。

周伯通聽得郭靖呼叫，大喜歡呼，在鯊魚右眼旁打了一拳，鯊魚即向左轉，遊近船邊。周伯通叫道：「是郭兄弟麼？你好啊。前面有一條大鯨魚，我已追了一日一夜，現下就得再追，再見吧！」郭靖急叫：「大哥快上來，這裏有好多壞人要欺侮你把弟啊。」

周伯通怒道：「有這等事？」右手拉住鯊魚口中一根不知甚麼東西，左手在大船邊上垂下的防撞木上一掀，連人帶鯊，忽地從眾人頭頂飛過，落上甲板，喝道：「甚麼人這般大膽，膽敢欺侮我的把弟？」

船上諸人那一個不是見多識廣，但這個白鬚老兒如此奇詭萬狀的出現，卻令人人都驚得目瞪口呆，連洪七公與歐陽鋒也是差愕異常。

周伯通見到黃蓉，也感奇怪，問道：「怎麼你也在這裏？」黃蓉笑道：「是啊，我算到你今天會來，因此先在這裏等你。你快教我騎鯊魚的法兒。」周伯通笑道：「好，我來教你。」黃蓉道：「你先打發了這批壞人再教。」

周伯通目光向甲板上眾人一掃，對歐陽鋒道：「我道別人也不敢這麼猖狂，果然又是你這老兒，」歐陽鋒冷冷的道：「一個人言而無信，縱在世上偷生，也教天下好漢笑話。」周伯通道：「半點也不錯。做人甚麼事都可胡來，但說話放屁，總須分得清清楚楚，可別讓人聽在耳裏，不知道聲音是上面出來的呢，還是來自下盤功夫。我正要找你算帳，你在這兒眞是再好也沒有。老叫化，你是公證，站起來說句公道話罷。」

洪七公臥在甲板上，笑了一笑。黃蓉道：「老毒物遇難，我師父接連九次救了他性命，那知他狠心狗肺，反過來傷我師父，點了他的穴道。」洪七公救歐陽鋒之命，前後只是三次，黃蓉將次數一變三倍，歐陽鋒自也不能對此分辯，只是怒目不語。

周伯通俯身在洪七公的「曲池穴」與「湧泉穴」上揉了兩揉。洪七公道：「老頑童，那沒用。」原來歐陽鋒這門點穴手段甚是陰毒，除了他與黃藥師兩人之外，天下無人解得。

歐陽鋒甚是得意，說道：「老頑童，你有本事就將他穴道解了。」黃蓉雖不會解，卻識得這門點穴功夫，小嘴一扁，說道：「那有甚麼希奇的？我爹爹不費吹灰之力，就能將這『透骨打穴法』解開。」歐陽鋒聽她說出這打穴法的名稱，心想這小丫頭家學淵源，倒也有些門道，當下也不理她，對周伯通道：「你輸了東道，怎麼說話如同放屁？」

周伯通掩鼻叫道：「放屁麼？好臭好臭！我倒要問你，咱們賭了甚麼東道？」歐陽鋒道：「這裏除了姓郭的小子與這小丫頭，都是成名的英雄豪傑，我說出來請大家評評道理。」彭連虎道：「好極，好極。歐陽先生請說。」歐陽鋒道：「這位是全眞派的周伯通周老爺子，江湖上人稱老頑童，輩份不小，是丘處機、王處一他們全眞七子的師叔。」

周伯通十餘年來一直躭在桃花島，前此武藝未有大成，除了頑皮胡鬧，也沒做過甚麼了不起的大事，江湖上名頭並不響亮，但衆人見他海上騎鯊，神通廣大，實是非同小可，原來是全眞七子的師叔，無怪如此了得，互相低聲交談了幾句。彭連虎念到八月中秋嘉興烟雨樓之約，心想全眞七子若有這怪人相助，可就更加不易對付了，不禁暗暗擔憂。

歐陽鋒道：「這位周兄在海中爲鯊羣所困，兄弟將他救了起來。我說鯊羣何足道哉，只消舉手之勞，就能將羣鯊盡數殺滅。周兄不信，我們兩人就打了一賭。周兄，這話對麼？」周伯通連連點頭，道：「這幾句話全對。賭點甚麼，也得給大夥兒說說。」歐陽鋒道：「正是！我說若是我輸了，你叫我幹甚麼，我就得幹甚麼。若是不肯幹，就得跳到海中餵魚。你輸了也是一樣。這話對麼？」周伯通又是連連點頭，道：「對，對，半點不錯。後來怎樣了？」歐陽鋒道：「怎樣？後來是你輸了。」

這一次周伯通卻連連搖頭，說道：「錯了，錯了，輸的是你，不是我。」歐陽鋒怒道：「男子漢大丈夫，說話豈能顛倒是非，胡混奸賴？若是我輸，你怎肯跳入海中自盡？」周伯通嘆道：「是啊，原本我也道老頑童運氣不好，輸在你手，那知到了海中，老天爺教我遇上一件巧事，才知是你老毒物輸了，我老頑童贏了。」

歐陽鋒、洪七公、黃蓉齊聲問道：「甚麼巧事？」

周伯通一彎腰，左手抓住撐在鯊魚口中的一根木棒，將鯊魚提了起來，道：「就是遇見了我這頭坐騎啊，老毒物你瞧明白了，這是你寶貝姪兒將木棍撐在牠口中的，是不是？」當日歐陽克行使毒計，用木棍撐在鯊魚口中，要叫這海中第一貪吃的傢伙活生生餓死，那是歐陽鋒親眼所見。這時見了巨鯊和木棍的形狀，以及魚口邊被釣鈎鈎破的傷痕，記得果然便是那天放還海中的鯊魚，便道：「是又怎地？」

周伯通拍手笑道：「那便是你輸了啊。咱們賭的是將鯊羣盡數殺滅，可是這頭好傢伙託了你姪兒的福，吃不得死鯊，中不了毒，既留下了一條，豈不是我老頑童贏了？」說罷哈哈大笑。歐陽鋒臉上變色，做聲不得。

郭靖喜道：「大哥，這些日子你在那裏？我想得你好苦。」

周伯通笑道：「我才玩得有趣呢。我跳到海裏，不久就見到這傢伙在海面上喘氣，好似大爲煩惱。我道：『老鯊啊老鯊，你我今日可算同病相憐了！』我一下子跳上了魚背。牠猛地就鑽進了海底，我只好閉住氣，雙手牢牢抱住了牠的頭頸，舉足亂踢牠的肚皮，好容易牠才鑽到水面上來，沒等我透得兩口氣，這傢伙又鑽到了水下。咱哥兒倆鬥了這麼半天，牠才算乖乖的聽了話，我要牠往東，牠就往東，要牠朝北，牠可不敢向南。」說着輕輕拍着鯊魚的腦袋，甚是得意。

這些人中最感艷羨的自是黃蓉，只聽得兩眼發光，說道：「我在海中玩了這麼些年，怎麼沒想到這玩意兒，眞傻！」周伯通道：「你瞧牠滿口牙齒，便如是一把把的利刀，若不是口中撐了這根木棍，你敢騎牠嗎？」黃蓉道：「這些日子你一直都騎在魚背上？」周伯通道：「可不是麼？咱哥兒倆捉魚的本事可大啦。咱們一見到魚，牠就追，我就來這麼一拳一掌，將魚打死，一條魚十份中我吃不上一份，這傢伙可得吃九份半。」黃蓉摸了摸鯊魚的肚皮，又問：「你把死魚塞到牠肚子裏麼？牠不用牙齒會吃麼？」周伯通道：「會吃得緊呢。有一次咱哥兒倆窮追一條大烏賊……」

這一老一小談得興高采烈，傍若無人，歐陽鋒卻暗暗叫苦，籌思應付之策。周伯通忽道：「喂，老毒物，你認不認輸？」

歐陽鋒先前把話說得滿了，在衆人之前怎能食言？只得道：「輸了又怎地？難道我還賴不成？」周伯通道：「嗯，我得想想叫你做件甚麼難事。好，你適才罵我放屁，我就叫你馬上放一個屁！讓大夥兒聞聞。」

黃蓉聽周伯通叫歐陽鋒放屁，平白無端的放一個屁，在常人自然極難，但內功精湛之輩，一生習練的就是將氣息在週身運轉，這件事卻是殊不足道，只怕歐陽鋒老奸巨猾，打蛇隨棍上，抓住這個機會，輕輕易易的放一個屁，就將這件事朦混過去，忙搶着道：「不好，不好，你要他把我師父的穴道解開再說。」

周伯通道：「你瞧，人家小姑娘怕你的臭屁，那就免了罷。我也不要你做甚麼爲難之事，快把老叫化的傷治了。老叫化的本事決不在你之下，你若非行奸弄鬼，決計傷他不了。待他傷好之後，你倆公公平平的再打一架，那時候讓老頑童來做個公證。」

歐陽鋒知道洪七公的傷已無法治愈，不怕他將來報復，倒怕周伯通忽然異想天開，出了個古怪的難題，在衆目睽睽之下，那可教人下不了台，當下也不打話，俯身運勁於掌，將洪七公的穴道解了。黃蓉與郭靖上前搶着扶起。

周伯通向甲板上衆人橫掃了一眼，說道：「老頑童最怕聞的，就是韃子的羊臊味。快放下小艇，送我們四人上岸。」

歐陽鋒見周伯通與黃藥師動過手，知道這人武功極怪，若是跟他說翻了臉動武，自己縱不落敗，取勝之機卻也頗爲渺茫，目下只得暫且忍耐，待練成「九陰眞經」上的武功後，再來跟他算帳，好在今日儘可藉口輸了打賭，一切依從，早早將這瘟神送走爲是，算計已定，便道：「好罷，誰教你運道好呢！這場打賭既是你贏了，你說怎麼就怎麼着。」轉頭向完顏洪烈道：「王爺，就放下舢舨，送這四人上岸罷。」

完顏洪烈不答，心想：「這四人上了岸，只怕洩漏了我此番南來的機密。」

靈智上人一直冷眼旁觀，見着歐陽鋒大剌剌的神情早就心中大是不忿，暗想瞧你這副落湯鷄般的狼狽模樣，聽周伯通那憊賴老兒說甚麼便依從甚麼，不敢駁回半句，多半是個浪得虛名之徒，就算眞的武功高強，未必就敵得過我們這裏的許多高手，眼見完顏洪烈有躊躇之色，當即走上兩步，說道：「若是在木筏之上，歐陽先生愛怎麼就怎麼，旁人豈敢多口？旣是上了大船，就得聽王爺吩咐。」

此言一出，衆人聳然動容，都望着歐陽鋒的臉色。

歐陽鋒冷冷的上下打量靈智上人，隨即抬頭望天，淡淡的道：「這位大和尙是存心要跟老朽爲難了？」靈智上人道：「不敢。小僧向在藏邊，孤陋寡聞，今日倒是第一次聽到歐陽先生的威名，與先生那有甚麼樑子過節……」

話猶未了，歐陽鋒踏上一步，左手虛幌，右手已抓起靈智上人魁梧雄偉的身軀，順勢迴轉，將他頭下脚上的舉了起來。

這一下快得出奇，衆人但見靈智上人大紅的袈裟一陣幌動，一個肥肥的身體已被舉在半空，卻未看清歐陽鋒使的是甚麼手法。靈智上人本比常人要高出一個頭，歐陽鋒這一把是抓住了他後頸隆起的一塊肥肉，若是挺臂上舉，他雙脚未必就能離地，但歐陽鋒將他身子倒了轉來，頭頂離開甲板約有四尺。只見他雙脚在空中亂踢，口中連連怒吼。那日靈智上人在趙王府與王處一過招，衆人都見到他手上功夫極爲了得，但被歐陽鋒這麼倒轉提起，雙臂軟軟的垂在兩耳之旁，宛似斷折了一般，全無反抗之能。

歐陽鋒仍是兩眼向天，輕描淡寫的道：「你今日第一次聽到我的名字，就瞧不起老朽，是不是？」靈智上人又驚又怒，連運了幾次氣，出力掙扎，卻那裏掙扎得脫？彭連虎等見了這般情景，無不駭然失色。

歐陽鋒又道：「你瞧不起老朽，那也罷了，瞧在王爺的面上，我也不來和你一般見識。你想留下老頑童周老爺子、九指神丐洪老爺子，嘿嘿，憑你這點微末道行也配？你既孤陋寡聞，又無自知之明，吃點虧是免不了的啦。老頑童，接着了！」

也不見他手臂後縮前揮，只是掌心勁力外吐，靈智上人就如一團紅雲般從甲板的左端飛向右端，他一離歐陽鋒的掌力，立時自由，身子一挺，一個鯉魚翻身，要待直立，突覺頸後肥肉一痛，暗叫不妙，左掌捏了個大手印忙要拍出，忽感手臂酸痳，不由自主的垂了下去，身子又被倒提在空中，原來已被周伯通如法炮製的擒住了。

完顏洪烈見他狼狽不堪，心知莫說歐陽鋒有言在先，單憑周伯通一人，自己手下這些人就留他不住，忙道：「周老先生莫作耍了，小王派船送四位上岸就是。」

周伯通道：「好呀，你也來試試，接着了！」學着歐陽鋒的樣，掌心吐勁，將靈智上人肥大的身軀向他飛擲過去。

完顏洪烈雖識武藝，但只會些刀槍弓馬的功夫，周伯通這一下將這個胖大和尙急擲過來，勁道凌厲，他那裏能接，撞上了非死必傷，急忙閃避。

沙通天見情勢不妙，使出移步換形功夫，幌身攔在完顏洪烈面前，眼見靈智上人衝來的勢道極爲沉猛，若是出掌相推，只怕傷了他，看來只有學歐陽鋒、周伯通的樣，先抓住他後頸，再將他倒轉過來，好好放下。

可是武功之道，差不得絲毫，他眼看歐陽鋒與周伯通一抓一擲，全然不費力氣，只道靈智上人只是掌力厲害，縱躍變招的本事卻甚平常，滿擬將他抓住，先消來勢，再放正他身子，那知道一抓下去，剛碰到靈智上人的後頸，突感火辣辣的一股力道從腕底猛打將上來，若不抵擋，右腕立時折斷，危急中忙撤右掌，左拳一招「破甲錐」擊了下去。

原來靈智上人接連被歐陽鋒與周伯通倒轉提起，熱血逆流，只感頭昏腦脹，心中怒火加焚，聽得周伯通叫人接住自己，只道出手的又是敵人，人在空中時已運好了氣，一覺沙通天的手碰到他頸後，立時一個大手印拍出。

兩人本來功力悉敵，沙通天身子直立，佔了便宜，但靈智上人卻有備而發，打了他一個措手不及。這一來仍然是半斤八兩，只聽得拍的一響，沙通天退後三步，一交坐倒，靈智上人也被他掌力一震，橫臥在地。靈智上人翻身躍起，才看清適才打他的原來是沙通天，心想：「連你這臭賊也來揀便宜！」虎吼一聲，又要撲上。彭連虎知他誤會，忙攔在中間，叫道：「大師莫動怒，沙大哥是好意！」

這時大船上已放下舢舨。周伯通提起鯊魚口中的木棒，將巨鯊向船外揮出，同時手掌使力，將木棍震為兩截。那鯊魚飛身入海，忽覺口中棍斷，自是欣喜異常，潛入深海吃魚去了。黃蓉笑道：「靖哥哥，下次咱倆和周大哥各騎一條鯊魚，比賽誰游得快。」郭靖尚未回答，周伯通已自拍手叫好，說道：「還是請老叫化做公證。」

完顏洪烈見周伯通等四人坐了舢舨划開，心想歐陽鋒如此功夫，如肯出手相助，那麼盜書之事是更加易成，當下牽了靈智上人的手，走到歐陽鋒面前，說道：「大家都是好朋友，先生不可見怪，上人也莫當眞，都瞧在小王臉上，只算是戲耍一場。」

歐陽鋒一笑，伸出手去。靈智上人心猶未服，暗想：「你不過擒拿法了得，乘我不備，忽施襲擊，我數十年苦練的大手印掌力，難道當眞不及你？」當下也伸出手去，勁從臂發，力揑歐陽鋒的手掌，力道剛施上，忽然身不由主的跳起，猶似揑上一塊燒得通紅的鋼塊，手掌只燒得火辣辣地疼痛，放手不迭。歐陽鋒不爲已甚，只是微微一笑。靈智上人看自己手心時，卻是了無異狀，心道：「他媽的，這老賊定是會使邪術。」

歐陽鋒見梁子翁躺在甲板之上，兀自動彈不得，上前一看，知他被郭靖打下海中時恰好給周伯通接住，點了他穴道又擲上船來，於是解開他被封的穴道。這樣一來，歐陽鋒自然而然的做了這一羣武人的首領。完顏洪烈吩咐整治酒席，與歐陽叔姪接風。

飲酒中間，完顏洪烈把要到臨安去盜武穆遺書的事對歐陽鋒說了，請他鼎力相助。

歐陽鋒早聽姪兒說過，這時心中一動，忽然另有一番主意：「我歐陽鋒是何等樣人，豈能供你驅策？但向聞岳飛不僅用兵如神，武功也極爲了得，他傳下來的岳家散手確是武學中的一絕，這遺書中除了韜畧兵學之外，說不定另行錄下武功。我且答應助他取書，要是瞧得好了，難道老毒物不會據爲己有？」

正是：爾虞我詐，各懷機心。完顏洪烈一心要去盜取大宋名將的遺書，卻不道螳螂捕蟬，黃雀在後，歐陽鋒另在打他的主意。當下一個着意奉承，一個滿口應允，再加上梁子翁在旁極力助興，席上酒到杯乾，賓主盡歡。只有歐陽克身受重傷，吃不得酒，用了一點菜，就由人扶到後艙休息去了。

正吃得熱鬧間，歐陽鋒忽爾臉上變色，停杯不飲，衆人俱各一怔，不知有甚麼事得罪他了。完顏洪烈要待出言相詢，歐陽鋒道：「聽！」衆人側耳傾聽，除了海上風濤之外，卻聽不見甚麼。過了一陣，歐陽鋒道：「現今聽見了麼？簫聲。」衆人凝神傾聽，果聽得浪聲之外，隱隱似乎夾着忽斷忽續的洞簫之聲，若不是他點破，誰也聽不出來。

歐陽鋒走到船頭，縱聲長嘯，聲音遠遠傳了出去。衆人也都跟到船頭。

只見海面遠處扯起三道青帆，一艘快船破浪而來。衆人暗暗詫異：「難道簫聲是從這船中發出？相距如是之遠，怎能送到此處？」

歐陽鋒命水手轉舵，向那快船迎去。兩船漸漸駛近。來船船首站着一人，身穿青布長袍，手中果然執着一枝洞簫，高聲叫道：「鋒兄，可見到小女麼？」歐陽鋒道：「令愛好大的架子，我敢招惹麼？」

兩船相距尚有數丈，也不見那人縱身奔躍，衆人只覺眼前一花，那人已上了大船甲板。

完顏洪烈見他本領了得，又起了招攬之心，迎將上去，說道：「這位先生貴姓？有幸拜見，幸如何之。」以他大金國王爺身分，如此謙下，可說是十分難得的了。但那人見他穿着金國官服，只白了他一眼，並不理睬。

歐陽鋒見王爺討了個老大沒趣，說道：「藥兄，我給您引見。這位是大金國的趙王六王爺。」向完顏洪烈道：「這位是桃花島黃島主，武功天下第一，藝業並世無雙。」彭連虎等嚇了一跳，不由自主的退了數步。他們早知黃蓉的父親是個極厲害的大魔頭，黑風雙煞只不過是他破門的弟子，已是如此威震江湖，武林中人提到時爲之色變，徒弟已然如此，何況師父？這一上來果然聲威奪人，人人想起曾得罪過他女兒，都是心存疑懼，不敢作聲。

黃藥師自女兒走後，知她必是出海找尋郭靖，初時心中有氣，也不理會，過得數日，越想越是放心不下，只怕她在郭靖沉船之前與他相會，上了自己特製的怪船，那可有性命之憂，當即出海找尋。知道他們是回歸大陸，於是一路向西追索。但在茫茫大海中尋一艘船，眞是談何容易？縱令黃藥師身懷異術，但來來去去的找尋，竟是一無眉目。這日在船頭運起內力吹簫，盼望女兒聽見，出聲呼應，豈知卻遇上了歐陽鋒。

黃藥師與彭連虎等均不相識，聽歐陽鋒說這身穿金國服色之人是個王爺，更是向他瞧也不瞧，只向歐陽鋒拱拱手道：「兄弟趕着去找尋小女，失陪了。」轉身就走。

靈智上人適才被歐陽鋒、周伯通擺布得滿腹怒火，這時見上船來的又是個十分傲慢無禮之人，聽了歐陽鋒的話，心想：「難道天下高手竟如此之多？這些人多半會一點邪法，裝神弄鬼，嚇唬別人。我且騙他一騙。」見黃藥師要走，朗聲說道：「你找的可是個十五六歲的小姑娘麼？」

黃藥師停步轉身，臉現喜色，道：「是啊，大師可曾見到？」靈智上人冷冷的道：「見倒是見過的，只不過是死的，不是活的。」黃藥師心中一寒，忙道：「甚麼？」這兩個字說得聲音也顫了。

靈智上人道：「三天之前，我曾在海面上見到一個小姑娘的浮屍，身穿白衫，頭髮上束了一個金環，相貌本來倒也挺標緻。唉，可惜，可惜！可惜全身給海水浸得腫脹了。」他說的正是黃蓉的衣飾打扮，一絲不差。

黃藥師心神大亂，身子一幌，臉色登時蒼白，過了一陣，方問：「這話當眞？」衆人明明見到黃蓉離船不久，卻聽靈智上人如此相欺，各自起了幸災樂禍之心，要瞧黃藥師的傷心模樣，都不作聲。靈智上人冷冷的道：「那女孩的屍身之旁還有三個死人，一個是年輕後生，濃眉大眼，一個是老叫化子，背着個大紅葫蘆，另一個是白鬚白髮的老頭兒。」他說的正是郭靖、洪七公、周伯通三人。到此地步，黃藥師那裏還有絲毫疑心，斜眼瞧着歐陽鋒，心道：「你識得我女兒，何不早說？」

歐陽鋒見他神色，眼見是傷心到了極處，一出手就要殺人，自己雖然不致吃虧，可是這股來勢也不易抵擋，便道：「兄弟今日方上這船，與這幾位都是初會。這位大師所見到的浮屍，也未必就是令愛罷。」接着嘆了口氣道：「令愛這樣一個好姑娘，倘若當眞少年夭折，可教人遺憾之極了。我姪兒得知，定然傷心欲絕。」這幾句話把自己的擔子推卸掉了，雙方均不得罪。

黃藥師聽來，卻似更敲實了一層，刹那間萬念俱灰。他性子本愛遷怒旁人，否則當年黑風雙煞偷他經書，何以陸乘風等人毫無過失，卻都被打斷雙腿、逐出師門？這時候他胸中一陣冰涼，一陣沸熱，就如當日愛妻逝世時一般。但見他雙手發抖，臉上忽而雪白，忽而緋紅。人人默不作聲的望着他，心中都是充滿畏懼之意，即令是歐陽鋒，也感到惴惴不安，氣凝丹田，全神戒備，甲板上一時寂靜異常。突然聽他哈哈長笑，聲若龍吟，悠然不絕。

這一來出其不意，衆人都是一驚，只見他仰天狂笑，越笑越響。笑聲之中卻隱隱然有一陣寒意，衆人越聽越感淒涼，不知不覺之間，笑聲竟已變成了哭聲，但聽他放聲大哭，悲切異常。衆人情不自禁，似乎都要隨着他傷心落淚。

這些人中只有歐陽鋒知他素來放誕，歌哭無常，倒並不覺得怎麼奇怪，但聽他哭得天愁地慘，心想：「黃老邪如此哭法，必然傷身。昔時阮籍喪母，一哭嘔血斗餘，這黃老邪正有晉人遺風。只可惜我那鐵箏在覆舟時失去，不然彈將起來，助他哀哭之興，此人縱情率性，多半會一發不可收拾，身受劇烈內傷，他日華山二次論劍，倒又少了一個大敵。唉，良機坐失，可惜啊可惜！」

黃藥師哭了一陣，舉起玉簫擊打船舷，唱了起來，只聽他唱道：「伊上帝之降命，何修短之難哉？或華髮以終年，或懷妊而逢災。感前哀之未闋，復新殃之重來。方朝華而晚敷，比晨露而先晞。感逝者之不追，情忽忽而失度，天蓋高而無階，懷此恨其誰訴？」拍的一聲，玉簫折爲兩截。黃藥師頭也不回，走向船頭。

靈智上人搶上前去，雙手一攔，冷笑道：「你又哭又笑、瘋瘋癲癲的鬧些甚麼？」完顏洪烈叫道：「上人，且莫……」一言未畢，只見黃藥師右手伸出，又已抓住了靈智上人頸後的那塊肥肉，轉了半個圈子，將他頭下脚上的倒轉了過來，向下擲去，撲的一聲，他一個肥肥的光腦袋已插入船板之中，直沒至肩。原來靈智上人所練武功，頸後是破綻所在，他身形一動，歐陽鋒、周伯通、黃藥師等大高手立時瞧出，是以三人一出手便都攻擊他這弱點，都是一抓即中。

黃藥師唱道：「天長地久，人生幾時？先後無覺，從爾有期。」青影一幌，已自躍入來船，轉舵揚帆去了。

衆人正要相救靈智上人，看他生死如何，忽聽得格的一聲，船板掀開，艙底出來一個少年。只見他唇紅齒白，面如冠玉，正是完顏洪烈的世子、原名完顏康的楊康。

他與穆念慈翻臉之後，只是念着完顏洪烈「富貴不可限量」那句話，在准北和金國官府通上消息，不久就找到了父王，隨同南下。郭靖、黃蓉上船時，他一眼瞥見，立即躲在艙底不敢出來，卻在船板縫中偷看，把甲板上的動靜都瞧了個清清楚楚。衆人飲酒談笑之時，他怕歐陽鋒與郭靖一路同來，難保沒有異心，是以並不赴席，只是在艙底竊聽衆人說話，直至黃藥師走了，才知無碍，於是掀開船板出來。

靈智上人這一下摔得着實不輕，總算硬功了得，腦袋又生得堅實，船板被他光頭鑽了個窟窿，頭上卻無損傷，只感到一陣暈眩，定了定神，雙手使勁，在船板上一按，身子已自躍起。衆人見甲板上平白地多了一個圓圓的窟窿，不禁相顧駭然，隨即又感好笑，卻又不便發笑，人人強行忍住，神色甚是尷尬。

完顏洪烈剛說得一句：「孩子，來見過歐陽先生。」楊康已向歐陽鋒拜了下去，恭恭敬敬的磕了四個頭。他忽然行此大禮，衆人無不詫異。

原來楊康在趙王府時，即已十分欽佩靈智上人之能，今日卻見歐陽鋒、周伯通、黃藥師三人接連將他抓拿投擲，宛若戲弄嬰兒，才知天外有天，人上有人。他想起在太湖歸雲莊被擒受辱，在寶應劉氏宗祠中給郭黃二人嚇得心驚膽戰，皆因自己藝不如人之故，眼前有這樣一位高人，正可拜他爲師，跟歐陽鋒行了大禮後，對完顏洪烈道：「爹爹，孩兒想拜這位先生爲師。」

完顏洪烈大喜，站起身來，向歐陽鋒作了一揖，說道：「小兒生性愛武，只是未遇明師，若蒙先生不棄，肯賜教誨，小王父子同感大德。」別人心想，能做小王爺的師父，實是求之不得的事，豈知歐陽鋒還了一揖，說道：「老朽門中向來有個規矩，本門武功只是一脈單傳，決無旁枝。老朽已傳了舍姪，不能破例再收弟子，請王爺見諒。」完顏洪烈見他不允，只索罷了，命人重整杯盤。楊康好生失望。

歐陽鋒笑道：「小王爺拜師是不敢當，但要老朽指點幾樣功夫，卻是不難。咱們慢慢兒的切磋罷。」楊康見過歐陽克的許多姬妾，知道她們都曾得歐陽克指點功夫，但因並非眞正弟子，本事均極平常，聽歐陽鋒如此說，心中毫不起勁，口頭只得稱謝。殊不知歐陽鋒的武功豈是他姪兒能比，能得他指點一二，亦大足以在武林中稱雄逞威了。歐陽鋒鑒貌辨色，知他並無向自己請教之意，也就不提。

酒席之間，說起黃藥師的傲慢無禮，衆人都讚靈智上人騙他得好。侯通海道：「這人的武功當眞是高的，那臭小子原來是他的女兒，怪不得很有些鬼門道。」說着凝目瞧着靈智上人的光頭，看了一會，側過頭來瞪視他後頭的那塊肥肉，彎過右手，抓住自己後頸，嘿嘿一笑，問道：「師哥，他們三人都是這麼一抓，那是甚麼功夫？」沙通天斥道：「別胡說。」靈通上人再也忍耐不住，突伸左手，抓住了侯通海額頭的三個肉瘤。侯通海急忙縮身，溜到了桌下。衆人哈哈大笑，同聲出言相勸。

侯通海鑽上來坐入椅中，向歐陽鋒道：「歐陽老爺子，你武功高得很哪！你教了我抓人後頸肥肉這手本事，成不成？」歐陽鋒微笑不答。靈智上人怒目而視。侯通海轉頭又問：「師哥，那黃藥師又哭又叫的唱些甚麼？」沙通天瞪目不知所對，說道：「誰理會得他瘋瘋癲癲的胡叫。」

楊康道：「他唱的是三國時候曹子建所做的詩，那曹子建死了女兒，做了兩首哀辭。詩中說，有的人活到頭髮白，有的孩子卻幼小就夭折了，上帝為甚麼這樣不公平？只恨天高沒有梯階，滿心悲恨卻不能上去向上帝哭訴。他最後說，我十分傷心，跟着你來的日子也不遠了。」眾武師都讚：「小王爺是讀書人，學問眞好，咱們粗人那裏知曉？」

黃藥師滿腔悲憤，指天罵地，咒鬼斥神，痛責命數對他不公，命舟子將船駛往大陸，上岸後怒火愈熾，仰天大叫：「誰害死了我的蓉兒？誰害死了我的蓉兒？」忽想：「是姓郭的那小子，不錯，正是這小子，若不是他，蓉兒怎會到那船上？只是這小子已陪着蓉兒已死了，我這口惡氣卻出在誰的身上？」

心念一動，立時想到了郭靖的師父江南六怪，叫道：「這六怪正是害我蓉兒的罪魁禍首！他們若不教那姓郭的小子武藝，他又怎能識得蓉兒？不把六怪一一的斬手斷足，難消我心頭之恨。」

惱怒之心激增，悲痛之情稍減，他到了市鎮，用過飯食，思索如何找尋江南六怪：「六怪武藝不高，名頭卻倒不小，想來也必有甚麼過人之處，多半是詭計多端。我若登門造訪，必定見他們不着，須得黑夜之中，闖上門去，將他們六家滿門老幼良賤，殺個一乾二淨。」

當下邁開大步，向北往嘉興而去。

說話之間，來到西湖邊的斷橋。這時正當盛暑，但見橋下盡是荷花。黃蓉見橋邊一家小酒店甚是雅潔，說道：「咱們去喝杯酒瞧荷花。」郭靖道：「甚好。」

第二十三回　大鬧禁宮

洪七公、周伯通、郭靖、黃蓉四人乘了小船，向西駛往陸地。郭靖坐在船尾扳槳，黃蓉不住向周伯通詳問騎鯊游海之事，周伯通興起，當場就要設法捕捉鯊魚，與黃蓉大玩一場。

郭靖見師父臉色不對，問道：「你老人家覺得怎樣？」洪七公不答，氣喘連連，聲息粗重。他被歐陽鋒以「透骨打穴法」點中之後，穴道雖已解開，內傷卻又加深了一層。黃蓉餵他服了幾顆九花玉露丸，痛楚稍減，氣喘仍是甚急。

老頑童不顧別人死活，仍是嚷着要下海捉魚，黃蓉卻已知不妥，向他連使眼色，要他安安靜靜的，別吵得洪七公心煩。周伯通並不理會，只鬧個不休。黃蓉皺眉道：「你要捉鯊魚，又沒餌引得魚來，吵些甚麼？」

老頑童爲老不尊，小輩對他喝罵，他也毫不在意，想了一會，忽道：「有了。郭兄弟，我拉着你手，你把下半身浸在水中。」郭靖尊敬義兄，雖不知他的用意，卻就要依言而行。黃蓉叫道：「靖哥哥，別理他，他要你當魚餌來引鯊魚。」周伯通拍掌叫道：「是啊，鯊魚一到，我就打暈了提上來，決計傷你不了。要不然，你拉住我手，我去浸在海裏引鯊魚。」黃蓉道：「這樣一艘小船，你兩個如此胡鬧，不掀翻了才怪。」周伯通道：「小船翻了正好，咱們就下海玩。」黃蓉道：「那我們師父呢？你要他活不成麼？」

周伯通扒耳抓腮，無話可答，過了一會，卻怪洪七公不該被歐陽鋒打傷。黃蓉喝道：「你再胡說八道，咱們三個就三天三夜不跟你說話。」周伯通伸伸舌頭，不敢再開口，接過郭靖手中雙槳用力划了起來。

陸地望着不遠，但直划到天色昏黑，才得上岸。四人在沙灘上睡了一晚，次日清晨，洪七公病勢愈重，郭靖急得流下淚來。洪七公笑道：「就算再活一百年，到頭來還是得死。好孩子，我只賸下一個心願，趁着老叫化還有一口氣在，你們去給我辦了罷。」黃蓉含淚道：「師父請說。」周伯通插口道：「那老毒物我向來就瞧着不順眼，我師哥臨死之時，爲了老毒物還得先裝一次假死。一個人死兩次，你道好開心嗎？老叫化，你死只管死你的，放心好啦，我給你報仇，去殺了他。」

洪七公笑道：「報仇雪恨麼，也算不得是甚麼心願，我是想吃一碗大內御厨做的鴛鴦五珍膾。」三人只道他有甚麼大事，那知只是吃一碗菜肴。黃蓉道：「師父，那容易，這兒離臨安不遠，我到皇宮去偷他幾大鍋出來，讓你吃個痛快。」周伯通又插口道：「我也要吃。」黃蓉白了他一眼道：「你又懂得甚麼好不好吃了？」

洪七公道：「這鴛鴦五珍膾，御厨是不輕易做的。當年我在皇宮內躲了三個月，也只吃到兩回，這味兒可眞教人想起來饞涎欲滴。」周伯通道：「我倒有個主意，咱們去把皇帝老兒的厨子揪出來，要他好好的做就是。」黃蓉道：「老頑童這主意兒不壞。」周伯通聽黃蓉讚他，甚是得意。

洪七公卻搖頭道：「不成，做這味鴛鴦五珍膾，厨房裏的家生、炭火、碗盞都是成套特製的，只要一件不合，味道就不免差了點兒。咱們還是到皇宮裏去吃的好。」

那三人對皇宮還有甚麼忌憚，齊道：「那當眞妙，咱們這就去，大家見識見識。」當下郭靖揹了洪七公，向北進發。來到市鎭後，黃蓉兌了首飾，買了一輛騾車，讓洪七公在車中安臥養傷。

不一日過了錢塘江，來到臨安郊外，但見暮靄蒼茫，歸鴉陣陣，天黑之前是趕不進城的了，要待尋個小鎭宿歇，放眼但見江邊遠處一彎流水，繞着十七八家人家。

黃蓉叫道：「這村子好，咱們就在這裏歇了。」周伯通瞪眼道：「好甚麼？」黃蓉道：「你瞧，這風景不像圖畫一般？」周伯通道：「似圖畫一般便怎地？」黃蓉一怔，倒是難以回答。周伯通道：「圖畫有好有醜，有甚麼風景若是似了老頑童所畫的圖畫，只怕也好不到那裏。」黃蓉笑道：「要老天爺造出一片景致來，有如老頑童亂塗的圖畫，老天爺也沒這副本事。」周伯通甚是得意，道：「可不是嗎？你若不信，我便畫一幅圖，你倒叫老天爺造造看。」黃蓉道：「我自然信。你既說這裏不好，便別在這裏歇，我們三個可不走啦。」周伯通道：「你們三個不走，我幹麼要走？」說話之間，到了村裏。

村中盡是斷垣殘壁，甚爲破敗，只見村東頭挑出一個破酒帘，似是酒店模樣。三人來到店前，見簷下擺着兩張板桌，桌上罩着厚厚一層灰塵。周伯通大聲「喂」了幾下，內堂走出一個十七八歲的少女來，蓬頭亂服，髮上插着一枝荆釵，睜着一對大眼呆望三人。

黃蓉要酒要飯，那姑娘不住搖頭。周伯通氣道：「你這裏酒也沒有，飯也沒有，開甚麼店子？」那姑娘搖頭道：「我不知道。」周伯通道：「唉，你眞是個傻姑娘。」那姑娘咧嘴歡笑，說道：「是啊，我叫傻姑。」三人一聽可都樂了。

黃蓉走到內堂與廚房瞧時，但見到處是塵土蛛網，鑊中有些冷飯，床上一張破蓆，不禁心生淒涼之感，回出來問道：「你家裏就只你一人？」傻姑微笑點頭。黃蓉又問：「你媽呢？」傻姑道：「死啦！」伸手抹抹眼睛，裝做哭泣模樣。黃蓉再問：「你爹呢？」傻姑搖頭不知。只見她臉上手上都是污垢，長長的指甲中塞滿了黑泥，也不知有幾個月沒洗臉洗手了，黃蓉心道：「就算她做了飯，也不能吃。」問道：「有米沒有？」傻姑微笑點頭，捧出一隻米缸來，倒有半缸糙米。

當下黃蓉淘米做飯，郭靖到村西人家去買了兩尾魚，一隻鷄。待得整治停當，天已全黑，黃蓉將飯菜搬到桌上，要討個油燈點火，傻姑又是搖頭。

黃蓉拿了一枝松柴，在灶膛點燃了，到櫥裏找尋碗筷。打開櫥門，只覺塵氣沖鼻，舉松柴照時，見櫥板上擱着七八隻破爛靑花碗，碗中碗旁死了十多隻灶鷄蟲兒。

郭靖幫着取碗。黃蓉道：「你去洗洗，再折幾根樹枝作筷。」郭靖應了，拿了幾隻碗走開。黃蓉伸手去拿最後一隻碗，忽覺異樣，那碗涼冰冰的似與尋常瓷碗不同，朝上一提，這隻碗竟似釘在板架上一般，拿之不動。黃蓉微感詫異，只怕把碗捏破，不敢用勁，又拿了一次，仍是提不起來，心道：「難道年深日久，污垢將碗底結住了？」凝目細瞧，碗上生着厚厚一層焦銹，這碗竟是鐵鑄的。

黃蓉噗哧一笑，心道：「金飯碗、銀飯碗、玉飯碗全都見過，卻沒聽說過飯碗有用鐵鑄的。」用力一提，那鐵碗竟然紋絲不動，黃蓉大奇，心想這碗就算釘在架板之上，我這一提之力，架板也得裂了，轉念一想：「莫非架板也是鐵鑄的？」伸中指往板上彈去，只聽得錚的一聲，果然是塊鐵板。她好奇心起，再使勁上提，鐵碗仍然不動。她向左旋轉，鐵碗全無動靜，向右旋轉時，卻覺有些鬆動，當下手上加勁，碗隨手轉，忽聽得喀喇喇一聲響，櫥壁向兩旁分開，露出黑黝黝的一個洞來。洞中一股臭氣衝出，中人欲嘔。黃蓉「啊」了一聲，忙不迭的向旁躍開。

郭靖與周伯通聞聲走近，齊向櫥內觀看。黃蓉心念一動：「這莫非是家黑店？那傻姑只怕是裝痴喬癲。」將手中點燃了的松柴交給郭靖，縱向傻姑身旁，伸手去拿她手腕。傻姑揮手格開黃蓉的擒拿，回掌拍向她肩膀。黃蓉雖猜她不懷善意，但覺她這掌的來勢竟然似是本門手法，不由得微微一驚，左手勾打，右手盤拿，連發兩招。她練了「易筋鍛骨篇」後，功力大進，出手勁急，只聽拍的一響，傻姑大聲叫痛，右臂已被打中，可是手上絲毫不緩，接連拍出兩掌。只拆得數招，黃蓉暗暗驚異，這傻姑所使的果然便是桃花島武學的入門功夫「碧波掌法」。這路掌法雖然淺近，卻已含桃花島武學的基本道理，本門家數一見即知。當下手上並不使勁，要誘她盡量施展，以便瞧明她武功門派。可是傻姑來來去去的就只會得六七招，比之郭靖當日對付梁子翁時只有一招「亢龍有悔」，似乎畧見體面，但她這六七招的威力，卻是大大不如郭靖那一招了，連掌法中最簡易的變化也全然不知。

這荒村野店中居然有黑店機關，而這滿身污垢的貧女竟能與黃蓉連拆得十來招，各人都大感詫異。周伯通喜愛新奇好玩之事，見黃蓉掌風凌厲，傻姑連聲：「哎唷！」抵擋不住，叫道：「喂，蓉兒，別傷她性命，讓我來跟她比武。」他聽洪七公、郭靖叫她「蓉兒」，一路上早就「蓉兒、蓉兒」的照叫不誤，也不用費事客氣，叫甚麼「黃姑娘、黃小姐」了。郭靖卻怕傻姑另有黨羽伏在暗中暴起傷人，緊緊站在洪七公身旁，不敢離開。

再拆數招，傻姑左肩又中一掌，左臂登時軟垂，不能再動，此時黃蓉若要傷她，只須平掌推出就是，但她手下留情，叫道：「快快跪下，饒你性命。」傻姑叫道：「那麼你也跪下！」突然間刷刷兩掌，正是「碧波掌法」中起手的兩招，只不過手法笨拙，殊無半分這路掌法中必不可缺的靈動之致，但掌勢如波，方位姿勢卻確確實實是桃花島的武功。黃蓉更無絲毫懷疑，伸手格開來掌，叫道：「你這『碧波掌法』自何處學來？你師父是誰？」傻姑笑道：「你打我不過了，哈哈！」

黃蓉左手上揚，右手橫劃，左肘佯撞，右肩斜引，連使四下虛招，第五招雙手彎拿，這一下仍是虛招，腳下一鈎卻是實了。傻姑站立不穩，撲地摔倒，大叫：「你使奸，這不算，咱們再打過。」叫着就要爬起。黃蓉那容她起身，撲上去按住，撕下她身上衣襟，將她反手綁住，問道：「我的掌法豈不是好過你的？」傻姑只是反來覆去的叫嚷：「你使奸，我不來。你使奸，我不來。」

郭靖見黃蓉已將傻姑制伏，出門竄上屋頂，四下眺望，並無人影，又下來繞着屋子走了一圈，見這野店是座單門獨戶的房屋，數丈外才另有房舍，店週並無藏人之處，這才放心。回進店來，只見黃蓉將短劍指在傻姑兩眼之中，威嚇她道：「誰教你武功的？快說，你不說，我殺了你。」說着將短劍虛刺了兩下。火光下只見傻姑咧嘴嘻笑，瞧她神情，卻非勇怒狂悍，只是痴痴呆呆的不知危險，還道黃蓉與她鬧着玩。黃蓉又問一遍，傻姑笑道：「你殺了我，我也殺了你。」

黃蓉皺眉道：「這丫頭不知是眞傻假傻，咱們進洞去瞧瞧，周大哥，你守着師父和這丫頭，靖哥哥和我進去……」周伯通雙手亂搖，叫道：「不，我和你一起去。」黃蓉道：「我可偏不要你同去。」按說周伯通年長輩尊，武功又高，但不知怎的，對黃蓉的話竟是不敢違拗，只是央求道：「好姑娘，下次我不和你抬槓就是。」黃蓉微微一笑，點了點頭。周伯通大喜，去找了兩根大松柴，點燃了在洞口薰了良久，薰出洞中穢臭。黃蓉將一根松柴從洞口拋了進去，只聽嗒的一聲，在對面壁上一撞，掉在地下，原來那洞並不甚深。借着松柴的火光往內瞧去，洞內既無人影，又無聲息，周伯通迫不及待，搶先鑽進。黃蓉隨後入內，原來只是一間小室。周伯通叫了出來：「上當，上當，不好玩。」

黃蓉突然「啊」的一聲，只見地上整整齊齊的擺着一副死人骸骨，仰天躺着，衣褲都已腐朽。東邊室角裏又有一副骸骨，卻是伏在一隻大鐵箱上，一柄長長的尖刀穿過骸骨的肋骨之間，插在鐵箱蓋上。

周伯通見這室既小又髒，兩堆死人骸骨又無新奇有趣之處，但見黃蓉仔仔細細的察看骸骨，耐着性子等了一會，只怕她生氣，卻不敢說要走，再過一陣，實在不耐煩了，試探着問道：「蓉兒好姑娘，我出去了，成不成？」黃蓉道：「好罷，你去替靖哥哥進來。」周伯通大喜，縱身而出，對郭靖道：「快進去，裏面挺好玩的。」生怕黃蓉又叫他去相陪，須得找個「替死鬼」。郭靖便鑽進室去。

黃蓉舉起松柴，讓郭靖瞧清楚了兩具骨骼，問道：「你瞧這兩人是怎生死的？」郭靖指着伏在鐵箱上的骸骨道：「這人好像是要去開啓鐵箱，卻被人從背後偷襲，一刀刺死。地下這人胸口兩排肋骨齊齊折斷，看來是被人用掌力震死的。」黃蓉道：「我也這麼想。可是有幾件事好生費解。」郭靖道：「甚麼？」

黃蓉道：「這傻姑使的明明是我桃花島的碧波掌法，雖然只會六七招，也沒到家，但招術路子完全不錯。這兩人爲甚麼死在這裏？跟傻姑又有甚麼關連？」郭靖道：「咱們再問那位姑娘去。」他自己常被人叫「傻孩子」，是以不肯叫那姑娘作「傻姑」。

黃蓉道：「我瞧那丫頭當眞是傻的，問也枉然。在這裏細細的查察一番，或許會有甚麼眉目。」舉起松柴又去看那兩堆骸骨，只見鐵箱脚邊有一物閃閃發光，拾起一看，卻是一塊黃金牌子，牌子正中鑲着一塊拇指大的瑪瑙，翻過金牌，見牌上刻着一行字：「欽賜武功大夫忠州防禦使帶御器械石彥明。」黃蓉道：「這牌子倘若是這死鬼的，他官職倒不小啊。」郭靖道：「一個大官死在這裏，可眞奇了。」

黃蓉再去察看，躺在地下的那具骸骨，見背心肋骨有物隆起。她用松柴的一端去撥了幾下，塵土散開，露出一塊鐵土。黃蓉低聲驚呼，搶在手中。

郭靖見了她手中之物，也是「啊」了一聲。黃蓉道：「你識得麼？」郭靖道：「是啊，這是歸雲莊上陸莊主的鐵八卦。」黃蓉道：「這是鐵八卦，可未必是陸師哥的。」郭靖道：「對！當然不是。這兩人衣服肌肉爛得乾乾淨淨，少說也有十年啦。」

黃蓉呆了半晌，心念一動，搶過去拔起鐵箱上的尖刀，湊近火光時，只見刀刃上刻着一個「曲」字，不由得衝口而出：「躺在地下的是我師哥，是曲師哥。」郭靖「啊」了一聲，不知如何接口。黃蓉道：「陸師哥說，曲師哥還在人世，豈知早已死在這兒……靖哥哥，你瞧瞧他的脚骨。」郭靖俯身一看，道：「他兩根腿骨都是斷的。啊，是給你爹爹打折的。」黃蓉點頭道：「他叫曲靈風。我爹爹曾說，他六個弟子之中，曲師哥武功最強，也最得爹爹歡心……」說到這裏，忽地搶出洞去，郭靖也跟了出來。

黃蓉奔到傻姑身前，問道：「你姓曲，是不是？」傻姑嘻嘻一笑，卻不回答。郭靖柔聲道：「姑娘，您尊姓？」傻姑道：「尊姓？嘻嘻，尊姓！」

兩人待要再問，周伯通叫了起來：「餓死啦，餓死啦。」黃蓉答道：「是，咱們先吃飯。」解開傻姑的綑縛，邀她一起吃飯，傻姑也不謙讓，笑了笑，捧起碗就吃。

黃蓉將密室中的事對洪七公說了。洪七公也覺奇怪，道：「看來那姓石的大官打死了你曲師哥，豈知你曲師哥尚未氣絕，扔刀子戳死了他。」黃蓉道：「情形多半如此。」拿了尖刀與鐵八卦給傻姑瞧，問道：「這是誰的？」

傻姑臉色忽變，側過了頭細細思索，似乎記起了甚麼，但過了好一陣，終於現出了茫然之色，搖了搖頭，拿着尖刀卻不肯放手。黃蓉道：「她似乎見過這把刀子，只是時日一久，卻記不起了。」飯畢，服侍了洪七公睡下，又與郭靖到室中察看。

兩人料想關鍵必在鐵箱之中，於是搬開伏在箱上的骸骨，一揭箱蓋，應手而起，並未上鎖，火光下耀眼生花，箱中竟然全是珠玉珍玩。郭靖倒還罷了，黃蓉卻識得件件是貴重之極的珍寶，她爹爹收藏雖富，卻也有所不及。她抓了一把珠寶，鬆開手指，一件件的輕輕溜入箱中，只聽得珠玉相撞，丁丁然清脆悅耳，嘆道：「這些珠寶大有來歷，爹爹若是在此，定能說出本源出處。」她一一的說給郭靖聽，這是玉帶環，這是犀皮盒，那是瑪瑙杯，那又是翡翠盤。郭靖長於荒漠，這般寶物不但從所未見，聽也沒聽見過，心想：「費那麼大的勁搞這些玩意兒，不知有甚麼用？」

說了一陣，黃蓉又伸手到箱中掏摸，觸手碰到一塊硬板，知道尚有夾層，撥開珠寶，果見內壁左右各有一個圓環，雙手小指勾在環內，將上面的一層提了起來，只見下層盡是些銅綠斑斕的古物。她曾聽父親解說過古物銅器的形狀，認得似是龍文鼎、商彝、周盤、周敦、周舉罍等物，但到底是甚麼，卻也辨不明白，若說珠玉珍寶價值連城，這些青銅器更是無價之寶了。黃蓉愈看愈奇，又揭起一層，卻見下面是一軸軸的書畫卷軸。

她要郭靖相幫，展開一軸看時，吃了一驚，原來是吳道子畫的一幅「送子天王圖」，另一軸是韓幹畫的「牧馬圖」，又一軸是南唐李後主繪的「林泉渡水人物」。只見箱內長長短短共有二十餘軸，展將開來，無一不是大名家大手筆，有幾軸是徽宗的書法和丹青，另有幾軸是時人的書畫，也盡是精品，其中畫院詩詔梁楷的兩幅潑墨減筆人物，神態生動，幾乎便有幾分像是周伯通。黃蓉看了一半卷軸，便不再看，將各物放回箱內，蓋上箱蓋，坐在箱上抱膝沉思，心想：「爹爹積儲一生，所得古物書畫雖多，珍品恐怕還不及此箱中十一，曲師哥怎麼有如此本領，得到這許多異寶珍品？」其中原因說甚麼也想不通。

每當黃蓉沉思之時，郭靖從來不敢打擾她的思路，卻聽周伯通在外面叫道：「喂，你們快出來，到皇帝老兒家去吃鴛鴦五珍膾去也！」郭靖問道：「今晚就去？」只聽洪七公道：「早去一日好一日，去得晚了，只怕我熬不上啦。」黃蓉道：「師父，您別聽老頑童胡說八道的攛掇。今晚說甚麼也不能去了，咱們明兒一早進城。老頑童再瞎出歪主意，明兒不許他進皇宮。」周伯通道：「哼，又是我不好。」賭氣不言語了。

當晚四人在地下鋪些稻草，胡亂睡了。次日清晨，黃蓉與郭靖做了早飯，四人與傻姑一齊吃了。黃蓉旋轉鐵碗，合上櫥壁，仍將破碗等物放在櫥內。傻姑視若無覩，渾不在意，只是拿着那把尖刀把玩。黃蓉取出一小錠銀子給她，傻姑接了，隨手在桌上一丟。黃蓉道：「你若餓了，就拿銀子去買米買肉吃。」傻姑似懂非懂的嘻嘻一笑。

黃蓉心中一陣凄涼，料知這姑娘必與曲靈風頗有淵源，若非親人，便是弟子，她這六七招「碧波掌法」自是曲靈風所傳，卻又學得傻裏傻氣的，掌如其人，只不知她是從小痴呆，還是後來受了甚麼驚嚇損傷，壞了腦子，有心要在村中打聽一番，周伯通卻不住聲的催促要走，只索罷了。當下四人一車，往臨安城而去。

臨安原是天下形勝繁華之地，這時宋室南渡，建都於此，人物輻輳，更增山川風流。四人自東面候潮門進城，逕自來到皇城的正門麗正門前。

這時洪七公坐在騾車之中，周伯通等三人放眼望去，但見金釘朱戶，畫棟彫欄，屋頂盡覆銅瓦，鐫鏤龍鳳飛驤之狀，巍峨壯麗，光耀溢目。周伯通大叫：「好玩！」拔步就要入內。宮門前禁衞軍見一老二少擁着一輛騾車，在宮門外大聲喧嚷，早有四人手持斧鉞，氣勢洶洶的上來拿捕。周伯通最愛熱鬧起哄，見衆禁軍衣甲鮮明，身材魁梧，更覺有趣，幌身就要上前放對。黃蓉叫道：「快走！」周伯通瞪眼道：「怕甚麼？憑這些娃娃，就能把老頑童吃了？」黃蓉急道：「靖哥哥，咱們自去玩耍。老頑童不聽話，以後別理他。」揚鞭趕着大車向西急馳，郭靖隨後跟去。周伯通怕他們撇下了他到甚麼好地方去玩，當下也不理會禁軍，叫嚷着趕去。衆禁軍只道是些不識事的鄉人，住足不追，哈哈大笑。

黃蓉將車子趕到冷僻之處，見無人追來，這才停住。周伯通問道：「幹麼不闖進宮去？這些酒囊飯袋，能擋得住咱們麼？」黃蓉道：「闖進去自然不難，可是我問你，咱們是要去打架呢，還是去御厨房吃東西？你這麼一闖，宮裏大亂，還有人好好做鴛鴦五珍膾給師父吃麼？」周伯通道：「打架拿人，是衞兵們的事，跟厨子可不相干。」這句話倒頗為有理，黃蓉一時難以辯駁，便跟他蠻來，說道：「皇宮裏的厨子偏偏又管做菜，又管拿人。」

周伯通瞠目不知所對，隔了半晌，才道：「好罷，又算是我錯啦。」黃蓉道：「甚麼算不算的，壓根兒就是你錯。」周伯通道：「好，好，不算，不算。」轉頭向郭靖道：「兄弟，天下的婆娘都兇得緊，因此老頑童說甚麼也不娶老婆。」黃蓉笑道：「靖哥哥人好，人家就不會對他兇。」周伯通道：「難道我就不好？」黃蓉笑道：「你還好得了麼？你娶不到老婆，定是人家嫌你行事胡鬧，淨愛闖禍。你說，到底為甚麼你娶不到老婆？」

周伯通側頭尋思，答不上來，臉上紅一陣，白一陣，突然間竟似滿腹心事。黃蓉難得見他如此一本正經的模樣，心下倒感詫異。

郭靖道：「咱們先找客店住下，晚上再進宮去。」黃蓉道：「是啊！師父，住了店後，我先做兩味小菜給你提神開胃，晚上再放懷大吃。」洪七公大喜，連聲叫好。

當下四人在御街西首一家大客店錦華居中住了。黃蓉打疊精神，做了三菜一湯給洪七公吃，果眞是香溢四鄰。店中住客紛紛詢問店伴，何處名厨燒得這般好菜。周伯通惱了黃蓉說他娶不到老婆，賭氣不來吃飯。三人知他小孩脾氣，付之一笑，也不以爲意。

飯罷，洪七公安睡休息。郭靖邀周伯通出外遊玩，他仍是賭氣不理。黃蓉笑道：「那麼你乖乖的陪着師父，回頭我買件好玩的物事給你。」周伯通喜道：「你不騙人？」黃蓉笑道：「一言旣出，駟馬難追。」

是年春間黃蓉離家北上，曾在杭州城玩了一日，只是該處距桃花島甚近，生怕父親尋來，不敢多留，未曾玩得暢快，這時日長無事，當下與郭靖携手同到西湖邊來。

她見郭靖鬱鬱無歡，知他掛懷師父之傷，說道：「師父說世上有人能治得好他，只是不許我問，聽口氣似乎便是那位段皇爺，只不知他在那裏，咱們總得想法子求他救治師父。」郭靖喜道：「蓉兒，那眞是好，能求到麼？」黃蓉道：「我正在想法子打聽呢。今天吃飯時我繞圈子探師父口風，他正要說，可惜便知覺了，立時住口。我終究要探他出來。」郭靖知她之能，心中大爲寬懷。

說話之間，來到湖邊的斷橋。那「斷橋殘雪」是西湖十景之一，這時卻當盛暑，但見橋下盡是荷花。黃蓉見橋邊一家小酒家甚是雅潔，道：「去喝一杯酒瞧荷花。」郭靖道：「甚好。」兩人入內坐定，酒保送上酒菜，肴精釀佳，兩人飲酒賞荷，心情暢快。黃蓉見東首窗邊放着一架屏風，上用碧紗罩住，顯見酒店主人甚爲珍視，好奇心起，過去察看，只見碧紗下的素屏上題着一首「風入松」，詞云：

「一春長費買花錢，日日醉湖邊。玉驄慣識西湖路，驕嘶過沽酒樓前。紅杏香中歌舞，綠楊影裏秋千。　暖風十里麗人天，花壓鬢雲偏，畫船載取香歸去，餘情付湖水湖烟。明日重扶殘醉，來尋陌上花鈿。」

黃蓉道：「詞倒是好詞。」郭靖求她將詞中之意解釋了一遍，越聽越覺不是味兒，說道：「這是大宋京師之地，這些讀書做官的人整日價只是喝酒賞花，難道光復中原之事，就再也不理會了嗎？」黃蓉道：「正是。這些人可說是全無心肝。」

忽聽身後有人說道：「哼！兩位知道甚麼，卻在這裏亂說。」兩人一齊轉身，只見一人文士打扮，約莫四十上下年紀，不住冷笑。郭靖作個揖，說道：「小可不解，請先生指教。」那人道：「這是淳熙年間太學生俞國寶的得意之作。當年高宗太上皇到這兒來吃酒，見了這詞，大大稱許，即日就賞了俞國寶一個功名。這是讀書人的不世奇遇，兩位焉得妄加譏彈！」黃蓉道：「這屏風皇帝瞧過，是以酒店主人用碧紗籠了起來？」那人冷笑道：「豈但如此？你們瞧，屏風上『明日重扶殘醉』這一句，曾有兩個字改過的不是？」郭黃二人細看，果見「扶」字原是個「攜」字，「醉」字原是個「酒」字。那人道：「俞國寶原本寫的是『明日重携殘酒』。太上皇笑道：『詞雖好，這一句卻小家氣』，於是提筆改了兩字。那眞是天縱睿智，方能這般點鐵成金呀。」說着搖頭幌腦，嘆賞不已。

郭靖聽了大怒，喝道：「這高宗皇帝，便是重用秦檜、害死岳爺爺的昏君！」飛起一脚將屏風踢得粉碎，反手抓起那酸儒向前送出，撲通一聲，酒香四溢，那人頭上脚下的栽入了酒缸。黃蓉大聲喝采，笑道：「我也將這兩句改上一改，叫作『今日端正殘酒，憑君入缸沉醉！』」那文士正從酒缸中酒水淋漓的探起頭來，說道：「『醉』字仄聲，押不上韻。」黃蓉道：「『風入松』便押不上，我這首『人入缸』卻押得！」伸手將他的頭又捺入酒中，跟着掀翻桌子，一陣亂打。衆酒客與店主人不知何故，紛紛逃出店外。兩人打得興起，將酒缸鍋鑊盡皆搗爛，最後郭靖使出降龍十八掌手段，奮力幾下推震，打斷了店中大柱，屋頂塌將下來，一座酒家刹時化爲斷木殘垣，不成模樣。

兩人哈哈大笑，携手向北。衆人不知這一男一女兩個少年是何方來的瘋子，那敢追趕？

郭靖笑道：「適才這一陣好打，方消了胸中惡氣。」黃蓉笑道：「咱們看到甚麼不順眼的處所，再去大打一陣，」郭靖道：「好！」兩人自離桃花島後，諸事不順，雖得相聚，但師父重傷難愈，一直心頭鬱鬱，此刻亂打酒家，卻也是聊以遣懷之意。

兩人沿湖信步而行，但見石上樹上、亭間壁間到處題滿了詩詞，若非遊春之辭，就是贈妓之什。郭靖雖然看不　，但見都是些「風花雪月」的字眼，嘆道：「咱倆就是有一千雙拳頭，也是打不完呢。蓉兒，你花功夫學這些勞什子來幹麼？」黃蓉笑道：「詩詞中也有好的。」郭靖搖頭道：「我瞧還是拳脚有用些。」

談談說說，來到飛來峯前。峯前建有一亭，亭額書着「翠微亭」三字，題額的是韓世忠。郭靖知道韓世忠的名頭，見了這位抗金名將的手迹，心中喜歡，快步入亭。

亭中有塊石碑，刻着一首詩云：「經年塵土滿征衣，特特尋芳上翠微，好山好水看不足，馬蹄催趁月明歸。」看筆迹也是韓世忠所書。

郭靖讚道：「這首詩好。」他原不辨詩好詩壞，但想旣是韓世忠所書，又有「征衣」、「馬蹄」字樣，自然是好的了。黃蓉道：「那是岳爺爺岳飛做的。」郭靖一怔，道：「你怎知道？」黃蓉道：「我聽爹爹說過這故事。紹興十一年冬天，岳爺爺給秦檜害死，第二年春間，韓世忠想念他，特地建了此亭，將這首詩刻在碑上。只是其時秦檜權勢薰天，因此不便書明是岳爺爺所作。」郭靖追思前朝名將，伸手指順着碑上石刻的筆劃模寫。

正自悠然神往，黃蓉忽地一扯他衣袖，躍到亭後花木叢中，在他肩頭按了按，兩人蹲下身來，只聽脚步聲響，有人走入亭中。過了一會，聽得一人說道：「韓世忠自然是英雄了。他夫人梁紅玉雖出身娼妓，後來擂鼓督戰，助夫制勝，也算得是女中人傑。」郭靖聽這聲音有些耳熟，一時卻想不起是誰。又聽一人道：「岳飛與韓世忠雖說是英雄，但皇帝要他死，要奪他的兵權，韓岳二人也只好聽命，可見帝皇之威，是任何英雄違抗不來的。」郭靖聽這人的口音正是楊康，不覺一怔，心想他怎麼會在此處？

正感詫異，另一個破鈸似的聲音更令他大感驚訝，說話的卻是西毒歐陽鋒，只聽他道：「不錯，只教昏君在位，權相當朝，任令多大的英雄都是無用。」又聽先前一人道：「但若明君當國，如歐陽先生這等大英雄大豪傑，就可大展抱負了。」郭靖聽了這兩句話，猛地想起，那正是自己的殺父仇人、大金國的六王爺完顏洪烈。郭靖雖與他見過幾面，但只聽他說了寥寥數語，是以一時想不起來。那三人說笑了幾句，出亭去了。

郭靖待他們走遠，問道：「他們到臨安來幹甚麼？康弟怎麼又跟他們在一起？」黃蓉道：「哼，我早就瞧你這把弟不是好東西，你卻說他是英雄後裔，甚麼只不過一時胡塗，後來已經明白大義。他若眞是好人，又怎會跟兩個壞蛋在一起鬼混？」郭靖甚感迷惘，道：「我這可給弄胡塗了。」

黃蓉提到當日在趙王府香雪廳中所聽到之事，道：「完顏洪烈邀集彭連虎這批傢伙，爲的是要盜岳武穆的遺書，他們忽然到這裏來，說不定這遺書便在臨安城中。若是給他得了去，我大宋百姓定要受他的大害。」郭靖凜然道：「咱們決不能讓他成功。」黃蓉道：「難就難在西毒跟他做一路。」郭靖道：「你怕麼？」黃蓉反問：「難道你就不怕？」郭靖道：「西毒我自然是怕的。可是眼前這件事非同小可，咱們……咱們心中就算害怕，也不能瞧着不理。」黃蓉笑道：「你要幹，我自然跟着。」郭靖道：「好，咱們追。」

出得亭來，已不見完顏洪烈三人的影蹤，只得在城中到處亂找。那杭州城好大的去處，一時之間那裏尋找得着？走了半天，天色漸晚，兩人來到中瓦子武林園前。黃蓉見一家店鋪門口掛着許多面具，繪得眉目生動，甚是好玩，想起曾答應買玩物給周伯通，於是花了五錢銀子，買了鍾馗、判官、灶君、土地、神兵、鬼使等十多個面具。

那店伴用紙包裹面具時，旁邊酒樓中酒香陣陣送來。兩人走了半日，早已餓了，黃蓉問道：「那是甚麼酒樓？」那店伴笑道：「原來兩位是初到京師，是以不知。這三元樓在我們臨安城裏大大有名，酒菜器皿，天下第一，兩位不可不去試試。」黃蓉被他說得心動，接過面具，拉了郭靖來到三元樓前。

只見樓前綵畫歡門，一排的紅綠叉子，樓頭高高掛着梔子花燈，裏面花木森茂，亭台瀟洒，果然好一座酒樓。兩人進得樓去，早有酒家過來含笑相迎，領着經過一道走廊，揀了個齊楚的閣兒布上杯筷。黃蓉點了酒菜，酒家自行下去吩咐。

燈燭之下，郭靖望見廊邊數十個靚妝妓女坐成一排，心中暗暗納罕，正要詢問，忽聽得隔壁閣子中完顏洪烈的聲音說道：「也好！這就叫人來唱曲下酒。」郭靖與黃蓉對望一眼，均想：正是踏破鐵鞋無覓處，得來全不費功夫。店小二叫了一聲，妓女中便有一人娉娉婷婷的站起身來，手持牙板，走進隔壁閣子。

過不多時，那歌妓唱了起來，黃蓉側耳靜聽，但聽她唱道：

「東南形勝，江湖都會，錢塘自古繁華。烟柳畫橋，風簾翠幙，參差十萬人家。雲樹繞堤沙，怒濤捲霜雪，天塹無涯。市列珠璣，戶盈羅綺競豪奢。重湖疊巘清佳，有三秋桂子，十里荷花。羌管弄晴，菱歌泛夜，嬉嬉釣叟蓮娃。千騎擁高牙，乘醉聽簫鼓，吟賞烟霞，異日圖將好景，歸去鳳池誇。」

郭靖自不懂她咿咿啊啊的唱些甚麼，但覺牙板輕擊，簫聲悠揚，倒也甚是動聽。一曲已畢，完顏洪烈和楊康齊聲讚道：「唱得好。」接着那歌妓連聲道謝，喜氣洋洋的與樂師出來，想是完顏洪烈賞得不少。

只聽得完顏洪烈道：「孩兒，柳永這一首『望海潮』詞，跟咱們大金國卻有一段因緣，你可知道麼？」楊康道：「孩兒不知，請爹爹說。」

郭靖與黃蓉聽他叫完顏洪烈作「爹爹」，語氣間好不親熱，相互望了一眼。郭靖又是氣惱，又是難受，恨不得立時過去揪住他問個明白。

只聽完顏洪烈道：「我大金正隆年間，金主亮見到柳永這首詞，對西湖風景欣然有慕，於是當派遣使者南下之時，同時派了一個著名畫工，摹寫一幅臨安城的山水，並圖畫金主的狀貌，策馬立在臨安城內的吳山之頂。金主在畫上提詩道：『萬里車書盡混同，江南豈有別疆封？提兵百萬西湖上，立馬吳山第一峯！』」楊康讚道：「好豪壯的氣概！」郭靖聽得惱怒之極，只揑得手指格格直響。

完顏洪烈嘆道：「金主亮提兵南征，立馬吳山之志雖然不酬，但他這番投鞭渡江的豪氣，卻是咱們做子孫的人所當效法的。他曾在扇子上題詩道：『大柄若在手，清風滿天下』，這是何等的志向！」楊康連聲吟道：「大柄若在手，清風滿天下。」言下甚是神往。歐陽鋒乾笑數聲，說道：「他日王爺大柄在手，立馬吳山之志定然可酬了。」

完顏洪烈悄聲道：「但願如先生所說，這裏耳目衆多，咱們且只飲酒。」當下三人轉過話題，只是說些景物見聞，風土人情。

黃蓉在郭靖耳邊道：「他們喝得好自在的酒兒，我偏不叫他們自在。」兩人溜出閣子，來到後園。黃蓉幌動火摺，點燃了柴房中的柴草，四下放起火來。

不一刻，火頭竄起，刹那間人聲鼎沸，大叫：「救火！」只聽得銅鑼噹噹亂敲。黃蓉道：「快到前面去，莫再被他們走得不知去向。」郭靖恨恨的道：「今晚必當刺殺完顏洪烈這奸賊！」黃蓉道：「得先陪師父進宮去大吃一頓，然後約老頑童來敵住西毒，咱們才好對付另外兩個奸賊。」郭靖道：「不錯。」兩人從人叢中擠到樓前，恰見完顏洪烈、歐陽鋒、楊康三人從酒樓中出來。兩人遠隨在後，見他們穿街過巷，進了西市場的冠蓋居客店。

兩人在客店外等了良久，見完顏洪烈等不再出來，知道必是居在這家店中。黃蓉道：「回去罷，待會約了老頑童來找他們晦氣。」當下回到錦華居。

未到店前，已聽得周伯通的聲音在大聲喧嚷。郭靖嚇了一跳，只怕師父傷勢有變，急步上前，卻見周伯通蹲在地下，正與六七個孩童拌嘴。原來他與店門前的孩童擲錢，輸了個一敗塗地，輸急了卻想混賴，衆孩兒不依，是以吵鬧。他見黃蓉回來，怕她責罵，掉頭進店。黃蓉一笑，取出面具，周伯通甚是喜歡，叫喊連連，戴上了做一陣判官，又做一陣小鬼。

黃蓉要他待會相助去打西毒，周伯通一口答應，說道：「你放心，我兩隻手使兩種拳法鬥他。」黃蓉想起當日在桃花島上，他怕無意中使出九陰眞經的功夫，自行縛住了雙手，因而爲她爹爹所傷，說道：「這西毒壞得很，你就是用眞經的功夫傷他，也不算違了你師哥的遺訓。」周伯通瞪眼道：「那不成，不過我已練好了不用眞經功夫的法子。」

這一日中，洪七公的心早已到了御廚之內。好容易挨到二更時分，郭靖負起洪七公，四人上屋逕往大內而來。皇宮高出民居，屋瓦金光燦爛，極易辨認，過不多時，四人已悄沒聲的躍進宮牆。

宮內帶刀護衛巡邏嚴緊，但周、郭、黃輕身功夫何等了得，豈能讓護衛發見？洪七公識得御厨房的所在，低聲指路，片刻間來到了六部山後的御厨。那御厨屬展中省該管，在嘉明殿之東。嘉明殿乃供進御膳的所在，與寢宮所在的勤政殿相鄰，四周禁衛親從、近侍中貴，提警得甚是森嚴。但這時皇帝已經安寢，御厨中祇應人員也各散班。四人來到御厨，只見燭火點得輝煌，幾名守候的小太監卻各自瞌睡。

郭靖扶着洪七公坐在樑上，黃蓉與周伯通到食櫥中找了些現成食物，四人大嚼一頓。周伯通搖頭道：「老叫化，這裏的食物，那及得上蓉兒烹調的？你巴巴的趕來，甚是無聊。」洪七公道：「我也只想吃鴛鴦五珍膾一味。那厨子不知到了何處，明兒抓到他，叫他做來你嚐嚐就知道啦。」周伯通道：「我不信就及得上蓉兒的手段。」黃蓉一笑，知他感謝相贈面具之情，是以連聲誇讚。

洪七公道：「我要在這兒等那厨子，你既沒興頭，就和靖兒倆先出宮去罷，只蓉兒在這裏陪我，明晚你們再來接我就是。」周伯通戴上城隍菩薩的面具，笑道：「不，我在這兒陪你。明日我還要戴了這傢伙去嚇皇帝老兒。郭兄弟，蓉兒，你們去瞧着老毒物，別讓他偷偷去盜了岳飛的遺書。」洪七公道：「老頑童這話有理。你們快去，可要小心。」兩人同聲答應。周伯通道：「今晚別跟老毒物打架，明日瞧我的。」

黃蓉道：「我們打他不贏，自然不打。」與郭靖溜出御厨，要出宮往冠蓋居去察看完顏洪烈等人的動靜，黑暗中躡足繞過兩處宮殿，忽覺涼風拂體，隱隱又聽得水聲，靜夜中送來陣陣幽香，深宮庭院，竟然忽有山林野處意。

黃蓉聞到這股香氣，知道近處必有大片花叢，心想禁宮內苑必多奇花嘉卉，倒不可不開開眼界，拉了郭靖的手，循花香找去。漸漸的水聲愈喧，兩人繞過一條花徑，只見喬松修竹，蒼翠蔽天，層巒奇岫，靜窈縈深。黃蓉暗暗讚賞，心想這裏布置之奇雖不如桃花島，花木之美卻頗有過之。再走數丈，只見一道片練也似的銀瀑從山邊瀉將下來，注入一座大池塘中，池塘底下想是另有洩水通道，是以塘水卻不見滿溢。

池塘中紅荷不計其數，池前是一座森森華堂，額上寫着「翠寒堂」三字。黃蓉走到堂前，只見廊下階上擺滿了茉莉、素馨、麝香籐、朱槿、玉桂、紅蕉、闍婆，都是夏日盛開的香花，堂後又掛了伽蘭木、眞臘龍涎等香珠，但覺馨意襲人，清芬滿殿。堂中桌上放着幾盆新藕、甜瓜、枇杷、林擒等鮮果，椅上丟着幾柄團扇，看來皇上臨睡之前曾在這裏乘涼。

郭靖嘆道：「這皇帝好會享福。」黃蓉笑道：「你也來做一下皇帝罷。」一拉着郭靖坐在正中涼床上，捧上水果，屈膝說道：「萬歲爺請用鮮果。」郭靖笑着拈起一枚枇杷，道：「請起。」黃蓉笑道：「皇帝不會說請起的，太客氣啦。」

兩人正在低聲說笑，忽聽得遠處一人大聲喝道：「甚麼人？」兩人一驚，躍起身來，躲在假山之後，只聽脚步沉重，兩個人大聲吆喝，趕了過來。兩人一聽，便知來人武藝低微，不以爲意。只見兩名護衞各舉單刀，奔到堂前。

那兩人四下張望，不見有異。一人笑道：「你見鬼啦。」另一人笑道：「這幾日老是眼花。」說着退了出去。黃蓉暗暗好笑，一拉郭靖，正要出來，忽聽那兩名護衞「嘿、嘿」兩聲，聲音雖極低沉，但聽得出是被點中穴道後的吐氣之聲，兩人均想：「是周大哥膩煩了，出來玩耍？」

只聽得一人低聲道：「按着皇宮地圖中所示，瀑布邊上的屋子就是翠寒堂，咱們到那邊去。」這聲音正是完顏洪烈。

郭靖和黃蓉這一驚非小，互相握着的手各自揑了一揑，藏在假山之後，一動也不敢動，在疏星微光下向堂前望去，依稀瞧出來人身影，除了完顏洪烈之外，歐陽鋒、彭連虎、沙通天、靈智上人、梁子翁、侯通海等人一齊到了。兩人均感大惑不解：「這批人到皇宮來幹甚麼？總不成也是來偷御厨的菜肴吃？」

只聽完顏洪烈抑低了嗓子說道：「小王仔細參詳岳飛遺下來的密函，又查考了高宗、孝宗兩朝的文獻，斷得定那部武穆遺書，乃是藏在大內翠寒堂之東十五步的處所。」衆人的眼光一齊順着他的手指望去，只見堂東十五步之處明明是一片瀑布，再無別物。完顏洪烈道：「瀑布之下如何藏書，小王也難以猜測，但照文書推究，必是在這個所在。」

沙通天號稱「鬼門龍王」，水性極佳，說道：「待我鑽進瀑布去瞧個明白。」語聲甫畢，兩伏三縱，已鑽入了瀑布之中，片刻之間，又復竄出。衆人迎上前去，只聽他道：「王爺果眞明見，這瀑布後面有個山洞，洞口有座鐵門關着。」

完顏洪烈大喜，道：「武穆遺書必在洞內，就煩各位打開鐵門進去。」隨來衆人有的携有寶刀利刃，聽得此言，都想立功，當即湧到瀑布之前。只歐陽鋒微微冷笑，站在完顏洪烈身旁，他身分不同，不肯隨衆取書。

沙通天搶在最前，低頭穿過急流，突覺勁風撲面，他適才曾過來察看，一無動靜，怎想得到忽有敵人？急忙閃避，左腕已被人刁住，只覺一股大力推至，身不由主的倒飛出來，剛好撞在梁子翁身上，總算兩人武功都是甚高，遇力卸避，均未受傷。

衆人盡皆差愕之間，沙通天又已穿入瀑布，這次他有了提防，雙掌先護面門，果然瀑布後又是一拳飛出。他舉左手擋格，右手還了一拳，還未看清敵人是何身影，梁子翁也已躍入了水簾之後。驀地裏一棒橫掃而至，來勢奇刁，梁子翁退避不及，給棒端掃中脚脛，立足不定，登時跌入瀑布，他身子本向後仰，被水力在胸中沖落，脚下再被棒一勾，身不由主的摔出瀑布之外。就在此時，沙通天也被一股凌厲掌力逼出了水簾。

三頭蛟侯通海也不想想師兄是何等功夫，自己是何等功夫，師兄既然失利，自己豈能成功？仗着水性精熟，圓睜雙眼，從瀑布中強衝進去。

彭連虎知道不妙，待要上前接應，突見黑黝黝的一個身影從頭頂飛過，砰的一聲，跌在地下。但聽得侯通海在地下大聲呼痛。彭連虎奔上前去，低聲道：「侯兄，噤聲，怎麼啦？」侯通海道：「操他奶奶，我屁股給摔成四塊啦。」彭連虎又是驚訝，又是好笑，輕聲道：「豈有此理？」一摸他的屁股，似乎仍是兩塊，但也不便細摸深究，眼見情狀有異，不肯貿然入內冒險，問道：「裏面是些甚麼人？」侯通海痛得沒好氣，怒道：「我怎知道？一進去就給人打了出來，混帳王八蛋！」

星光下只見靈智上人紅袍飄動，大踏步走進瀑布，嘩嘩水聲中，但聽得他用西藏語又叫又喝，已與人鬥得甚是激烈。

衆人面面相覷，盡是愕然。沙通天與梁子翁給人逼了出來，但黑暗之中，也只依稀辨出水簾之後是一男一女，男的使掌，女的則使一根桿棒。這時聽得靈智上人大聲吼叫，似乎吃到了苦頭。完顏洪烈皺眉道：「這位上人好沒分曉，叫得這般驚天動地，皇宮中警衛轉眼便來，咱們還盜甚麼書？」

說話甫畢，衆人眼前紅光一閃，只見靈智上人身上那件大紅袈裟順着瀑布流到了荷花池中，又聽得噹一聲響，他用作兵器的兩塊銅鈸也從水簾中飛將出來。彭連虎怕銅鈸落地作聲，驚動宮衛，急忙伸手抄住。只聽得瀑布聲中夾着一片無人能懂的藏語咒罵聲，一個肥大的身軀衝水飛出。但靈智上人與侯通海功夫畢竟不同，落後地穩穩站住，屁股安然無恙，罵道：「是咱們在船上遇到的小子和丫頭。」

原來郭靖與黃蓉在假山後聽到完顏洪烈命人進洞盜書，心想武穆遺書若是被他得去，金兵即能以岳武穆的遺法南下侵犯，這件事牽涉非小，明知歐陽鋒在此，決然敵他不過，但若不挺身而出，豈忍令天下蒼生遭刦？黃蓉本來想使個計策將衆人驚走，但郭靖見事態已急，不容稍有躊躇，當下牽了黃蓉的手，從假山背面溜入瀑布之後，只盼能俟機伏擊，打歐陽鋒一個出其不意。瀑布水聲隆隆，衆人均未發覺。

兩人奮力將沙通天等打退，都是又驚又喜，眞想不到眞經中的「易筋鍛骨篇」有這等神效，黃蓉的打狗棒法變化奇幻，妙用無窮，只纏得沙通天、靈智上人手忙脚亂，不知所措，郭靖乘虛而上，掌勁發處，都將他們推了出去。

兩人知道沙通天等一敗，歐陽鋒立時就會出手，那可萬萬敵他不過。黃蓉道：「咱們快出去大叫大嚷，大隊宮衞趕來，他們就動不了手。」郭靖道：「不錯，你出去叫喊，我在這裏守着。」黃蓉道：「千萬不可跟老毒物硬拚。」郭靖道：「是了，快去，快去。」

黃蓉正要從瀑布後鑽出，卻聽得「閣」的一聲叫喊，一股巨力已從瀑布外橫衝直撞的推將進來。兩人那敢抵擋，分向左右躍開，騰的一下巨響，瀑布被歐陽鋒的蛤蟆功猛勁激得向內橫飛，打在鐵門之上，水花四濺，聲勢驚人。

黃蓉雖已躍開，後心還是受到他蛤蟆功力道的側擊，只感呼吸急促，眼花頭暈，她微一凝神，猛地竄出，大叫：「拿刺客啊！拿刺客啊！」高聲叫喊，向前飛奔。

她這麼一叫，翠寒堂四周的護衞立時驚覺，只聽得四下裏都是傳令吆喝之聲。黃蓉躍上屋頂，揀起屋瓦，乒乒乓乓的亂抛。彭連虎罵道：「先打死這丫頭再說。」展開輕身功夫，隨後趕去。梁子翁自左包抄，快步逼近。

完顏洪烈甚是鎮定，對楊康道：「康兒，你隨歐陽先生進去取書。」這時歐陽鋒已進了水簾，蹲在地下，又是「閣」的一聲大叫，發勁急推，洞口的兩扇鐵門向內飛了進去。

他正要舉步入內，忽見一條人影從旁撲來，人未到，掌先至，使的是一招險招「飛龍在天」。歐陽鋒昏暗中雖然瞧不清來人面目，但一見招式，立知便是郭靖，心念一動：「那九陰眞經的經文奧妙異常，十句裏懂不到兩句，今日正好擒這小子回去，逼他解說明白。」當下側身避開他這一擊，倏地探手，抓向他後心。

郭靖心想無論如何要守住洞門，不讓敵人入內，只要挨得片刻，宮衞大至，這羣奸人武功再高，終究也非逃走不可，見歐陽鋒不使殺手，卻來擒拿，微感詫異，左手揮格，右手以空明拳法還擊，勁力雖然遠不如降龍十八掌之大，但掌影飄忽，手法離奇。歐陽鋒叫聲：「好！」沉肩回手，拿向他右臂，手上卻未帶有風疾雷迅的猛勁。

原來歐陽鋒在荒島上起始修練郭靖所書的經文，越練越不對勁。他那知經文已被改得顛三倒四，不知所云，只道經義精深，一時不能索解。後來聽洪七公在木筏上嘰嘰咕咕的大唸怪文，更以爲這是修習眞經的關鍵。他每與郭靖交一次手，便見他功夫進了一層，心中總是又驚又喜：驚的是這小子如此進境，自是靠了眞經之力，委實可畏；喜的是眞經已然到手，以自己根柢之厚，他日更是不可限量。上次在木筏上搏鬥是以一敵二，性命相撲，這次穩佔上風，卻可從容推究，以爲修習經文之助，當下與他一招一式的拆解。武穆遺書能否到手，他也不怎麼關懷，心中唯一大事只是眞經中的武學。

這時翠寒堂四周燈籠火把已照得白晝相似，宮監護衛一批批的擁來。完顏洪烈見歐陽鋒與楊康進了水簾久久不出，而宮中侍衛雲集，眼見要糟，幸好衆護衛都仰頭瞧着屋頂上黃蓉與彭連虎、梁子翁追奔相鬥，不知水簾之後更有大事，但料想片刻之間終究不免給人知覺，只急得連連搓手頓足，不住口的叫道：「快，快。」

靈智上人道：「王爺莫慌，小僧再進去。」搖動左掌擋在身前，又鑽進了水簾。這時火光照過瀑布，只見歐陽鋒正與郭靖在洞口拆招換式，楊康數次要搶進洞去，卻那裏通得過兩人的拳勢掌風？靈智上人只看了數招，心中老大不耐，暗想眼下局面何等緊急，這歐陽鋒卻在這裏慢條斯理的跟人練武，眞是混蛋之至，大叫：「歐陽先生，我來助你！」

歐陽鋒喝道：「給我走得遠遠的。」靈智上人心想：「這當口你還逞甚麼英雄好漢，擺甚麼大宗師的架子？」一矮身搶向郭靖左側，一個大手印就往郭靖太陽穴拍去。歐陽鋒大怒，右手伸出，一把又已抓住他的後頸肥肉，向外直甩出去。

靈智上人又被抓住，心中怒極，最惡毒的話都罵了出來，只不過他罵的是藏語，歐陽鋒本就不懂；再者他剛「巴呢米哄……」的罵得半句，一股激流已從嘴裏直灌進去，登時教他將罵聲和水呑服。原來這次他被擲出時臉孔朝天，瀑布沖下，灌滿了他一嘴水。

完顏洪烈見靈智上人騰雲駕霧般直摔出來，噹啷啷，忽喇喇幾聲響過，將翠寒堂前的花盆壓碎了一大片，暗叫不妙，又見宮中衞士紛紛趕來，忙撩起袍角，也衝進了瀑布之內。他雖也會些武功，究不甚高，被瀑布一衝，脚底滑溜，登時向前直跌進去。楊康忙搶上扶住。完顏洪烈微一凝神，看清楚了周遭形勢，叫道：「歐陽先生，你能把這小子趕開麼？」

他知不論向歐陽鋒懇求或是呼喝，對方都未必理會，這般輕描淡寫的問一句，他卻非出全力將郭靖趕開不可，正所謂「遣將不如激將」，果然歐陽鋒一聽，答道：「那有甚麼不能？」蹲下身來，「閣」的一聲大叫，運起蛤蟆功勁力，雙掌齊發，向前推出。

這一推是他畢生功力之所聚，縱令洪七公、黃藥師在此，也不能正面與他這一推強擋硬拚，郭靖如何抵擋得了？

歐陽鋒適才與他拆招，逼他將空明拳一招招的使將出來，但見招數精微，變化奇妙，不由得心中暗暗稱賞，只道是九陰眞經上所載的武功，滿心要引他將這套拳法使完，以便觀摩印證，完顏洪烈卻闖了進來，只一句話，便叫歐陽鋒不得不立逞全力。但他尙有用郭靖之處，倒也不想就此加害，只是叫他知道厲害，自行退開便是。

豈知郭靖已發了狠勁，決意保住武穆遺書，知道只要自己側身避過，此際洞門大開，遺書必落敵手。外面衞士雖多，又怎攔得住歐陽鋒這等人？眼見這一推來勢兇猛，擋既不能，避又不可，當下雙足一點，躍高四尺，躲開了這一推，落下時卻仍擋在洞口。只聽身後騰的一聲大響，泥沙紛落，歐陽鋒這一推的勁力都撞上了山洞石壁。歐陽鋒叫聲：「好！」第二推又已迅速異常的趕到，前勁未衰，後勁繼至。郭靖猛覺得勁風罩上身來，心知不妙，一招「震驚百里」，也是雙掌向前平推，這是降龍十八掌中威力極大的一招。

這一下是以硬接硬，剎那之間，兩下裏竟然凝住不動。郭靖明知己力不敵，非敗不可，但實逼處此，別無他途。

完顏洪烈見兩人本是忽縱忽竄、大起大落的搏擊，突然間變得兩具僵屍相似，連手指也不動一動，似乎氣也不喘一口，不禁大感詫異。

稍過片刻，郭靖已是全身大汗淋漓。歐陽鋒知道再拚下去，對方必受重傷，有心要讓他半招，當下勁力微收，那知胸口突然一緊，對方的勁力直逼過來，若不是他功力深厚，這一下已吃了大虧。歐陽鋒吃了一驚，想不到他小小年紀，掌力已如此厲害，立時吸一口氣，運勁反擊，當即將來力擋了回去。若是他勁力再發，已可將郭靖推倒，只是此時雙方掌力均極強勁，欲分勝負，非使對方重創不可，要打死他倒也不難，然而這小子是眞經武學的總樞，豈能毀於己手？心想只有再耗一陣，待他勁力衰退，就可手到擒來。

不多時，兩人勁力已現一消一長，但完顏洪烈與楊康站着旁觀，卻不知這局面要到何時方有變化，不禁焦急異常。其實兩人相持，也只頃刻間之事，只因水簾外火光愈盛，喧聲越響，在完顏洪烈、楊康心中，卻似不知已過了多少時刻。

猛聽得忽喇一響，瀑布中衝進來兩名衞士。楊康撲上前去，嗒嗒兩聲，雙手分別插入了兩名衞士的頂門，「九陰白爪功」一舉奏功，只覺一股血腥氣衝向鼻端，殺心大盛，從靴筒間拔出匕首，猱身而上，疾向郭靖腰間刺去。

郭靖正在全力抵禦歐陽鋒的掌力，那有餘暇閃避這刺來的一刀？他知只要身子稍動，勁力稍鬆，立時就斃於西毒的蛤蟆功之下，因此明明覺得尖利的鋒刃刺到身上，仍只有置之不理，突覺腰間劇痛，呼吸登時閉住，不由自主的握拳擊下，正中楊康手腕。

此時兩人武功相差已遠，郭靖這一拳下來，只擊得楊康骨痛欲裂，急忙縮手，那匕首已有一半刃鋒揷在郭靖腰裏。就在此時，郭靖前胸也已受到蛤蟆功之力，哼也哼不出一聲，俯身跌倒。

歐陽鋒見畢竟傷了他，搖手搖頭，連叫：「可惜！可惜！」心下大是懊喪，但想這小子已然救不活了，不必再理，只好去搶武穆遺書，向楊康怒目瞪了一眼，心道：「你這小子壞我大事。」轉身跨進洞內，完顏洪烈與楊康跟了進去。

此時宮中衞士紛紛湧進，歐陽鋒卻不回身，反手抓起，一個個的隨手擲出。他背着身子隨抓隨擲，竟沒有一個衞士進得了洞。

楊康幌亮火摺察看洞中情狀，只見地下塵土堆積，顯是長時無人來到，正中孤零零的擺着一張石几，几上有一隻兩尺見方的石盒，盒口貼了封條，此外再無別物。

楊康將火摺湊近看時，封條上的字迹因年深日久，已不可辨。完顏洪烈叫道：「那書就在這盒子裏。」楊康大喜，伸手去捧。歐陽鋒左臂在他肩頭輕輕一推，楊康站立不住，踉踉蹌蹌的跌開幾步，差愕之下，只見歐陽鋒已將石盒挾在脅下。完顏洪烈叫道：「大功告成，大夥兒退！」歐陽鋒在前開路，三人退了出去。

楊康見郭靖滿身鮮血，一動不動的與幾名衞士一起倒在洞口，心中微感歉疚，低聲道：「你就不識好歹，愛管閒事，可別怪我不顧結義之情。」想起自己的匕首還留在他身上，俯身正要去拔，水簾外一個人影竄了進來，叫道：「靖哥哥，你在那裏？」

楊康識得是黃蓉聲音，心中一驚，顧不得去拔匕首，躍過郭靖身子，急急鑽出水簾，隨着歐陽鋒等去了。

原來黃蓉東奔西竄，與彭連虎、梁子翁兩人在屋頂大捉迷藏。不久宮衞愈聚愈多，喊聲震天，彭、梁二人身在禁宮，究竟心驚，不敢久追，與沙通天等退到瀑布之旁，只等完顏洪烈出來。衆人在洞口殺了幾名護衞，歐陽鋒已得手出洞。

黃蓉掛念郭靖，鑽進水簾，叫了幾聲不聽得應聲，慌了起來，亮火摺照着，驀見他渾身是血，正伏在自己脚邊。這一下嚇得她六神無主，手一顫，火摺落在地上熄了。只聽得洞外衆護衞高聲吶喊，直嚷捉拿刺客。十多名衞護被歐陽鋒擲得頸斷骨折，無人再敢進來動手。但身負宮衞重任，眼下刺客闖宮，如不大聲叫嚷，又何以顯得忠字當頭、奮不顧身？

黃蓉俯身抱起郭靖，摸到他手上溫暖，畧感放心，叫了他幾聲，卻仍是不應，當即負起他身子，從瀑布邊悄悄溜出，躲到了假山之後。此時翠寒堂一帶，燈籠火把照耀已如白晝，別處殿所的衛護得到訊息，也都紛紛趕到。黃蓉身法雖快，卻逃不過人多眼雜，早有數人發見，高聲叫喊，追將過來。

她心中暗罵：「你們這批膿包，不追奸徒，卻追好人。」咬牙拔足飛奔，幾名武功較高的衛護追得近了，她發出一把金針，只聽得後面「啊喲」連聲，倒了數人。餘人不敢迫近，眼睜睜的瞧她躍出宮牆，逃得不知去向。

衆人這麼一鬧，宮中上下驚惶，黑夜之中也不知是皇族圖謀篡位，還是臣民反叛作亂。宮衞、御林軍、禁軍無不驚起，只是統軍將領沒一人知道亂從何來，空自擾了一夜，直到天明，這才鐵騎齊出，九城大索。「叛逆」「刺客」倒也捉了不少，只可惜審到後來，才知不是地痞流氓，便是穿窬小偷，也只得揑造口供，胡亂殺卻一批，既報君恩，又保祿位了。

當晚黃蓉出宮之後，慌不擇路，亂奔了一陣，見無人追來，才放慢脚步，躲入一條小巷，伸指去探郭靖鼻息，幸喜尚有呼吸，只是火摺已在宮中失落，黑暗中也瞧不出他身上何處受傷。她知到得天明，這樣血淋淋的一個人在城中必然難以安身，當下連夜翻出城牆，趕到傻姑店中。

饒是黃蓉一身武功，但背負了郭靖奔馳了大半夜，心中又是擔驚吃慌，待要推開傻姑那客店的門坐定，但覺氣喘難當，全身似欲虛脫。她坐下微微定了定神，不待喘過氣來，即自掙扎着過去點燃一根松柴，往郭靖臉上照去，這一下只嚇得她比在宮中之時更是厲害。

但見他雙眼緊閉，臉如白紙，端的是生死難料。黃蓉曾見他受過數次傷，但從未有如這次險惡，只覺得自己一顆心似乎要從口腔中跳出來，執着松柴呆呆站着，忽然一隻手從旁伸過來將松柴接去。黃蓉緩緩轉過頭去，見是傻姑。

黃蓉深深吸了口氣，此時身旁多了一人，膽子大了一些，正想檢視郭靖身上何處受傷，火光下忽見他腰間黑黝黝地一截，卻是個匕首的烏木劍柄，低頭看時，只見一把匕首端端正正的插在他左腰之中。

黃蓉的驚慌到此際已至極處，心中反而較先寧定，輕輕撕開他腰間中衣，露出肌膚，只見血漬凝在匕首兩旁，刃鋒深入肉裏約有數寸。她心想，如將匕首拔出，只怕當場就送了他性命，但若遷延不拔，時刻久了，更是難救，咬緊牙關，伸手握住了匕首柄，欲待要拔，忽然心中慌亂，不由自主的又將手縮回，接連幾次，總是下不了決心。

傻姑看得老大不耐，見黃蓉第四次又再縮手，突然伸手抓住劍柄，猛力拔了出來。郭靖與黃蓉齊聲大叫，傻姑卻似做了一件好玩之事，哈哈大笑。

黃蓉只見郭靖傷口中鮮血如泉水般往外噴湧，傻姑卻尚在獃笑，驚怒之下，反手一掌，將傻姑打了個觔斗，隨即俯身用力將手帕按住傷口。

傻姑一交摔倒，松柴熄滅，堂中登時一片黑暗。傻姑大怒，搶上去猛踢一脚，黃蓉也不閃避，這一脚正好踢在她腿上。傻姑怕黃蓉起身打她，踢了一脚後立即逃開，過了一會，卻聽得黃蓉在輕輕哭泣，大感奇怪，忙又去點燃了一根松柴，問道：「我踢痛了你麼？」

匕首拔出時一陣劇痛，將郭靖從昏迷中痛醒過來，火光下見黃蓉跪在身旁，忙問：「岳爺爺的書……給……給盜去了嗎？」黃蓉聽他說話，心中大喜，聽他念念不忘於這件事，心想這時不可再增他的煩憂，說道：「你放心，奸賊得不了手的……」欲待問他傷勢，只感手上熱熱的全是鮮血。郭靖低聲道：「你幹麼哭了？」黃蓉悽然一笑，道：「我沒哭。」傻姑忽然揷口道：「她哭了，還賴呢，不？你瞧，她臉上還有眼淚。」郭靖道：「蓉兒，你放心，九陰眞經中載得有療傷之法，我不會死的。」

斗聞此言，黃蓉登時如黑暗中見到一盞明燈，點漆般的雙眼中亮光閃閃，喜悅之情，莫可名狀，要想細問詳情，又怕耗了他精神，轉身拉住傻姑的手，笑問：「姊姊，剛才我打痛了妳麼？」傻姑心中卻還是記着她哭了沒有，說道：「我見你哭過的，你賴不掉。」黃蓉微笑道：「好罷，哭過了。你沒哭，你很好。」傻姑聽她稱讚自己，大爲高興。

郭靖緩緩運氣，劇痛難當。這時黃蓉心神已定，取出一枚金針，去刺他左腰傷口上下穴道，旣緩血流，又減痛楚，然後給他洗淨傷口，敷上金創藥，包紮了起來，再給他服下幾顆九花玉露丸止痛。郭靖道：「這一劍雖然刺得不淺，但……但沒中在要害，不……不要緊的。難當的是中了老毒物的蛤蟆功，幸好他似乎未用全力，看來還有可救，只是須得辛苦你七日七晚。」黃蓉嘆道：「就是爲你辛苦七十年，你知道我也是樂意的。」

郭靖心中一甜，登感一陣暈眩，過了一會，心神才又寧定，道：「只可惜師父受傷之後，我相隔數日才見到他，錯過了療治的機會。否則縱然蛇毒厲害，難以痊愈，也不致……也不致如今日般束手無策。」

黃蓉道：「當日在那島上，就算能治師父的傷，老毒物叔姪又怎容得？你莫想這想那了，快說治你自己的法兒，好教人放心。」郭靖道：「得找一處清靜的地方，咱倆依着眞經上的法門，同時運氣用功。兩人各出一掌相抵，以你的功力，助我治傷。」他說到這裏，閉目喘了幾口氣，才接着道：「難就難在七日七夜之間，兩人手掌不可有片刻離開，妳我氣息相通，雖可說話，但決不可與第三人說一句話，更不可起立行走半步。若是有人前來打擾，那可……」

黃蓉知道這療傷之法與一般打坐修練的功夫相同，在功行圓滿之前，只要有片時半刻受到外來侵襲，或是內心魔障干擾，稍有把持不定，不免走火入魔，不但全功盡棄，而且小則受傷，大則喪身。是以學武之士練氣行功，若非在荒山野嶺人迹不到之處，便是閉關不出，又或有武功高強的師友在旁護持，以免出岔。她想：「清靜之處一時難找，治傷要我相助，靠這傻姑抵禦外來侵擾自然是萬萬不能，她只有反來滋擾不休。就算周大哥回來，他也決計難以定心給我們守上七日七夜，成事不足，敗事有餘，這便如何是好？」沉吟多時，轉眼見到那個碗櫥，心念一動：「有了，我們就躲在這個秘室裏治傷。當日梅超風練功時無人護持，她不是鑽在地洞之中麼？」

這時天已微明，傻姑到厨下去煮粥給兩人吃。黃蓉道：「靖哥哥，你養一會兒神，我去買些吃的，我們馬上就練。」心想眼下天時炎熱，飯菜之類若放上七日七夜，必然腐臭，於是到村中去買了一擔西瓜。

那賣瓜的村民將瓜挑進店內，堆在地下，收了錢出去時，說道：「我們牛家村的西瓜又甜又脆，姑娘你一嚐就知道。」

黃蓉聽了「牛家村」三字，心中一凜，暗道：「原來此處就是牛家村，這是靖哥哥的故居啊。」她怕郭靖聽到後觸動心事，當下敷衍幾句，待那村民出去，到內堂去看時，見郭靖已沉沉睡去，腰間包紮傷口的布帶上也無鮮血滲出。

她打開碗櫥，旋轉鐵碗，開了密門，將一擔西瓜一個個搬進去，最後一個留下了給傻姑，叮囑她萬萬不可對人說他們住在裏面，不論有天大的事，也不得在外招呼叫喚。傻姑雖不懂她的用意，但見她神色鄭重，話又說得明白，便點頭答應，說道：「你們要躲在裏面吃西瓜，不給人知道，吃完了西瓜才出來。傻姑不說。」黃蓉喜道：「是啊，傻姑不說，傻姑是好姑娘。傻姑說了，傻姑就是壞姑娘。」傻姑連聲道：「傻姑不說，傻姑是好姑娘。」

黃蓉餵郭靖喝了一大碗粥，自己也吃了一碗，於是扶他進了密室，當從內關上櫥門時，只見傻姑純樸的臉上露出微笑，說道：「傻姑不說。」黃蓉心念忽動：「這姑娘如此獃呆，只怕逢人便道：『他兩個躲在櫥裏吃西瓜，傻姑不說。』只有殺了她，方無後患。」

她自小受父親薰陶，甚麼仁義道德，正邪是非，全不當作一回事，雖知傻姑必與曲靈風淵源甚深，但此人既危及郭靖性命，再有十個傻姑也得殺了，拿起從郭靖腰間拔出的匕首，便要出櫥動手。

傻姑走到梁子翁面前，說道：「你打我鼻子，我也打你鼻子。一拳還三拳。」舉手對準他鼻子就是一拳。

第二十四回　密室療傷

黃蓉向外走了兩步，回過頭來，只見郭靖眼光中露出懷疑神色，料想是自己臉上的殺氣被他瞧了出來，心想：「我殺傻姑不打緊，靖哥哥好了之後，定要跟我吵鬧一場。」又想：「跟我吵鬧倒也罷了，說不定他終身不提這回事，心中卻老是記恨，那可無味得很了。罷罷罷，咱們冒上這個大險就是。」

當下關上櫥門，在室中四下細細察看。那小室屋頂西角開着個一尺見方的天窗，日光透過天窗的蛤殼片，白天勉強可見到室中情狀，天窗旁通風的氣孔卻已被塵土閉塞。她拿匕首穿通了氣孔。只覺室中穢氣兀自甚重，卻也無法可想，回思適才憂急欲死的情景，此刻在這塵土充塞的小室之中，卻似置身天堂。

郭靖倚在壁上，微笑道：「在這裏養傷眞是再好也沒有。只是陪着兩個死人，妳不害怕嗎？」黃蓉心中卻是害怕，但強作毫不在乎，笑道：「一個是我師哥，他決不能害我；另一個是飯桶將官，活的我尙不怕，死鬼更加嚇唬不了人。」當下將兩具駭骨搬到小室北邊角落，在地下鋪上原來墊西瓜的稻草，再將十幾個西瓜團團圍在身周，伸手可及，問道：「這樣好不好？」

郭靖道：「好，咱們就來練吧。」黃蓉扶着他坐在稻草之上，自己盤膝坐在他的左側，一抬頭，只見面前壁上有個錢眼般的小孔，俯眼上去一張，不禁大喜，原來牆壁裏嵌着一面小鏡，外面堂上的事物盡都映入鏡中，看來當年建造這秘室的人心思甚是周密，躲在室中避敵之時，仍可在鏡中察看外面動靜。只是時日久了，鏡上積滿了灰塵。她摸出手帕裹上食指，探指入孔，將小鏡拂拭乾淨。

只見傻姑坐在地下抛石子，嘴巴一張一合，不知在說些甚麼。黃蓉湊耳到小孔之上，聽得清清楚楚，原來她是在唱哄小孩睡覺的兒歌：「搖搖搖，搖到外婆橋，外婆叫我好寶寶……」黃蓉初覺好笑，但聽了一陣，只覺她歌聲中情致纏綿，愛憐橫溢，不覺痴了：「這是她媽媽當日唱給她聽的麼？……我媽媽若不早死，也會這樣唱着哄我。」想到此處，眼眶竟自濕了。

郭靖見到她臉上酸楚的神色，說道：「妳在想甚麼？我的傷不打緊，妳別難過。」黃蓉伸手擦了擦眼睛，道：「快教我練功治傷的法兒。」於是郭靖將九陰眞經中的「療傷篇」緩緩背了一遍。

武術中有言道：「未學打人，先學挨打。」初練粗淺功夫，卻須由師父傳授怎生挨打而不受重傷，到了武功精深之時，就得研習護身保命、解穴救傷、接骨療毒諸般法門。須知強中更有強中手，任你武功蓋世，也難保沒失手的日子。這九陰眞經中的「療傷篇」，講的是若爲高手以氣功擊傷，如何以氣功調理眞元，治療內傷。至於折骨、金創等外傷的治療，研習眞經之人自也不用再學。

黃蓉只聽了一遍，便已記住，經文中有數處不甚了了，兩人共同推究參詳，一個對全眞派內功素有根柢，一個聰敏過人，稍加研討，也即通曉。當下黃蓉伸出右掌，與郭靖左掌相抵，各自運氣用功，依法練了起來。

練了兩個時辰後，休息片刻。黃蓉左手持刀，剖一個西瓜與郭靖分食，兩人手掌卻不分開。練到未牌時分，郭靖漸覺壓在胸口的悶塞微有鬆動，從黃蓉掌心中傳過來的熱氣緩緩散入自己周身百骸，腰間疼痛竟也稍減，心想這眞經上所載的法門確是靈異無比，當下不敢絲毫怠懈，繼續用功。

到第三次休息時，天窗中射進來的日光已漸黯淡，時近黃昏，不但郭靖胸口舒暢得多，連黃蓉也大感神清氣爽。

兩人閒談了幾句，正待起始練功，忽聽得一陣急促奔跑之聲，來到店前，戛然而止，接着幾個人走入店堂。一個粗野的聲音喝道：「快拿飯菜來，爺們餓死啦！」一聽聲音卻是三頭蛟侯通海，郭靖與黃蓉面面相覷，均感差愕。

黃蓉忙湊眼到小孔中張望，眞乃不是寃家不聚頭，小鏡中現出的人形赫然是完顏洪烈、歐陽鋒、楊康、彭連虎等人。這時傻姑不知到那裏玩去了，侯通海雖把桌子打得震天價響，卻是沒人出來。梁子翁在店中轉了個圈，皺眉道：「這裏沒人住的。」侯通海自告奮勇，到村中去購買酒飯。歐陽鋒在內堂風吹不到處鋪下稻草，抱起斷腿未愈的姪兒放在草上，讓他靜臥養傷。

彭連虎笑道：「這些御林軍、禁軍雖然膿包沒用，可是到處鑽來鑽去，陰魂不散，累得咱們一天沒好好吃飯。王爺您是北人，卻知道這裏錢塘江邊有個荒僻的村子，領着大夥兒過來。眞是能者無所不能。」

完顏洪烈聽他奉承，臉上卻無絲毫得意神情，輕輕嘆息一聲，道：「十九年之前，我曾來過這裏的。」衆人見他臉上有傷感之色，都微感奇怪，卻不知他正在想着當年包惜弱在此村中救他性命之事。荒村依然，那個荊釵青衫、餵他鷄湯的溫婉女子卻再也不可得見了。

說話之間，侯通海已向村民買了些酒飯回來。彭連虎給衆人斟了酒，向完顏洪烈道：「王爺今日得獲兵法奇書，行見大金國威振天下，平定萬方，咱們大夥向王爺恭賀。」說着舉起酒碗，一飲而盡。

他話聲甚是響喨，郭靖雖隔了一道牆，仍是聽得淸淸楚楚，不由得大吃一驚：「岳爺爺的書還是給他得去了！」心下着急，胸口之氣忽爾逆轉。黃蓉掌心中連連震動，知他聽到噩耗，牽動了丹田內息，若是把持不定，立時有性命之憂，忙將嘴湊在他耳邊，悄聲道：「他能將書盜去，難道咱們就不能盜回來麼？只要你二師父妙手書生出馬，十部書也盜回來啦。」郭靖心想不錯，忙閉目鎭懾心神，不再聽隔牆之言。

黃蓉又湊眼到小孔上去，見完顏洪烈正舉碗飲酒，飲乾後歡然說道：「這次全仗各位出力襄助。歐陽先生更居首功，若不是他將那姓郭的小子趕走，咱們還得多費手脚。」歐陽鋒乾笑了幾聲，響若破鈸。郭靖聽了，心頭又是一震。黃蓉暗道：「老天爺保佑，這老毒物別在這裏彈他的鬼箏，否則靖哥哥性命難保。」

只聽歐陽鋒道：「此處甚是偏僻，宋兵定然搜尋不到。那岳飛的遺書到底是個甚麼樣兒，大夥兒都來見識見識。」說着從懷中取出石盒，放在桌上，他要瞧瞧武穆遺書的內文，若是載得有精妙的武功法門，那麼老實不客氣就據爲己有，倘若只是行軍打仗的兵法韜略，自己無用，樂得做個人情，就讓完顏洪烈拿去。

一時之間，衆人目光都集於石盒之上。黃蓉心道：「怎生想個法兒將那書毀了，也勝似落入這奸賊之手。」只聽完顏洪烈道：「小王參詳岳飛所留幾首啞謎般的詩詞，又推究趙官兒歷代營造修建皇宮的史錄，料得這部遺書必是藏在翠寒堂東十五步之處。今日瞧來，這推斷僥倖沒錯。宋朝也眞無人，沒一人知道深宮之中藏着這樣的寶物。咱們昨晚這一番大鬧，只怕無人得知所爲何來呢。」言下甚是得意，衆人又乘機稱頌一番。

完顏洪烈撚鬚笑道：「康兒，你將石盒打開吧。」楊康應聲上前，揭去封條，掀開盒蓋。衆人目光一齊射入盒內，突然之間，人人臉色大變，無不驚訝異常，做聲不得。只見盒內空空如也，那裏有甚麼兵書，連白紙也沒一張。黃蓉雖瞧不見盒中情狀，但見了衆人臉上模樣，已知盒中無物，心下又是喜歡，又覺有趣。

完顏洪烈沮喪萬分，扶桌坐下，伸手支頤，苦苦思索，心想：「我千推算，萬推算，那岳飛的遺書非在這盒中不可，怎麼會忽然沒了影兒？」突然心念一動，臉露喜色，搶起石盒，走到天井之中，猛力往石板上摔落。

只聽得砰的一聲響，石盒已碎成數塊。黃蓉聽得碎石之聲，立時想到：「啊，石盒有夾層。」急着要想瞧那遺書是否在夾層之中，苦於不能出去，但過不片刻，便見完顏洪烈廢然回座，說道：「我知道石盒另有夾層，豈知卻又沒有。」

衆人紛紛議論，胡思亂想。黃蓉聽各人怪論連篇，不禁暗笑，當即告知郭靖。他聽說武穆遺書沒給盜去，心中大慰。黃蓉尋思：「這些奸賊豈肯就此罷手，定要再度入宮。」又想師父尚在宮中，只怕受到牽累，雖有周伯通保護，但老頑童瘋瘋癲癲，擔當不了正事，不禁頗爲擔心，果然聽得歐陽鋒道：「那也沒甚麼大不了，咱們今晚再去宮中搜尋便是。」

完顏洪烈道：「今晚是去不得了，昨晚咱們這麼一鬧，宮裏必定嚴加防範。」歐陽鋒道：「防範自然免不了，可是那有甚麼打緊？王爺與世子今晚不用去，就與舍姪在此處休息便是。」完顏洪烈拱手道：「卻又要先生辛苦，小王靜候好音。」衆人當即在堂上鋪了稻草，躺下養神。睡了一個多時辰，歐陽鋒領了衆人又進城去。

完顏洪烈翻來覆去的睡不着，子夜時分，江中隱隱傳來潮聲，又聽着村子盡頭一隻狗嗚嗚吠叫，時斷時續的始終不停，似是哭泣，靜夜聲哀，更增煩憂。過了良久，忽聽得門外脚步聲響，有人進來，忙翻身坐起，拔劍在手。楊康早已躍到門後埋伏，月光下只見一個蓬頭女子哼着兒歌，推門而入。

這女子正是傻姑，她在林中玩得興盡回家，見店堂中睡得有人，也不以爲意，摸到睡慣了的亂柴堆裏，躺下片刻，便已鼾聲大作。

楊康見是個鄉下蠢女，一笑而睡。完顏洪烈卻思潮起伏，久久不能成眠，起來從囊中取出一根蠟燭點燃了，拿出一本書來翻閱。黃蓉見光亮從小孔中透進來，湊眼去看，只見一隻飛蛾繞燭飛舞，猛地向火撲去，翅兒當即燒焦，跌在桌上。完顏洪烈拿起飛蛾，不禁黯然，心想：「若是我那包氏夫人在此，定會好好的給你醫治。」從懷裏取出一把小銀刀、一個小藥瓶，拿在手裏撫摸把玩。

黃蓉在郭靖肩上輕輕一拍，讓開小孔，要他來看。郭靖眼見之下，勃然大怒，依稀認得這銀刀與藥瓶是楊康之母包惜弱的物事，當日在趙王府中見她曾以此爲小兔治傷。只聽完顏洪烈輕輕的道：「十九年前，就在這村子之中，我初次和你相見……唉，不知現下你的故居是怎樣了……」說着站起身來，拿了蠟燭，開門走出。

郭靖愕然：「難道此處就是我父母的故居牛家村？」湊到黃蓉耳邊悄聲詢問。黃蓉點了點頭。郭靖胸間熱血上湧，身子搖盪。黃蓉右掌與他左掌相抵，察覺他內息斗急，自是心情激動，怕有凶險，又伸左掌與他右掌相抵，兩人同時用功，郭靖這才慢慢寧定。過了良久，火光閃動，只聲得完顏洪烈長聲嘆息，走進店來。

郭靖此時已制住了心猿意馬，當下左掌仍與黃蓉相抵，湊眼小鏡察看。

只見完顏洪烈拿着幾塊殘磚破瓦，坐在燭火之旁發獃。郭靖心想：「這奸賊與我相距不到十步，我只消將短刀擲去，立時可取他性命。」伸右手在腰間拔出成吉思汗所賜金刀，低聲向黃蓉道：「你把門旋開了。」黃蓉忙道：「不成！刺殺他雖是輕而易舉，但咱們藏身的所在定會給人發見。」郭靖顫聲道：「再過六天六晚，不知他又到了那裏。」黃蓉知道此刻不易勸說，在他耳邊低聲道：「你媽媽和蓉兒要你好好活着。」

郭靖心中一凜，點了點頭，將金刀插回腰間刀鞘，再湊眼到小孔上，卻見完顏洪烈已伏在桌上睡着了。忽見稻草堆中一人坐起身來。那人的臉在燭火光圈之外，在鏡中瞧不清是何人。只見他悄悄站起，走到完顏洪烈身後，拿起桌上的小銀刀與藥瓶看了一會，輕輕放下，回過頭來，卻是楊康。

郭靖心想：「是啊，你要報父母大仇，此刻正是良機，一刀刺去，你不共戴天的大仇人那裏還有性命？若是老毒物他們回來，可又下不了手啦。」心下焦急，只盼他立即下手。卻見他瞧着桌上的銀刀與藥瓶出了一會神，一陣風來，吹得燭火乍明乍暗，又見他脫下身上長袍，輕輕披在完顏洪烈身上，防他夜寒着涼。郭靖氣極，不願再看，渾不解楊康對這害死他父母的大仇人何以如此關懷體貼。

黃蓉安慰他道：「別心急，養好傷後，這奸賊就是逃到天邊，咱們也能追得到。他又不是歐陽鋒，要殺他還不容易？」郭靖點點頭，又用起功來。

到破曉天明，村中幾隻公鷄遠遠近近的此啼彼和，兩人體內之氣已在小周天轉了七轉，俱感舒暢寧定。黃蓉豎起食指，笑道：「過了一天啦。」郭靖低聲道：「好險！若不是你阻攔，我沉不住氣，差點兒就壞了事。」黃蓉道：「還有六日六夜，你答應要聽我話。」郭靖笑道：「我那一次不聽你的話了？」黃蓉微微一笑，側過了頭道：「待我想想。」

此時一縷日光從天窗中射進來，照得她白中泛紅的臉美若朝霞。郭靖突然覺得她的手掌溫軟異常，胸中微微一盪，急忙鎮懾心神，但已是滿臉通紅。

自兩人相處以來，郭靖對她從未有過如此心念，不由得暗中自驚自責。黃蓉見他忽然面紅耳赤，很是奇怪，問道：「靖哥哥，你怎麼啦？」郭靖低頭道：「我眞不好，我忽然想……

想……」黃蓉問道：「想甚麼？」郭靖道：「現下我不想啦。」黃蓉道：「那末先前你想甚麼呢？」郭靖無法躲閃，只得道：「我想抱着你，親親你。」黃蓉心中溫馨，臉上也是一紅，嬌美中畧帶靦覥，更增風致。

郭靖見她垂首不語，問道：「蓉兒，你生氣了麼？我這麼想，眞像歐陽克一樣壞啦。」黃蓉嫣然一笑，柔聲道：「我不生氣。我在想，將來你總會抱我親我的，我是要做你妻子的啊。」郭靖心中大喜，訥訥的說不出話來。黃蓉道：「你想親親我，想得厲害麼？」

郭靖正待回答，突然門外脚步聲急，兩個人衝進店來，只聽侯通海的聲音說道：「操他奶奶雄，我早說世上眞的有鬼，師哥你就不信。」語調氣極敗壞，顯是說不出的焦躁。又聽沙通天的聲音道：「甚麼鬼不鬼的？我跟你說，咱們是撞到了高手。」黃蓉在小孔中瞧去，只見侯通海滿臉是血，沙通天身上的衣服也撕成一片片的，師兄弟倆狼狽不堪。完顏洪烈與楊康見了，大爲驚訝，忙問端的。

侯通海道：「我們運氣不好，昨晚在皇宮裏撞到了鬼，他媽的，老侯一雙耳朵給鬼割去啦。」完顏洪烈見他兩邊臉旁血肉模糊，果眞沒了耳朵的影蹤，更是駭然。沙通天斥道：「兀自說鬼道怪，你還嫌丟的人不夠麼？」侯通海雖然懼怕師兄，卻仍辯道：「我瞧得淸淸楚楚，一個藍靛眼、硃砂鬍子的判官哇哇大叫向我撲來。我只一回頭，那判官就揪住我頭頸，跟着一對耳朵就沒啦。這判官跟廟裏的神像一模一樣，怎會不是？」沙通天和那判官拆了三招，給他將自己衣服撕得粉碎，這人的出手明明是武林高人，決非神道鬼怪，只是怎麼竟會生成判官模樣，卻是大惑不解。

四人紛紛議論猜測，又去詢問躺着養傷的歐陽克，都是不得要領。說話之間，靈智上人、彭連虎、梁子翁三人也先後逃回。靈智上人雙手給鐵鍊反縛在背後，彭連虎卻是雙頰給打得紅腫高脹，梁子翁更是可笑，滿頭白髮給拔得精光，變成了一個和尙，單以頭頂而論，倒與沙通天的禿頭互相輝映，一時瑜亮。原來三人進宮後分道搜尋武穆遺書，卻都遇上了鬼怪。只是三人所遇到的對手各不相同，一個是無常鬼，一個是黃靈官，另一個卻是土地菩薩。梁子翁摸着自己的光頭，破口大罵，汚言所至，連普天下的土地婆婆也都倒了大霉。彭連虎隱忍不語，替靈智上人解開手上的鐵鍊。那鐵鍊深陷肉裏，相互又勾得極緊，彭連虎費了好大的勁，將他手腕上擦得全是鮮血，這才解開。衆人面面相覷，作聲不得，心中都知昨晚是遇上了高手，只是如此受辱，說起來大是臉上無光。侯通海一口咬定是遇鬼，衆人也不和他多辯。

隔了良久，完顏洪烈道：「歐陽先生怎麼還不回來？不知他是否也遇到了鬼怪。」楊康道：「歐陽先生武功蓋世，就算遇上了鬼怪，想來也不致吃虧。」彭連虎等聽了更是沒趣。

黃蓉見衆人狼狽不堪，說鬼道怪，心中得意之極，暗想：「我買給周大哥的面具竟然大逞威風，倒是始料所不及，但不知老毒物是否與他遇上了交過手。」掌心感到郭靖內息開始緩緩流動，當下也練了起來。

彭連虎等折騰了一夜，腹中早已飢了，各人劈柴的劈柴，買米的買米，動手做飯。待得飯熟，侯通海打開橱門，見到了鐵碗，一拿之下，自然難以移動，不禁失聲怪叫，又大叫：

「有鬼！」使出蠻力，運勁硬拔，那裏拔得起來？

黃蓉聽到他的怪叫，心中大驚，知道這機關免不得被他們識破，別說動起手來無法取勝，只要兩人稍移身子，郭靖立有性命之憂，這便如何是好？

她在密室中惶急無計，外面沙通天聽到師弟高聲呼叫，卻在斥他大驚小怪。侯通海不忿，道：「好罷，那麼你把這碗拿起來罷。」侯通天伸手去提，也沒拿起，口中「咦」的一聲。彭連虎聞聲過來，察看了一陣，道：「這中間有機關。沙大哥，你把這鐵碗左右旋轉着瞧瞧。」

黃蓉見情勢緊迫，只好一拚，將匕首遞在郭靖手裏，再伸手去拿洪七公所授的竹棒，心下淒然，兩人畢命於斯，已是頃刻間之事，轉頭見到屋角裏的兩具骸骨，突然靈機一動，忙把兩個骷髏頭骨拿起，用力在一個大西瓜上掀了幾下，分別嵌了進去。

只聽得軋軋幾聲響，密室鐵門已旋開了一道縫。黃蓉將西瓜頂在頭頂，拉開一頭長髮披在臉上。剛好沙通天將門旋開，只見櫥裏突然鑽出一個雙頭怪物，哇哇鬼叫。

那怪物兩個頭並排而生，都是骷髏頭骨，下面是個一條青一條綠的圓球，再下面卻是一叢烏黑的長鬚。衆人昨晚吃足苦頭，驚魂未定，而櫥中突然鑽出這個鬼怪，又實在嚇人，侯通海大叫一聲，撒腿就跑。衆人身不由主的都跟着逃了出去，只賸下歐陽克一人躺在稻草堆裏，雙腿斷骨未愈，走動不得。

黃蓉吁了一口長氣，忙將櫥門關好，實在忍不住笑，可是接着想到雖脫一時之難，然羣奸均是江湖上的老手，必定再來，適才驚走，純係昨晚給老頑童嚇得魂飛魄散之故，否則怎能如此輕易上當？定神細思之後，那時可就嚇不走了，臉上笑靨未斂，心下計議未定，當眞說來就來，店門聲響，進來了一人。

黃蓉握緊蛾眉鋼刺，將竹棒放在身旁，只待再有人旋開櫥門，只好擲他一刺再說，待了片刻，卻聽得一個嬌滴滴的聲音叫道：「店家，店家！」

這一聲呼叫大出黃蓉意料之外，忙俯眼小孔上瞧去，但見坐在堂上的是個錦衣女子，服飾華麗，似是個富貴人家的小姐，只是她背向鏡子，瞧不見面容。那女子待了半晌，又輕輕叫道：「店家，店家。」黃蓉心道：「這聲音好耳熟啊，嬌聲嗲氣的，倒像是寶應縣的程大小姐。」只見那女子一轉身，卻不是程大小姐程瑤迦是誰？黃蓉又驚又喜：「她怎麼也到這兒來啦？」

傻姑適才給侯通海等人吵醒了，迷迷糊糊的也不起身，這時才睡得夠了，從草堆中爬將起來。程瑤迦道：「店家，相煩做份飯菜，一併酬謝。」傻姑搖了搖頭，意思說沒有飯菜，忽然聞到鑊中飯熟香氣，奔過去揭開鑊蓋，只見滿滿的一鑊白飯，正是彭連虎等煮的。傻姑大喜，也不問飯從何來，當卽裝起兩碗，一碗遞給程瑤迦，自己張口大吃起來。

程瑤迦見沒有菜肴，飯又粗糲，吃了幾口，就放下不吃了。傻姑片刻間吃了三碗，拍拍肚皮，甚是適意。

程瑤迦道：「姑娘，我向你打聽個所在，你可知道牛家村離這兒多遠？」傻姑道：「牛家村？這兒是牛家村。離這兒多遠，我可不知道。」程瑤迦臉一紅，低頭玩弄衣帶，隔了半晌，又道：「原來這兒就是牛家村，那我給你打聽一個人。你可知道……知道……一位……」

傻姑不等她說完，已自不耐煩的連連搖頭，奔了出去。

黃蓉心下琢磨：「她到牛家村來尋誰？啊，是了，她是孫不二的徒兒，多半是奉師父師伯之命，來找尋丘處機的徒兒楊康。」只見她端端正正的坐着，整整衣衫，摸了摸鬢邊的珠花，臉上暈紅，嘴角含笑，卻不知心中在想些甚麼。黃蓉只看得有趣，忽聽脚步聲響，門外又有人進來。

那人長身玉立，步履矯健，一進門也是呼叫店家。黃蓉心道：「正巧，天下的熟人都聚會到牛家村來啦。靖哥哥的牛家村風水挺好，就是旺人不旺財。」原來這人是歸雲莊的少莊主陸冠英。

他見到程瑤迦，怔了怔，又叫了聲：「店家。」程瑤迦見是個青年男子，登覺害羞，忙轉過了頭。陸冠英心中奇怪：「怎地一個美貌少女孤身在此？」逕到灶下轉了個身，不見有人，當時腹飢難熬，在鑊中盛了一大碗飯，向程瑤迦道：「小人肚中飢餓，討碗飯吃，姑娘莫怪。」程瑤迦低下了頭，微微一笑，低聲道：「飯又不是我的。相公……請用便是。」

陸冠英吃了兩碗飯，作揖相謝，叉手不離方寸，說道：「小人向姑娘打聽個所在，不知牛家村離此處多遠？」

程瑤迦和黃蓉一聽，心中都樂了：「哈，原來他也在打聽牛家村。」程瑤迦斂衽還禮，靦靦覥覥的道：「這兒就是牛家村了。」陸冠英喜道：「那好極了。小人還要向姑娘打聽一個人。」程瑤迦待說不是此間人，忽然轉念：「不知他打聽何人？」只聽陸冠英問道：「有一位姓郭的郭靖官人，不知在那一家住？他可在家中？」程瑤迦和黃蓉又都一怔：「他找他何事？」程瑤迦沉吟不語，低下了頭，羞得面紅耳赤。

黃蓉瞧她這副神情，已自猜到了八成：「原來靖哥哥在寶應救她，這位大小姐可偷偷愛上他啦。」她一來年幼，二來生性豁達，三來深信郭靖決無異志，是以胸中竟無妬忌之心，反覺有人喜愛郭靖，甚是樂意。

黃蓉這番推測，正是絲毫不錯。當日程瑤迦爲歐陽克所擄，雖有丐幫的黎生等出手，但均非歐陽克之敵，若不是郭靖與黃蓉相救，已是慘遭淫辱。她見郭靖年紀輕輕，不但本領過人，而且爲人厚道，一縷情絲，竟然就此飄過去黏在他的身上。她是大富之家的千金小姐，從來不出閨門，情竇初開之際，一見青年男子，竟然就此鍾情。郭靖走後，程大小姐對他念念不忘，左思右想，忽地大起膽子，半夜裏悄悄離家。她雖一身武功，但從未獨自出過門，江湖上的門道半點不知，當日曾聽郭靖自道是臨安府牛家村人氏，於是一路打聽，逕行尋到牛家村來。她衣飾華麗，氣度高貴，路上歹人倒也不敢相欺。

她在前面村上問到牛家村便在左近，但猛聽得傻姑說此處就是牛家村，仍然登時沒了主意，她千里迢迢的來尋郭靖，這時卻又盼郭靖不在家中，只想：「我晚上去偷偷瞧他一眼，這就回家，決不能讓他知曉，若是給他瞧見，那眞羞死人啦。」就在此時，陸冠英闖了進來，開口問的就是郭靖。程瑤迦心虛，只道心事給他識破，呆了片刻，站起來就想逃走。

突然門外一張醜臉伸過來一探，又縮了回去。程瑤迦吃了一驚，退了兩步，那醜臉又伸了伸，叫道：「雙頭鬼，你有本事就到太陽底下來，三頭蛟侯老爺跟你鬥鬥。我比你還多一個頭，青天白日的，侯老爺可不怕你。」意思自然是說，一到黑夜，侯老爺甘拜下風，雖然多了個頭，也已管不了用。陸程二人茫然不解。

黃蓉哼了一聲，低聲道：「好啊，終究來啦。」一心想陸程二人武功都不甚高，難敵彭連虎等人，若是求他們相助，只有白饒上兩條性命，最好是快些走開，可是又盼他們留着，擋得一時好一時，彷徨失措之際，多兩個幫手，終究也壯了膽子。

原來彭連虎等一見雙頭怪物，都道昨晚所遇的那個高手又在這裏扮鬼，當卽遠遠逃出村去，那敢回來？侯通海卻是個渾人，以爲眞是鬼怪，只覺頭頂驕陽似火，炙膚生疼，衆人卻都逃得不見了影子，罵道：「鬼怪在大日頭底下作不了祟，連這點也不知道，還在江湖上混呢。我老侯偏不怕，回去把鬼怪除了，好教大夥兒服我。」大踏步回到店來，但心中終是戰戰兢兢，一探頭，見程瑤迦和陸冠英站在中堂，暗叫：「不好，雙頭鬼化身爲一男一女，老侯啊老侯，你可要小心了。」

陸冠英和程瑤迦聽他滿口胡話，相顧愕然，只道是個瘋子，也不加理會。

侯通海罵了一陣，見這鬼並不出來廝打，更信鬼怪見不得太陽，但說要衝進屋去捉鬼，老侯卻也沒生這個膽子，僵持了半晌，只待兩個妖鬼另變化身，那知並無動靜，忽然想起曾聽人說，鬼怪僵屍都怕穢物，當卽轉身去找。鄉村中隨處都是糞坑，小店轉角處就是老大一個，他一心捉鬼，也顧不得骯髒，脫下布衫，裹了一大包糞，又回店來。只見陸程二人仍然端坐中堂，他法寶在手，有了倚仗，膽氣登壯，大聲叫道：「好大膽的妖魔，侯老爺當堂要你現出原形！」左手嗆啷啷搖動三股叉，右手拿着糞包，搶步入內。

陸程二人見那瘋子又來，都是微微一驚，他人未奔到，先已聞到一股臭氣。侯通海尋思：

「人家都說，人是男的兇，鬼是女的厲。」舉起糞包，劈臉往程瑤迦扔去。程瑤迦驚叫一聲，側身欲避，陸冠英已舉起一條長櫈將糞包擋落，布衫着地散開，糞便四下飛濺，臭氣上沖，中人欲嘔。

侯通海大叫：「雙頭鬼快現原形。」舉叉猛向程瑤迦刺去。他雖是渾人，武藝卻着實精熟，這一叉迅捷狠辣，兼而有之。

陸程二人一驚更甚，都想：「這人明明是個武林能手，並非尋常瘋子。」陸冠英見程瑤迦是位大家閨秀，嬌怯怯地似乎風吹得倒，只怕給這瘋漢傷了，忙舉長櫈架開他的三股鋼叉，叫道：「足下是誰？」

侯通海那來理他，連刺三叉。陸冠英舉櫈招架，連連詢問名號。侯通海見他武藝雖然不弱，但與昨晚神出鬼沒的情狀卻是大不相同，料定糞攻策畧已然收效，不禁大爲得意，叫道：「你這妖鬼，想知道我名字用妖法咒我麼？老爺可不上當。」他本來自稱「侯老爺」，這時竟然大有急智，將這個「侯」字畧去，簡稱「老爺」，以免被妖鬼作爲使法的憑藉，叉上鋼環噹噹作響，攻得更緊。

陸冠英武功本就不及，以長櫈作兵刃更不湊手，要待去拔腰刀，那裏緩得出手來？數合之間，已被逼得背靠牆壁，剛好擋去了黃蓉探望的小孔。侯通海鋼叉疾刺，陸冠英急忙閃讓，通的一聲，叉尖刺入牆壁，離小孔不過一尺。陸冠英見他一拔沒將鋼叉拔出，急忙揮長櫈往他頭頂劈落。侯通海飛足踢中他手腕，左手拳迎面擊出。陸冠英長櫈脫手，低頭讓過，侯通海已拔出了鋼叉。

程瑤迦見勢危急，縱身上前，在陸冠英腰間拔出單刀，遞在他手中。陸冠英道：「多謝！」危急中也不及想到這樣溫文嬌媚的一位姑娘，怎敢在兩人激戰之際幫他拔刀。只見亮光閃閃的鋼刺戳向胸口，當即橫刀力削，噹的一聲，火花四濺，將鋼叉盪了開去，但覺虎口隱隱發痛，看來這瘋子膂力不小，單刀在手，心中稍寬。只拆得數招，兩人脚下都沾了糞便，踏得滿地都是。

初交手時侯通海心中大是惴惴，時時存着個奪門而逃的念頭，始終不敢使出全力，時候稍長，見那鬼怪也無多大能耐，顯然妖法已被糞便尅制，膽子漸粗，招數越來越是狠辣，到後來陸冠英漸感難以招架。

程瑤迦本來怕地下糞便骯髒，縮在屋角裏觀鬥，眼見這俊美少年就要喪命在瘋漢的鋼叉之下，遲疑了一會，終於從包裹中取出長劍，向陸冠英道：「這位相公，我……我來幫你了，對不起。」她也當眞禮數周到，幫人打架，還先致歉，長劍閃動，指向侯通海背心。她是清淨散人孫不二的徒弟，使的是全眞嫡派的劍術。

這一出手，侯通海原是在意料之中，雙頭鬼化身爲二，女鬼自當出手作祟。陸冠英卻是又驚又喜，但見她身手靈動，劍法精妙，心中暗暗稱奇。他本已被逼得刀法散亂，大汗淋漓，這時來了助手，精神爲之一振。侯通海只怕女鬼厲害，初時頗爲擔心，但試了數招，見她劍術雖精，功力卻是平常，而且慌慌張張，看來不是爲惡已久的「老鬼」，於是漸感放心，三股叉使得虎虎生風，以一敵二，兀自進攻多，遮攔少。

黄蓉在隔室瞧得心焦異常，知道門下去陸程二人必定落敗，有心要相助一臂之力，卻不能離開郭靖半步。否則的話，戲弄這三頭蛟於她最是駕輕就熟，經歷甚豐。

只聽陸冠英叫道：「姑娘，您走罷，不用跟他糾纏了。」程瑤迦知他怕傷了自己，要獨力抵擋瘋漢，心中好生感激，但知他一人決計抵擋不了，搖了搖頭，不肯退下。陸冠英奮力招架，向侯通海大聲道：「男子漢大丈夫，爲難人家姑娘不算英雄。你找我姓陸的一人便是，快讓這位姑娘退出。」

侯通海雖渾，此時也已瞧出二人多半不是鬼怪，但見程瑤迦美貌，自己又穩佔上風，豈肯放她，哈哈笑道：「男鬼要捉，女鬼更要拿。」鋼叉直刺橫打，極是兇悍，總算對程瑤迦手下留情三分，否則已然將她刺傷。

陸冠英急道：「姑娘，你快衝出去，陸某已極感盛情。」程瑤迦低聲道：「相公尊姓是姓陸麼？」陸冠英道：「正是，姑娘貴姓，是那一位門下？」程瑤迦道：「我師父姓孫，人稱清淨散人。我……我……」她想說自己姓名，忽感羞澀，說到嘴邊卻又住口。陸冠英道：「姑娘，我纏住他，你快跑。只要陸某留得命在，必來找你，相謝今日援手之德。」

程瑤迦臉上一紅，說道：「我……我不……相公……」轉頭對侯通海道：「喂，瘋漢子，你不可傷了這位相公。我師父是全真派的孫真人，她老人家就要到啦。」

全眞七子名滿天下，當日鐵脚仙玉陽子王處一在趙王府中技懾羣魔，侯通海親目所覩，聽程大小姐如此說，倒果眞有點兒忌憚，微微一怔，隨卽罵道：「就是全眞派七名妖道齊來，老子也是一個個都宰了！」

忽聽得門外一人朗聲說道：「誰活得不耐煩了，在這兒胡說八道？」三人本在激鬥，聽到聲音，各自向後躍開。陸冠英怕侯通海暴下毒手，拉着程瑤迦的手向後一引，橫刀擋在她身前，這才舉目外望。

只見門口站着一個青年道人，羽衣星冠，眉淸目朗，手中拿着一柄拂塵，冷笑道：「誰在說要把全眞七子宰了？」侯通海右手挺叉，左手揷腰，橫眉怒目，大聲道：「是老子說的，怎麼樣？」那道人道：「好啊，你倒宰宰看。」幌身欺近，揮拂塵往他臉上掃去。

這時郭靖練功已畢，聽得堂上喧嘩鬥毆之聲大作，湊眼小孔去看。黃蓉道：「難道這小道士也是全眞七子之一？」郭靖卻認得這人是丘處機的徒弟尹志平，他兩年前奉師命赴蒙古向江南六俠傳書，夜中比武，自己曾敗在他手下，於是悄聲對黃蓉說了。黃蓉看他與侯通海拆了數招，搖頭道：「他也打不贏三頭蛟。」

尹志平稍落下風，陸冠英立時挺刀上前助戰。尹志平比之當年夜鬥郭靖，武功已有長進，與陸冠英雙戰侯通海，堪堪打成平手。

程瑤迦的左手剛才被陸冠英握了片刻，心中突突亂跳，旁邊三人鬥得緊急，她卻撫摸着自己的手，呆呆出神，忽聽嗆啷一響，陸冠英叫道：「姑娘，留神！」這才驚覺。原來侯通海在百忙中向她刺了一叉，陸冠英挺刀架開，出聲示警。程瑤迦臉上又是一紅，凝神片刻，仗劍加入戰團。

程大小姐武藝雖不甚高，但三個打一個，侯通海終究難以抵擋。他掄叉急攻，想要衝出門去招集幫手，但尹志平的拂塵在眼前揮來舞去，只掃得他眼花撩亂，微一疏神，腿上被陸冠英砍了一刀。侯通海罵道：「操你十八代祖宗！」再戰數合，下盤越來越是呆滯，鋼叉刺出，忽被尹志平拂塵捲住。兩人各自使勁，侯通海力大，一掙之下，尹志平拂塵脫手，但程瑤迦一劍「斗搖星河」，刺中了他右肩。侯通海鋼叉拿揑不住，拋落在地。尹志平乘勢而上，一腿橫掃過去。侯通海翻身跌倒。陸冠英忙撲上按牢，解下他腰裏革帶，反手縛住。尹志平笑道：「你連全眞七子的徒弟也打不過，還說要宰了全眞七子？」侯通海破口大罵，說三個打一個，不是英雄好漢。尹志平撕下他一塊衣襟，塞在他嘴裏。侯通海滿臉怒容，卻已叫罵不得。

尹志平躬身向程瑤迦行禮，說道：「師姊是孫師叔門下的罷？小弟尹志平參見師姊。」程瑤迦急忙還禮，道：「不敢當。不知師兄是那一位師伯門下？小妹拜見尹師兄。」尹志平道：「小弟是長春門下。」

程瑤迦從沒離過家門，除了師父之外，全眞七子中倒有六位未曾見過，但曾聽師父說起，衆師伯中以長春子丘師伯人最豪俠，武功也是最高，聽尹志平說是丘處機門人，心中好生相敬，低聲道：「尹師兄應是師兄，小妹姓程，你該叫我師妹。」

尹志平跟隨師父久了，也學得性格豪邁，見這位師妹扭扭揑揑的，那裏像個俠義道，不禁暗暗好笑，和她敍了師門之誼，隨卽與陸冠英廝見。

陸冠英說了自己姓名，卻不提父親名號。尹志平道：「這瘋漢武藝高強，不知是甚麼來歷，倒是放他不得。」陸冠英道：「待小弟提出去一刀殺了。」他是太湖羣盜的首領，殺個把人渾不當一回事。程瑤迦心腸軟，忙道：「啊，別殺人。」尹志平笑道：「不殺也好。程師妹，你到這裏有多久了？」程瑤迦臉一紅，道：「小妹剛到。」

尹志平向兩人望了一眼，心想：「看來這兩人是對愛侶，我別在這裏惹厭，說幾句話就走。」說道：「我奉師父之命，到牛家村來尋一個人，要向他報個急訊。小弟這就告辭，後會有期。」說着一拱手，轉身欲行。

程瑤迦臉上羞紅未褪，聽他如此說，卻又罩上了一層薄暈，低聲道：「尹師兄，你尋誰啊？」尹志平微一遲疑，心想：「程師妹是本門中人，這姓陸的旣與她同行，也不是外人，說亦無妨。」便道：「我尋一位姓郭的朋友。」

此言一出，一堵牆的兩面倒有四個人同感驚訝。

陸冠英道：「此人可是單名一個靖字？」尹志平道：「是啊，陸兄也認得這位郭朋友嗎？」陸冠英道：「小弟也正是來尋訪郭師叔。」尹志平與程瑤迦齊道：「你叫他師叔？」陸冠英道：「家嚴與他同輩，是以小弟稱他師叔。」陸乘風與黃蓉同輩，郭靖與黃蓉是未婚夫妻，因此陸冠英便尊他爲師叔。程瑤迦不語，心中卻大是關切。

尹志平忙問：「你見到他了麼？他在那裏？」陸冠英道：「小弟也是剛到，正要打聽，卻撞上這個瘋漢，平白無端的動起手來。」尹志平道：「好！那麼咱們同去找罷。」三人相偕出門。

黃蓉與郭靖面面相覷，只是苦笑。郭靖道：「他們必定又會回來，蓉兒，你打開櫥門招呼。」黃蓉嘆道：「那怎使得？這兩人來找你，必有要緊之事。你在養傷，一分心那還了得？」郭靖道：「是啊，必是十分要緊之事。你快想個法子。」黃蓉道：「就算是天塌下來，我也不開門。」

果然過不多時，尹志平等三人又回到店中。陸冠英道：「在他故鄉竟也問不到半點眉目，這便如何是好？」尹志平道：「不知陸兄尋這位郭朋友有何要緊之事，可能說麼？」陸冠英本不想說，卻見程瑤迦臉上一副盼望的神色，不知怎地，竟爾難以拒卻，便道：「此事一言難盡，待小弟掃了地下的髒物，再與兩位細談。」這店中也無掃帚簸箕，尹陸兩人只得拿些柴草，將滿地穢物畧加擦掃。

三人在桌旁坐下。陸冠英正要開言，程瑤迦道：「且慢！」走到侯通海身旁，用劍割下他衣上兩塊衣襟，要塞住他的雙耳，低聲道：「不讓他聽。」陸冠英讚道：「姑娘好細心。這瘋漢來歷不明，咱們的話可不能讓他聽了去。」

黃蓉在隔室暗暗發笑：「我們兩人在此偷聽，原是難防，但內堂還躺着個歐陽克，你們三人竟也懵然不知，還說細心呢。」須知程大小姐從未在江湖上行走；尹志平專學師父，以豪邁粗獷為美；陸冠英在太湖發號施令慣了，向來不留神細務，是以三人談論要事，竟未先行在四周查察一遍。

程瑤迦俯身見侯通海耳朵已被割去，怔了一怔，將布片塞入他耳孔之中，微微含笑，向陸冠英道：「現下可以說啦。」

陸冠英遲疑道：「唉！這事不知該從何說起。我是來找郭師叔，按理說，那是萬萬不該來找他的，可是又不得不找。」尹志平道：「這倒奇了。」陸冠英道：「是啊，我找郭師叔，原本也不是為了他的事，是為了他的六位師父。」尹志平一拍桌子，大聲道：「江南六怪？」

陸冠英道：「正是。」尹志平道：「啊哈，陸兄此來所為何事，只怕與小弟不謀而合。咱倆各在地下書寫一個人的名字，請程師妹瞧瞧是否相同。」陸冠英尚未回答，程瑤迦笑道：「好啊，你們兩人背向背的書寫。」

尹志平和陸冠英各執一根柴梗，相互背着在地下劃了幾劃。

尹志平笑道：「程師妹，我們寫的字是否相同？」程瑤迦看了兩人在地下所劃的痕迹，低聲道：「尹師兄，你猜錯啦，你們劃的不同。」尹志平「咦」了一聲，站起身來。程瑤迦笑道：「你寫的是『黃藥師』三字，他卻是畫了一枝桃花。」

黃蓉心頭一震：「他二人來找靖哥哥，怎麼都和我爹爹相關？」

只聽陸冠英道：「尹師兄寫的，是我祖師爺的名諱，小弟不敢直書。」尹志平一怔，道：「是你祖師爺？嗯，咱們寫的其實相同。黃藥師不是桃花島主嗎？」程瑤迦道：「噢，原來如此。」尹志平道：「陸兄既是桃花島門人，那麼找江南六怪是要不利於他們了。」陸冠英道：「那倒不是。」尹志平見他吞吞吐吐，欲言又止，心中甚是不喜，說道：「陸兄既不當小弟是朋友，咱們多談無益，就此告辭。」站起身來，轉身便走。陸冠英忙道：「尹師兄留步，小弟有下情相告，還要請師兄援手。」尹志平最愛別人有求於他，喜道：「好罷，你說便是。」

陸冠英道：「尹師兄，你是全眞門人，傳訊示警，叫人見機提防，原是俠義道份所當為。但若貴派師長要去加害無辜，你得知訊息，卻該不該去叫那無辜之人避開呢？」尹志平一拍大腿，道：「是了，你是桃花島門人，其中果然大有為難之處，你倒說說看。」陸冠英道：

「此事小弟若是袖手不管，那是不義；若是管了，卻又是背叛師門。小弟雖有事相求師兄，卻又是不能開口。」

尹志平已大致猜中了他的心事，可是他既不肯明言，不知如何相助，伸手搔頭，神色頗感爲難。

程瑤迦卻想到了一個法子。閨中女兒害羞，不肯訴說心事，母親或是姊妹問起，只用點頭或搖頭相答，雖然不夠直截了當，但最後也總能吐露心事。比如母親問：「孩兒，你意中人是張三哥麼？」女兒搖頭。又問：「是李四郎麼？」女兒又搖頭。再問：「那定是王家表哥啦。」女兒低頭不作聲，那就對了。當下程瑤迦道：「尹師哥，你問陸大哥，說對了，他點頭，不對就搖頭。只消他一句話也不說，就不能說是背叛師門。」

尹志平喜道：「師妹這法兒甚妙。陸兄，我先說我的事。我師父長春眞人無意中聽到訊息，得知桃花島主惱恨江南六怪，要殺他六家滿門。我師父搶在頭裏，趕到嘉興去報訊，六怪卻不在家，出門遊玩去了。於是我師父叫六怪家人分頭躲避，黃島主來到之時，竟未找到一人。他沖沖大怒，空發了一陣脾氣，折而向北，後來就不知如何。你可知道麼？」陸冠英點點頭。

尹志平道：「嗯，看來黃島主仍在找尋六怪。我師父和六怪本有過節，但一來這過節已經揭開，二來佩服六怪急人之難，心中頗感激他們的高義，三來覺得此事六怪並無不是。正好全眞七子適在江南聚會，於是大夥兒分頭尋訪六怪，叫他們小心提防，最好是遠走高飛，莫被你祖師爺撞到。你說這該是不該？」陸冠英連連點頭。

黃蓉尋思：「靖哥哥既已到桃花島赴約，爹爹何必再去找六怪算帳？」她卻不知父親聽了靈智上人的謊言，以爲她已命喪大海，傷痛之際，竟遷怒在六怪身上。

只聽尹志平又道：「尋訪六怪不得，我師父便想到了六怪的徒兒郭靖，他是臨安府牛家村人氏，有八成已回到了故鄉，於是派小弟到這兒來探訪於他，想來他必知六位師父在何方。你來此處，爲的也是此事了？」陸冠英又點了點頭。

尹志平道：「豈知郭兄卻未曾回家。我師父對六怪可算得是仁至義盡，但尋他們不到，這也無法可想了，看來黃島主也未必找他們得着。陸兄有事相求，是與此事有關麼？」陸冠英點了點頭。尹志平道：「陸兄有何差遣，但說不妨。但教小弟力之所及，自當效勞。」陸冠英不語，神色頗爲尷尬。

程瑤迦笑道：「尹師哥你忘啦。陸相公是不能開口直說的。」尹志平笑道：「正是。陸兄是要小弟留在這村中等候郭兄麼？」陸冠英搖頭。尹志平道：「那是要小弟急速去尋訪江南六怪和郭兄了？」陸冠英又搖頭。尹志平道：「啊，是了。陸兄要小弟在江湖上傳言出去。那六怪是江南人氏，聲氣廣通，諒來不久便可得訊。」陸冠英仍是搖頭。尹志平接連又猜了七八件事，陸冠英始終搖頭。程瑤迦幫着猜了兩次，也沒猜對。不但尹志平急了，連隔室的黃蓉聽得也急了。

三人僵了半晌。尹志平強笑道：「程師妹，你慢慢跟他磨菇罷，打啞謎兒的事我幹不了。我出去走走，過一個時辰再來。」說着走出門外。堂上除了侯通海外，只賸下陸程二人。

程瑤迦低下頭去，過了一會，見陸冠英沒有動靜，偷眼瞧他，正好陸冠英也在看她。兩人目光相接，急忙避開。程瑤迦又是羞得滿臉通紅，低垂粉頸，雙手玩弄劍柄上的絲絛。

陸冠英緩緩站起身來，走到灶邊，對灶頭上畫着的灶神說道：「灶王爺，小人有一番心事，苦於不能向人吐露，只好對你言明，但願神祇有靈，佑護則個。」

程瑤迦暗讚：「好聰明的人兒。」抬起了頭，凝神傾聽。

只聽他說道：「小人陸冠英，是太湖畔歸雲莊陸莊主之子。家父名諱，上『乘』下『風』。我父親拜桃花島黃島主爲師。數日之前，祖師爺來到莊上，說道要殺江南六怪的滿門良賤，命我父及師伯梅超風幫同尋找六怪下落。梅師伯和六怪有深怨大仇，正是求之不得。我父卻知江南六怪心存忠義，乃是響噹噹的英雄好漢，殺之不義。何況我爹爹與六怪的徒兒郭師叔結交爲友，此事不能袖手。他聽了祖師爺的吩咐，不由得好生爲難，有心要差遣小人傳個訊去，叫江南六怪遠行避難，卻又是不該背叛師門。那日晚上，我爹爹仰天長嘆，喃喃自語，吐露了心事。小人在旁聽見，心想爲父分憂，乃是盡孝，祖師爺與小人卻終究已隔了一層，於是連夜趕來尋找六怪報訊。」

黃蓉與程瑤迦心想：「原來他是學他父親掩耳盜鈴的法子，明明要人聽見，卻又不肯擔當背叛師門的罪名。」卻聽他又道：「六怪尋訪不着，我就想起改找他們的弟子郭師叔，可是他也不知到了何處。郭師叔是祖師爺的女壻……」

程瑤迦忍不住「啊」的一聲低呼，忙卽伸手掩口。她先前對郭靖朝思暮想，自覺一往情深，殊不知只是少女懷春，心意無託，於是聊自遣懷，實非眞正情愛，只是自己不知而已。今日見了陸冠英，但覺他風流俊雅，處處勝於郭靖，這時聽到他說郭靖是黃藥師女壻，心頭雖然不免一震，卻絲毫不生自憐自傷之情，只道自己胸懷爽朗，又想當日在寶應早見郭黃二人神態親密，此事原不足異，其實不知不覺之間，一顆芳心早已轉在別人身上了。

陸冠英聽得程瑤迦低聲驚呼，極想回頭瞧她的臉色。但終於強行忍住，心想：「我若見到她在聽我說話，那就萬萬不能再說下去。那日爹爹對天自言自語，始終未曾望我一眼。現下我是在對灶王爺傾訴，她若聽見，那是她自行偷聽，我可管不着。」於是接着說道：「但教找到了郭師叔，他自會與黃師姑向祖師爺求情。祖師爺性子再嚴，女兒女壻總是心愛的，總不能非殺了女壻的六位師父不可。只是爹爹言語之中，卻似郭師叔和黃師姑已遭到了甚麼大禍，眞相如何，卻又不便詢問爹爹。」

黃蓉聽到這裏，心想：「難道爹爹知道靖哥哥此刻身受重傷？不，他決不能知道。多半他是得知了我們流落荒島之事。」

陸冠英又道：「尹師兄爲人一片熱腸，程小姐又是聰明和氣……」（程瑤迦聽他當面稱讚自己，又是高興，又是害羞）「……可是我心中的念頭太過異想天開，自是教人難以猜到。我想江南六怪是成名的英雄好漢，雖然武功不如祖師爺，但要他們遠行避禍，豈不是擺明了怕死？這等行逕，料來決不會幹。倘若這事傳聞開了，他們得到消息，只怕非但不避，反要尋上祖師爺來啦！豈不是救人倒變成害人？」黃蓉暗暗點頭，心想陸冠英不愧是太湖羣雄之首，深知江湖好漢的性子。

又聽他道：「我想全眞七子俠義爲懷，威名旣盛，武功又高，尹師兄和程小姐若肯求懇他們師尊出頭排解，祖師爺總得給他們面子。祖師爺跟江南六怪未必眞有深仇大怨，總是六怪有甚麼言語行事得罪了他，只須有頭臉的人物出面說合，諒無不成之理。灶王爺，小人的爲難之處，乃是空有一個主意，卻不能說給有能爲的人知曉，請你瞧着辦罷。」說畢，向灶君菩薩連連作揖。

程瑤迦聽他說畢，急忙轉身，要去告知尹志平，剛走到門口，卻聽陸冠英又說起話來：「灶王爺，全眞七子若肯出頭排解，自是一件極大的美事，只是七子說合之際，須得恭恭敬敬才是，千萬別得罪我祖師爺。否則一波未平，一波又起，那可糟了。我跟您說的話，到此爲止，再也沒有啦。」

程瑤迦嫣然一笑，心道：「你說完了，我給你去辦就是。」便出店去找尹志平，在村中打了個轉，不見影蹤，轉身又走回來，忽聽尹志平低聲叫道：「程師妹！」從牆角處探身出來招手。程瑤迦喜道：「啊！在這裏。」

尹志平做個手勢叫她噤聲，向西首指了指，走到她身邊，低聲道：「那邊有人，鬼鬼祟祟的探頭探腦，身上都帶着兵刃。」程瑤迦心中只想着陸冠英說的話，對這事也不以爲意，道：「只怕是過路人。」尹志平卻臉色鄭重，低聲道：「那幾個人身法好快，武功可高得很呢。可須得小心在意。」

原來他見到的正是彭連虎等人。他們久等侯通海不回，料想他必已遇險，這些人想到昨晚皇宮中扮鬼之人的身手，誰敢前去相救？忽然見到尹志平，立時遠遠躲開。

尹志平候了一陣，見前面再無動靜，慢慢走過去看時，那些人已然影蹤全無。程瑤迦於是把陸冠英的話轉述了一遍。尹志平笑道：「原來他是這個心思，怎教人猜想得到？程師妹，你去向孫師叔求懇，我去跟師父說就是。只要全眞七子肯出面，天下又有甚麼事辦不了？」

程瑤迦道：「不過這件事可不能弄糟。」接着將陸冠英最後幾句話也說了。尹志平冷笑道：「哼，黃藥師又怎麼了，他強得過全眞七子麼？」程瑤迦想出言勸他不可傲慢，但見他神色峭然，話到口邊，又縮了回去。

兩人相偕回店。陸冠英道：「小弟這就告辭。兩位他日路經太湖，務必請到歸雲莊來盤桓數日。」程瑤迦見他就要分別，心中大感不捨。可是滿腔情意綿綿，卻又怎敢稍有吐露？

尹志平背轉身子，對着灶君說道：「灶王爺，全眞教最愛給人排難解紛。江湖上有甚麼不平之事，但教讓全眞門下弟子知曉，決不能袖手不理。」陸冠英知道這幾句話是說給自己聽的，於是說道：「灶王爺，盼你保佑此事平平安安的了結，弟子對出力的諸君子永感大德。」尹志平道：「灶王爺，你放心，全眞七子威震天下，只要他們幾位肯出手，憑他潑天大事，也決沒辦不成的。」

陸冠英一怔，心道：「全眞七子若是恃強說合，我祖師爺豈能服氣？」忙道：「灶王爺，你知道，我祖師爺平素獨來獨往，不理會旁人。人家跟他講交情，他是肯聽的，跟他說道理，他卻是最厭憎的了！」

尹志平道：「哈哈，灶王爺，全眞七子還能忌憚別人嗎？此事原本跟我們毫不相干，我師父也只叫我給人報個訊息，但若惹到全眞教頭上，管他黃藥師、黑藥師，全眞教自然有得叫他好看的。」

陸冠英氣往上沖，說道：「灶王爺，弟子適才說過的話，你只當是夢話。要是有人瞧不起我們，天大的人情我們也不領。」

兩人背對着背，都是向着灶君說話，可是你一言我一語，針鋒相對，越說越僵。程瑤迦欲待相勸，但兩人都是年少氣盛，性急口快，竟自插不下嘴去。

只聽尹志平道：「灶王爺，全眞派武功是天下武術正宗，別的旁門左道功夫，就算再了不起，那能與全眞派較量？」陸冠英道：「灶王爺，全眞派武功我也久聞其名，全眞教中高手固然不少，可是也未必沒有狂妄浮誇之徒。」

尹志平大怒，伸手一掌，將灶頭打塌了一角，瞪目喝道：「好小子，你罵人。」砰的一聲，陸冠英將灶頭的另外一角也一掌打塌，喝道：「我豈敢罵你？我是罵目中無人的狂徒。」

尹志平剛才見過他的武藝，知道不及自己，心中有恃無恐，冷笑一聲，說道：「好啊，咱們這就比劃比劃，瞧瞧到底是誰目中無人了。」陸冠英明知不敵，卻是恨他輕侮師門，到此地步自是騎虎難下，拔出單刀，左手一拱，說道：「小弟領教全眞派的高招。」

程瑤迦大急，淚珠在眼眶中滾來滾去，數次要上前攔阻，卻總是無此膽量魄力，只見尹志平拂塵揚起，踏步進招，兩人便即鬥在一起。陸冠英不求有功，但求無過，使開枯木禪師所授的羅漢刀法，緊緊守住門戶。尹志平一上手立即搶攻，那知對方刀沉力猛，自己輕敵冒進，左臂險被單刀砍中，心頭一凜，急忙凝神應戰，展開師授心法，意定神閒，步緩手快，這才逐步的搶到上風。陸冠英這幾個月來得了父親指點，修爲已突飛猛進，只是畢竟時日太短，敵不住長春子門下的嫡傳高弟。

黃蓉在小鏡中瞧着二人動手，見尹志平漸佔先着，心中罵道：「你這小雜毛罵我爹爹，若不是靖哥哥受傷，教你嘗嘗我桃花島旁門左道的手段。啊喲，不好！」只見陸冠英一刀砍去，招術用得老了，被尹志平拂塵向外引開，倒轉把手，迅捷異常的在他臂彎裏一點。陸冠英手臂酸麻，單刀脫手。尹志平得理不容情，刷的一拂塵往他臉上掃去，口中叫道：「這是全眞派的高招，記住了！」他拂塵的塵尾是馬鬃中夾着銀絲，這一下只要掃中了，陸冠英臉上非鮮血淋漓不可。

陸冠英急忙低頭閃避，那拂塵卻跟着壓將下來，卻聽得一聲嬌呼：「尹師哥！」程瑤迦舉劍架住。陸冠英乘隙躍開，拾起地下單刀。

尹志平冷笑道：「好啊，程師妹幫起外人來啦。你兩口子齊上罷。」程瑤迦急道：「你……你……」尹志平刷刷刷接連三招，將她逼得手忙脚亂。陸冠英見她勢危，提刀又上，登時成了以二敵一。程瑤迦不願與師兄對敵，垂劍躍開。尹志平叫道：「來啊，他一個人打不過我，省得你一會兒又來相幫。」

黃蓉見三人如此相鬥，甚是好笑，正想這一場官司不知如何了結，忽聽門聲響動，彭連虎、沙通天等擁着完顏洪烈、楊康一齊進來。原來他們等了良久，畢竟沙通天同門關心，大着膽子悄悄過來探視，只見店中兩人正自相鬥，武藝也只平平。他待了半晌，見確無旁人，但一人勢孤，終究不敢入內，於是約齊衆人，闖進門來。

尹陸二人見有人進來，立時躍開罷鬥，未及出言喝問，沙通天幌身上前，雙手分抓，已拿住了二人手腕。彭連虎俯身解開了侯通海手上綁帶。侯通海彎了半日，早已氣得死去活來，不等取出口中布片，喉頭悶吼，連連揮掌往程瑤迦臉上劈去。程瑤迦繞步讓過。侯通海紫脹了臉皮，雙拳直上直下的猛打過去。彭連虎連叫：「且慢動手，問明白再說。」侯通海口中耳中兀自塞了布片，那裏聽見？

陸冠英腕上脈門被沙通天扣住，只覺半身酸麻，動彈不得，但見程瑤迦情勢危急，侯通海形同瘋虎，轉眼就要遭他毒手，也不知忽然從那裏來了一股大力，一掙便掙脫了沙通天的掌握，猛往侯通海縱去。他人未躍近，被彭連虎一下彎腿鉤踢，撲地倒了。彭連虎抓住他的後領提了起來，喝問：「你是誰？那裝神弄鬼的傢伙那裏去了？」

忽聽得呀的一聲，店門緩緩推開，衆人一齊回頭，卻是無人進來。彭連虎等不自禁的心頭都感到一陣寒意，忽見一個蓬頭散髮的女子在門口一探。梁子翁和靈智上人跳起身來，齊聲驚呼：「不好，有女鬼！」彭連虎卻看清楚只是個尋常鄉姑，喝道：「進來！」傻姑笑嘻嘻的走了進來，伸了伸舌頭，說道：「啊，這麼多人。」

梁子翁先前叫了一聲「有女鬼」，這時卻見她衣衫襤褸，傻裏傻氣，是個鄉下貧女，不禁老羞成怒，縱身上前，叫道：「你是誰？」伸手去拿她手臂。豈知傻姑手臂疾縮，反手便是一掌，正是桃花島武學「碧波掌法」，她所學雖然不精，這掌法卻甚奧妙。梁子翁沒半點防備，拍的一聲，這一掌結結實實的打在他手背之上，落手着實不輕。梁子翁又驚又怒，叫道：「好，你裝傻！」欺身上前，雙拳齊出。傻姑退步讓開，忽然指着梁子翁的光頭，哈哈大笑。

這一笑大出衆人意料之外，梁子翁更是愕然，隔了一會，才右拳猛擊出去。傻姑舉手擋架，身子幌了幾幌，知道不敵，轉身就逃。梁子翁那容她逃走，左腿跨出，已攔住她去路，回肘後撞，迴拳反拍，傻姑鼻子上吃了一記，只痛得她眼前金星亂冒，大叫：「吃西瓜的妹子，快出來救人哪，有人打我哪。」

黃蓉大驚，心道：「不殺了這傻姑娘，留下來果是禍胎。」突然間聽得有人輕哼一聲，這一聲雖輕，黃蓉心頭卻是通的一跳，驚喜交集：「爹爹到啦！」忙湊眼到小孔觀看，果見黃藥師臉上罩着人皮面具，站在門口。

他何時進來，衆人都沒見到，似是剛來，又似比衆人先進屋子，這時一見到他那張木然不動、沒半點表情的臉，都感全身不寒而慄。他這臉既非青面獠牙，又無惡形怪狀，但實在不像一張活人的臉。

適才傻姑只與梁子翁拆了三招，但黃藥師已瞧出她是本門弟子，心下好生疑惑，問道：「姑娘，你師父是誰？他到那裏去啦？」傻姑搖了搖頭，看着黃藥師這張怪臉，呆了一呆，忽然拍手大笑起來。黃藥師眉頭微皺，料知她若不是自己的再傳弟子，也必與本門頗有淵源。他對本門弟子最愛相護，決不容許別人欺侮，梅超風犯了叛師大罪，但一敗於郭靖之手，他便出而護短，何況傻姑這天眞爛漫的姑娘？於是說道：「傻孩子，人家打了你，你怎不去打還呀？」

日前黃藥師到舟上查問女兒下落之時，未戴面具，這次面目不同，衆人都未認出，但一聽他的聲音，完顏洪烈、楊康、彭連虎等三人已隱約猜到是他。彭連虎知道在這魔頭手下決然討不了好去，只怕昨晚在皇宮中遇到的便是此人，打定主意決不和他動手，一有機會，立卽三十六着走爲上策。

只聽傻姑道：「我打他不過。」黃藥師道：「誰說你打他不過？他打你鼻子，你也打他鼻子，一拳還三拳。」傻姑笑道：「好啊！」她也不想梁子翁本領遠勝於己，走到他面前，說道：「你打我鼻子，我也打你鼻子，一拳還三拳。」對準他鼻子就是一拳。

梁子翁舉手便擋，忽然臂彎裏「曲池穴」一麻，手臂只伸到一半，竟自伸不上去，砰的一聲，鼻子上果然吃了一拳。傻姑叫道：「二！」又是一拳。梁子翁坐腰沉胯，拔背含胸，左手平手外翻，這是擒拿法的一招高招，眼見就要將傻姑的臂骨翻得脫臼，那知手指與傻姑的手臂將遇未觸之際，上臂「臂儒穴」中又是一陣酸麻，這一手竟然翻不出去，砰的一聲，鼻子又中了一拳。這一拳力道沉猛，打得他身子後仰，幌了幾幌

這一來梁子翁固然驚怒交迸，旁觀衆人也無不訝異。只有彭連虎精於暗器聽風之術，每當梁子翁招架之際，兩次都聽到極輕的嗤嗤之聲，知是黃藥師發出金針之類微小的暗器，打中了梁子翁的穴道，只是不見他臂幌手動，卻又如何發出。他那知黃藥師在衣袖中彈指發針，金針穿破衣袖再打敵人，無影無蹤，倏忽而至，對方那裏閃躲得了？

只聽得傻姑叫道：「三！」梁子翁雙臂不聽使喚，眼見拳頭迎面而來，只得退步閃避，那知道剛欲舉步，右腿內側「白海穴」上又是一麻，剛感驚異，眼前火花飛舞，眼眶中酸酸的如要流淚，原來鼻子上端端正正的中了一拳，還牽動了淚穴。他想比武打敗還不要緊，淚水如果流了下來，一生的聲名不免就此斷送，急忙舉袖擦眼，一抬臂才想到手臂已不能動，

兩行淚水終於從面頰上流了下來。

傻姑見他流下眼淚，忙道：「別哭啦，你不用害怕，我不再打你就是了。」這三句勸慰之言，比之鼻上三拳，更令梁子翁感到無地自容，憤激之下，「哇」的一聲，吐了一口鮮血，抬頭向黃藥師道：「閣下是誰？暗中傷人，算甚麼英雄好漢？」

黃藥師冷笑道：「憑你也配問我的名號？」突然提高聲音喝道：「通統給我滾出去！」衆人在一旁早已四肢百骸都不自在，膽戰心驚，呆呆站在店堂之中，不知如何了局，聽他一喝，登時心下為之大寬。彭連虎當先就要出去，只走了兩步，卻見黃藥師擋在門口，並無讓路之意，便卽站定。

黃藥師罵道：「放你們走，偏又不走，是不是要我把你們一個個都宰了？」

彭連虎素聞黃藥師性情乖僻，說得出就做得到，當卽向衆人道：「這位前輩先生叫大夥兒出去，咱們都走罷。」侯通海這時已扯出口中布片，罵道：「給我讓開！」衝到黃藥師跟前，瞪目而視。

黃藥師毫不理會，淡淡的道：「要我讓路，諒你們也不配。要性命的，都從我胯下鑽過去罷。」

衆人面面相覷，臉上均有怒容，心想你本領再高，眼下放着這許多武林高手在此，合力與你一拚，也未必就非敗不可。侯通海怒吼一聲，向黃藥師撲了過去。

但聽得一聲冷笑，黃藥師左手已將侯通海的身子高高提起，右手拉住他的左膀向外扯去，喀的一聲，硬生生將一條手臂連肉帶骨扯成兩截。黃藥師將斷臂與人同時往地下一丟，抬頭向天，理也不理。侯通海已痛得暈死過去，斷臂傷口血如泉湧。衆人無不失色。黃藥師緩緩轉頭，目光逐一在衆人臉上掃過。

沙通天、彭連虎等個個都是殺人不眨眼的大魔頭，但見到黃藥師眼光向自己身上移來，無不機伶伶地打個冷戰，只感寒毛直豎，滿身起了鷄皮疙瘩。

猛然間聽他喝道：「鑽是不鑽？」衆人受他聲威鎭懾，竟是不敢羣起而攻，彭連虎一低頭，首先從他胯下鑽了過去。沙通天放開尹陸二人，抱住師弟，楊康扶着完顏洪烈，最後是梁子翁和靈智上人，都一一從黃藥師胯下鑽了出去。一出店門，人人抱頭鼠竄，那敢回頭望上一眼？

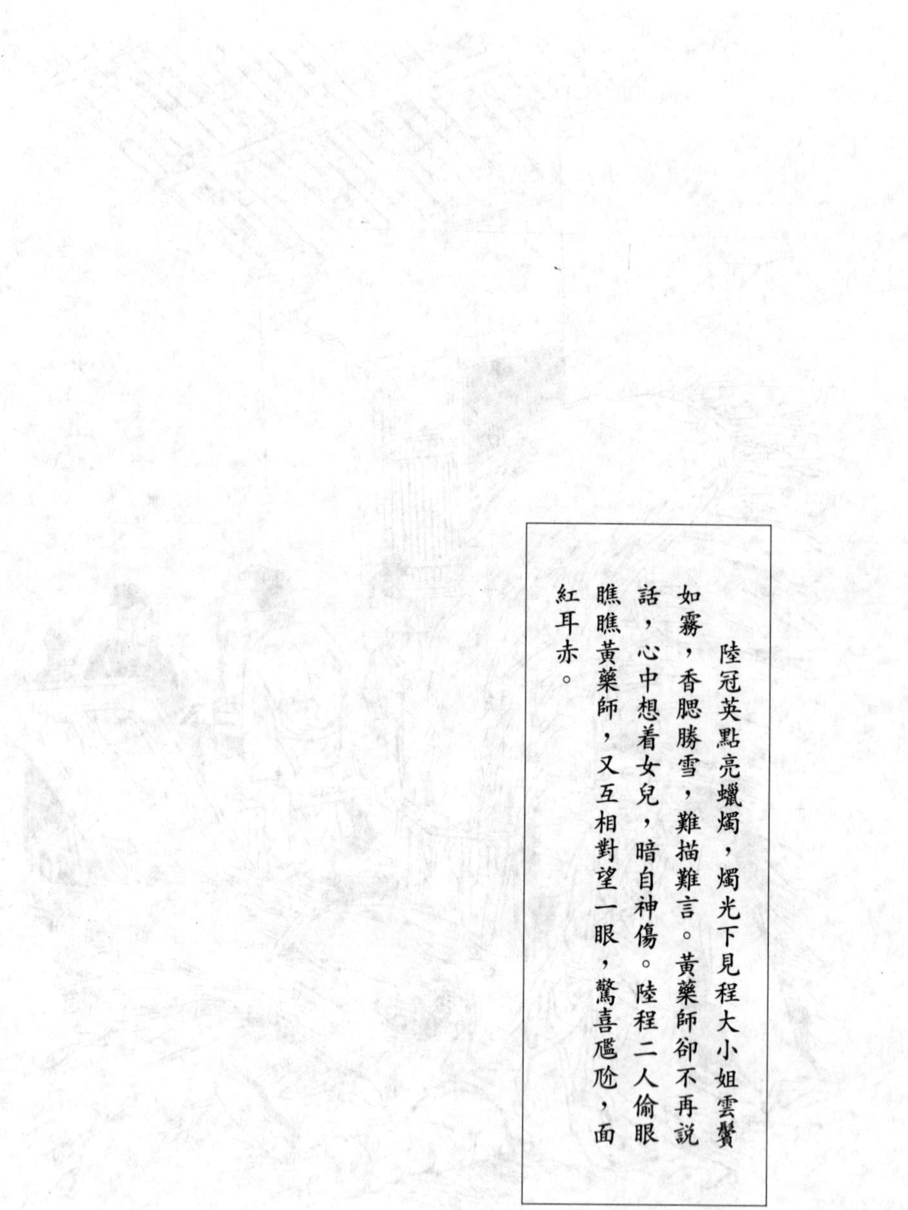

陸冠英點亮蠟燭，燭光下見程大小姐雲鬢如霧，香腮勝雪，難描難言。黃藥師卻不再說話，心中想着女兒，暗自神傷。陸程二人偷眼瞧瞧黃藥師，又互相對望一眼，驚喜尷尬，面紅耳赤。

第二十五回　荒村野店

黃藥師仰天一笑，說道：「冠英和這位姑娘留着。」陸冠英早知是祖師爺到了，但見他戴着面具，只怕他不願露出行藏，當下不敢稱呼，只恭恭敬敬的跪下拜了四拜。

尹志平見了黃藥師這般威勢，心知此人非同小可，躬身說道：「全眞教長春門下弟子尹志平拜見前輩。」黃藥師道：「人人都滾了出去，我又沒教你留着。還在這兒，是活得不耐煩了？」尹志平一怔，道：「弟子是全眞教長春門下，並非奸人。」

黃藥師道：「全眞教便怎地？」順手在桌上抓落，抓下了板桌上一塊木塊，臂不動，手不揚，那木塊已輕飄飄的向尹志平迎面飛去。尹志平忙擧拂塵擋格，那知這小小木塊竟如是根金剛巨杵，只覺一股大力撞來，勢不可當，連帶拂塵一齊打在他口旁，一陣疼痛，嘴中忽覺多了許多物事，急忙吐在掌中，卻是幾顆牙齒，滿手鮮血，不禁又驚又怕，做聲不得。

黃藥師冷冷的道：「我便是黃藥師、黑藥師，你全眞派要我怎麼好看了啊？」

此言一出，尹志平和程瑤迦固然大吃一驚，陸冠英也是膽戰心寒，暗想：「我和這小道士剛才門口，都讓祖師爺聽去啦。我對灶王爺所說的話，若是也給他聽見了，那……那可……只怕連爹爹也……」不由得背上冷汗直冒。

尹志平手扶面頰，叫道：「你是武林的大宗師，何以行事如此乖張？江南六怪是俠義之人，你憑甚麼要苦苦相逼？若不是我師父傳了消息，他六門老小，豈不是都給你殺了？」黃藥師怒道：「怪道我遍尋不着，原來是有羣雜毛從中多事。」尹志平又叫又跳，說道：「你要殺便殺，我是不怕你的。」黃藥師冷冷的道：「你背後罵得我好？」尹志平豁出了性命不要，叫道：「我當面也罵你，你這妖魔邪道，你這怪物！」

黃藥師成名以來，不論黑道白道的人物，那一個敢當面有些少冒犯？給尹志平如此放肆辱罵，那是他近數十年來從未遇過之事。自己適才對付侯通海的狠辣手段，他明明親見，居然仍是這般倔強，實是大出意料之外，這小道士骨頭硬、膽子大，倒與自己少年時候性子相似，不禁起了相惜之意，踏上一步，冷冷的道：「你有種就再罵一句。」尹志平叫道：「我不怕你，偏要罵你這妖魔老怪。」

陸冠英暗叫：「不妙，小道士這番難逃性命。」喝道：「大膽畜生，竟敢冒犯我祖師爺。」舉刀向他肩頭砍去。他這一刀卻是好意，心想祖師爺受他如此侮辱，下手怎能容情？只要一出手，十個尹志平也得當場送命，若是自己將他砍傷，倒或能使祖師爺消氣，饒了小道士的性命。尹志平躍開兩步，橫眉怒目，喝道：「我今日不想活啦，偏偏要罵個痛快。」陸冠英有心要將他砍傷，好救他一命，於是又揮刀橫斫。噹的一聲，程瑤迦仗劍架開，叫道：「我也是全眞門下，要殺便將我們師兄妹一起殺了。」

這一着大出尹志平意料之外，不自禁的叫道：「程師妹，好！」兩人並肩而立，眼睜睜的望着黃藥師。這一來，陸冠英也不便再行動手。

黃藥師哈哈大笑，說道：「好，有膽量，有骨氣。我黃老邪本來就是邪魔外道，也沒算罵錯了。你師父尚是我晚輩，我豈能跟你小道士一般見識？去罷！」忽地伸手，一把將尹志平當胸抓住，往外甩出。

尹志平身不由主的往門外飛去，滿以爲這一交定是摔得不輕，那知雙足落地，居然好端端的站着，竟似黃藥師抱着他輕輕放在地下一般。他呆了半晌，心道：「好險！」他膽子再大，終究也不敢再進店去罵人了，摸了摸腫起半邊的面頰，轉身便去。

程瑤迦還劍入鞘，也待出門，黃藥師道：「慢着。」伸手撕下臉上人皮面具，問道：「你願意嫁給他做妻子，是不是？」說着向陸冠英一指。程瑤迦吃了一驚，霎時間只嚇得臉色雪白，隨卽紅潮湧上，不知所措。

黃藥師道：「你那小道士師兄罵得好，說我是邪魔怪物。桃花島主東邪黃藥師，江湖上誰不知聞？黃老邪生平最恨的是仁義禮法，最惡的是聖賢節烈，這些都是欺騙愚夫愚婦的東西，天下人世世代代入其彀中，還是懵然不覺，眞是可憐亦復可笑！我黃藥師偏不信這吃人不吐骨頭的禮教，人人說我是邪魔外道，哼！我這邪魔外道，比那些滿嘴仁義道德的混蛋，害死的人只怕還少幾個呢！」程瑤迦不語，心中突突亂跳，不知他要怎生對付自己。

只聽他又道：「你明明白白對我說，是不是想嫁給我這徒孫。我喜歡有骨氣、性子爽快的孩子。剛才那小道士在背後罵我，倘若當我面便不敢罵了，反而跪下哀求，你瞧我殺不殺他？哼，你在危難之中挺身而出，竟敢去幫小道士，人品是不錯的，很配得上我這徒孫，快說罷！」程瑤迦心中十分願意，可是這種事對自己親生父母也說不出口，豈能向一個初次會面的外人明言，更何況陸冠英就在身旁？只窘得她一張俏臉如玫瑰花瓣兒一般。

黃藥師見陸冠英也是低垂了頭，心中忽爾想起女兒，嘆了一口氣，道：「若是你們兩相情願，我就成就了這樁美事。唉，兒女婚姻之事，連父母也是勉強不來的。」想到當日若是好好允了女兒與郭靖的親事，愛女就未必會慘死大海，心中一煩，厲聲道：「冠英，別給我拖泥帶水的，到底你要不要她做妻子？」

陸冠英嚇了一跳，忙道：「祖師爺，孫兒只怕配不上這位……」黃藥師喝道：「配得上的！你是我的徒孫，就是公主娘娘也配得上！」陸冠英見了祖師爺的行事，知道再不爽爽快快的，眼下就有一場大苦頭吃，忙道：「孫兒是千情萬願。」黃藥師微微一笑，道：「好。姑娘，你呢？」

程瑤迦聽了陸冠英這話，心頭正自甜甜的，又聽黃藥師相問，低下頭來，半晌方道：「那得要我爹爹作主。」黃藥師道：「甚麼父母之命，媒妁之言，直是狗屁不通，我偏要作主！你爹爹若是不服，叫他來找我比劃比劃。」程瑤迦微笑道：「我爹爹只會算帳寫字，不會武功。」黃藥師一怔，道：「比算帳寫字也行啊！哼，講到算數，天下有誰算得過我了？快說，你願不願意？」程瑤迦仍是不語，黃藥師道：「好，那麼你是不願的了，這個也由得你。咱們說一句算一句，黃老邪可向來不許人反悔。」

程瑤迦偷眼向陸冠英望了一望，見他神色甚是焦急，心想：「爹爹最疼愛我了，我要姑媽跟爹爹說了，你再請人來求親，他必應允，你何必如此慌張？」

黃藥師站起身來，喝道：「冠英，跟我找江南六怪去！日後你再跟這個姑娘說一句話，我把你們兩人舌頭都割了。」

陸冠英嚇了一跳，知道祖師爺言出必行，這可不是玩的，忙走到程瑤迦跟前，作了一揖，說道：「小姐，陸冠英武藝低微，無才無學，身在草莽，原本高攀不上，只今日得與小姐相會，卻是有緣……」程瑤迦低頭道：「公子不必太謙，我……我不是……」隨卽又是聲息全無。陸冠英心中一動，想起她曾出過那點頭搖頭的主意，說道：「小姐，你若是嫌棄陸某，那就搖搖頭。」此話說罷，心中怦怦亂跳，雙眼望着她一頭柔絲，生怕她這個千嬌百媚的腦袋竟會微微一動。

過了半晌，程瑤迦自頂至脚，連手指頭也沒半根動彈。陸冠英大喜，道：「姑娘旣然允了，就請點點頭。」那知程瑤迦仍是木然不動。陸冠英固然焦急，黃藥師更是大不耐煩，說道：「又不搖頭，又不點頭，那算甚麼？」程瑤迦輕聲道：「不搖頭，就……就……是點頭了……」這幾個字細若蚊鳴，也虧得黃藥師內功深湛，耳朶極靈，才總算聽到了，若是少了幾年修爲，也只能見到她嘴唇似動非動而已。

黃藥師哈哈大笑，說道：「王重陽一生豪氣干雲，卻收了這般扭扭揑揑的一個徒孫，當眞好笑。好好，今日我就給你們成親。」陸程二人都嚇了一跳，望着黃藥師說不出話來，卻聽他問道：「那傻姑娘呢？我要問問她師父是誰。」三人環顧堂中，傻姑卻已不知去向。

黃藥師道：「現下不忙找她。冠英，你就跟程姑娘在這裏拜天地成親。」陸冠英道：「祖師爺恁地愛惜孫兒，孫兒眞是粉身難報，只是在此處成親，似乎過於倉卒……」黃藥師喝道：「你是桃花島門人，難道也守世俗的禮法？來來來，兩人並排站着，向外拜天！」

這話聲之中，自有一股令人不可抗拒的威嚴，程瑤迦到了這個地步，只得與陸冠英並肩而立，盈盈拜將下去。黃藥師道：「向內拜地！……拜你們的祖師爺啊……好好，痛快痛快！夫妻兩人對拜！」

這齣好戲在黃藥師的喝令下逐步上演，黃蓉與郭靖在鄰室一直瞧着，都是又驚又喜，又是好笑，只聽黃藥師又道：「妙極！冠英，你去弄一對蠟燭來，今晚你們洞房花燭。」

陸冠英一呆，叫道：「祖師爺！」黃藥師道：「怎麼？拜了天地之後，不就是洞房麼？你夫妻倆都是學武之人，難道洞房也定要繡房錦被？這破屋柴鋪，就做不得洞房？」

陸冠英不敢作聲，心中七上八下，又驚又喜，依言到村中討了一對紅燭，買了些白酒黃雞，與程瑤迦在厨中做了，服侍祖師爺飲酒吃飯。

此後黃藥師再不說話，只是仰起了頭，心中想着女兒，暗自神傷。黃蓉瞧着他神情，料想是在記掛着自己，心中難受，幾番要開門呼叫，卻怕給父親一見到，便卽抓了自己回桃花島去，他縱然不殺郭靖，郭靖這條命卻也就此送了，這麼一想，伸到門上的手又縮了回來。歐陽克陸程二人偷偷瞧着黃藥師，又互相對望一眼，驚喜尷尬，面紅耳赤，誰也不敢作聲。歐陽克躺在柴草之中，盡皆聽在耳裏，雖然腹中飢餓難熬，卻是連大氣也不敢喘上一口。

天色逐漸昏暗，程瑤迦心跳越來越是厲害，只聽黃藥師自言自語：「那傻姑娘怎麼還不回來？哼，諒那批奸賊也不敢向她動手。」轉頭對陸冠英道：「今晚洞房花燭，怎還不點蠟燭？」陸冠英道：「是！」取火刀火石點亮蠟燭，燭光下見程大小姐雲鬢如霧，香腮勝雪，臉上驚喜羞澀之情，實是難描難言，門外蟲聲低語，風動翠竹，直不知是眞是幻！

黃藥師拿一條板櫈放在門口，橫臥櫈上，不多時鼾聲微起，已自睡熟。陸程二人卻仍不動，過了良久，紅燭燒盡，火光熄滅，堂上黑漆一團。陸程二人低聲模模糊糊的說了幾句話，黃蓉側耳傾聽，卻聽不出說的甚麼，忽覺郭靖身體顫動，呼吸急促，似乎內息入了岔道，忙聚精會神的運氣助他。

待得他氣息寧定，再從小孔往外張時，只見月光橫斜，從破窗中照射進來，陸程二人已並肩依偎，坐在一張板櫈之上，卻聽程瑤迦低聲道：「你可知今日是甚麼日子？」陸冠英道：「是咱倆大喜的日子啊。」程瑤迦道：「那還用說？今日七月初二，是我三表姨媽的生日。」陸冠英微笑道：「啊，你親戚一定很多，是不是？難爲你記得這許多人的生日。」黃蓉心想：「你夫人家中是寶應大族，她的姨媽姑母、外甥姪兒一個個做起生日來，可要累壞你這位太湖的陸大寨主了。」猛然間想起：「今日七月初二，靖哥哥要到初七方得痊可。丐幫七月十五大會岳陽城，事情可急得很了。」

忽聽得門外一聲長嘯，跟着哈哈大笑，聲振屋瓦，正是周伯通的聲音，只聽他叫道：「老毒物，你從臨安追到嘉興，又從嘉興追回臨安，一日一夜之間，始終追不上老頑童，咱哥兒倆勝負已決，還比甚麼？」黃蓉吃了一驚：「臨安到嘉興來回五百餘里，這兩人脚程好快！」又聽歐陽鋒的聲音叫道：「你逃到天邊，我追到你天邊。」周伯通笑道：「咱倆那就不吃飯、不睡覺、不拉尿拉屎，賽一賽誰跑得快跑得長久，你敢不敢？」歐陽鋒道：「有甚麼不敢？倒要瞧是誰先累死了！」周伯通道：「老毒物，比到忍屎忍尿，你是決計比我不過的。」兩人話聲甫歇，一齊振吭長笑，笑聲卻已在遠處十餘丈外。

陸冠英與程瑤迦不知這二人是何等樣人，深夜之中聽他們倏來倏去，不禁相顧駭然，携手同到門口觀看。黃蓉心想：「他二人比賽脚力，爹爹定要跟去看個明白。」果然聽得陸冠英奇道：「咦，祖師爺呢？」又聽程瑤迦道：「你瞧，那邊三個人影，最後那一位好像是你祖師爺。」陸冠英道：「是啊，啊，怎麼一幌眼功夫，他們奔得這麼遠啦？那兩位不知是何方高人，可惜不曾得見。」黃蓉心想：「老頑童也還罷了，老毒物見了可沒甚麼好處。」

陸程二人見黃藥師既去，只道店中只賸下他們二人，心中再無顧忌，陸冠英迴臂摟住新婚妻子的纖腰，低聲問：「妹子，你叫甚麼名字？」程瑤迦笑道：「我不說，你猜猜。」陸冠英笑道：「不是小貓，便是小狗。」程瑤迦笑道：「都不是，是母大蟲。」陸冠英笑道：「啊，那非捉住不可。」程瑤迦一掙，躍過了桌子。陸冠英笑着來追。一個逃，一個追，兩人嘻嘻哈哈的在店堂中繞來繞去。

星光微弱，黃蓉在小鏡中瞧不清二人身形，只是微笑着傾聽，忽然郭靖在她耳邊輕聲問道：「你說他捉得住程大小姐麼？」黃蓉輕笑道：「一定捉得住。」郭靖道：「捉住了便怎樣？」黃蓉心頭一熱，難以回答，卻聽陸冠英已將程瑤迦捉住，兩人摟抱着坐在板櫈上，低聲說笑。

黃蓉右手與郭靖左掌相抵，但覺他手掌心愈來愈熱，身子左右搖盪，也是愈來愈快，不覺驚惶起來，忙問：「靖哥哥，怎麼啦？」郭靖身受重傷之後，定力大減，修習這九陰大法之時又是不斷受到心中魔頭侵擾，這時聽到陸程二人親熱笑語，身旁又是個自己愛念無極的如花少女，漸漸把持不定，只覺全身情熱如沸，轉過身子，伸右手去抱她肩膀。

但聽他呼吸急促，手掌火燙，黃蓉暗暗心驚，忙道：「靖哥哥，留神，快定心沉氣。」郭靖心旌搖動，急道：「我不成啦，蓉兒，我……我……」說着便要站起身來。黃蓉大急，道：「千萬別動！」郭靖強行坐下，呼吸了幾下，心中煩躁之極，胸口如要爆裂，哀求道：「蓉兒，你救救我。」又要長身站起。黃蓉喝道：「坐着！你一動我就點你穴道。」郭靖道：「對，你快點，我管不住自己。」

黃蓉心知他穴道若被封閉，內息窒滯，這兩日的修練之功不免付諸東流，又得從頭練起，但眼下情勢急迫，只要他一起身，立時有性命之憂，一咬牙，左臂迴轉，以「蘭花拂穴手」去拂他左胸第十一肋骨處的「章門穴」。手指將拂到他穴道，那知郭靖的內功已頗爲精湛，身上一遇外力來襲，肌肉立轉，不由自主的避開了她手指，黃蓉連拂兩下，都未拂中，第三下欲待再拂，忽然左腕一緊，已被他伸手拿住。

此時天色微明，黃蓉見他眼中血紅如欲噴火，心中更驚，但覺他拉着自己手腕，嘴裏言語模糊，神智似已失常，情急下橫臂突肘，猛將肩頭往他臂上撞去。軟蝟甲上尖針刺入臂肉，郭靖一陣疼痛，怔了一怔，忽聽得村中公雞引吭長啼，腦海中猶如電光一閃，心中登時清明，緩緩放下黃蓉手腕，慚愧無已。

黃蓉見他額上大汗淋漓，臉色蒼白，神情委頓，但危急關頭顯已渡過，欣然道：「靖哥哥，咱們過了兩日兩夜啦。」拍的一響，郭靖伸手打了自己一記巴掌，說道：「好險！」欲待伸手再打，黃蓉微笑攔住，道：「那也算不了甚麼，老頑童這等功夫，聽到我爹爹的簫聲時也把持不定，何況你身受重傷。」

適才郭靖這一陣天人交戰，兩人情急之下，都忘了抑制聲息。陸冠英與程瑤迦正當心搖神馳、意亂情迷，自然不會知覺，但內堂中歐陽克耳音敏銳，卻依稀辨出了黃蓉的語聲，不禁又驚又喜，凝神細聽，可又沒了聲息。他雙腿斷折，無法走動，當下以手代脚，身子倒轉着走出來。

陸冠英與新婚妻子並肩坐在櫈上，左手摟住她的肩頭，忽聽柴草簌簌聲響，回過頭來，見一人雙手撐地，從內堂出來，不覺吃了一驚，忙長身拔刀在手。歐陽克受傷本重，餓了多時，更加虛弱，忽見刀光耀眼，突覺一陣頭暈，摔倒在地。陸冠英見他滿臉病容，搶步上前扶他坐在櫈上，背心靠着桌緣。程瑤迦「啊」的一聲驚叫，認出他是曾在寶應縣擒拿過自己的那個壞人。

陸冠英見她神色驚惶，安慰道：「別怕，是個斷了腿的。」程瑤迦道：「他是歹人，我認得他。」陸冠英道：「啊！」歐陽克悠悠醒轉，叫道：「給碗飯吃，我餓死啦！」程瑤迦見他雙頰深陷，目光無神，已迥非當日欺辱自己之時飛揚跋扈的神態，她本就心軟，兼之正當新婚，滿心喜氣洋洋，於是去厨房盛了碗飯給他。

歐陽克吃了一碗，又要一碗，兩大碗飯一下肚，精力大增，望着程大小姐，又起邪心，但畢竟掛念着黃蓉，問道：「黃家姑娘在那裏？」陸冠英道：「那一位黃家姑娘？」歐陽克道：「桃花島黃藥師的閨女。」陸冠英道：「你認得我黃師姑？聽說她已不在人世了。」歐陽克笑道：「你想騙得了我？我明明聽到她的聲音。」左手在桌上一按，翻轉身子，雙手撐地，裏裏外外尋了一遍，回想適才黃蓉的話聲來自東面，但東首是牆，並無門戶，仔細琢磨，料想碗櫥之中必有蹊蹺。當下將桌子拉到碗櫥之前，翻身坐在桌上，拉開櫥門，滿擬櫥中必是一道門戶，那知裏面灰塵滿積，污穢不堪。心中甚是失望，凝神瞧去，見鐵碗邊上的灰塵中有數道新手印，心念一動，伸手去拿，數拿不動，繼以旋轉，只聽軋軋聲響，櫥中密門緩緩向旁分開，露出黃蓉與郭靖二人端坐小室。

他見到黃蓉自是滿心歡喜，但見郭靖在旁，卻是又怕又妒，呆了半晌，問道：「妹子，你在這裏練功夫麼？」

黃蓉在小孔中見他移桌近櫥，料知必定被他識破行藏，卽在盤算殺他之法，待見密門移動，在郭靖耳畔悄聲道：「我引他近前，你用降龍掌一招送他的終。」郭靖道：「我使不出掌力。」黃蓉欲待再說，卻見歐陽克已然現身，心想：「怎生撒個大謊，將他遠遠騙走，挨過這賸下來的五日五夜？」

歐陽克初時頗爲忌憚郭靖，但見他臉色憔悴，想起叔父曾說已在皇宮中用蛤蟆功將他震死，原來居然未死，但受傷也必極重。他瞧了兩人神情，已自猜到七八分，有心再試一試，說道：「妹子，出來罷，躲在這裏氣悶得緊。」說着便伸手來拉黃蓉衣袖。

黃蓉提起竹棒，一招「棒打狗頭」，往他頭頂擊去，出手狠辣，正是「打狗棒法」中的高招。

棒夾風聲，來勢迅猛，歐陽克急忙向左閃避，她竹棒早已變招橫掃。歐陽克吃了一驚，一個觔斗翻過桌子，落在地下。黃蓉若能追擊，乘勢一招「反戳狗臀」，已可命中他要害，但她盤膝而坐，行動不得，心中連叫：「可惜！」

陸冠英和程瑤迦忽見櫥中有人，都吃了一驚，待得看清是郭黃二人，黃蓉與歐陽克已然動上了手。

歐陽克一落下立卽雙手撐地，重行翻上桌子坐定，施開了擒拿法，勾打鎖擊，隔着密室之門與黃蓉相鬥。黃蓉打狗棒法雖然奧妙，但身子不能移動，又須照顧郭靖內息，出招時不敢使力，歐陽克的武功更高出她甚多，只拆了十餘招，已是左支右絀，險象環生。陸冠英夫婦操刀挺劍，上前夾攻。歐陽克縱聲長笑，猛地發掌往郭靖臉上劈去。

此時郭靖全無抗拒之能，見到敵招，只有閉目待斃。黃蓉大驚，伸棒挑去。歐陽克手掌翻轉，已搶住棒頭，往外急奪。黃蓉那有他的力大，身子幌了一幌，只怕手掌與郭靖的手掌脫開，只得撤手鬆棒，迴手在懷中一探，一把鋼針擲了出去。兩人相距不過數尺，歐陽克待見光芒耀目，鋼針已迫近面門，急忙腰間使力，仰天躺在桌面，避過鋼針。陸冠英見他這形勢正是俎上之肉，擧刀過頂，猛往他頸中斫下。歐陽克向右滾開。擦的一聲，陸冠英鋼刀砍入板桌，只聽頭頂嗤嗤聲響，鋼針飛過，突覺背上一麻，半邊身子登時呆滯，欲待避讓，右臂已被敵人從後抓住。

程瑤迦大驚來救。歐陽克笑道：「好極啦。」當胸抓去，出手極快，早已抓住她胸前衣襟。程瑤迦忙迴劍砍他手腕，同時向後躍開，但聽嗤的一響，衣襟已被他扯下一塊，嚇得她長劍險些脫手，臉上沒半點血色，那敢再行上前。

歐陽克坐在桌角，回頭見櫥中密門又已閉上，對適才鋼針之險，心下也不無凜然，暗道：「這小妮子當眞不好鬥。啊哈，有了，待我將那程大小姐戲耍一番，管教這姓郭的小子和小妮子聽得心煩意亂，把持不定，壞了功夫，那時豈不乖乖的聽我擺布？」想到此處，心頭大喜，尋思：「黃家這小丫頭是天仙一般的人物，我總要令她心甘情願的跟我一輩子，若是用強，終無情趣。此計大妙，妙不可言！」當下對程瑤迦道：「喂，程大小姐，你要他死呢，還是要他活？」

程瑤迦見丈夫身入敵手，全然動彈不得，忙道：「他跟你無寃無仇，求求你放了他罷。剛才你餓得要命，不是我裝了飯給你吃嗎？」歐陽克笑道：「兩碗飯怎能換一條性命？嘿嘿，想不到你全眞派也有求人的日子。」程瑤迦道：「他……他是桃花島主門下的弟子，你別傷他。」歐陽克笑道：「誰教他用刀砍我？若不是我避得快，這腦袋瓜子還能長在脖子上麼？你不用拿桃花島來嚇我，黃藥師是我岳父。」程瑤迦也不知道他的話是眞是假，忙道：「那麼他是你的晚輩，你放了他，讓他跟你陪禮？」歐陽克笑道：「哈哈，天下那有這麼容易的事？你要我放他，也非不可，但須得依我一件事。」

程瑤迦見到他臉上的淫邪神色，已料知他不懷好意，當下低頭不語。歐陽克道：「瞧着！」舉起手掌，拍的一聲，將方桌擊下一角，斷處整整齊齊，宛如刀劈斧削一般。程瑤迦不禁駭然，心道：「就是我師父，也未必有此功夫。」須知歐陽克自小得叔父親傳，功夫確比中年方始學藝的孫不二精純，他見程瑤迦大有駭怕之色，心中洋洋自得，說道：「我叫你做甚麼，就做甚麼。若是不聽話，我就在他頸中這麼一下。」說着伸手比了一比。程瑤迦打個冷戰，驚叫了一聲。

歐陽克道：「你聽不聽話？」程瑤迦勉強點了點頭。歐陽克笑道：「好啊，這才是乖孩子呢。你去關上大門。」程瑤迦猶豫不動。歐陽克怒道：「你不聽話？」程瑤迦膽戰心驚，只得去掩上了門。歐陽克笑道：「昨晚你兩個成親，我在隔壁聽得清清楚楚。洞房花燭，竟不寬衣解帶，天下沒這般的夫妻。你連新娘子也不會做，我來教你。你把全身衣裳脫個乾淨，只要賸下一絲半縷，我立時送你丈夫歸天，你就是個風流小寡婦啦！」

陸冠英身不能動，耳中聽得清清楚楚，只氣得目眥欲裂，有心要叫妻子別管自己，快些自行逃命，苦在口唇難動。

黃蓉當歐陽克抓住陸冠英時，已將密門閉上，手抓匕首，待他一次來攻，忽聽他叫程瑤迦脫衣，不覺又是氣惱又是好笑。她是小孩心性，雖恨歐陽克卑劣，但不自禁的也想瞧瞧這個扭扭捏捏的程大小姐到底肯不肯脫。

歐陽克笑道：「脫了衣裳有甚麼要緊？你打從娘肚皮裏出來時，是穿了衣裳的麼？你要自己顏面呢，還是要他性命？」

程瑤迦沉吟片刻，慘然道：「你殺了他罷！」歐陽克說甚麼也料不到她竟會說這句話，微微一怔，卻見她橫轉長劍，逕往頸上刎去，急忙揮手發出一枚透骨釘，錚的一聲，將她長劍打落在地。

程瑤迦俯身拾劍，忽聽有人拍門，叫道：「店家，店家！」卻是個女子聲音，她心頭一喜：「有人來此，局面可有變化。」忙俯身拾起長劍，立即躍出去打開大門。只見一個渾身素服的妙齡女子站在門外，白布包頭，腰間懸刀，形容憔悴，卻掩不住天然麗色。程瑤迦不管她是何等人物，總是絕境中來臨的救星，忙道：「姑娘請進。」

那少女見她衣飾華貴，容貌嬌美，手中又持着一柄利劍，萬萬想不到這荒村野店板門開處，竟出來這樣一位人物，不禁一呆，說道：「有兩具棺木在外，能抬進來麼？」

若是尋常人家，棺木自然不能進屋，但客店又自不同。程瑤迦只盼她進來，別說兩具棺木，若是一百具、一千具尤其求之不得，忙道：「好極，好極！」那少女更感奇怪，心道：「棺木進門，爲甚麼『好極』？」向外招手，八名伕子抬了兩具黑漆的棺木走進店堂。

那少女回過頭來，與歐陽克一照面，大吃一驚，嗆啷一響，腰刀出鞘。歐陽克哈哈大笑，叫道：「上天注定咱們有緣，眞是逃也逃不掉。送上門來的艷福，不享大傷陰騭。」這少女正是曾被他擒獲過的穆念慈。

她在寶應與楊康決裂，傷心斷髮，萬念俱灰，心想世上尙有一事未了，於是趕赴中都，取了寄厝在寺廟裏的楊鐵心夫婦靈柩，護送南下，要去安葬於臨安牛家村義父義母的故居，然後出家爲尼，此時蒙古兵大擧來攻，中都面臨圍城，兵荒馬亂之際，一個女孩兒家帶着兩具棺木，一路上好不艱難，費了千辛萬苦，方得扶柩回鄉。她離家時方五歲，從未到過牛家村，見到傻姑那家客店，心想先投了店打尖，再行探問，豈知一進門竟撞到了歐陽克。

她不知眼前這個錦衣美女也正受這魔頭的欺辱，當日程瑤迦被擄，穆念慈卻被歐陽克藏在空棺之中，兩人未會過面，還道程瑤迦是他姬妾，當下向她虛砍一刀，奪門便逃，只聽得衣襟帶風，一個人影從頭頂躍過。

穆念慈舉刀上撩，歐陽克身子尚在半空，右手食拇兩指已揑住刀背一扯，左手拉住她手腕。穆念慈腰刀脫手，身子騰空，兩人一齊落在進門一半的那具棺木之上。四個伕子齊叫：「啊也！」棺木落地，只壓得四名伕子的八隻脚中傷了五六隻。歐陽克左手將穆念慈摟在懷裏，右手用刀背向伕子亂打。四名伕子連聲叫苦，爬過棺木向外急逃，另外四名伕子抛下棺木，力錢也不敢要了，紛紛逃走。

陸冠英身離敵人之手，便即跌倒。程瑤迦搶過去扶起，她對眼前情勢大是茫然，正待籌思脫身之策，歐陽克右手在棺上一按，左手抱着穆念慈躍到桌邊，順手迴帶，又將程瑤迦抱在右臂彎中。他將兩女都點了穴道，坐在板櫈之上，左擁右抱，哈哈大笑，叫道：「黃家妹子，你也來罷。」

正自得意，門外人影閃動，進來一個少年公子，卻是楊康。

他與完顏洪烈、彭連虎等從黃藥師胯下鑽過，逃出牛家村。衆人受了這番奇恥大辱，都是默默無言的低頭而行。楊康心想要報此仇，非求歐陽鋒出馬不可，他到皇宮取書未回，於是稟明了完顏洪烈，獨自回來，在村外樹林中等候。那晚周伯通、歐陽鋒、黃藥師三人忽來忽去，身法極快，以楊康這點功夫，黑夜中那裏瞧得明白？到得次日清晨，卻見穆念慈押着棺木進村。他怦然心動，悄悄跟在後面，見她進店，抬棺的伕子急奔逃走，心中好生奇怪，在門縫中一張，見黃藥師早已不在，穆念慈卻被歐陽克抱在懷中，正欲大施輕薄。

歐陽克見他進來，叫道：「小王爺，你回來啦！」楊康點了點頭。歐陽克見他臉色有異，出言相慰：「當年韓信也曾受胯下之辱，大丈夫能屈能伸，那算不了甚麼。待我叔父回來跟你出氣。」楊康點了點頭，目不轉睛的望着穆念慈。歐陽克笑道：「小王爺，我這兩個美人兒挺不錯罷？」楊康又點了點頭。當日穆念慈與楊康在中都街頭比武，歐陽克並未在場，是以不知兩人之間另有一段淵源。

楊康初時並沒把穆念慈放在心上，後來見她對己一往情深，不禁感動，遂結婚姻之約，這時見歐陽克將她抱在懷裏，心中恨極，臉上卻不動聲色。

歐陽克笑道：「昨晚這裏有人結親，廚中有酒有雞，小王爺，勞你駕去取來，咱倆共飲幾杯。我叫這兩個美人兒脫去衣衫，跳舞給你下酒。」楊康笑道：「那再好沒有。」

穆念慈突然見到楊康，驚喜交集，可是他對自己竟絲毫不加理睬，心頭早已十分着惱，待見他神情輕薄，要隨同歐陽克戲侮自己，胸中更是一片冰涼，決意只等手足一得自由，便自刎在這負心郎之前，正好求得解脫，從此再不知人世間愁苦事。

只見他轉身到廚中取出酒菜，與歐陽克並坐飲酒。歐陽克斟了兩碗酒，遞到穆、程二女口邊，笑道：「先飲酒漿，以助歌舞之興。」二女雖氣得幾欲昏暈，但苦於穴道被點，眼見酒碗觸到唇邊，卻是無法轉頭縮避，都給他灌下了半碗酒。

楊康道：「歐陽先生，你這身功夫，我眞是羡慕得緊，先敬你一杯，再觀賞歌舞。」歐陽克接過楊康遞過來的酒碗，一飲而盡，隨手解開二女的穴道，雙手卻仍按住她們背心要穴，笑道：「乖乖的聽我吩咐，那就不但沒苦吃，還有得你們樂的呢！」對楊康道：「小王爺，你喜歡那一個妞兒，憑你先挑！」楊康微笑道：「這可多謝了。」

穆念慈指着門口兩具棺木，凜然道：「楊康，你瞧這是誰的靈柩？」

楊康回過頭來，見第一具棺木上朱漆寫着一行字：「大宋義士楊鐵心靈柩」，心中一凜，臉上卻是漫不在乎，說道：「歐陽先生，你緊緊抓住這兩個妞兒，讓我來摸摸她們的小脚兒，瞧是那一個的脚小些，我就挑中她。」歐陽克笑道：「小王爺眞是妙人！我瞧定是她的脚小。」說着在程瑤迦的下巴摸了一把，又道：「我生平有一門功夫，只消瞧了妞兒的臉蛋，就知她全身從上到下長得怎樣。」楊康笑道：「佩服，佩服。我拜你爲師，請你傳了我這項絕技。」說着俯身到桌子底下。穆程二女都打定了主意，只待他伸手來摸，對準他太陽穴要害就是一脚。楊康笑道：「歐陽先生，你再喝一碗酒，我就跟你說你猜得對不對。」歐陽克笑道：「好！」端起碗來。

楊康從桌底下斜眼上望，見他正仰起了頭喝酒，驀地從懷中取出一截鐵槍的槍頭，勁透臂，臂達腕，牙關緊咬，向前猛送，噗的一聲，直刺入歐陽克小腹之中，沒入五六寸深，隨即一個觔斗翻出桌底。

這一下變起倉卒，黃蓉、穆念慈、陸冠英、程瑤迦全都吃了一驚，只知異變已生，卻未見桌底下之事。歐陽克雙臂急振，將穆程二女雙雙推下板櫈，手中酒碗隨卽擲出，楊康低頭避過，嗆啷一響，那碗在地下碎成了千百片，足見這一擲力道大得驚人。

楊康就地打滾，本擬滾出門去，那知門口卻被棺木阻住了。他翻身站起，回過頭來，只見歐陽克雙手撐住板櫈，身子俯前，臉上似笑非笑，雙目凝望自己，神色甚是怪異。楊康不由自主的打個寒噤，心中一萬個的想要逃出店門，但被他目不轉睛的盯着，身子竟似僵住了一般，再也動彈不得。

歐陽克仰天打個哈哈，笑道：「我姓歐陽的縱橫半生，想不到今日死在你這小子手裏，只是我心中實在不明白，小王爺，你到底爲甚麼要殺我？」

楊康雙足一點，身子躍起，要想逃到門外，再答他的問話，人在半空，突覺身後勁風襲體，後頸已被一隻鋼鈎般的手抓住，再也無法向前，騰的一下，與歐陽克同時坐在棺上。歐陽克道：「你不肯說，要我死不瞑目麼？」楊康後頸要穴被他抓住，四肢俱不能動，已知萬難倖免，冷笑道：「好罷，我對你說。你知她是誰？」說着向穆念慈一指。歐陽克轉過頭來，見穆念慈提刀在手，要待上前救援，卻又怕他傷了楊康，關切之容，竟與適才程瑤迦對陸冠英一般無異，心中立時恍然，笑道：「她……她……」忽然咳嗽起來。

楊康道：「她是我未過門的妻子，你兩次強加戲侮，我豈能容你？」歐陽克笑道：「原來如此，咱們同赴陰世罷。」高舉了手，在楊康天靈蓋上虛擬一擬，舉掌便即拍落。

穆念慈大聲驚叫，急步搶上相救，已自不及。楊康閉目待斃，只等他這掌拍將下來，那知過了好一陣，頭頂始終無何動靜，睜開眼來，見歐陽克臉上笑容未斂，右掌仍是高舉，抓住自己後頸的左手卻已放鬆。他急掙躍開。歐陽克跌下棺蓋，已自氣絕而斃。

楊康與穆念慈呆了半晌，相互奔近，四手相拉，千言萬語不知從何說起，望着歐陽克的屍身，心中猶有餘怖。

程瑤迦扶起陸冠英，解開他被封的穴道。陸冠英知道楊康是大金國的欽使，雖見他殺了歐陽克，於己有恩，但也不能就此化敵爲友，上前一揖，不發一語，携了程瑤迦的手揚長而去。兩人適才的驚險實是平生從所未歷，死裏逃生之餘，竟都忘了去和郭靖、黃蓉廝見。

黃蓉見楊康與穆念慈重會，甚是喜慰，又感激他解救了大難，郭靖更盼這個義弟由此而改過遷善，與黃蓉對望一眼，均是滿臉笑容。

只聽穆念慈道：「你爹爹媽媽的靈柩，我給搬回來啦。」楊康道：「這本是我份內之事，偏勞妹子啦。」穆念慈也不提往事，只和他商量如何安葬楊鐵心夫婦。

楊康從歐陽克小腹中拔出鐵槍槍頭，說道：「咱們快把他埋了。此事若給他叔父知曉，天下雖大，咱倆卻無容身之地。」當下兩人在客店後面的廢園中埋了歐陽克的屍身，又到村中僱人來抬了棺木，安葬於楊家舊居之後。楊鐵心離家已久，村中舊識都已凋謝，是以也無人相詢。安葬完畢，天已全黑。當晚穆念慈在村人家中借宿，楊康就住在客店之中。

次日清晨，穆念慈來到客店，想問他今後行止，卻見他在客堂中不住頓足，連連叫苦，忙問端的。楊康道：「我做事好不胡塗。昨日那男女兩人該當殺卻滅口，慌張之中，竟爾讓他們走了，這時卻到那裏找去？」穆念慈奇道：「幹麼？」楊康道：「我殺歐陽克之事，若是傳揚出去，那還了得？」穆念慈皺眉不悅，說道：「大丈夫敢作敢爲，你既害怕，昨日就不該殺他。」楊康不語，只是盤算如何去追殺陸程二人滅口。

穆念慈道：「他叔父雖然厲害，咱們只消遠走高飛，他也難以找得着。」楊康道：「妹子，我心中另有一個計較。他叔父武功蓋世，我是想拜他爲師。」穆念慈「啊」了一聲。楊康道：「我早有此意，只是他門中向來有個規矩，代代都是一脈單傳。此人一死，他叔父就能收我爲徒啦！」言下甚是得意。

聽了他口中言語，瞧了他臉上神情，穆念慈登時涼了半截，顫聲道：「原來昨天你冒險殺他，並非爲了救我，卻是另有圖謀。」楊康笑道：「你也忒煞多疑，爲了你，我就是粉身碎骨，也是心甘情願。」穆念慈道：「這些話將來再說，眼下你作何打算？你是願意作大宋的忠義之民呢，還是貪圖富貴不可限量，仍要去認賊作父？」

楊康望着她俏生生的身形，心中好生愛慕，但聽她這幾句話鋒芒畢露，又甚是不悅，說道：「富貴，哼，我又有甚麼富貴？大金國的中都也給蒙古人攻下了，打一仗，敗一仗，亡國之禍就是眼前的事。」

穆念慈越聽越不順耳，厲聲道：「金國打敗仗，咱們正是求之不得，你卻是惋惜遺憾之極。哼，說甚麼亡國之禍？大金國是你的國家麼？這……這……」

楊康道：「咱們老提這些閒事幹麼？自從你走後，我想得你好苦。」慢慢走上前去，握住了她右手。穆念慈聽了這幾句柔聲低語，心中軟了，給他握着手輕輕一縮，沒有掙脫，也就由他，臉上微微暈紅。

楊康左手正要去摟她肩頭，忽聽得空中數聲鳥鳴，甚是嘹亮，抬起頭來，只見一對白色巨鵰振翅掠過天空。那日完顏洪烈率隊追殺拖雷，楊康曾見過這對白鵰，知道後來爲黃蓉携去，心想：「怎麼白鵰到了此處？」握着穆念慈的手急步出外，只見兩頭白鵰在空中盤旋來去，大樹邊一個少女騎着駿馬，正向着遠處眺望。那少女足登皮靴，手持馬鞭，身穿蒙古人裝束，背懸長弓，腰間掛着一袋羽箭。

白鵰盤旋了一陣，順着大路飛去，過不多時，重又飛回。只聽大路上馬蹄聲響，數乘馬急奔而來。楊康心道：「看來這對白鵰是給人引路，教他們與這蒙古少女相會。」

但見大路上塵頭起處，三騎馬漸漸奔近，嗤的一聲響，羽箭破空，一枝箭向這邊射來，那少女從箭壺裏抽出一枝長箭，搭上了弓，向着天空射出。三騎馬上的乘客聽到箭聲，大聲歡叫，奔馳更快。那少女策馬迎了上去，與對面一騎相距約有三丈，兩人齊聲唿哨，同時從鞍上縱躍而起，在空中手拉着手，一齊落在地下。楊康暗暗心驚：「蒙古人騎射之術一精至此，連一個少女也恁地了得，金人焉得不敗？」

郭靖與黃蓉在密室中也已聽到鵰鳴箭飛、馬匹馳騁之聲，過了片刻，又聽數人說着話走進店來。郭靖又驚又喜：「怎麼她也到了此處？可眞奇了。」原來說話的蒙古少女竟是她的未婚妻子華箏，另外三人則是拖雷、哲別、博爾朮。

華箏和哥哥嘰嘰咕咕的又說又笑，這些蒙古話黃蓉一句不懂，郭靖的臉上卻是青一陣白一陣，適才的喜悅之情全已轉爲擔心：「我心中有了蓉兒，決不能娶她。可是她追到此處，我又豈能負義背信，這便如何是好？」黃蓉低聲道：「靖哥哥，這姑娘是誰？他們在說些甚麼？你幹麼心神不寧？」

這件事他過去幾次三番曾想對黃蓉言明，但話到口邊，每次總是又縮了回去，這時聽她問起，那能隱瞞，說道：「她是蒙古大汗成吉思汗的女兒，是我的未婚妻子。」

黃蓉驚得呆了，淚水湧入眼眶，問道：「你……你有了未婚妻子？你怎麼從來不跟我說？」那日丘處機與江南六怪在中都客店中對郭靖談論他的婚事，江南六怪曾提及成吉思汗以愛女許婚，但其時黃蓉尚未來到窗外，未曾得聞，是以此事始終全無所知。

郭靖道：「有時我想說，但怕你不高興，有時我又想不起這回事。」黃蓉道：「是你的未婚妻子，怎能想不起？」郭靖茫然道：「我也不知道啊。我心中只當她是親妹子、親兄弟一般，我不願娶她做妻子。」黃蓉喜上眉梢，問道：「為甚麼呢？」郭靖道：「這份親事是大汗給我定的。那時候我沒有不喜歡，也沒覺得很喜歡，只想大汗說的話總沒錯。現今，蓉兒啊，我怎能撇下你去另娶別人？」

黃蓉道：「那你怎麼辦？」郭靖道：「我也不知道啊。」黃蓉嘆了口氣，道：「只要你心中永遠待我好，你就是娶了她，我也不在乎。」頓了一頓，又道：「不過，還是別娶她的好，我不喜歡別的女人整天跟着你，說不定我發起脾氣來，一劍在她心口上刺個窟窿，那你就要罵我啦。且別說這個，你聽他們嘰哩咕嚕的說些甚麼。」

郭靖湊耳到小孔之上，聽拖雷與華箏互道別來之情。原來黃蓉與郭靖沉入海中之後，白鵰在風雨之中遍尋主人不獲，海上無棲息之處，只得回轉大陸，想起故居舊主，振翅北歸。華箏見白鵰回來，已感詫異，再見鵰足上縛着一塊帆布，布上用刀劃着幾個漢字，拿去詢問軍中的漢人傳譯，卻是「有難」二字。華箏心中好生掛懷，即日南下探詢。此時成吉思汗正督師伐金，與金兵在長城內外連日交兵鏖戰，是以她說走就走，也無人能加攔阻。白鵰識得主人意思，每日向南飛行數百里尋訪郭靖，到晚間再行飛回，迤邐來到臨安，郭靖未曾尋着，卻尋到了拖雷。

拖雷奉父王之命出使臨安，約宋朝夾擊金國。但宋朝君臣苟安東南，畏懼金兵，金兵不來攻打，已是謝天謝地，那敢去輕捋虎鬚？因之對拖雷十分冷淡，將他安置在賓館之中，遷延不理。幸好完顏康在太湖中爲陸氏父子所擒，否則宋朝還會奉金國之命，將拖雷殺了。及後消息傳來，蒙古出兵連捷，連金國的中都燕京也已攻下，宋朝大臣立卽轉過臉色，對拖雷四王子長、四王子短，奉承個不亦樂乎。至於同盟攻金，變成毫不費力的打落水狗，尙能乘機坐收厚利，又何樂而不爲？滿朝君臣立卽催着訂約締盟。拖雷心中鄙夷，但還是與南宋訂了同盟攻金之約。這日首途北返，宋朝大臣恭送出城，拖雷懶得跟他們多所敷衍，拍馬便行。在臨安郊外見到了白鵰，他還道郭靖到來，那知卻遇上了妹子。

華箏問道：「你見到了郭靖安答麼？」拖雷正待回答，忽聽得門外人聲喧嘩，兵甲鏗鏘，原來宋朝護送蒙古欽使的軍馬終於還是趕着來了。

楊康悄然站在店門口，眼見宋軍的旗幟上大書「恭送蒙古欽使四王爺北返」的字樣，不禁思潮起伏，感慨萬狀。只不過數十日之前，自己也還是王子欽使，今日卻孑然一身，無人理睬。他一生嘗的是富貴滋味，要他輕易拋卻，實是千難萬難之事。

穆念慈冷眼旁觀，見他神情古怪，雖不知他所思何事，但想來總是念念不忘於投靠異族而得的榮華富貴，不禁暗自神傷。

宋軍領隊的軍官走進客店，恭恭敬敬的參見拖雷，應答了幾句話，回身出來，喝道：「到每家人家去問問，有一位姓郭的郭靖郭官人，是在這村裏麼？若是不在，就問到那裏去啦。」

衆軍士齊聲答應，一轟而散。過不多時，但聽得村中雞飛狗走，男叫女哭，自是衆軍士於詢問一無所得之餘，順手牽羊，拿些財物，否則何以懲處消息如此不靈之村民？

楊康心念一動：「衆軍士乘機打刦，我何不乘機和這蒙古王子結交？和他一同北返，途中設法刺死了他，自非難事。蒙古大汗定然當是宋人所爲，那時蒙古與宋朝的盟約必敗，大利金國。」心下計議已定，向穆念慈道：「你等我片刻。」大踏步走進店堂。那將官高聲喝阻，伸手攔擋，被他左臂振處，仰天摔出，半天爬不起身。

拖雷與華箏一怔之間，楊康已走到堂中，從懷中取出那截鐵槍的槍頭，高舉過頂，供在桌上，雙膝跪下，放聲大哭，叫道：「郭靖郭兄長啊，你死得好慘，我定要給你報仇，郭靖郭兄長啊。」拖雷兄妹不懂漢語，但聽他口口聲聲呼叫郭靖的名字，大感驚疑，見那將官好容易爬起身來，忙命他上去詢問。

楊康邊哭邊說，涕淚滂沱，斷斷續續的道：「我是郭靖的結義兄弟，郭大哥被人用這鐵槍的槍頭刺死了。那奸賊是宋朝軍官，料來是受了宰相史彌遠的指使。」

拖雷兄妹聽到那通蒙古語的軍官傳譯出來，都似焦雷轟頂，做聲不得。哲別、博爾朮都和郭靖情誼甚深，四人登時搥胸大哭。

楊康又說起郭靖在寶應殺退金兵、相救拖雷等人之事。拖雷等更無懷疑，細詢郭靖的死狀，仇人是誰。楊康說道害死郭靖的是大宋指揮使段天德，他知道此人的所在，這便要去找他報仇，只可惜孤掌難鳴，只怕不易成事，信口胡說，卻敍述得眞切異常。郭靖在隔室聽得明明白白，心中一片惘然。華箏聽到後來，拔出腰刀，就要橫刀自刎，刀至頸邊，轉念一想，揮刀砍在桌上，叫道：「不給郭靖安答報仇，誓不為人。」

楊康見狡計已成了一半，心中暗暗喜歡，低下頭來，兀自假哭，瞥眼見到歐陽克從黃蓉手裏奪來的竹棒橫在地下，晶瑩碧綠，迥非常物，心知有異，走過去拾在手中。黃蓉不住叫苦，却是無計可施。

衆軍送上酒飯，拖雷等那裏吃得下去，要楊康立時帶領去找殺郭靖的仇人。楊康點頭答允，拿了竹棒，走向門口，回頭招呼穆念慈同行。穆念慈微微搖頭。楊康心想機不可失，兒女之事不妨暫且擱下，當下自行出店。衆人隨後跟出。

郭靖低聲道：「那段天德不是早在歸雲莊上給他打死了嗎？」黃蓉搖頭道：「我也想不出其中道理。用刀刺你的，難道不是他自己麼？這人詭計多端，心思難測。」

忽聽得門外一人高吟道：「縱橫自在無拘束，心不貪榮身不辱！……咦，穆姑娘，怎麼你在這裏？」說話的却是長春子丘處機。

穆念慈還未答話，楊康剛好從店中出來，見是師父，心中怦怦亂跳，此時狹路相逢，無處可避，只得跪下磕頭。丘處機身旁還站着數人，却是丹陽子馬鈺、玉陽子王處一、清淨散人孫不二，以及丘處機的弟子尹志平。

上一日尹志平被黃藥師打落半口牙齒，忙去臨安城稟告師父。丘處機又驚又怒，立時就要去會黃藥師。馬鈺卻力主持重。丘處機道：「黃老邪昔年與先師齊名，咱七兄弟中只王師弟在華山絕頂見過他一面。小弟對他是久仰的了，早想見見，又不是去跟他廝打，大師哥何必攔阻？」馬鈺道：「素聞黃藥師性子古怪，你又是霹靂火爆的脾氣，見了面多半沒有好事。他饒了志平性命，總算是手下留情啦。」丘處機堅執要去，馬鈺拗不過他，恰好全眞七子此時都在臨安附近，於是傳出信去，一起約齊了，次日同赴牛家村來。

全眞七子齊到，自然是聲勢雄大，但他們深知黃藥師十分了得，是友是敵又不分明，絲毫不敢輕忽，由馬鈺、丘處機、王處一、孫不二、尹志平五人先行進村。譚處端、劉處玄、郝大通三人在村外接應。那知黃藥師沒見到，卻見了穆念慈和楊康。

丘處機見楊康磕頭，只哼了一聲，也不理會。尹志平道：「師父，那桃花島主就在這家小店之中欺侮弟子。」他本來叫黃藥師爲黃老邪，被馬鈺呵責過幾句，只得改口。

丘處機向內朗聲說道：「全眞門下弟子馬鈺等拜見桃花島黃島主。」楊康道：「裏面沒人。」丘處機頓足道：「可惜，可惜見他不着！」轉頭問楊康道：「你在這裏幹甚麼？」楊康見了師父師叔，早已嚇得心神不定，一時說不出話來。

華箏已向馬鈺凝望了半晌，這時奔上前來，叫道：「啊，你是那位給我捉白鵰兒的、頭髮梳成三個髻兒的伯伯，你瞧，那對小鵰兒這麼大啦。」縱聲唿哨，白鵰雙雙而下，分停在她左右兩肩。馬鈺微微一笑，點頭道：「你也來南方玩兒？」華箏哭道：「道長，郭靖安答給人害死啦，你給他報仇。」

馬鈺嚇了一跳，用漢語轉述了。丘處機和王處一都大驚失色，忙問端的。華箏指着楊康道：「他親眼所見，你們問他便是。」

楊康見華箏與大師伯相識，怕他們說話一多，引起疑竇，要騙過幾個蒙古蠻子是不費吹灰之力，對着師父與師伯師叔，可不能這般信口開河，於是向拖雷、華箏道：「你們在前面稍待片刻，我跟這幾位道長說幾句話，馬上趕來。」拖雷聽了軍官的傳譯，點了點頭，與衆人離村北去。

丘處機厲聲道：「郭靖是誰害死的，快說！」楊康尋思：「郭靖明明是我刺死的，嫁禍於誰好呢？」心下一時盤算未定，忽然想起：「我且說個厲害人物，讓師父去尋他，自行送了性命，那就永無後患。」於是恨恨的道：「那便是桃花島黃島主。」全眞七子早知黃藥師在追殺江南六怪，郭靖死於他手，原是理所當然，竟無絲毫疑心。丘處機便卽破口大罵黃老邪橫蠻毒辣，決計不能跟他干休。馬鈺和王處一心下傷感，黯然無言。

忽聽得遠處隱隱傳來一陣哈哈大笑，跟着是如破鈸相擊般的鏗鏗數響，其後又是一人輕聲呼叫，聲音雖低，卻仍是聽得清淸楚楚。三般聲音在村外兜了個圈子，倏忽又各遠去。

馬鈺又驚又喜，道：「那笑聲似是周師叔所發，他竟還在人間！」只聽得村東三聲齊嘯，漸嘯漸遠。孫不二道：「三位師哥追下去啦。」王處一道：「聽那破鈸般的叫聲和那低呼，那兩人似乎是在追逐周師叔。」馬鈺心中隱然有憂，道：「那二人功夫不在周師叔之下，不知是何方高人？周師叔以一敵二，只怕……」說着緩緩搖頭。全眞四子側耳聽了半晌，聲息全無，知道這些人早已奔出數里之外，再也追趕不上。孫不二道：「有譚師哥等三個趕去相助，周師叔便不怕落單了。」丘處機道：「就只怕他們追不上。周師叔若知咱們在此，跑進村來那就好啦。」

黃蓉聽他們胡亂猜測，心了暗自好笑：「我爹爹和老毒物只是和老頑童比賽脚力，又不是打架。若眞打架，你們這幾個臭牛鼻子上去相幫，又豈是我爹爹和老毒物的對手？」她適才聽丘處機大罵自己爹爹，自是極不樂意，至於楊康誣陷她爹爹殺了郭靖，反正郭靖好端端的便在身邊，她倒並不在乎。

馬鈺擺了擺手，衆人進店堂坐定。丘處機道：「喂，現下你是叫完顏康呢，還是叫楊康哪？」楊康見到師父一雙眼精光閃爍，盯住了自己，神色嚴峻，心知只要一個應對不善，立有性命之憂，忙道：「若不是師父和馬師伯、王師叔的指點，弟子今日尙自蒙在鼓裏，認賊作父。現下弟子自然姓楊啦。昨晚弟子剛與穆世妹安葬了先父先母。」

丘處機聽他如此說，心中甚喜，點了點頭，臉色大爲和緩。王處一本怪他和穆念慈比武後不肯應承親事，此時見二人同在一起，料來好事必諧，也消了先前惱怒之心。楊康取出刺殺歐陽克的半截槍頭，說道：「這是先父的遺物，弟子一直放在身邊。」

丘處機接了過來，反覆撫挲，大是傷懷，嘆了幾口氣，說道：「十九年前，我在此處與你父及你郭伯父相交，忽忽十餘年，兩位故人都已歸於黃土。他二人之死，實是爲我所累。我無力救得你父母性命，尤爲終生恨事。」

郭靖在隔室聽他懷念自己父親，心中難過：「丘道長尙得與我父論交，我卻是連父親之面也不得一見。楊兄弟能和他爹爹相會，可又勝於我了。」

丘處機又問黃藥師如何殺死郭靖，楊康信口胡謅一番。馬丘王三人與郭靖有舊，均各嘆息不止。談論了一會，楊康急着要會見拖雷、華箏，頗有點心神不寧。

王處一望望他，又望望穆念慈，道：「你倆已成了親麼？」楊康道：「還沒有。」王處一道：「還是早日成了親罷。丘師哥，你今日替他們作主，辦了這事如何？」黃蓉與郭靖對望了一眼，均想：「豈難道今日又要旁觀一場洞房花燭？」黃蓉又想：「穆姊姊性子暴躁，跟那位程大小姐大不相同，她洞房花燭之前，說不定還得跟那姓楊的小子來一場比武招親，打上一架，那倒也熱鬧好看。」只聽楊康喜道：「全憑師尊作主。」

穆念慈卻朗聲道：「須得先依我一件事，否則決不依從。」丘處機聽了，微微一笑，道：「好，是甚麼事，姑娘你說。」穆念慈道：「我義父是完顏洪烈那奸賊害死的。他須得報了殺父之仇，我方能與他成親。」丘處機擊掌叫道：「瞧啊，穆姑娘的話眞是說到了老道心坎中去。康兒，你說是不是？」

楊康大感躊躇，正自思索如何回答，忽聽門外一個嘶啞的嗓子粗聲唱着「蓮花落」的調子，又有一個尖細的嗓子夾着叫道：「老爺太太行行好，賞賜乞兒一文錢。」

穆念慈聽聲音有些耳熟，轉過頭來，只見門口站着兩個乞丐，一個肥胖，一個矮瘦，那胖大的總有矮小的三個那麼大。這兩人身材特異，雖然相隔多年，穆念慈仍記得是自己十三歲那年給他們包紮過傷口的兩丐，洪七公喜她心好，因此傳過她三天武藝。她要待上前招呼，但兩丐進門之後，目光不離楊康手中的竹棒，互相望了一眼，同時點了點頭，走到楊康跟前，雙手交胸，躬身行禮。

馬鈺等見了兩丐的步履身法，就知武功不弱，又見每人背上都負着八隻麻袋，知這二人是丐幫中的八袋弟子，班輩甚高，但他們對楊康如此恭敬，卻是大爲不解。

那瘦丐道：「聽弟兄們說，有人在臨安城內見到幫主的法杖，我們四下探訪，幸喜在此得見，卻不知幫主現下在何處乞討？」楊康雖然拿棒在手，但對竹棒來歷卻全然不曉，聽了瘦丐的話，不知如何回答，只是隨口「嗯」了幾聲。

丐幫中規矩，見了打狗棒如見幫主本人，二丐見楊康不加理睬，神色更是恭謹。那胖丐道：「岳州之會，時日已甚緊迫，東路簡長老已於七日前動身西去。」楊康越來越是胡塗，又哼了一聲。那瘦丐道：「弟子爲了尋訪幫主法杖，躭擱了時日，現下立卽就要趕路。尊駕如也今日上道，就由弟子們沿途陪伴服侍好了。」

楊康心中暗暗稱奇，他本想儘早離開師父，也不管二丐說些甚麼，旣有此機會，便向馬鈺、丘處機等拜倒，說道：「弟子身有要事，不能隨侍師尊，伏乞恕罪。」

馬鈺等皆以爲他與丐幫必有重大關連，丐幫是天下第一大幫會，幫主洪七公是與先師王眞人齊名的高人，自是不能攔阻。當着二丐之面，不便細問，卽與胖瘦二丐以江湖上儀節相見。二丐對全眞七子本就仰慕，知他們是楊康師執，更是謙抑，口口聲聲自稱晚輩。

穆念慈提及往事，二丐神態更是大爲親熱。她與丐幫本有淵源，便邀她同赴岳州之會。穆念慈深願與楊康同行，當下點頭答允。四人與馬鈺等行禮道別，出門而去。

丘處機本來對楊康十分惱怒，立卽要廢了他的武功，只是念着楊鐵心的故人之情，終究下不了手。這時一來見他與穆念慈神情親密，「比武招親」那件輕薄無行之事已變成了好事；二來他得悉自己身世後，捨棄富貴，復姓爲楊，也不枉自己一番教導的心血；三來他大得丐幫高輩弟子敬重，全眞教面上有光，滿腔怒火登時化爲歡喜，手撚長鬚，望着楊穆二人的背影微笑。

當晚馬鈺等就在店堂中宿歇，等候譚處端等三人回來。可是第二天整日之中全無音訊，四人都是心下焦急，直到午夜，方聽得村外一聲長嘯。孫不二道：「郝師哥回來啦！」馬鈺低嘯一聲，過不多時，門口人影閃動，郝大通飄然進來。

黃蓉未曾見過此人，湊眼往小孔中張望。這日正是七有初五，一彎新月，恰在窗間窺人，月光下見這道人肥胖高大，狀貌似是個官宦模樣，道袍的雙袖都去了半截，至肘而止，與馬鈺等人所服的都不相同。原來郝大通出家前是山東寧海州的首富，精研易理，以賣卜自遣，後來在煙霞洞拜王重陽爲師。當時王重陽脫上身上衣服，撕下兩袖，賜給他穿，說道：「勿患無袖，汝當自成。」「袖」與「授」音同，意思是說，師授心法多少，尚在其次，成道與否，當在自悟。他感念師恩，自後所穿道袍都無袖子。

丘處機最是性急，問道：「周師叔怎樣啦？他是跟人鬧着玩呢，還是當眞動手？」郝大通搖頭道：「說來慚愧，小弟功夫淺薄，只追得七八里就不見了周師叔他們的影蹤。譚師哥與劉師哥在小弟之前。小弟無能，接連找了一日一夜，全無端倪。」馬鈺點頭道：「郝師弟辛苦啦，坐下歇歇。」

郝大通盤膝坐下，運氣在周身大穴行了一轉，又道：「小弟回來時在周王廟遇到了六個人，瞧模樣正是丘師哥所說的江南六怪。小弟便即上前攀談，果眞不錯。」丘處機喜道：「六怪好大膽子，竟上桃花島去啦。難怪咱們找不着。」郝大通道：「六怪中爲首的柯鎭惡柯大俠言道，他們曾與黃藥師有約，是以赴桃花島踐約，那知黃藥師卻不在島上。他們聽小弟言道丘師兄等在此，說道稍後當卽過來拜訪。」

郭靖聽說六位師父無恙，心中喜慰不勝，到這時他練功已五日五夜，身上傷勢已好了一大半。

第六日午夜申牌時分，村東嘯聲響起。丘處機道：「劉師弟回來了。」待得片刻，只見劉處玄陪着一個白鬚白髮的老頭走進店來，那老頭身披黃葛短衫，足穿麻鞋，手裏揮着一柄大蒲扇，邊笑邊談的進店，見到全眞五子只微微點了點頭，似乎毫不把衆人放在眼裏。只聽劉處玄道：「這位是鐵掌水上飄裘老前輩，咱們今日有幸拜見，眞是緣法。」

黃蓉聽了，險些笑出聲來，用手肘在郭靖身上輕輕一撞。郭靖也覺好笑。兩人都想：「且看這老傢伙又如何騙人。」

馬鈺、丘處機等都久聞裘千仞的大名，登時肅然起敬，言語中對他十分恭謹。裘千仞卻信口胡吹。說到後來，丘處機問起是否曾見到他們師叔周伯通。裘千仞道：「老頑童麼？他早給黃藥師殺了。」衆人大吃一驚。劉處玄道：「不會罷？晚輩前日還見到周師叔，只是他奔跑十分迅速，沒追趕得上。」

裘千仞一呆，笑而不答，心中盤算如何圓謊。丘處機搶着問道：「劉師弟，你可瞧見追趕師叔的那二人是何等樣人？」劉處玄道：「一個穿白袍，另一個穿青布長袍。他們奔得好快，我只隱約瞧見那穿青袍的面容十分古怪，像是一具僵屍。」裘千仞在歸雲莊上見過黃藥師，立卽接口道：「是啊，殺死老頑童的，就是這個穿青布長袍的黃藥師了。別人又那有這等本事？我要上前勸阻，可惜已遲了一步。唉，老頑童可死得眞慘！」鐵掌水上飄裘千仞在武林中名聲甚響，乃是大有身分的前輩高人，全眞六子那想到他是信口開河，一霎時人人悲憤異常。丘處機把店中板桌拍成震天價響，自又把黃藥師罵了個狗血淋頭。黃蓉在隔室聽得惱怒異常，她倒不怪裘千仞造謠，只怪丘處機不該這般罵她爹爹。

劉處玄道：「譚師哥脚程比我快，或能得見師叔被害的情景。」孫不二道：「譚師哥到這時還不回來，別要也遭了老賊……」說到這裏，容色悽慘，住口不語了。丘處機拔劍而起，叫道：「咱們快去救人報仇！」

裘千仞怕他們趕去遇上周伯通，忙道：「黃藥師知道你們聚在此處，眼下就會找來。這黃老邪奸惡之極，今日老夫實是容他不得，我這就找他去，你們在這裏候我好音便是。」衆人尊他是前輩，不便違拗他的言語，又怕在路上與黃藥師錯過，確不如在這裏以逸待勞，等候敵人，當下一齊躬身道謝，送出門去。

裘千仞跨出門檻，回身左手一揮，道：「不必遠送。那黃老邪功夫雖然厲害，我卻有制他之術。你們瞧！」伸手從腰間拔出一柄明晃晃的利劍，劍頭對準自己小腹，「嘿」的一聲，直刺進去。衆人齊聲驚呼，只見三尺來長的刃鋒已有大半沒入腹中。裘千仞笑道：「天下任何利器，都傷我不得，各位不須驚慌。我此去若與他錯過了，黃老邪找到此間，各位不必與他動手，以免損折，等我回來制他。」

丘處機道：「師叔之仇，做弟子的不能不報。」裘千仞嘆了口氣，道：「那也好，這是劫數使然。你們要報此仇，有一件事須得牢牢記住。」馬鈺道：「請裘老前輩指點。」裘千仞臉色鄭重，道：「一見黃老邪，你們立卽合力殺上，不可與他交談片言隻字，否則此仇永遠難報，要緊要緊！」說罷轉身而去，那柄利劍仍然留在腹中。

衆人相顧駭然，馬鈺等六人個個見多識廣，但利劍入腹居然行若無事，實是聞所未聞，心想此人的功夫實已到了深不可測之境。卻那裏知道這又是裘千仞的一個騙人伎倆：他那柄劍共分三截，劍尖上微一受力，第一二截立即依次縮進第三截之內，劍尖嵌入腰帶夾縫，旁人遠遠瞧來，都道刃鋒的大半刺入身體。他受完顏洪烈之聘，煽動江南豪傑相互火併，以利金人南下，是以一遇機會，立即傳播謠詠。

這一日中全眞六子坐立不寧，茶飯無心，直守到初七午夜，只聽村北隱隱有人呼嘯，一前一後，倏忽間到了店外。

馬鈺等六人原本盤膝坐在稻草上吐納練氣，尹志平功力較低，已自睡了，聽了嘯聲，一齊躍起。馬鈺道：「敵人追逐譚師弟而來。各位師弟，小心在意了。」

這一晚是郭靖練功療傷的最後一夜，這七日七夜之中，他不但已將內傷逐步解去，外傷創口起始愈口，而且與黃蓉兩人的內功也已有了進益。這最後幾個時辰正是他功行圓滿的重大關鍵。

黃蓉聽到馬鈺的話，大爲擔憂：「來的若是爹爹，全眞七子勢必與他動手，我又不能出去言明眞相，只怕七子都要傷在爹爹手裏，七子死活原不關我事，只是靖哥哥與馬道長等大有淵源，以他性子，實難袖手不救。他若挺身而出，不但全功盡棄，性命也自難保。」一忙在郭靖耳邊悄聲道：「靖哥哥，你務必答應我，不論有何重大事端，千萬不可出去。」郭靖剛點了點頭，嘯聲已來到門外。

丘處機叫道：「譚師哥，佈天罡北斗！」郭靖聽到「天罡北斗」四字，心中一凜，暗想：「九陰眞經中好多次提到北斗大法，說是修習上乘功夫的根基法門，經中所載的北斗大法微妙深奧，難以明白，不知馬道長他們的『天罡北斗』是否與此有關，倒要見識見識。」忙湊眼到小孔上張望。

他眼睛剛湊上小孔，只聽得砰的一聲，大門震開，一個道人飛身搶入。但見他道袍揚起，左脚已跨進門檻，忽爾一個踉蹌，又倒退出門，原來敵人已趕到身後，動手襲擊。丘處機與王處一同時飛身搶出，站在門口，袍袖揚處，雙掌齊出。蓬的一響，與門外敵人掌力相接，丘王二人退了兩步，敵人也倒退兩步，譚處端已乘這空隙竄進門來。月光下只見他頭髮散亂，臉上粗粗的兩道血痕，右手的長劍只賸下了半截，模樣甚是狼狽。譚處端進門後一言不發，立卽盤膝坐下，馬鈺等六人也均坐定。

只聽得門外黑暗中一個女人聲音陰森森的叫道：「譚老道，老娘若不是瞧在你師兄馬鈺份上，在道上早送了你性命。你把老娘引到這裏來幹麼？剛才出掌救人的是誰，說給梅超風聽聽。」靜夜之中，聽着她這梟鳴般的聲音，雖當盛暑，衆人背上也都不禁微微感到一陣寒意。她說話一停，便卽寂靜無聲，門外蟲聲喞喞，清晰可聞。過了片刻，只聽得格格格一陣響，郭靖知道發自梅超風的全身關節，她片刻間就要衝進來動手。

又過一會，卻聽一人緩緩吟道：「一住行窩幾十年。」郭靖聽得出是馬鈺的聲音，語調甚是平和沖淡。

譚處端接着吟道：「蓬頭長日走如顛。」聲音卻甚粗豪。郭靖細看這位全眞七子的二師兄，見他臉上筋肉虬結，濃眉大眼，身形魁梧。原來譚處端出家前是山東的鐵匠，歸全眞教後道號長眞子。

第三個道人身形瘦小，面目宛似猿猴，卻是長生子劉處玄，只聽他吟道：「海棠亭下重陽子。」他身材雖小，聲音卻甚洪亮。長春子丘處機接口道：「蓮葉舟中太乙仙。」玉陽子王處一吟道：「無物可離虛殼外。」廣寧子郝大通吟道：「有人能悟未生前。」清淨散人孫不二吟道：「出門一笑無拘礙。」馬鈺收句道：「雲在西湖月在天！」

梅超風聽這七人吟詩之聲，個個中氣充沛，內力深厚，暗暗心驚：「難道全眞七子又聚會於此？不，除了馬鈺，餘人聲音都截然不對。」她在蒙古大漠的懸崖絕頂曾聽過馬鈺與江南六怪冒充全眞七子的說話之聲。她眼睛雖瞎，耳音卻極靈敏，記心又好，聲音一入耳中，歷久不忘。她不知當日卻是馬鈺故布疑陣，當下朗聲說道：「馬道長，別來無恙啊！」那日馬鈺對她頗留情面，梅超風雖然爲人狠毒，卻也知道好歹。譚處端追趕周伯通不及，歸途中見到梅超風以活人練功，他俠義心腸，上前除害，那知卻非她敵手。幸好梅超風認出他是全眞派的道人，顧念馬鈺之情，只將他打傷，卻未下殺招，一路追趕至此。

馬鈺道：「托福托福！桃花島與全眞派無怨無仇啊，尊師就快到了罷？」梅超風一怔，問道：「你們找我師父作甚？」

丘處機叫道：「好妖婦，快叫你師父來見識見識全眞七子的手段。」梅超風大怒，叫道：「你是誰？」丘處機道：「丘處機！你這妖婦聽見過麼？」

梅超風大聲怪叫，飛身躍起，認準了丘處機發聲之處，左掌護身，右抓迎頭撲下。郭靖知道梅超風這一撲凌厲狠辣，委實難當，丘處機武功雖高，卻也不能硬接硬架，那知他仍是盤膝坐在地下，既不抵擋，又不閃避。郭靖暗叫：「不妙！丘道長怎能恁地托大？」

眼見梅超風這一下便要抓到丘處機頂心，突然左右兩股掌風撲到，卻是劉處玄與王處一同時發掌。梅超風右抓繼續發勁，左掌橫揮，要擋住劉王二人掌力。豈知這二人掌力同流，一陰一陽，相輔相成，力道竟是大得出奇，遠非兩人內力相加之可比。梅超風在空中受這大力激盪，登時向上彈起，右手急忙變抓為掌，力揮之下，身子向後翻出，落在門檻之上，不禁大驚失色，心想這兩人功夫如此高深，決非全眞七子之輩，叫道：「是洪七公、段皇爺在此麼？」丘處機笑道：「咱們只是全眞七子，有甚麼洪七公、段皇爺了？」梅超風大惑不解：「譚老道非我之敵，怎麼他師兄弟中卻有這等高手？難道同門兄弟之間，高低強弱竟會這麼懸殊？」

郭靖在隔室旁觀，也是大出意料之外，心想劉王二人功力再高，最多也是與梅超風在伯仲之間，雖然二人合力，也決不能輕輕一揮就將她彈了出去。這等功夫，只有出諸周伯通、洪七公、黃藥師、歐陽鋒等人方始不奇，全眞七子那有如此本領？

梅超風性子強悍之極，除了師父之外，不知世上有可畏之人，越是受挫，越要蠻幹。那日在蒙古懸崖之上，馬鈺言語謙和，以禮相待，她便即知難而退。但今日丘處機信了裘千仞之言，只道周伯通當眞已為黃藥師所害，再加上殺害郭靖的仇恨，對桃花島一派恨之入骨，口中連稱「妖婦」，梅超風明知不敵，卻也決計不肯就此罷休，微一沉吟，便探手腰間，解下了毒龍鞭，叫道：「馬道長，今日要得罪了。」馬鈺道：「好說！」梅超風道：「我要用兵刃啦，你們也亮刀劍罷！」

王處一道：「我們是七個，你只一個人，又加眼睛不能見物，全眞七子再不肖，也不能跟你動兵器。我們坐着不動，你進招罷！」梅超風冷冷的道：「你們坐着不動，便想抵擋我的銀鞭？」丘處機罵道：「好妖婦，今夜是你畢命之期，還多說甚麼？」梅超風哼了一聲，右手揮處，那生滿倒鈎的長鞭如一條大蟒般緩緩遊了過來，鞭頭直指孫不二。

黃蓉聽隔室雙方鬥口，心想梅超風的毒龍鞭何等厲害，全眞七子竟敢端坐不動，空手抵擋，倒要瞧瞧用的是怎等樣手段，拉了郭靖一把，叫他將小孔讓給她瞧。她見到全眞七子在店堂中所坐的方位，心中一楞：「這是北斗星座之形啊！嗯，不錯，丘道長適才正是說要布天罡北斗。」黃藥師精通天文曆算之學，黃蓉幼時夏夜乘涼，就常由父親抱在膝上指講天上星宿，是以識得七個道人的陣形。

全眞七子馬鈺位當天樞，譚處端位當天璇，劉處玄位當天璣，丘處機位當天權，四人組成斗魁；王處一位當玉衡，郝大通位當開陽，孫不二位當搖光，三人組成斗柄。北斗七星中以天權光度最暗，卻是居魁柄相接之處，最是衝要，因此由七子中武功最強的丘處機承當，斗柄中以玉衡爲主，由武功次強的王處一承當。

只見梅超風的毒龍鞭打向孫不二胸口，去勢雖慢，可是極爲狠辣，那道姑卻仍是巍然不動。黃蓉順着鞭梢望去，只見她道袍上繪着一個骷髏，心中暗暗稱奇：「全眞教號稱是玄門正宗，怎麼她的服飾倒與梅師姊是一路？」她不知當年王重陽點化孫不二之時，曾繪了一幅骷髏之圖賜她，意思說人壽短促，倏息而逝，化為骷髏，須當修眞而慕大道。孫不二紀念先師，將這圖形繡在道袍之上。

銀鞭來得雖慢，卻帶着嗤嗤風響，眼見鞭梢再進數寸就要觸到她道袍上骷髏的圖形，忽然之間銀鞭猛地回竄，就如一條蟒蛇頭上被人砍了一刀，箭也似的筆直向梅超風反衝過去。這一下來勢奇快，梅超風只感手上微微震動，立卽勁風撲面，疾忙低頭，銀鞭已擦髮而過，心中叫聲：「好險！」回鞭橫掃。這一招鞭身盤打馬鈺和丘處機，二人仍是端坐不動，譚處端和王處一卻出掌將銀鞭擋了開去。

數招既過，黃蓉已看得淸楚，全眞七子迎敵時只出一掌，另一掌卻搭在身旁之人肩上。她略加思索，已知其中奧妙：「原來這與我幫靖哥哥療傷的道理一樣。他們七人之力合而為一，梅師姊那能抵擋？」原來天罡北斗陣是全眞教中最上乘的玄門功夫，王重陽當年曾為此陣花過無數心血。小則以之聯手搏擊，化而為大，可用於戰陣。敵人來攻時，正面首當其衝者不用出力招架，卻由身旁道侶側擊反攻，猶如一人身兼數人武功，確是威不可當。

再拆數招，梅超風愈來愈是驚慌，覺到敵人已不再將鞭子激回盪開，只是因勢帶引，將銀鞭牽入敵陣，鞭子雖可舞動，但揮出去的圈子漸縮漸小。又過片刻，數丈長的銀鞭已有半條被敵陣裹住，再也縮不回來。若是此時棄鞭反躍，尙可脫身，但她在這條長鞭上曾用了無數苦功，被人安坐於地空手奪去，豈肯甘心？

她猶豫不決雖只瞬息之間，但時機稍縱卽逝，那天罡北斗之陣既經發動，若非當「天權」之位的人收陣，則七人出手一招快似一招，待得梅超風知道再拚下去必無倖理，無可奈何下咬牙放脫鞭柄，爲時已然不及。劉處玄掌力帶動，拍的一聲巨響，長鞭飛出打在牆上，只震得屋頂搖動，瓦片相擊作聲，屋頂上灰塵簌簌而下。梅超風足下搖幌，被這一帶之力引得站立不定，向前踏了一步。

這一步雖只跨了兩尺，卻是成敗的關鍵。她若早了片刻棄鞭，就可不向前跨這一步而向後踏出，立郎轉身出門，七子未必會追，就算要追也未必追她得上，現下卻向前邁了一步，心知不妙，左右雙掌齊揮，剛好與孫不二、王處一二人的掌力相遇，畧加支撐，馬鈺與郝大通的掌力又從後拍到。

她明知再向前行危險更大，但形格勢禁，只得左足踏上半步，大喝一聲，右足飛起，霎時之間先後分踢馬鈺與郝大通手腕。丘處機、劉處玄同聲喝采：「好功夫！」也是一先一後的出掌解救。梅超風右足未落，左足又起，雖閃開了丘劉二人掌力，但右足落下時又踏上了一步。這一來已深陷天罡北斗陣中，除非將七子之中打倒一人，否則決然無法脫出。

黃蓉看得暗暗心驚，昏黃月光下只見梅超風長髮飛舞，縱躍來去，掌打足踢，舉手投足均夾隱隱風聲，直如虎躍豹翻一般。全眞七子卻是以靜制動，盤膝而坐，擊首則尾應，擊尾則首應，擊腰則首尾皆應，牢牢的將她困在陣中。梅超風連使「九陰白骨爪」和「催心掌」功夫，要想衝出重圍，但總是給七子掌力逼回，只急得她哇哇怪叫。此時七子要傷她性命，原只舉手之勞，但始終不下殺手。

黃蓉看了半晌，便郎醒悟：「啊，是了，他們是借梅師姊來擺陣練功。似她這般武功高強的對手，那能輕易遇上，定是要累得她筋疲力盡而死，方肯罷休。」可是她這番猜測，卻只對了一半，借梅超風練功確是不錯，但道家不輕易殺生，倒無傷她性命之意。黃蓉對梅超風雖無好感，然見七子對她如此困辱，心中卻甚不忿，看了一會不願再看，把小孔讓給郭靖。但聽得隔室掌風一時緊一時緩，兀自酣鬥。

郭靖初看時甚感迷惘，見七子參差不齊的坐在地下與梅超風相鬥，大是不解。黃蓉在他耳邊道：「他們是按着北斗星座的方位坐的，七個人內力相連，瞧出來了麼？」郭靖得這一言提醒，下半部「九陰眞經」中許多言語，一句句在心中流過，原本不知其意的辭句，這時看了七子出掌佈陣之法，竟不喻自明的豁然而悟。他越看越喜，情不自禁的站了起來。

黃蓉大驚，急忙挽住。郭靖一凜，隨卽坐下，又湊眼到小孔之上，此時他對天罡北斗陣的要旨已大致明白，雖然不知如何使用，但七子每一招每一式使將出來，都等如是在教導他「九陰眞經」中體用之間的訣竅。那「九陰看經」是一位前輩高人讀盡古來道藏而悟得，王重陽創這陣法時未曾見到眞經，然道家武學同出一源，根本要旨原無差異，是以陣中的生剋變化卻也脫不了眞經的包羅。當日郭靖在桃花島上旁觀洪七公與歐陽鋒相鬥固是大有進益，畢竟他心思遲鈍，北丐與西毒二人的武功又皆非眞經一路，是以領悟有限，此時見七子行功布陣，以道家武功印證眞經中的道家武學，處處若合符節，這才是眞正的一大進益。

眼見梅超風支撐爲難，七子漸漸減弱掌力，忽聽得門口有人說道：「藥兄，你先出手呢，還是讓兄弟先試試？」

郭靖一驚，這正是歐陽鋒的聲音，卻不知他何時進來。七子聞聲也齊感驚訝，向門口望去，只見門邊兩人一人青衫一人白衣，並肩而立，正是那晚追趕周伯通的二人。全眞七子齊聲低嘯，停手罷鬥，站了起來。

黃藥師道：「好哇，七個雜毛合力對付我的徒兒啦。鋒兄，我教訓教訓他們，你說是不是欺侮小輩？」歐陽鋒笑道：「他們不敬你在先，你不顯點功夫，諒這些小輩也不知道桃花島主的手段。」

王處一當年曾在華山絕頂見過東邪西毒二人，正要向前見禮，黃藥師身形微幌，反手就是一掌。王處一欲待格擋，那裏來得及，拍的一聲，臉頰上已吃了一記，一個踉蹌，險險跌倒。丘處機大驚，叫道：「快回原位！」但聽得拍拍拍拍四聲響過，譚、劉、郝、孫四人臉上都吃了一掌。丘處機見眼前青光閃動，迎面一掌劈來，掌影好不飄忽，不知向何處擋架才是，情急中袍袖急振，向黃藥師胸口橫揮出去。

丘處機武功為七子之首，這一拂實是非同小可。黃藥師過於輕敵，竟被他袍袖拂中，胸口一疼，急忙運氣護住，左手翻上，已抓住袍袖，跟着右手直取丘處機雙目。丘處機奮力回掙，袍袖斷裂，同時馬鈺與王處一雙掌齊到。黃藥師身形靈動之極，對丘處機一擊不中，早已閃到郝大通身後，抬起左腿，砰的一聲，踢了他個觔斗。

此時郭靖已將小孔讓給黃蓉，她見爹爹大展神威，心中喜樂之極，若不是顧念郭靖之傷尚差一兩個時辰，早就鼓掌叫起好來。

歐陽鋒哈哈大笑，叫道：「王重陽收的好一批膿包徒弟！」

丘處機學藝以來，從未遭過如此大敗，連叫：「齊佔原位。」但黃藥師東閃西幌，片刻之間連下七八招殺手，各人抵擋不遑，那裏還布得成陣勢？只聽格格兩聲，馬鈺與譚處端腰裏長劍已被他拔去折斷，拋在地下。丘處機、王處一雙劍齊出，連綿而上。這全眞劍法變化精微，雙劍連勢，威力極盛，黃藥師倒也不敢輕忽，凝神接了數招。馬鈺乘這空隙，站定「天樞」之位揮掌發招，接着譚劉諸人也各佔定方位。

這天罡北斗之陣一布成，情勢立變，「天權」「玉衡」正面禦敵，兩旁「天璣」「開陽」發掌側擊，後面「搖光」與「天璇」也轉了上來。黃藥師呼呼呼呼四招，盪開四人掌力，笑道：「鋒兄，王重陽居然還留下了這一手！」這句話說得輕描淡寫，但手上與各人掌力相接，已知情勢大不相同，這七人每一招發來都具極大勁力，遠非適才七人各自爲戰時之可比，當下展開「落英神劍掌法」，在陣中滴滴溜溜的亂轉，身形靈動，掌影翻飛。黃蓉心道：「爹爹教我這落英神劍掌法時，我只道五虛一實，七虛一實，虛招只求誘敵擾敵，豈知臨陣之際，這五虛七虛也均可變爲實招。」

這一番酣鬥，比之七子合戰梅超風又自不同，不但黃蓉看得喘不過氣來，連歐陽鋒如此武功，也自心驚。梅超風在旁聽着激鬥的風聲，又是歡喜，又是惶愧。

忽聽「啊」的一聲，接着砰的一響，原來尹志平看着八人相鬥，漸漸頭昏目眩，天旋地轉，不知有多少個黃藥師在奔馳來去，眼前一黑，仰天摔倒，竟自暈了過去。

全眞七子牢牢佔定方位，奮力抵擋，知道只消一人微有疏神，七子今日無一能保性命，全眞派就此覆滅。黃藥師心中卻也是暗暗叫苦，剛才一上來若是立下殺招，隨手便殺了對方一二人，天罡北斗陣再也布不成功，只因先前手下留情，此時卻求勝不得，欲罷不能。雙方都是騎虎難下，不得各出全力周旋。黃藥師在大半個時辰之中連變十三般奇門武功，始終只能打成平手，直鬥到晨雞齊唱，陽光入屋，八人兀自未分勝負。

此時郭靖七晝夜功行已滿，隔室雖然打得天翻地覆，他卻心靜神閒，閉目內視，將體內一團熱烘烘的內息運至尾閭，然後從尾閭升至腎關，從夾脊、雙關升至天柱、玉枕，最後升到了頂心的泥丸宮，稍停片刻，舌抵上顎，內息從正面下降，自神庭下降鵲橋、重樓，再落至黃庭、氣穴，緩緩降至丹田。

黃蓉見他臉色紅潤，神光燦然，心中甚喜，再湊眼到小孔中瞧時，不覺吃了一驚。只見父親緩步而行，脚下踏着八卦方位，一掌掌的慢慢發出。她知這是爹爹輕易決不肯用的最上乘武功，到了此時已是勝負卽判、生死立決的關頭。全眞七子也是全力施爲，互相吆喝招呼，七人頭上冒出騰騰熱氣，身上道袍盡被大汗浸透，迥非合戰梅超風時那麼安閒。

歐陽鋒袖手旁觀，眼見七子的天罡北斗陣極爲了得，只盼黃藥師耗動眞氣，身受重傷，那麼二次華山論劍時就少了一個強敵，那知黃藥師武功層出不窮，七子雖然不致落敗，但要取勝卻也着實不易，心想：「黃老邪當眞了得！」但見雙方招數越來越慢，情勢越是險惡，不到一盞茶時分，這場惡戰就要終結。只見黃藥師向孫不二、譚處端分發兩掌，孫譚二人舉手招架，劉處玄、馬鈺發招相助，歐陽鋒長嘯一聲，叫道：「藥兄，我來助你。」蹲下身子，猛地向譚處端身後雙掌推出。

譚處端正自全力與黃藥師拚鬥，突覺身後一股排山倒海般的力道撞來，猛迅無倫，不但同門不及相救，自己也無法閃避，砰的一聲，俯身跌倒。

黃藥師怒喝：「誰要你來插手？」見丘處機、王處一雙劍齊到，拂袖擋開，右掌卻與馬鈺、郝大通二人掌力抵上了。

歐陽鋒笑道：「那我就助他們！」雙掌倏向黃藥師背後推出。他下手攻擊譚處端只用了三成力，現下這一推卻是他畢生功力之所聚，乘着黃藥師力敵四子、分手不暇之際，一舉就要將他斃於掌下。他已算定先將七子打死了一人，再行算計黃藥師，那麼天罡北斗陣已破，七子縱使翻臉尋仇，他也毫不畏懼。

這一下毒招變起俄頃，黃藥師功夫再高，也不能前擋四子，後敵西毒，暗叫：「我命休矣！」只得氣凝後背，拚着身後重傷，硬接他蛤蟆功的這一擊。歐陽鋒這一推勁力極大，去勢卻慢，眼見狡計得逞，正自暗喜。忽然黑影幌動，一人從旁飛起，撲在黃藥師的背上，大叫一聲，代接了這一擊。

黃藥師與馬鈺等同時收招，分別躍開，但見捨命護師的原來是梅超風。黃藥師回過頭來，冷笑道：「老毒物好毒，果然名不虛傳！」

歐陽鋒這一擊誤中旁人，心中連叫：「可惜！」知道黃藥師與全眞六道聯手，自己性命難保，哈哈一聲長笑，飛步出門。

馬鈺俯身抱起譚處端，觸手大驚，但見他上身歪歪斜斜，腦袋旁垂。原來歐陽鋒這一招將他前後肋骨和脊骨都打折了。馬鈺見師弟命在頃刻，不由得淚如雨下。丘處機仗劍追出，遠遠只聽歐陽鋒叫道：「黃老邪，我助你破了王重陽的陣法，又替你除去桃花島的叛師孽徒，餘下的六個雜毛你獨自對付得了，咱們再見啦！」

黃藥師哼了一聲，他知歐陽鋒臨去之際再施毒招，出言挑撥，把殺死譚處端的罪孽全放在他的身上，好叫全眞派對他懷怨尋仇。他明知這是歐陽鋒的離間毒計，卻也不願向全眞諸子解釋，慢慢扶起梅超風，見她噴得滿地鮮血，眼見是不活的了。

丘處機追出數十丈，歐陽鋒已奔得不知去向。馬鈺怕他單身追敵又遭毒手，大叫：「丘師弟回來。」丘處機眼中如欲噴火，大踏步回來，戟指黃藥師罵道：「我全眞派跟你有何怨何仇？你這邪魔惡鬼，先害死我們周師叔，又害死我們譚師哥，所爲何來？」黃藥師一怔，道：「周伯通？是我害死他了？」丘處機道：「你還不認麼？」

黃藥師與周伯通、歐陽鋒三人比賽脚力，奔馳數百里，兀自難分上下，原本是要分出勝負方始罷手，豈知奔跑中間，周伯通忽地想起將洪七公一人留在深宮之中，他武功已失，若是被人發覺，立時有性命之憂，忙道：「老頑童有事，不比啦，不比啦！」他說不比就不比，黃藥師和歐陽鋒也眞奈何他不得，只好由他。黃藥師本待向他打探愛女消息，也是始終不得其便。譚處端等在後追趕，不久就見不到三人的影子，但黃藥師等卻看得他們淸淸楚楚。老頑童既然有事，東邪西毒二人就回牛家村來瞧個究竟，卻生出這等事來。

這時丘處機暴跳如雷、孫不二扶着譚處端的身子大哭，都要和黃藥師拚個死活。黃藥師眼見誤會已成，只是冷笑不語。

譚處端緩緩睜開眼來，低聲道：「我要去了。」丘處機等忙圍繞在他身旁，盤膝坐下，只聽譚處端吟道：「手握靈珠常奮筆，心開天籟不吹簫。」吟罷閉目而逝。

全眞六子低首祝告，祝畢，馬鈺抱起譚處端的屍體，丘處機、尹志平等跟在後面，頭也不回的出門而去。此時丘處機、孫不二等均已想到譚處端既死，天罡北斗陣已破，再與黃藥師動手，枉自再送了六人性命，此仇只有待日後再報了。

黃藥師見女兒神色悽苦，卻又顯然是纏綿萬狀，難分難捨之情，知她對郭靖已是情根深種，無可化解，不由得嘆了口長氣。黃蓉怔怔站着，淚珠兒緩緩的流了下來。

第二十六回　新盟舊約

黃藥師心想不明不白的與全眞七子大戰一場，更不明不白的結下了深仇，眞是好沒來由，眼見梅超風呼吸漸微，想起數十年來的恩怨，心中甚是傷感，忍不住流下淚來。

梅超風嘴角邊微微一笑，運出最後功力，喀的一聲，用右手將左腕折斷了，右手接着在石礎上猛力擊落，登時手骨碎斷。黃藥師一怔，梅超風道：「恩師，您在歸雲莊上叫弟子做三件事，頭兩件事弟子是來不及做了。」

黃藥師記起曾叫她找回九陰眞經、尋訪曲靈風和另外兩名弟子的下落，最後一件事是叫她交回偷學的九陰眞經上武功。她斷腕碎手，那是在臨死之際自棄九陰白骨爪和摧心掌功夫，含淚說道：「好！好！餘下那兩件事也算不了甚麼。我再收你爲桃花島的弟子罷。」梅超風背叛師門，實是終身大恨，臨死竟然能得恩師原宥，不禁大喜，勉力爬起身來，重行拜師之禮，磕到第三個頭，身子僵硬，再也不動了。

黃蓉在隔室見着這些驚心動魄之事連續出現，只盼父親多留片刻，郭靖丹田之氣凝聚，立時可出來和他相見，卻見父親已俯身將梅超風屍身抱起。

忽聽門外一聲馬嘶，正是郭靖那匹小紅馬的聲音。又聽儍姑的聲音道：「這裏就是牛家村啊。我怎麼知道有沒有人姓郭？你是姓郭麼？」又一個人道：「就這麼幾戶人家，難道村裏的人你都認不全？」聽他口音極不耐煩，說着推門進來。

黃藥師在門後一張，臉色忽變，進門來的正是他踏破鐵鞋無覓處的江南六怪。原來他們去桃花島赴約，東轉西繞，始終找不到道路進入黃藥師的居室，後來遇見島上啞僕，才知他已離島。六怪見小紅馬在林中亂闖，就將牠牽了，來牛家村尋找郭靖。

六怪剛踏進門，飛天蝙蝠柯鎭惡耳朶極靈，立即聽到門後有呼吸之聲，叫道：「有人！」六怪都轉過身來。朱聰等五人只見黃藥師手中抱着梅超風的屍體，攔在門口，顯是防他們逃逸，心中都是大震。朱聰道：「黃島主別來無恙！我們六兄弟遵囑赴桃花島拜會，適逢島主有事他往，今日在此邂逅相遇，幸何如之。」說着躬身長揖。

黃藥師本來就要殺死六怪，此時一望梅超風慘白的臉，更想：「六怪是她死仇，今日雖她先死，但我仍要讓她親手殺盡六怪，若她地下有知，也必歡喜。」右手抱着屍身，左手舉起她皮連骨斷的手腕，身影晷幌，欺到韓寶駒身邊，以梅超風的手掌向他右臂打去。韓寶駒驚覺欲避，卻那裏來得及，拍的一聲，右臂已然中掌。黃藥師的武功透過死人手掌發出，勁力奇重，韓寶駒右臂雖然未斷，但也已半身酸麻，動彈不得。

六怪見他一語不發，一上來就下殺手，而且以梅超風的屍身作爲武器，更是怪異無倫，六人齊聲呼嘯，各出兵刃。黃藥師高舉梅超風屍體，渾不理會六怪的兵刃，直撲過去。韓小瑩首當其衝，見梅超風死後雙目仍是圓睜，長髮披肩，口邊滿是鮮血，形容可怖之極，右掌高舉，向自己頭頂猛拍下來，登時便嚇得手足酸軟，渾忘了閃避招架。南希仁揮動扁擔，全金發飛出秤錘，齊向梅超風臂上打去。黃藥師縮回屍體右臂，左臂甩出，正擊在韓小瑩腰裏，只疼得她直蹲下去。韓寶駒斜步側身，金龍鞭着地捲出。黃藥師左足踏上，落點又快又準，剛好踩住鞭梢。韓寶駒用力回抽，那裏有分毫動彈？瞬息之間，梅超風的手爪已抓到面前。韓寶駒大駭，撤鞭後仰，就地滾開，只感臉上熱辣辣的甚是疼痛，伸手一摸，只見滿掌鮮血，原來已被抓了五條爪印，幸虧梅超風已死，不能施展九陰白骨爪手段，手爪上劇毒也已因氣絕而散，否則這一下已將他立斃爪底。

只交手數合，六怪登時險象環生，若不是黃藥師要使梅超風死後親手殺人報仇，定要以她手腳殲敵，六怪早已死傷殆盡，饒是如此，在桃花島主神出鬼沒的招數之下，六人都已命在呼吸之間。

郭靖在隔室聽得朱聰與黃藥師招呼，心中大喜，其後聽得七人動手，六位恩師氣喘呼喝，奮力抵禦，情勢危急異常，自己丹田之氣尚未穩住，但六位師父養育之恩與父母無異，豈能袖手？當下閉氣凝息，發掌推出，砰的一聲，將內外密門打得粉碎。

黃蓉大驚，眼見他功行未曾圓滿，尚差最後關頭的數刻功夫，竟在這當口用勁發掌，只怕傷了性命，忙叫：「靖哥哥，別動手。」郭靖一掌出手，只感丹田之氣向上疾衝，熱火攻心，急忙閉氣收束，將內息重又逼回丹田。

黃藥師與六怪見櫥門突然碎裂，現出郭黃二人，也是一驚非小，各自躍開。

黃藥師乍見愛女，驚喜交集，恍在夢中，伸手揉了揉眼睛，叫道：「蓉兒，蓉兒，當眞是你？」黃蓉一掌仍與郭靖手掌相接，微笑點頭，卻不言語。黃藥師見到兩人神情，已知究竟，獨生愛女竟尙健在，這一下喜出望外，別的甚麼都置之腦後，當下將梅超風屍身放在櫈上，走到碗櫥旁，盤膝坐下，隔著櫥門伸出左掌和郭靖另一隻手掌抵住。

郭靖體內幾股熱氣翻翻滾滾，本已難受異常，只這片刻之間，已數次要躍起大叫大嚷以舒鬱悶，但和黃藥師的手掌相接，一股強勁之極的內力傳到，登時逐漸寧定。黃藥師的內功何等深厚，右手在他周身要穴推拿撫摸，只一頓飯功夫，郭靖氣定神閒，內息周流，七日七夜的修練大功告成，躍出櫥門，向黃藥師拜倒，隨即過去叩見六位師父。

這邊郭靖向師父敍說別來情形，那邊黃藥師牽着愛女之手，聽她咭咭咯咯、又說又笑的講述。六怪初時聽郭靖說話，但郭靖說話遲鈍，詞不達意，黃蓉不唯語音清脆，言辭華瞻，而描繪到驚險之處，更是有聲有色，精采百出，六怪情不自禁一個個都過去傾聽。郭靖也就住口，從說話人變成了聽話人。這一席話黃蓉足足說了大半個時辰，她神采飛揚，妙語如珠，人人聽得悠然神往，如飲醇醪。

黃藥師聽得愛女居然做了丐幫幫主，直是匪夷所思，說道：「洪七兄這一招希奇古怪，大有邪氣。莫非他北丐想搶我外號，改稱『北邪』？」

只聽黃蓉直說到黃藥師與六怪動手，笑道：「好啦，以後的事不用我說啦。」黃藥師道：「我要去殺歐陽鋒、靈智和尙、裘千仞、楊康四個惡賊，孩子，你隨我瞧熱鬧去罷。」他口中說的是要殺人，但瞧着愛女，心中喜歡，臉上滿是笑意。他向六怪望了一眼，心中頗有歉意，但明知理虧，卻也不肯向人低頭認錯，只道：「總算運氣還不太壞，沒教我誤傷好人。」黃蓉本來惱恨六怪逼迫郭靖不得與自己成婚，但此時穆念慈與楊康已有婚姻之約，於此事便已釋然，笑道：「爹爹，你向這幾位師父陪個不是罷。」

黃藥師哼了一聲，岔開話題，道：「我要找西毒去，靖兒，你也去罷。」

他本來於郭靖的魯鈍木訥深感不喜，心想我黃藥師聰明絕頂，卻以如此的笨蛋作女壻，豈不讓武林中人笑歪了嘴巴，好容易答允了婚事，偏偏周伯通又不分輕重的胡開玩笑，說郭靖盜了梅超風的九陰眞經。他信以爲眞，任由郭靖乘坐膠船出海，直欲置之於死；後來誤信靈智上人揑造的黃蓉死訊，終於重見愛女，狂喜之下，也就不再追究舊事，強要女兒與意中人分開，更得女兒說明原來是周伯通大開玩笑，自己釋然於懷；再見梅超風至死不忘師恩，而下場卻又如此慘酷，心想：「超風與他師哥玄風有情，若是來向我稟明，求爲夫婦，我亦不至於定然不准，何必干冒大險，逃出桃花島去？總是我生平喜怒無常，他二人左思右想，終究不敢開口。倘若蓉兒竟也因我性子怪僻而落得猶如超風一般……」思之實是不寒而慄，這「靖兒」兩字一叫，那便是又認他爲壻了。

黃蓉大喜，斜眼瞧郭靖時，見他渾不知道「靖兒」兩字稱呼中的含義，便道：「爹，你先到皇宮去接師父出來。」

這時郭靖又將桃花島上黃藥師許婚、洪七公已收他爲徒等情稟告師父。柯鎭惡喜道：「你竟如此造化，得拜九指神丐爲師，又蒙桃花島主將愛女許婚，我們喜之不盡，豈有不許之理？只是蒙古大汗……」他想到成吉思汗封他爲金刀駙馬，這件事中頗有爲難之處，說了出來，定又大惹黃藥師之惱，一時卻不知如何措辭。

突然大門呀的一聲推開，傻姑走了進來，拿着一隻用黃皮紙摺成的猴兒，向黃蓉笑道：「妹子，你西瓜吃完了麼？老頭兒叫我拿這猢猻給你玩兒。」

黃蓉只道她發傻，不以爲意，順手將紙猴兒接過。傻姑又道：「白髮老頭兒叫你別生氣，他一定給你找到師父。」黃蓉聽她說的顯然是周伯通，看紙猴兒時，見紙上寫得有字，急忙拆開，只見上面歪歪斜斜的寫道：「老叫化不見也，老頑童乖乖不得了。」黃蓉急道：「啊喲，怎麼師父會不見了？」

黃藥師沉吟半晌，道：「老頑童雖然瘋瘋癲癲，可是功夫了得，但教七公不死，他必能相救。眼下丐幫卻有一件大事。」黃蓉道：「怎麼？」黃藥師道：「老叫化給你的竹棒給楊康那小子拿了去。這小子武功雖然不高，卻是個極厲害的脚色，連歐陽克這等人物也死在他的手下。他拿到竹棒，定要興風作浪，爲禍丐幫。咱們須得趕去奪回，否則老叫化的徒子徒孫要吃大虧。你這幫主做來也不光采。」丐幫有難，黃藥師本來絲毫不放在心上，反而幸災樂禍，大可瞧瞧熱鬧，但愛女既作了丐幫幫主，怎能袖手？

六怪都連連點頭。郭靖道：「只是他已走了多日，只怕難以趕上。」韓寶駒道：「你的小紅馬在此，正好用得着。」郭靖大喜，奔出門去作哨相呼。紅馬見到主人，奔騰跳躍，在他身上挨來擦去，歡嘶不已。

黃藥師道：「蓉兒，你與靖兒趕去奪竹棒，這紅馬脚程極快，諒來追得上。」說到這裏，見傻姑在一旁獃笑，神情極似自己的弟子曲靈風，心念一動，問道：「你可是姓曲？」傻姑搖頭笑道：「我不知道。」

黃蓉道：「爹，你來瞧！」牽了他的手，走進密室之中。

黃藥師見密室的間隔佈置全是自己獨創的格局，心知必是曲靈風所爲。黃蓉道：「爹，來瞧這鐵箱中的東西。你若猜得到是些甚麼，算你本事大。」黃藥師卻不理鐵箱，走到西南角牆脚邊一掀，牆上便露出一個窟窿。他伸手進去，摸出一捲紙來，當卽躍出密室。黃蓉急忙隨出，走到父親身後，瞧他手中展開的那捲紙。但見紙上滿是塵土，邊角焦黃破碎，上面歪歪斜斜的寫着幾行字迹道：

「字稟桃花島恩師黃尊前：弟子從皇宮之中，取得若干字畫器皿，欲奉恩師賞鑒，不幸遭宮中侍衞圍攻，遺下一女……」

字迹寫到「女」字，底下就沒有字了，只餘一些斑斑點點的痕迹，隱約可瞧出是鮮血所污。黃蓉出生時桃花島諸弟子都已被逐出門，但知父親門下個個都是極厲害的人物，此時見了曲靈風的遺稟，不禁憮然。

黃藥師這時已了然於胸，知道曲靈風無辜被逐出師門，苦心焦慮的要重歸桃花島門下，想起自己喜愛珍寶古玩、名畫法帖，於是冒險到大內偷盜，得手數次，終於被皇宮的護衞發覺，劇鬥之後身受重傷，回家寫了這通遺稟，必是受傷太重，難以卒辭，不久大內高手追上門來，雙雙畢命於此。

他上次見到陸乘風時已然後悔，此時梅超風新死，見曲靈風又用心如此，心下更是內疚，轉頭見到傻姑笑嘻嘻的站在身後，想起一事，厲聲問道：「你爹爹教了你打拳麼？」傻姑搖搖頭，奔到門邊，掩上大門，偷偷在門縫中張了張，打幾路拳法，可是打來打去，也只是那六七招不成章法的「碧波掌法」，別的再也沒有了。黃蓉道：「爹，她是在曲師哥練功夫時自己偷看了學的。」黃藥師點頭道：「嗯，我想靈風也沒這般大膽，出我門後，還敢將本門功夫傳人。」說道：「蓉兒，你去攻她下盤，鈎倒她。」

黃蓉笑嘻嘻的上前，說道：「傻姑，我跟你練練功夫，小心啦！」左掌虛幌，隨即連踢兩腿，鴛鴦連環，快速無倫。傻姑一呆，右胯已被黃蓉左足踢中，急忙後退，那知黃蓉右腿早已候在她身後，待她一步退出尚未站穩，乘勢一鈎，傻姑仰天摔倒。她立即躍起，大叫：「你使奸，小妹子，咱們再來過。」

黃藥師臉一沉道：「甚麼小妹子，叫姑姑！」傻姑也不懂妹子和姑姑的分別，順口道：「姑姑，哈哈，姑姑！」黃蓉已然明白：「原來爹爹是要試她下盤功夫。曲師哥雙腿折斷，自己練武自然練不到腿上，若是親口授她，那麼上盤、中盤、下盤的功夫都會教到了。」

這句「姑姑」一叫，黃藥師算是將傻姑收歸了門下。他又問：「你幹麼發傻啦？」傻姑笑道：「我是傻姑。」黃藥師皺眉道：「你媽呢？」傻姑裝個哭臉，道：「回姥姥家啦！」黃藥師連問七八句，都是不得要領，嘆了一口氣，只索罷了，心想這女孩不知是生來痴呆，還是受了重大刺激驚傻，除非曲靈風復生，否則世上是無人知曉的了。

衆人當下將梅超風在後園葬了。黃藥師瞧着一座新墳，百感交集，隔了半晌，凄然道：「蓉兒，咱們瞧瞧你曲師哥的寶貝去！」父女倆又走進密室。

黃藥師望着曲靈風的骸骨，呆了半天，垂下淚來，說道：「我門下諸弟子中，以靈風武功最強，若不是他雙腿斷了，便一百名大內護衞也傷他不得。」黃蓉道：「這個自然，爹，你要親自教傻姑武藝麼？」黃藥師道：「嗯，我要教她武藝，還要教她做詩彈琴，教她奇門五行，你曲師哥當年想學而沒學到的功夫，我要一股腦兒的教她。」黃蓉伸了伸舌頭，心想：「爹爹這番苦頭可要吃得大了。」

黃藥師打開鐵箱，一層層的看下去，寶物愈是珍奇，心中愈是傷痛，待看到一軸軸的書畫時，嘆道：「這些物事用以怡情遣性固然極好，玩物喪志卻是不可。徽宗道君皇帝的花鳥人物畫得何等精妙，他卻把一座錦繡江山拱手送給了金人。」一面說，一面舒捲卷軸，忽然「咦」的一聲，黃蓉道：「爹，甚麼？」黃藥師指着一幅潑墨山水，道：「你瞧！」

只見畫中是一座陡峭突兀的高山，共有五座山峯，中間一峯尤高，筆立指天，聳入雲表，下臨深壑，山側生着一排松樹，松梢積雪，樹身盡皆向南彎曲，想見北風極烈。峯西獨有一棵老松，卻是挺然直起，巍巍秀拔，松樹下朱筆畫着一個迎風舞劍的將軍。這人面目難見，但衣袂飄舉，姿形脫俗。全幅畫都是水墨山水，獨有此人殷紅如火，更加顯得卓犖不羣。那畫並無書欵，只題着一首詩云：「經年塵土滿征衣，特特尋芳上翠微，好水好山看不足，馬蹄催趁月明歸。」

黃蓉前數日在臨安翠微亭中見過韓世忠所書的這首詩，認得筆迹，叫道：「爹，這是韓世忠寫的，詩是岳武穆的。」黃藥師道：「不錯。只是岳武穆這首詩寫的是池州翠微山，畫中這座山卻形勢險惡，並非翠微。這畫風骨雖佳，但少了含蘊韻致，不是名家手筆。」

黃蓉那日見郭靖在翠微亭中用手指順着石刻撫寫韓世忠書迹，留戀不去，知他喜愛，道：

急。

「爹，這幅畫給了郭靖罷。」黃藥師笑道：「女生外向，那還有甚麼說的？」順手交了給她，又在鐵箱上順手拿起一串珍珠，道：「這串珠兒顆顆一般兒大，當眞難得。」給女兒掛在頸中。父女相視一笑，心中均感溫馨無限。黃蓉將畫捲好了，忽聽空中數聲鵰鳴，叫得甚是峻急。

黃蓉極愛那對白鵰，想起已被華箏收回，心中甚是不快，忙奔出密室，欲再調弄一番，只見郭靖站在門外大柳樹下，一頭鵰兒啄住了他肩頭衣服向外拉扯，另一頭繞着他不住鳴叫，傻姑看得有趣，也繞着郭靖團團而轉，拍手嘻笑。

郭靖神色驚惶，說道：「蓉兒，他們有難，咱們快去相救。」黃蓉道：「誰啊？」郭靖道：「我的義兄義妹。」黃蓉小嘴一撇道：「我才不去呢！」郭靖一呆，不明她的心意，急道：「蓉兒別孩子氣，快去啊！」牽過紅馬，翻身上鞍。黃蓉道：「那麼你還要我不要？」郭靖更是摸不着頭腦，道：「我怎能不要你？」左手勒着馬韁，右手伸出接她。黃蓉嫣然一笑，叫道：「爹，我們去救人，你和六位師父也來罷。」雙足在地下一登，飛身而起，左手拉着郭靖右手，借勢上了馬背，坐在他的身前。

郭靖向黃藥師與六位師父躬身行禮，縱馬前行。雙鵰齊聲長鳴，在前領路。

小紅馬與主人暌別甚久，此時重逢，說不出的喜歡，抖擻精神，奔跑得直如風馳電掣一般，雙鵰飛行雖速，小紅馬竟也追隨得上。過不多時，那對白鵰向前面黑壓壓的一座樹林中落了下去。小紅馬不待主人指引，也直向樹林奔去。

來到林外，忽聽一個破鈸般的聲音從林中傳出：「千仞兄，久聞你鐵掌老英雄的威名，兄弟甚盼瞻仰瞻仰你的絕藝神功，可惜當年華山論劍，老兄未克參與。現下拋磚引玉，兄弟先用微末功夫結果一個，再請老兄施展鐵掌雄風如何？」接着聽得一人高聲慘叫，林頂樹梢幌動，一棵大樹倒了下來，郭靖大吃一驚，下馬搶進林去。

黃蓉跟着下馬，拍拍小紅馬的頭，說道：「快去接我爹爹來。」回身向來處指點，小紅馬轉身飛馳而去。黃蓉心想：「只盼爹爹快來，否前我們又要吃老毒物的虧。」隱身樹後，悄悄走進林中。一瞧之下，不由得呆了，只見拖雷、華箏、哲別、博爾朮四人分別被綁在四棵大樹之上，歐陽鋒與裘千仞站在樹前。另一棵倒下的樹上也縛着一人，身上衣甲鮮明，卻是護送拖雷北歸的那個大宋將軍，被歐陽鋒這裂石斷樹的掌力一推，吐血滿腹，垂頭閉目，早已斃命。衆兵丁影蹤不見，想來已被兩人趕散。

裘千仞如何敢與歐陽鋒比賽掌力，正待想說幾句話來混朦過去，聽得身後脚步聲響，轉身見是郭靖，不覺又驚又喜，心想正好借西毒之手除他，只須引得他二人鬥上了，自己便不用出手。歐陽鋒見郭靖中了自己蛤蟆功勁力竟然未死，也是大出意外。華箏歡聲大叫：「郭靖哥哥，你沒死，好極了，好極了！」

黃蓉看了眼前情勢，心下計議已定：「且當遷延時刻，待爹爹過來。」

只聽郭靖喝道：「老賊，你們在這裏幹甚麼？又想害人麼？」歐陽鋒有心要瞧明白裘千仞的功夫，微笑不語。

裘千仞喝道：「小子，見了歐陽先生還不下拜，你是活得不耐煩了麼？」郭靖在密室之中親耳聽他胡言亂道，挑撥是非，此時又在害人，心中恨極，踏上兩步，呼的一聲，一招「亢龍有悔」當胸擊去。他這降龍十八掌功夫此時已非同小可，這一掌六分發，四分收，勁道去而復回。裘千仞忙側過身子，想閃避來勢，但仍被他掌風帶到，不由自主的不向後退，反而前跌。郭靖「嘿」的一聲，左掌反手一個巴掌，要打得他牙落舌斷，以後再不能逞口舌之利，興風作浪。

這一掌勁力雖強，去得卻慢，但部位恰到好處，正是教裘千仞無可閃避，眼見就要擊到他的面頰，忽聽黃蓉叫道：「慢着！」郭靖左手當即變掌為抓，一把抓住裘千仞後頸，將他身子提了起來，轉頭問道：「怎麼？」

黃蓉生怕郭靖傷了這老兒，歐陽鋒立時就要出手，說道：「快放手，這位老先生臉皮上的功夫甚是厲害，你這一掌打上他臉皮，勁力反擊出來，你非受內傷不可。」郭靖不知她是出言譏嘲，不信道：「那有這等事？」黃蓉又道：「裘老先生吹一口氣能揭去黃牛一層皮，你還不讓開？」郭靖更是不信，但知她必有用意，於是將他身子放下，鬆手離頸。

裘千仞哈哈大笑，道：「還是小姑娘知道厲害，我跟你們小娃娃無寃無仇，上天有好生之德，我做長輩的豈能以大欺小，隨便傷你。」

黃蓉笑道：「那也說得是。老先生的功夫我仰慕得緊，今日要領教幾路高招，你可不許傷我。」說着立個門戶，左手向上一揚，右掌虛捲，放在口邊吹了幾吹，笑道：「接招，我這招叫做『大吹法螺！』」裘千仞道：「小姑娘好大膽子，歐陽先生名滿天下，豈能容你譏笑？」黃蓉右手反撤出去，噠的一聲，清清脆脆打了他一個耳光，笑道：「這招叫做『反打厚臉皮』！」

只聽得林子外一人笑道：「好，順手再來一記！」黃蓉聞聲知道父親已到，膽氣頓壯，答應了一聲，右掌果然順拍。裘千仞急忙低頭避讓，那知她這招卻是虛招，掌出即收，左掌隨到。他以六合通臂拳法橫伸欲格，料不到對方仍是虛打，但見她兩隻小小手掌猶如兩隻玉蝶，在眼前上下翻飛，一個疏忽，右頰又吃了個耳括子。

裘千仞知道再打下去勢必不可收拾，呼呼衝出兩拳，將黃蓉逼得退後兩步，隨即向旁躍開，叫道：「且慢！」黃蓉笑道：「怎麼？夠了嗎？」裘千仞正色道：「姑娘，你身上已受內傷，快回去密室中休養七七四十九日，不可見風，否則小命不保。」黃蓉見他說得鄭重，不免一呆，隨即格格而笑，身似花枝亂顫。

此時黃藥師和江南六怪都已趕到，見拖雷等被綁在樹上，都感奇怪。

歐陽鋒素聞裘千仞武功極爲了得，當年曾以一雙鐵掌，打得威震天南的衡山派衆武師死傷枕藉，衡山派就此一蹶不振，不能再在武林中佔一席地，怎麼他今日連黃蓉這樣一個小女孩兒也打不過，難道他眞的臉上也有內功，以反激之力傷了對方？不但此事聞所未聞，看來情勢也是不像，正自遲疑，一抬頭，猛見黃藥師肩頭斜掛蜀錦文囊，囊上用白絲綫繡着一隻駱駝，正是自己姪兒之物，不由得心中一凜。他殺了譚處端與梅超風後去而復回，正是來接姪兒，心想：「難道黃藥師竟殺了這孩子給他徒兒報仇？」顫聲問道：「我姪兒怎樣啦？」

黃藥師冷冷的道：「我徒兒梅超風怎樣啦，你姪兒也就怎樣啦。」

歐陽鋒身子冷了半截。歐陽克是他與嫂子私通而生，名是姪兒，其實卻是他親子。他對這私生兒子愛若性命，心知黃藥師及全眞諸道雖與自己結了深仇，但這些人都是江湖上成名的豪傑，歐陽克雙腿動彈不得，他們決不致和他爲難，只待這些人一散，就去接他赴淸靜之地養傷，那知竟已遭了毒手。

黃藥師見他站在當地，雙目直視，立時就要暴起動手，知道這一發難，直是排山倒海，勢不可當，心中暗暗戒備。歐陽鋒嘶聲道：「是誰殺的？是你門下還是全眞門下？」他知黃藥師身分甚高，決不會親手去殺一個雙足斷折之人，必是命旁人下手。他聲音本極難聽，這時更是鏗鏗刺耳。黃藥師冷冷的道：「這小子學過全眞派武功，也學過桃花島的一些功夫，跟你是老相識。你去找他罷。」

黃藥師說的本是楊康，但歐陽鋒念頭一轉，卻立時想到郭靖。他心中悲憤之極，向郭靖惡狠狠的瞪視片刻，隨卽轉頭問黃藥師道：「你拿着我姪兒的文囊幹甚麼？」黃藥師道：「桃花島的總圖在他身邊，我總得取回啊。累得他入土之後再見天日，那倒有些兒抱憾。」歐陽鋒道：「好說，好說。」自知與黃藥師非拆到一二千招後難分勝負，而且也未必自己能佔上風，好在九陰眞經已然得手，報仇之事倒也不是急在一朝，但若裘千仞能打倒江南六怪與郭靖、黃蓉，然後來相助自己，那麼二人聯手，當場就可要了黃藥師的性命。在這驚聞親子被殺噩耗之際，他仍能冷靜審察敵我情勢，算來贏面甚高，便不肯錯過了良機，回頭向裘千仞道：「千仞兄，你宰這八人，我來對付黃老邪。」

裘千仞將大蒲扇輕揮幾揮，笑道：「那也好，我宰了八人，再來助你。」歐陽鋒道：「正是。」說了這兩個字後，雙目盯住黃藥師，慢慢蹲下身子。黃藥師兩足不丁不八，踏着東方乙木之位，兩人立時要以上乘武功，決強弱，判生死。

黃蓉笑道：「你先宰我罷。」裘千仞搖頭道：「小姑娘活潑可愛，我實有點兒下不了手，啊喲，糟糕，糟糕，這會兒當眞不湊巧！」說着雙手捧住肚子彎下了腰。黃蓉奇道：「怎麼？」裘千仞苦着臉道：「你等一回兒，我忽然肚子痛，要出恭！」黃蓉啐了一口，一時不知如何接口。裘千仞又是「啊喲」一聲，愁眉苦臉，雙手揑着褲子，向旁跑去，脚步蹣跚，瞧情形是突然肚痛，一個忍不住，倒是拉了一褲子的屎。黃蓉一呆，心知他八成是假，可是卻也怕他當眞腹瀉，眼睜睜的讓他跑開，不敢攔阻。

朱聰從衣囊內取出一張草紙，飛步趕上，在他肩頭一拍，笑道：「給你草紙。」裘千仞道：「多謝。」走到樹邊草叢中蹲下身子。

黃蓉揀起一塊石子向他後心擲去，叫道：「走遠些！」石子剛要打到他背心，裘千仞回手接住，笑道：「姑娘怕臭罷？我走得遠些就是。你們八個人等着我，可不許乘機溜走。」說着提了褲子，又遠遠走出十餘丈，在一排矮樹叢後蹲下身來。

黃蓉道：「二師父，這老賊要逃。」朱聰點頭道：「這老賊臉皮雖厚，脚底下卻慢，只怕逃不了。這兩樣物事給你玩罷。」黃蓉見他手中拿了一柄利劍，還有一隻鐵鑄的手掌，知道是他適才在裘千仞肩上一拍之時從這老兒懷裏扒來的。她在密室中曾見裘千仞向全眞七子玩利劍入腹的勾當，當時明知是假，卻猜想不透其中機關，這時見了那三截能夠伸縮環套的劍刃，直笑得打跌，有心要擾亂歐陽鋒心思，走到他面前，笑道：「歐陽先生，我可不想活啦！」右手一揚，猛將利劍插入腹中。

黃藥師和歐陽鋒正蓄勢待發，見她如此都吃了一驚。黃蓉隨卽舉起劍刃，將三截劍鋒套進拉出的把玩，笑着將裘千仞的把戲對父親說了。

歐陽鋒心道：「難道這老兒眞是浪得虛名，一輩子欺世盜名？」黃藥師見他慢慢站直身子，已猜中他心思，從女兒手中接過那鐵鑄的手掌，見掌心刻着一個「裘」字，掌背刻着一片水紋，心想：「這是湘中鐵掌幫幫主裘千仞的令牌。二十年前這令牌在江湖上眞有莫大的威勢，不論是誰拿在手中，東至九江，西至成都，任憑通行無阻，黑白兩道，見之盡皆凜遵，近年來久已不聞鐵掌幫的名頭，也不知是散了還是怎的，豈難道這令牌的主人，竟是一個大言無恥的糟老頭兒麼？」心下沉吟，將鐵掌還給女兒。

歐陽鋒見了鐵掌，側目凝視，臉上也大有詫異之色。

黃蓉笑道：「這鐵手掌倒好玩，我要了他的，騙人的傢伙卻用不着。」舉起那三截鐵劍叫道：「接着！」揚手欲擲，但見與裘千仞相距甚遠，自己手勁不夠，定然擲不到，交給父親，笑道：「爹，你扔給他！」

黃藥師起了疑心，正要再試試裘千仞到底是否有眞功夫，舉起左掌，將那鐵劍平放掌上，劍尖向外，右手中指往劍柄上彈去，錚的一聲輕響，鐵劍激射而出，比強弓所發的硬弩還要勁急。黃蓉與郭靖拍手叫好。歐陽鋒暗暗心驚：「好厲害的彈指神通功夫！」

衆人轟叫聲中，那劍直向裘千仞後心飛去，眼見劍尖離他背脊僅餘數尺，他仍是蹲在地下不動，瞬眼之間，那劍已揷入他的背心。這劍雖然並不鋒利，但黃藥師何等功力，這一彈之下，三截劍直沒至柄，別說是鐵劍，縱然是木刀竹刃，這老兒不死也是重傷。

郭靖飛步過去察看，忽然大叫：「啊喲！」提起地下一件黃葛短衣，在空中連連揮動，叫道：「老兒早就溜啦。」

原來裘千仞脫下短衣，罩在一株矮樹之上，他與衆人相距既遠，又有草木掩映，這金蟬脫殼之計竟然得售，黃藥師、歐陽鋒適才凝視對敵，目不旁視，朱聰等也都注視着二人，竟然被裘千仞瞞過。東邪西毒對望一眼，忍不住同時哈哈大笑。

歐陽鋒知道黃藥師心思機敏，不似洪七公之坦率，向他暗算不易成功，但見他笑得舒暢，毫不戒備，有此可乘之機，如何不下毒手？只聽得猶似金鐵交鳴，鏗鏗三聲，他笑聲忽止，斗然間快似閃電般向黃藥師一揖到地。黃藥師仍是仰天長笑，左掌一立，右手鈎握，抱拳還禮，兩人身子都是微微一幌。歐陽鋒一擊不中，身形不動，猛地倒退三步，叫道：「黃老邪，咱哥兒倆後會有期。」長袖一振，衣袂飄起，轉身欲走。

黃藥師臉色微變，左掌推出，擋在女兒身前。郭靖也已瞧出西毒這一轉身之間暗施陰狠功夫，以劈空掌之類手法襲擊黃蓉。他見機出招均不如黃藥師之快，眼見危險，已不及相救，大喝一聲，雙拳向西毒胸口直搥過去，要逼他還掌自解，襲擊黃蓉這一招勁力就不致使足了。

歐陽鋒的去勁被黃藥師一擋，立時乘勢收回，反打郭靖。這一招除了他本身原勁，還借着黃藥師那一擋之力，更加非同小可。郭靖那敢硬接，危急中就地滾開，躍起身來，已驚得臉色慘白。歐陽鋒罵道：「好小子，數日不見，功夫又有進境了。」須知他剛才這招反打，借用敵勁傷人，變化莫測，竟被郭靖躲開，卻也大出他意料之外。

江南六怪見雙方動上了手，圍成半圈，攔在歐陽鋒的身後。歐陽鋒毫不理會，大踏步向前直闖。全金發和韓小瑩不敢阻擋，向旁讓開，眼睜睜瞧着他出林而去。

黃藥師若要在此時爲梅超風報仇，集靖蓉與六怪之力，自可圍殲西毒，但他生性高傲，不願被人說一聲以衆暴寡，寧可將來單獨再去找他，當下望着歐陽鋒的背影，只是冷笑。

郭靖與全金發等將華箏、拖雷、哲別、博爾朮的綁縛解去。華箏等見郭靖未死，早已喜出望外，大罵楊康造謠騙人。拖雷道：「那姓楊的說有事須得趕去岳州，我只道他是好人，白白送了他三匹駿馬。」

原來拖雷、華箏等聽說郭靖慘亡，心中悲傷，聽楊康口口聲聲說要爲義兄報仇，與他言談甚是投機。那晚在臨安之北一個小鎮客店中共宿，楊康便欲去刺死拖雷，那知胖瘦二丐見他拿着幫主法杖，對他保護周至，在窗外輪流守夜。楊康數次欲待動手，卻不是見到胖丐，就是瘦丐，拿着兵刃在院子中來回巡視。他候了一夜，始終不得其便，只索罷了，次日向拖雷騙了三匹良馬，與二丐連騎西去。

拖雷等自不知他們昨夜裏險些死於非命，正要北上，卻見那對白鵰回頭南飛，候了半日也不見回來，拖雷知道白鵰靈異，南去必有緣由，好在北歸並不急急，於是在店中等了兩日。到第三日上，雙鵰忽地飛回，對着華箏不住鳴叫，拖雷等一行由雙鵰帶路，重行南回，不巧在樹林中遇見了裘千仞和歐陽鋒二人。

裘千仞奉了大金國使命，要挑撥江南豪傑互相火併，以便金兵南下，正在樹林中向歐陽鋒胡說八道，眼見拖雷是蒙古使者，立時就與歐陽鋒一齊動手。哲別等縱然神勇，但那裏是西毒的敵手？雙鵰南飛本來是發現小紅馬的蹤迹，那知反將主人導入禍地，若非及時又將郭靖、黃蓉引來，拖雷、華箏這一行人就此不明不白的喪生於林中了。

這番情由有的是華箏所知，有的她也莫名其妙，她拉着郭靖的手，只是咭咭咯咯的說個不已。黃蓉看她與郭靖神情如此親密，心中已有三分不喜，而她滿口蒙古說話，自己一句也不懂，更是大不耐煩。

黃藥師見女兒神色有異，問道：「蓉兒，這番邦女子是誰？」黃蓉黯然道：「是靖哥哥沒過門的妻子。」一聽得此言，黃藥師幾乎不相信自己的耳朵，追問一句：「甚麼？」黃蓉低頭道：「爹，你去問他自己。」

朱聰在旁，早知事情不妙，忙上前將郭靖在蒙古早已與華箏定親等情委婉的說了。

黃藥師怒不可抑，側目向郭靖斜睨，冷冷的道：「原來他到桃花島來求親之前，已先在蒙古定下了親事？」朱聰道：「咱們總得想個……想個兩全其美的法子。」黃藥師厲聲道：「蓉兒，爹要做一件事，你可不能阻攔。」黃蓉顫聲道：「爹，甚麼啊？」黃藥師道：「臭小子，賤女人，兩個一起宰了！我父女倆焉能任人欺辱？」黃蓉搶上一步，拉住父親右手，道：「爹，靖哥哥說他眞心喜歡我，從來就沒把這番邦女子放在心上。」黃藥師哼了一聲，道：「那也罷了！」喝道：「喂，小子，那麼你把這番邦女子殺了，表明自己心迹。」

郭靖一生之中從未遇過如此爲難之事，他心思本就遲鈍，這時聽了黃藥師之言，茫然失措，呆呆的站在當地，不知如何是好。黃藥師冷冷的道：「你先已定了親，卻又來向我求婚，這話怎生說？」

江南六怪見他臉色鐵青，知道他反掌之間，郭靖立時有殺身大禍，各自暗暗戒備，只是功夫相差太遠，當眞動起手來實是無濟於事。

郭靖本就不會打誑，聽了這句問話，老老實實的答道：「我只盼一生和蓉兒廝守，若是沒了蓉兒，我定然活不成。」黃藥師臉色稍和，道：「好，你不殺這女子也成，只是從今以後，不許你再和她相見。」

郭靖沉吟未答，黃蓉道：「你一定得和她見面，是不是？」郭靖道：「我向來當她親妹子一般，若不見面，有時我也會記掛她的。」黃蓉嫣然笑道：「你愛見誰就見誰，我可不在乎。我信得過你也不會當眞愛她。」

黃藥師道：「好罷！我在這裏，這番邦女子的兄長在這裏，你的六位師父也在這裏。你明明白白的說一聲：你要娶的是我女兒，不是這番邦女子！」他如此一再遷就，實是大違本性，只是瞧在愛女面上，極力克制忍耐。

郭靖低頭沉思，瞥眼同時見到腰間所插成吉思汗所賜金刀和丘處機所贈的匕首，心想：「若依爹爹遺命，我和楊康該是生死不渝的好兄弟，可是他爲人如此，這結義之情如何可保？又依楊鐵心叔父遺命，我該娶穆家妹子爲妻，這自然不行。可見尊長爲我規定之事，未必定須遵行。我和華箏妹子的婚事，是成吉思汗所定，豈難道爲了旁人的幾句話，我就得和蓉兒生生分離麼？」想到此處，心意已決，抬起頭來。

此時拖雷已向朱聰問明了黃藥師與郭靖對答的言語，見郭靖躊躇沉思，好生爲難，知他對自己妹子實無情意，滿腔忿怒，從箭壺中抽出一技狼牙鵰翎，雙手持定，朗聲說道：「郭靖安答，男子漢縱橫天下，行事一言而決！你既對我妹子無情，成吉思汗的英雄兒女豈能向你求懇？你我兄弟之義，請從此絕！幼時你曾捨命助我，又救過爹爹和我的性命，咱們恩怨分明，你母親在北，我自當好生奉養。你若要迎她南來，我也派人護送，決不致有半點欠缺。大丈夫言出如山，你放心好了。」說罷拍的一聲，將一枝長箭折為兩截，投在馬前。

這番話說得斬釘截鐵，郭靖心中一凜，登時想起幼時與他在大漠上所幹的種種豪事，心道：「他說得是：大丈夫言出如山。華箏妹子這頭親事是我親口答允，言而無信，何以為人？縱然黃島主今日要殺我，蓉兒恨我一世，那也顧不得了。」當下昂然說道：「黃島主，六位恩師，拖雷安答和哲別、博爾朮兩位師父，郭靖並非無信無義之輩，我須得和華箏妹子結親。」

他這話用漢語和蒙古語分別說了一遍，無一人不是大出意料之外。拖雷與華箏等是又驚又喜，江南六怪暗讚徒兒是個硬骨頭的好漢子，黃藥師側目冷笑。

黃蓉傷心欲絕，隔了半晌，走上幾步，細細打量華箏，見她身子健壯，劍眉大眼，滿臉英氣，不由得嘆了口長氣，道：「靖哥哥，我懂啦，她和你是一路人。你們倆是大漠上的一對白鵰，我只是江南柳枝底下的一隻燕兒罷啦。」

郭靖走上幾步，握住她雙手，說道：「蓉兒，我不知道你說得對不對，我心中卻只有你，你是明白的。不管旁人說該是不該，就算把我身子燒成了飛灰，我心中仍是只有你。」黃蓉眼中含淚，道：「那麼為甚麼你說要娶她？」郭靖道：「我是個蠢人，甚麼事理都不明白。我只知道答允過的話，決不能反悔。可是我也不打誑，不管怎樣，我心中只有你。」

黃蓉心中迷茫，又是喜歡，又是難過，隔了一會，淡淡一笑，道：「靖哥哥，早知如此，咱們在那明霞島上不回來了，豈不是好？」

黃藥師忽地長眉一豎，喝道：「這個容易。」袍袖一揚，揮掌向華箏劈去。

黃蓉素知老父心意，見他眼露冷光，已知起了殺機，在他手掌拍出之前，搶着攔在頭裏。黃藥師怕傷了愛女，掌勢稍緩，黃蓉已拉住華箏手臂，將她扯下馬來。只聽砰的一聲，黃藥師這掌打在馬鞍上。最初一瞬之間，那馬並無異狀，但漸漸垂下頭來，四腿彎曲，縮成一團，癱在地上，竟自死了。這是蒙古名種健馬，雖不及汗血寶馬神駿，卻也是匹筋骨健壯、身高膘肥的良駒，黃藥師一舉手就將之斃於掌下，武功之高，實所罕見。拖雷與華箏等都是心中怦怦亂跳，心想這一掌若是打到華箏身上，那還有命麼？

黃藥師想不到女兒竟會出手相救華箏，楞了一楞，隨即會意，知道若是自己將這番邦女子殺了，郭靖必與女兒翻臉成仇。哼，翻臉就翻臉，難道還怕了這小子不成？但一望女兒，但見她神色悽苦，卻又顯然是纏綿萬狀、難分難捨之情，心中不禁一寒，這正是他妻子臨死之時臉上的模樣。黃蓉與亡母容貌本極相似，這副情狀當時曾使黃藥師如痴如狂，雖然時隔十五年，每日仍是如在目前，現下斗然間在女兒臉上出現，知她對郭靖已是情根深種，愛之入骨，心想這正是她父母天生任性痴情的性兒，無可化解，當下嘆了一口長氣，吟道：「且夫天地爲爐兮，造化爲工！陰陽爲炭兮，萬物爲銅！」

黃蓉怔怔站着，淚珠兒緩緩的流了下來。

韓寶駒一拉朱聰的衣襟，低聲道：「他唱些甚麼？」朱聰也低聲道：「這是漢朝一個姓賈的人做的文章，說人與萬物在這世上，就如放在一隻大爐子中被熬煉那麼苦惱。」韓寶駒啐道：「他練到那麼大的本事，還有甚麼苦惱？」朱聰搖頭不答。

黃藥師柔聲道：「蓉兒，咱們回去罷，以後永遠也不見這小子啦。」黃蓉道：「不，爹，我還得到岳州去，師父叫我去做丐幫的幫主呢。」黃藥師微微一笑，道：「做叫化的頭兒，囉唆得緊，也沒有甚麼好玩。」黃蓉道：「我答允了師父做的。」黃藥師嘆道：「那就做幾天試試，若是嫌髒，那就立即傳給別個罷。你以後還見這小子不見？」

黃蓉向郭靖望了一眼，見他凝視着自己，目光愛憐橫溢，深情無限，回頭向父親道：「爹，他要娶別人，那我也嫁別人。他心中只有我一個，那我心中也只有他一個。」黃藥師道：「哈，桃花島的女兒不能吃虧，那倒也不錯。要是你嫁的人不許你跟他好呢？」黃蓉道：「哼，誰敢攔我？我是你的女兒啊。」黃藥師道：「傻丫頭，爹過不了幾年就要死啦。」黃蓉泫然道：「爹，他這樣待我，難道我能活得久長麼？」黃藥師道：「那你還跟這無情無義的小子在一起？」黃蓉道：「我跟他多耽一天，便多一天歡喜。」說這話時，神情已是淒惋欲絕。

父女倆這樣一問一答，江南六怪雖然生性怪僻，卻也不由聽得呆了。須知有宋一代，最講究禮教之防，黃藥師卻是個非湯武而薄周孔的人，行事偏要和世俗相反，才被衆人送了個稱號叫作「東邪」。黃蓉自幼受父親薰陶，心想夫婦自夫婦，情愛自情愛，小小腦筋之中，那裏有過甚麼貞操節烈的念頭？這番驚世駭俗的說話，旁人聽來自不免撟舌難下，可是他父女倆說得最是自然不過，宛如家常閒話一般。柯鎭惡等縱然豁達，也不禁暗暗搖頭。

郭靖心中難受之極，要想說幾句話安慰黃蓉，可是他本就木訥，這時更是不知說甚麼好。黃藥師望望女兒，又望望郭靖，仰天一聲長嘯，聲振林梢，山谷響應，驚起一羣喜鵲，繞林而飛。黃蓉叫道：「鵲兒鵲兒，今晚牛郎會織女，還不快造橋去！」黃藥師在地下抓起一把沙石，飛擲而出，十餘隻喜鵲紛紛跌落，盡數死在地下。他轉過身子，飄然而去，衆人只一瞬眼間，他青袍的背影已在林木後隱沒。

拖雷不懂他們說些甚麼，只知郭靖不肯背棄舊約，心中自是歡喜，說道：「安答，盼你大事早成，北歸相見。」華箏道：「這對白鵰你帶在身邊，你要早日回來。」郭靖點了點頭，說道：「你對我媽說，我必當手刃仇人，爲爹爹報仇。」哲別、博爾朮二人也和郭靖別過，四人連騎出林。

韓小瑩問郭靖道：「你打算怎地？」郭靖道：「我……我打算去找洪師父。」柯鎭惡點頭道：「正是。黃島主去過我們家裏，家人必定甚是記掛。我們這就要回去。你見到了洪幫主，可請他老人家到嘉興來養傷。」郭靖答應了，拜別六位師父，與黃蓉返回臨安。

這晚兩人重入大內，在御廚周圍仔細尋找，卻那裏有洪七公的影子，兩人找到了幾名太監來逼問，都說這幾日宮中並沒出現奸細刺客。兩人稍覺放心，料想洪七公武功雖失，但以他大高手的機智閱歷，必有脫身之策，此時距丐幫大會之期已近，不能再有躭擱，次日清晨便即連騎西行。

此時中國之半已爲金人所佔，東劃淮水，西以散關爲界，南宋所存者只兩浙、兩淮、江南東西路、荆湖南北路、西蜀四路、福建、廣東、廣西、共十五路而已，正是國勢衰靡，版圖日蹙。這一日兩人來到江南西路界內，上了一條長嶺，突然間一陣涼風過去，東邊一大片烏雲疾飛過來。這時正當盛夏，大雨說來就來，烏雲未到頭頂，轟隆隆一個霹靂，雨點已如黃豆般洒將下來。

郭靖撐起雨傘，去遮黃蓉頭頂，那知一陣狂風撲到，將傘頂撕了去，遠遠飛出，郭靖手中只剩光禿禿的一根傘柄。黃蓉哈哈大笑，說道：「你怎麼也拿起打狗棒來啦？」郭靖跟着大笑。眼見面前一條長嶺，極目並無可以避雨之處，郭靖除下外衫，要給黃蓉遮雨。黃蓉笑道：「多遮得片刻，便也濕了。」郭靖道：「那麼咱們快跑。」黃蓉搖了搖頭，說道：「靖哥哥，有本書上講到一個故事。一日天下大雨，道上行人紛紛飛奔，只有一人卻緩步行走。旁人奇了，問他幹麼不快跑。那人道：『前面也下大雨，跑過去還不是一般的淋濕？』」郭靖笑道：「正是。」黃蓉心中卻忽然想起了華箏之事：「前途既已注定了是憂患傷心，不論怎生走法，終究避不了、躲不開，便如是咱們在長嶺上遇雨一般。」當下兩人便在大雨中緩緩行去，直到過了長嶺，才見到一家農家，進去避雨。

兩人衣履盡濕，向農家借了衣服來換，黃蓉穿上一件農家老婦的破衣，正覺有趣，忽聽得隔室郭靖連珠價的叫苦，忙過去問道：「怎麼啦？」

只見他苦着臉，手中拿着黃藥師給他的那幅畫。原來適才大雨之中，這幅畫可教雨水毀了，黃蓉連叫：「可惜！」接過畫來看時，見紙張破損，墨迹模糊，已無法裝裱修補，正欲放下，忽見韓世忠所題那首詩旁，依稀多了幾行字迹。湊近細看，原來這些字寫在裱畫襯底的夾層紙上，若非畫紙淋濕，決計不會顯現，只是雨浸紙碎，字迹已殘缺難辨，但看那字迹排列情狀，認得出一共是四行字。黃蓉仔細辨認，緩緩念道：「…穆遺書，…鐵掌…，中…峯，第二…節。」其餘殘損之字，卻無論如何辨認不出了。

郭靖叫道：「這說的是武穆遺書！」黃蓉道：「確然無疑。完顏洪烈那賊子推算武穆遺書藏在宮中翠寒堂畔，可見石匣雖得，遺書卻無影蹤，看來這四行字是遺書所在的重大關鍵……鐵掌……中……峯……」她沉吟片刻，說道：「那日在歸雲莊中，曾聽陸師哥和你六位師父談論那個騙人傢伙裘千仞，說他是甚麼鐵掌幫的幫主。又說這鐵掌幫威震川湘，聲勢浩大，着實厲害。難道這武穆遺書，竟會跟裘千仞有關？」郭靖搖頭道：「只要是裘千仞搞的玩意，我就說甚麼也不相信。」黃蓉微笑道：「我也不信。」

七月十四，兩人來到荊湖南路境內，次日午牌不到，已到岳州，問明了路徑，牽馬縱鵰，逕往岳陽樓而去。

上得樓來，二人叫了酒菜，觀看洞庭湖風景，放眼浩浩蕩蕩，一碧萬頃，四周羣山環列拱屹，眞是縹緲崢嶸，巍乎大觀，比之太湖烟波又是另一番光景。觀賞了一會，酒菜已到，湖南菜肴甚辣，二人都覺口味不合，只是碗極大，筷極長，卻是頗有一番豪氣。

二人吃了些少酒菜，環顧四壁題詠。郭靖默誦范仲淹所作的岳陽樓記，看到「先天下之憂而憂，後天下之樂而樂」兩句時，不禁高聲讀了出來。

黃蓉道：「你覺得這兩句話怎樣？」郭靖默默念誦，心中思索，不卽回答。黃蓉又道：「做這篇文章的范文正公，當年威震西夏，文才武畧，可說得上並世無雙。」郭靖央她將范仲淹的事蹟說了一些，聽她說到他幼年家貧、父親早死、母親改嫁種種苦況，富貴後儉樸異常，處處爲百姓着想，不禁油然起敬，在飯碗中滿滿斟了一碗酒，仰脖子一飲而盡，說道：「先天下之憂而憂，後天下之樂而樂，大英雄大豪傑固當如此胸懷！」

黃蓉笑道：「這樣的人固然是好，可是天下憂患多安樂少，他不是一輩子樂不成了麼？我可不幹。」郭靖微微一笑。黃蓉又道：「靖哥哥，我不理天下憂不憂、樂不樂，若是你不在我身邊，我是永遠不會快樂的。」說到後來，聲音低沉下去，愀然蹙眉。郭靖知她想到了兩人終身之事，無可勸慰，垂首不語。

黃蓉忽然抬起頭來笑道：「算了罷，反正是這麼一回子事，范仲淹做過一首『剔銀燈』詞，你聽人唱過麼？」郭靖道：「我自然沒聽過，你說給我聽。」黃蓉道：「這首詩的下半段是這樣：『人世都無百歲。少痴騃，老成尪悴，只有中間，些子少年。忍把浮名牽繫，一品與千金。問白髮，如何迴避？』」跟着將詞意解說了一遍。郭靖道：「他勸人別把大好時光，儘用在求名、升官、發財上面。那也說得很是。」黃蓉低聲吟道：「酒入愁腸，化作相思淚。」郭靖望了她一眼，問道：「這也是范文正公的詞麼？」黃蓉道：「是啊，大英雄大豪傑，也不是無情之人呢。」

兩人對飲數杯。黃蓉望了望樓中的酒客，見東首一張方桌旁坐着三個乞兒打扮的老者，身上補綴雖多，但均甚清潔，看模樣是丐幫中的要緊人物，是來參加今晚丐幫大會的，此外都是尋常仕商。

只聽得樓邊一棵大柳樹上蟬鳴不絕，黃蓉道：「這蟬兒整天不停的大叫『知了，知了』，卻不知它知些甚麼，原來蟲兒中也有大言不慚的傢伙，倒教我想起了一個人，好生記掛於他。」郭靖忙問：「誰啊！」黃蓉笑道：「那位大吹牛皮的鐵掌水上飄裘千仞。」郭靖哈哈大笑道：「這老騙子……」

一言未畢，忽聽酒樓角裏有人陰陽怪氣的說道：「連鐵掌水上飄裘老兒也不瞧在眼裏，好大的口氣！」郭黃二人向聲音來處瞧去，只見樓角邊蹲着一個臉色黝黑的老丐，衣衫襤褸，望着二大嘻嘻直笑。郭靖見是丐幫人物，當卽放心，又見他神色和善，當下拱手道：「老前輩請來共飲三杯如何？」那老丐道：「好啊！」便卽過來。黃蓉命酒保添了一副杯筷、斟了一杯酒，笑道：「請坐，喝酒。」

那老丐道：「叫化子不配坐櫈。」就在樓板上坐倒，從背上麻袋裏取出一隻破碗，一雙竹筷，伸出碗去，說道：「你們吃過的殘菜，倒些給我就是。」郭靖道：「這個未免太過不恭，前輩愛吃甚麼菜，我們點了叫廚上做。」那老丐道：「化子有化子的模樣，若是有名無實，裝腔作勢，乾脆別做化子。你們肯布施就布施，不肯嘛，我到別個地方要飯去。」

黃蓉向郭靖望了一眼，笑道：「不錯，你說得是。」當下將吃過的殘菜都倒在他的破碗之中，那老丐在麻袋中抓出些冷飯團來，和着殘菜津津有味的吃了起來。

黃蓉暗暗數他背上麻袋的數目，三隻一疊，共有三疊，總數是九隻，再看那邊桌旁的三個乞丐，每人背上也均有九隻麻袋，只是那三丐桌上羅列酒菜，甚是豐盛。那三丐對這老丐視若無覩，始終對他不瞧一眼，但神色之間隱隱有不滿之意。

那老丐吃得起勁，忽聽樓梯脚步聲響，上來數人。郭靖轉頭向樓梯觀看，只見當先二人是在臨安牛家村陪送楊康的胖瘦二丐，第三人一探頭，正是楊康。他猛見郭靖未死，大爲驚怖，一怔之下，立卽轉身下樓，在樓梯上不知說了幾句甚麼話，胖丐跟着下去，瘦丐卻走到三丐桌邊，低聲說了幾句話。那三丐當卽站起身來，下樓而去。坐在地下的老丐只顧吃飯，全不理會。

黃蓉走到窗口向下觀望，只見十多名乞丐簇擁着楊康向西而去。楊康走出不遠，回首仰視，正好與黃蓉目光相觸，立卽回頭，加快脚步去了。

那老丐吃罷飯菜，伸舌頭將碗底舐得乾乾淨淨，把筷子在衣服上抹了幾抹，都放入蔴袋之中。黃蓉仔細看他，見他滿臉皺紋，容色甚是愁苦，雙手奇大，幾有常人手掌的一倍，手背上青筋凸起，顯見是一生勞苦。郭靖站起來拱手說道：「前輩請上坐了，咱們好說話。」老丐笑道：「我不慣在櫈上坐。你們兩位是洪幫主的弟子，年紀雖輕，咱們可是平輩。我老着幾歲，你們叫我一聲大哥罷。我姓魯，名叫魯有脚。」

郭黃二人對眼一望，均想：「原來他早知道了我們的來歷。」黃蓉笑道：「魯大哥，你這名兒可有趣得緊。」魯有脚道：「常言道：窮人無棒被犬欺。我棒是沒有，可是有一雙臭脚。犬兒若來欺我，我對準了狗頭，直娘賊的就是一脚，也要叫牠夾着尾巴，落荒而逃。」黃蓉拍手笑道：「好好，狗兒若知道你名字的意思，老遠就逃啦！」

魯有脚道：「我聽黎生黎兄弟說起，知道兩位在寶應所幹的事蹟，眞是有志不在年高，無志空長百歲。令人甚是欽佩，難怪洪幫主這等看重。」郭靖起立遜謝。魯有脚道：「適才聽兩位談起裘千仞與鐵掌幫，對他的情狀好似不甚知曉。」黃蓉道：「是啊，正要請教。」魯有脚道：「裘千仞是鐵掌幫幫主，這鐵掌幫在兩湖四川一帶聲勢極大，幫衆殺人越貨，無惡不作。起先還只是勾結官府，現下愈來愈狠，竟然拿出錢財賄賂上官，自己做起官府來啦。更可恨的是私通金國，幹那裏應外合的勾當。」

黃蓉道：「裘千仞這老兒就會騙人，怎地弄到恁大聲勢？」魯有脚道：「裘千仞厲害得緊哪，姑娘可別小覷了他。」黃蓉笑道：「你見過他沒有？」魯有脚道：「那倒沒有，聽說他在深山之中隱居，修練鐵掌神功，足足有十多年沒下山了。」黃蓉笑道：「你上當啦，我見過他幾次，還交過手，說到他的甚麼鐵掌神功，哈哈……」她想到裘千仞假裝腹瀉逃走，只瞧着郭靖格格直笑。

魯有脚正色道：「他們鬧甚麼玄虛，我雖並不知曉，可是鐵掌幫近年來好生興旺，實是不可輕侮。」郭靖怕他生氣，忙道：「魯大哥說得是，蓉兒就愛瞎笑。」黃蓉笑道：「我幾時瞎笑啦？啊唷，啊唷，我肚子痛。」她學着裘千仞的口氣，捧着肚子。郭靖想起當日情景，給她逗得也不禁笑了出來。

黃蓉見他也笑，卻立時收起笑容，轉過話題，問道：「魯大哥，剛才在這兒吃酒的三位和你相識麼？」魯有脚嘆了口氣道：「兩位不是外人，可曾聽洪幫主說起過，我們幫裏分爲淨衣派、汚衣派兩派麼？」郭靖和黃蓉齊聲道：「沒聽師父說過。」魯有脚道：「幫內分派，原非善事，洪幫主對這事極是不喜，他老人家費過極大的精神力氣，卻始終沒能叫這兩派合而爲一。丐幫在洪幫主之下，共有四個長老。」黃蓉搶着道：「這個我倒聽師父說過。」她因洪七公尙在人間，是以不願將他命自己接任幫主之事說出。

魯有脚點了點頭道：「我是西路長老，剛才在這兒的三位也都是長老。」黃蓉道：「我知道啦，你是汚衣派的首領，他們是淨衣派的首領。」郭靖道：「咦，你怎知道？」黃蓉道：「你瞧魯大哥的衣服多髒，他們的衣服多乾淨。魯大哥，我說汚衣派不好，身上穿得又臭又黑，一點也不舒服。你們這一派人多洗洗衣服，兩派可就不是一樣了麼？」魯有脚怒道：「你是有錢人家的小姐，自然嫌叫化子臭。」一頓足站起身來。郭靖待要謝罪，魯有脚卻頭也不回，怒氣沖沖的下樓去了。

黃蓉伸伸舌頭，道：「靖哥哥，我得罪了這位魯大哥，你別罵我。」郭靖一笑。黃蓉道：「剛才我眞擔心。」郭靖道：「擔心甚麼？」黃蓉正色道：「我只擔心他提起脚來，踢你一脚，你可就糟啦。」郭靖道：「好端端的幹麼踢我？就算你說話得罪了他，那也不用踢人啊。」黃蓉抿嘴微笑，卻不言語。郭靖怔怔的出神，思之不解。

黃蓉嘆道：「你怎麼不想想他名字的出典。」郭靖大悟，叫道：「好啊，你繞彎兒罵我是狗！」站起身來，伸手作勢要呵她癢，黃蓉笑着連連閃避。

軒轅台

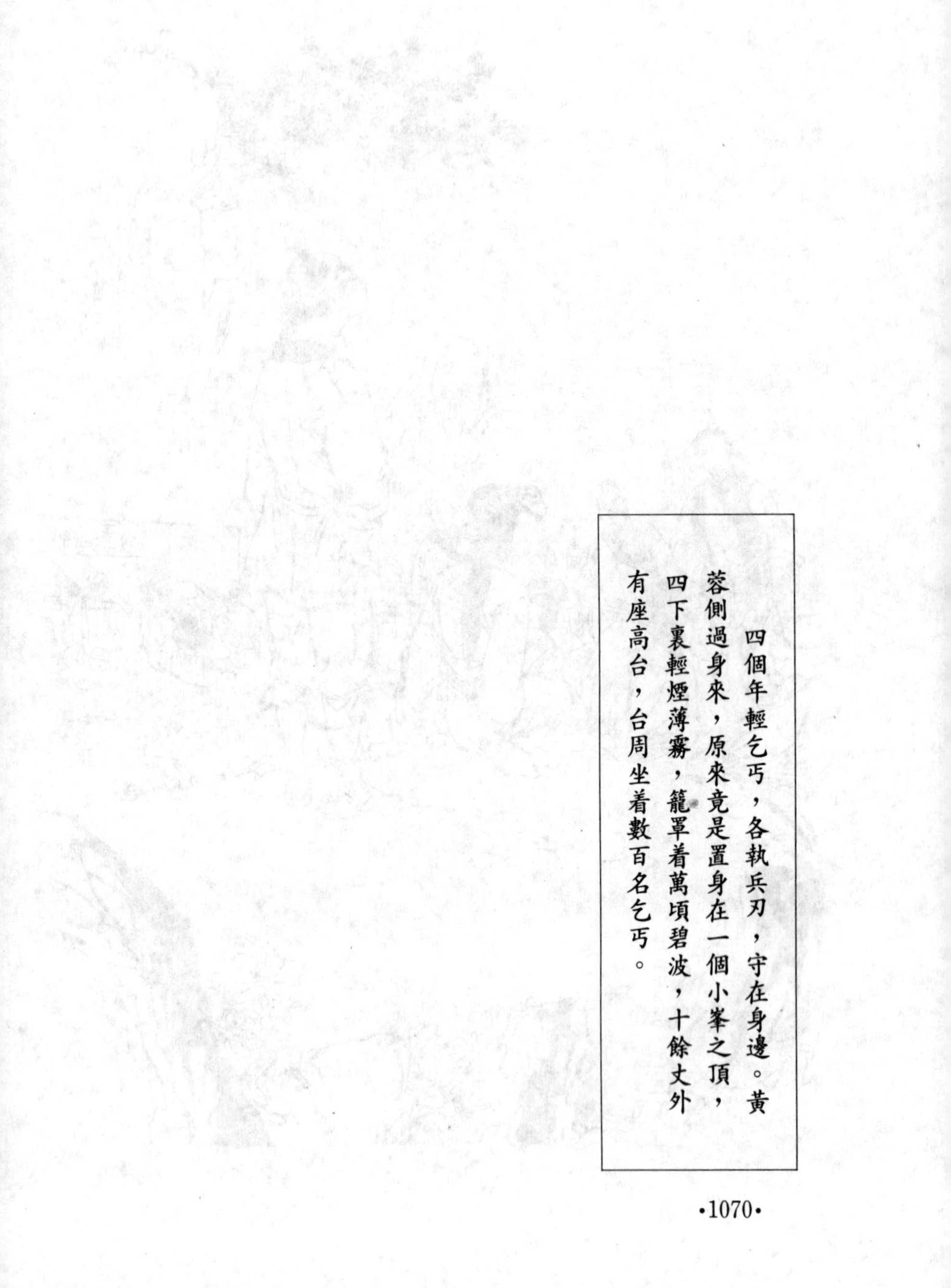

四個年輕乞丐，各執兵刃，守在身邊。黃蓉側過身來，原來竟是置身在一個小峯之頂，四下裏輕煙薄霧，籠罩着萬頃碧波，十餘丈外有座高台，台周坐着數百名乞丐。

第二十七回　軒轅台前

兩人正鬧間，樓梯聲響，適才隨楊康下去的丐幫三老又回了上來，走到郭黃二人桌邊，行了一禮。居中那丐白白胖胖，留着一大叢白鬍子，若非身上千補百綻，宛然便是個大紳士大財主的模樣，他未言先笑，端的是滿臉春風，一團和氣，說道：「適才那姓魯的老丐暗中向兩位下了毒手，我等瞧不過眼，特來相救。」

郭靖、黃蓉都吃了一驚，齊問：「甚麼毒手？」那丐道：「那老丐不肯與兩位同席飲食，是不是？」黃蓉心中一凜，問道：「難道他在我們飲食中下了毒？」那丐嘆道：「也是我們幫中不幸，出了這等奸詐之人。這老丐下毒本事高明得緊，只要手指輕輕一彈，暗藏在指甲內的毒粉就神不知、鬼不覺的混入了酒菜。兩位中毒已深，再過個半個時辰，就無法解救了。」黃蓉不信，說道：「我兩人跟他無怨無仇，他何以要下此毒手？」那丐道：「多半是兩位言語中得罪了他。急速服此解藥，方可有救。」說着從懷中取出一包藥粉，分置兩隻酒杯之中，用酒沖了，要靖蓉二人立即服下。

黃蓉剛才見楊康和他們做一路，心中已自起疑，豈肯只憑他三言兩語便貿然服藥？又問：「那位姓楊的相公和我們相識，請三位邀他來一見如何？」那丐道：「那自然是要見的，只是那奸徒所下之毒劇烈異常，兩位速服解藥，否則延誤難治。」黃蓉道：「三位好意，極為感謝，且坐下共飲幾杯。想當年丐幫第十一代幫主在北固山獨戰羣雄，以一棒雙掌擊斃洛陽五霸，眞是何等英雄。」當日他與洪七公、郭靖同在明霞島紮木筏之時，洪七公常跟她說些幫中舊事，以免她日後做了幫主，於幫中大事卻一無所知。那第十一代幫主的英雄事蹟，便是那時候聽洪七公說的。

丐幫三老聽她忽然說起幫主舊事，互相望了一眼，都感十分詫異，心想憑她小小年紀，怎能知曉此事。黃蓉又道：「洪幫主降龍十八掌天下無雙無對，不知三位學到了幾掌？」三丐臉上均現慚色，那降龍十八掌卻是未蒙幫主傳授一掌，反不及八袋弟子黎生倒得傳授一招「神龍擺尾」。黃蓉又道：「剛才那位魯老長雖說擅於下毒，我瞧本事卻也平常。上個月西毒歐陽鋒請我喝了三杯毒酒，那才有點兒門道。這兩杯解毒酒，還是三位自己飲了罷。」說着將兩杯調有藥粉的藥酒推到三丐面前。三丐微微變色，知她故意東拉西扯，不肯服藥。

那財主模樣的長老笑道：「姑娘既有見疑之意，我等自然不便相強。只不過我們一番好意，卻是白費了。我只點破一事，姑娘自然信服。兩位且瞧我眼光之中，有何異樣？」郭靖、黃蓉一齊望他雙目，只見他一對眼睛嵌在圓鼓鼓一臉肥肉之中，只如兩道細縫，但細縫中瑩然有光，眼神甚是清朗。黃蓉心想：「那有甚麼異樣？左右不過似一對亮晶晶的豬眼罷啦。」那丐又道：「兩位望着我的眼睛，千萬不可分神。現在你們感到眼皮沉重，頭腦發暈，全身疲乏無力，這是中毒之象，那就閉上眼睛睡罷。」

他說話極是和悅動聽，竟有一股中人欲醉之意，靖蓉二人果然覺得神倦眼困，全身無力。黃蓉微覺不妥，要想轉頭避開他的眼光，可是一雙眼睛竟似被他的目光吸住了，不由自主的凝視着他。那丐又道：「此間面臨大湖，甚是涼爽，兩位就在這清風之中酣睡一覺，睡罷，睡罷！舒服得很，乖乖的睡罷！」他越說到後來，聲音越是柔和甜美。靖蓉二人不知不覺的哈欠連連，竟自伏在桌上沉沉睡去。

也不知過了多少時候，二人迷迷糊糊中只感涼風吹拂，身有寒意，耳中隱隱似有波濤之聲，睜開眼來，但見雲霧中一輪朗月剛從東邊山後升起。兩人這一驚非小，適才大白日在岳陽樓頭飲酒，怎麼轉瞬之間便已昏黑？昏昏沉沉中待要站起，更驚覺雙手雙脚均已被繩索縛住，張口欲呼，口中卻被塞了麻核，只刺得口舌生疼。黃蓉立知是着了那白胖乞丐的道兒，只是他使的是甚麼邪法，卻難索解；一時之間也不去多想，斜眼見郭靖躺在自己身邊，正在用力掙扎，先寬了一大半心。

郭靖此時內力渾厚，再堅靭的繩索也是被他數崩卽斷，那知此刻他手脚運上了勁，身上繩索錚錚有聲，竟然紋絲不損，原來是以牛皮條混以鋼絲絞成。郭靖欲待再加內勁，突然面上一涼，一片冰冷的劍鋒在自己臉頰上輕輕拍了兩拍，轉頭橫眼瞧去，見是四個青年乞丐，各執兵刃守在身邊，只得不再掙扎，轉頭去瞧黃蓉。

黃蓉定了定神，要先摸清周遭情勢，再尋脫身之計，側過身來，更是驚得呆了，原來竟是置身在一個小峯之頂，月光下看得明白，四下都是湖水，輕烟薄霧，籠罩着萬頃碧波，心道：「原來我們已給擒到了洞庭湖中的君山之頂，怎地途中毫無知覺？」再回頭過來，只見十餘丈外有座高台，台周密密層層的圍坐着數百名乞丐，各人寂然無聲，月光尙未照到各人身上，是以初時未曾發覺。她暗暗心喜：「啊，是了，今日七月十五，這正是丐幫大會。待會我只須設法開口說話，傳下師父號令，何愁衆丐不服？」

過了良久，羣丐仍是毫無動靜，黃蓉心中好生不耐，只是無法動彈，惟有苦忍，再過半個時辰，她手脚不動，已微感酸痲，只見一盤冰輪漸漸移至中天，照亮了半邊高台。黃蓉心道：「李太白詩云：『淡掃明湖開玉鏡，丹靑畫出是君山。』他當日玩山賞月，何等自在，今夜景自相同，我和靖哥哥卻被縛在這裏，眞是令人又好氣又好笑！」月光緩移，照到台邊三個大字：「軒轅台」。黃蓉想起爹爹講述天下大江大湖的故事，曾說相傳黃帝於洞庭湖畔鑄鼎，鼎成後騎龍昇天，想來此台便是紀念這回事了。

只一盞茶時分，那高台已全部浴在皓月之中，忽聽得篤篤篤、篤篤篤三聲一停的響了起來，忽緩忽急，忽高忽低，頗有韻律，卻是衆丐各執一根小棒，敲擊自己面前的山石。黃蓉暗數敲擊之聲，待數到九九八十一下，響聲戛然而止，羣丐中站起四人，月光下瞧得明白，正是魯有脚與那淨衣派的三個長老。這丐幫四老走到軒轅台四角站定，羣丐一齊站起，叉手當胸，躬身行禮。

那白胖老丐待羣丐坐定，朗聲說道：「衆位兄弟，天禍丐幫，當眞是天大的災難，咱們洪幫主已在臨安府歸天啦！」

此言一出，羣丐鴉雀無聲。突然間一人張口大叫，撲倒在地。四下裏羣丐搥胸頓足，號啕大哭，哀聲振動林木，從湖面上遠遠傳了出去。

郭靖大吃一驚：「我們找尋不着師父，原來他老人家竟爾去世了。」不禁涕淚交流，只是口中塞了麻核，哭不出聲。黃蓉卻想：「這胖子不是好東西，使邪法拿住我們。這人的話如何信得？他定是造謠。」

羣丐思念洪七公的恩義，個個大放悲聲。魯有脚忽然叫道：「彭長老，幫主歸天，是誰親眼見到的？」那白白胖胖的彭長老道：「魯長老，幫主他老人家若是尚在人世，誰吃了豹子膽老虎心，敢來咒他？親眼見他老人家歸天之人，就在此處。楊相公，請您對衆兄弟詳細述說罷。」只見人羣中站起一人，正是楊康。

他手持綠竹杖，走到高台之前，羣丐登時肅靜，但低泣嗚咽之聲兀自不止。楊康緩緩說道：「洪幫主於一個月之前，在臨安府與人比武，不幸失手給人打死。」

羣丐聽了此言，登時羣情洶湧，紛紛嚷了起來：「仇人是誰？快說，快說！」「幫主如此神通，怎能失手？」「必是仇人大舉圍攻，咱們幫主落了個寡不敵衆。」郭靖聽了楊康之言，由悲轉怒，隨即心下欣喜，心道：「一個月之前，師父明明與我們在一起，原來他是在胡說八道。」黃蓉卻想：「這小子是老騙子裘千仞的私淑弟子，淨學會了他那套假傳死訊的臭功夫。」

楊康雙手伸出，待衆丐安靜下來，這才說道：「害死幫主的，是桃花島島主東邪黃藥師，和全眞派的七個賊道。」黃藥師久不離島，衆丐十九不知他的名頭，全眞七子卻是威名遠震。

這日能來君山赴會的，在丐幫中均非泛泛之輩，自然都知七子之能，心想不管黃藥師是何等樣人，全眞七子聯起手來，幫主縱然武功卓絕，但一人落了單，自非其敵。當下個個悲憤異常。有的破口大罵，有的嚷着立時要去爲幫主報仇。

原來楊康當日聽歐陽鋒說起洪七公被他以蛤蟆功擊傷，性命必然難保。他又道郭靖已被自己在禁宮之中刺死，那知忽在岳陽樓撞見，大驚之下，指使丐幫三長老設法將兩人擒住，有心予以害死。他想此事日久必洩，黃藥師、全眞七子、江南六怪等必找自己報仇。六怪武功不高，倒不如何懼怕，東邪和七子卻是非同小可，於是信口將殺害洪七公的禍端輕輕放到了他們頭上，好教丐幫傾巢而出，一舉將桃花島及全眞教挑了，除了自己的大患。

羣丐紛擾聲中，東路簡長老站起身來，說道：「衆兄弟，聽我一言。」此人鬚眉皆白，五短身材，一開口說話，餘人立時寂然無聲，顯是在丐幫中大有威信。只聽他說道：「眼下咱們有兩件大事。第一件是遵從幫主遺命，奉立本幫第十九代幫主。第二件是商量着怎生給幫主報仇雪恨。」羣丐轟然稱是。魯有脚卻高聲道：「咱們先得祭奠老幫主的英靈。」在地下抓起一把濕土，隨手揑成一個泥人，當作洪七公的靈像，放在軒轅台邊上，伏地大哭。羣丐盡皆大放悲聲。

黃蓉心道：「我師父好端端地又沒死，你們這些臭叫化哭些甚麼？哼，你們沒來由的把靖哥哥和我綁在這裏，累得你們空傷心一場，這才叫活該呢。」

衆丐號哭了一陣，簡長老擊掌三下，衆丐逐一收淚止聲。簡長老道：「本幫各路兄弟今日在岳州君山大會，本來爲的是要聽洪幫主指定他老人家的繼承之人，現下老幫主既已不幸歸天，就得依老幫主遺命而定。若無遺命，便由本幫四位長老共同推舉。這是本幫列祖列宗世代相傳的規矩，衆位弟兄，是也不是？」衆丐齊聲稱是。彭長老道：「楊相公，老幫主臨終歸天之時，有何遺命，請你告知。」

奉立幫主是丐幫中的第一等大事，丐幫的興衰成敗，倒有一大半決定於幫主是否有德有能。當年第十七代錢幫主昏暗懦弱，武功雖高，但處事不當，淨衣派與汚衣派紛爭不休，丐幫聲勢大衰。直至洪七公接任幫主，強行鎭壓兩派不許內鬨，丐幫方得在江湖上重振雄風。這些舊事此日與會羣丐盡皆知曉，是以一聽到要奉立幫主，人人全神貫注，屏息無聲。

楊康雙手持定綠竹杖，高舉過頂，朗聲說道：「洪幫主受奸人圍攻，身受重傷，性命危在頃刻，在下路見不平，將他藏在舍間地窖之中，騙過羣奸，當即延請名醫，悉心給洪幫主診治，終因受傷太重，無法挽救。」衆丐聽到這裏，發出一片唏噓之聲。楊康停了片刻，又道：「洪幫主臨終之時，將這竹杖相授，命在下接任第十九代幫主的重任。」此言既出，衆丐無不聳動，萬想不到丐幫幫主的重任，竟會交託給如此一個公子哥兒模樣之人。

楊康在臨安牛家村曲儍姑店中無意取得綠竹杖，見胖瘦二丐竟然對己恭敬異常。他心下訝異，一路上對二丐不露半點口風，卻遠兜圈子、旁敲側擊的套問竹杖來歷。二丐見他竹杖在手，便有問必答，知無不言，言無不盡，是以未到岳州，他於丐幫的內情已知曉了十之六七，只是幫中嚴規不得爲外人道的機密，他既不知發問，二丐自也不提。他想丐幫聲勢雄大，幫主又具莫大威權，反正洪七公已死無對證，索性一不做、二不休，便乘機自認了幫主，那就可任意驅策幫中萬千兄弟。他細細盤算了幾遍，覺此計之中實無破綻，於是編了一套謊話，竟在大會中假傳洪七公遺命，意圖自認幫主。

他在丐幫數百名豪傑之士面前侃侃而言，臉不稍紅，語無窒滯，明知這謊話若被揭穿，多半便被羣丐當場打成肉漿，但想自來成大事者定須干冒奇險，何況洪七公已死，綠竹杖在手，郭靖、黃蓉又已擒獲，所冒凶險其實也不如何重大，而一旦身爲幫主，卻有說不盡的好處，這丐幫萬千幫衆，正可作爲他日「富貴無極」的踏脚石。

淨衣派簡彭梁三長老聽了楊康之言，臉上均現歡容。

原來丐幫中分爲淨衣、汚衣兩派。淨衣派除身穿打滿補釘的丐服之外，平時起居與常人無異，這些人本來都是江湖上的豪傑，或佩服丐幫的俠義行逕，或與幫中弟子交好而投入了丐幫，其實並非眞是乞丐。汚衣派卻是眞正以行乞爲生，嚴守戒律：不得行使銀錢購物，不得與外人共桌而食，不得與不會武功之人動手。兩派各持一端，爭執不休。洪七公爲示公正無私，第一年穿乾淨衣服，第二年穿汚穢衣服，如此逐年輪換，對淨衣、汚衣兩派各無偏頗。本來汚衣行乞，方是丐幫的正宗本色，只是洪七公愛飲愛食，要他儘是向人乞討殘羹冷飯充飢，卻也難以辦到，因此他自己也不能嚴守汚衣派的戒律。但在四大長老之中，他卻對魯有脚最爲倚重，若非魯有脚性子暴躁，曾幾次壞了大事，洪七公早已指定他爲幫主的繼承人了。

這次岳州大會，淨衣派的衆丐早就甚是憂慮，心想繼承幫主的，論到德操、武功、人望，十之八九非魯有脚莫屬。何況幫中四大長老淨衣派雖佔了三人，但中下層弟子卻是汚衣派佔了大多數。淨衣派三長老曾籌思諸般對付方策，但想到洪七公的威望，無人敢稍起異動之念，後來見楊康持竹杖來到岳州，又聽說洪七公已死，雖然不免悲傷，卻想正是壓倒汚衣派的良機，當下對楊康加意接納，十分恭謹，企圖探聽七公的遺命。豈知楊康極是乖覺，只恐有變，對遺命一節絕口不提，直到在大會之中方始宣示。淨衣派三老明知自己無份，也不失望，只消魯有脚不任幫主，便遂心願，又想楊康年輕，必可誘他就範。何況他衣着華麗，食求精美，決不會偏向汚衣派。當下三人對望了一眼，各自點了點頭。

簡長老道：「這位楊相公所持的，確是本幫聖物。衆兄弟如有疑惑，請上前檢視。」

魯有脚側目斜睨楊康，心道：「憑你這小子也配作本幫幫主，統率天下各路丐幫？」伸手接過竹杖，見那杖碧綠晶瑩，果是本幫幫主世代相傳之物，心想：「必是洪幫主感念相救之德，是以傳他。老幫主既有遺命，我輩豈敢不遵？我當赤膽忠心的輔他，莫要墮了洪幫主建下的基業。」於是雙手舉杖過頂，恭恭敬敬的將竹杖遞還給楊康，朗聲說道：「我等遵從老幫主遺命，奉楊相公爲本幫第十九代幫主。」衆丐齊聲歡呼。

郭靖與黃蓉身不能動，口不能言，心中卻是暗暗叫苦。郭靖心想：「果然不出黃島主所料，楊康膽敢冒爲幫主，將來必定爲禍不小。」黃蓉卻想：「這小子定然放我們二人不過，只得瞧他怎生發落，隨機應變。」

只聽楊康謙道：「在下年輕識淺，無德無能，卻是不敢當此重位。」彭長老道：「洪幫主遺命如此，楊相公不必過謙。衆兄弟齊心輔佐，楊相公放心便是。」魯有脚道：「正是！」咳嗽一聲，一口濃痰向他迎面吐去。

這一着大出楊康意料之外，竟沒閃避，這口痰正好沾在他右頰之上。他大吃一驚，正要喝問，簡、彭、梁三個長老一人一口唾液，都吐在他的身上。楊康暗叫：「我命休矣！」只道陰謀終被四長老揭破，正待轉身拔足飛奔，明知萬難逃脫，總也勝於束手待斃，卻見四長老雙手交胸，拜伏在地。楊康愕然不解，一時說不出話來。羣丐依輩份大小，一個個上來向他身上吐一口唾液，然後各行幫中大禮。楊康驚喜交集，暗暗稱奇：「難道向我吐痰竟也算是恭敬？」他不知丐幫歷來規矩，奉立幫主時必須向幫主唾吐。蓋因化子四方乞討，受萬人之辱，爲羣丐之長者，必得先受幫衆之辱，其中實含深意。

黃蓉驀地想起，當日在明霞島上洪七公相傳幫主之位，曾在她衣角上吐了一口痰，其時只道是他重傷之後無力唾吐，以致如此，卻不知竟是奉立幫主的禮節。記得那日洪七公又道：「他日衆叫化正式向你參見，少不免尚有一件骯髒事，唉，這可難爲你了。」此刻方知原來師父怕她嫌髒，就此不肯接那幫主之位，是以瞞過了不說。

好半天，羣丐禮敬方畢，齊呼：「楊幫主請上軒轅台！」

楊康見那台也不甚高，有心賣弄本事，雙足一點，飛身而上，姿形靈動，甚是美妙。他這一躍身法雖佳，但四大長老武功上各有精純造詣，已都瞧出他功夫華而不實，根基尚淺，只是他年紀極輕，有此本領，顯是曾得高手傳授，也已算頗爲難得。

楊康登上軒轅台，朗聲說道：「害死老幫主的元兇雖然未曾伏誅，可是兩名幫兇卻已被我擒獲在此。」羣丐一聽，又是盡皆譁然，大叫：「在那裏？在那裏？」「快拿來亂刀分屍。」「別一刀殺了，叫狗賊零碎受苦。」郭靖心道：「又有甚麼幫兇給他擒獲了，倒要瞧瞧。」楊康厲聲道：「提到台前來！」

彭長老飛步走到郭黃二人身邊，一手一個，提起了二人，走到台前重重往地下一摔。郭靖這才醒悟，心中罵道：「好小子，原來是說我們。」

魯有脚見是靖蓉二人，大吃一驚，忙道：「啟稟幫主：這二人是老幫主的弟子，怎能加害師尊？」楊康恨恨的道：「正因如此，更加可惱。這二人欺師滅祖，罪大惡極。」彭長老道：「楊幫主親眼目覩，那能有甚麼錯？」

丐幫中的黎生和余兆興二人在寶應縣相助程瑤迦，險些命喪歐陽克手下，幸得郭靖、黃蓉搭救，對他們既感又佩，又知洪七公對這兩個徒兒甚是喜愛，當即在人叢中搶上前來。黎生叫道：「啟稟幫主，這兩位是俠義英雄，小的敢以性命相保，老幫主被害之事，決與他們無干。」余兆興叫道：「這兩位是好人，大大的好朋友。」梁長老瞪目喝道：「有話要你們長老來說，這裏有你們挿嘴的地方嗎？」黎余二人屬於汚衣派，由魯有脚該管。二人輩份較次，不敢再說，氣憤憤的退了下去。

魯有脚道：「非是小的敢不信幫主之言，只因這是本幫復仇雪恨的大事，請幫主詳加審詢，查明眞相。」

楊康心中早有算計，說道：「好，我就來問個明白。」對靖蓉二人道：「你們也不必答話，我說得對，那就點頭，不對的就搖頭。若有半點欺瞞，休怪刀劍無情。」手一揮，彭梁二長老各抽兵刃，頂在靖蓉二人背心。彭長老使劍，梁長老使刀，兩柄都是利器。

黃蓉怒極，臉色慘白，想到在牛家村隔壁聽陸冠英向程瑤迦求婚時點頭搖頭之事，當時何等風光旖旎，今日落到自己頭上，卻受這奸徒欺辱。又想自己對歐陽克也曾玩過這把戲，不料竟會身受此報，雖在氣惱之際，仍自思索如何在點頭搖頭之中引起魯有脚的疑慮，使得他力主口頭對答詢問，只消有口能言，揭破楊康的奸謀便非難事。

楊康知道郭靖老實，易於愚弄，將他提起來放在一旁，大聲問道：「這女子是黃藥師的親生女兒，是不是？」郭靖閉目不理。梁長老用刀在他背上一頂，喝道：「是也不是，點頭還是搖頭？」郭靖本待不理到底，轉念一想：「縱然我口不能言，總也有個是非曲直。」於是點了點頭。

羣丐認定黃藥師是害死了洪七公的罪魁禍首，見他點頭，轟然叫了起來：「還問甚麼？快殺，快殺！」「快殺了小賊，再去找老賊算帳。」楊康叫道：「衆兄弟且莫喧嘩，待我再行問他。」衆丐聽到幫主吩咐，立時靜了下來。

楊康問郭靖道：「黃藥師將女兒許配給你，是嗎？」郭靖心想此事屬實，又點了點頭。楊康彎腰在他身上一摸，拔出一柄晶光耀目的匕首，問道：「這是全眞七子中的丘處機贈給你的，那丘老道還在匕首上刻了你的名字，是嗎？」郭靖點頭。楊康又問：「全眞七子中的馬鈺曾傳過你的功夫，王處一曾救過你的性命，你可不能抵賴？」郭靖心道：「我又何必抵賴？」又點了點頭。楊康道：「洪七公洪幫主當你們兩個是好人，曾把他的絕技相傳，是不是？」郭靖點頭。楊康再問：「洪老幫主受敵人暗算，身受重傷，你二人就在他老人家的身旁，是麼？」郭靖又點了點頭。黃蓉心下焦急：「傻哥哥，不管他問的話對是不對，你總是搖頭，他就不得不讓你說話了。」

衆丐聽楊康聲音愈來愈是嚴峻，郭靖卻不住點頭，只道他直認罪名，殊不知這些問話與暗算洪七公之事其實絕無干係，全是楊康奸計陷害。這時連魯有脚也對靖蓉恨之入骨，走上前來，在郭靖身上重重踢了幾脚。楊康叫道：「衆兄弟，這兩個小賊倒也爽快，那就免了他們再吃零碎苦頭。彭梁二位長老，快動手罷！」

郭靖與黃蓉悽然對望。黃蓉忽然笑了一笑，心想：「是我和靖哥哥死在一塊，不是那個華箏！這般死了，倒也乾淨。反正前面也在落大雨，那也不用奔跑了。」

郭靖抬頭看天，想起了遠在大漠的母親，凝目北望，但見北斗七星煜煜生光，猛地心念一動，想起了全眞七子與梅超風、黃藥師劇鬥時的陣勢，人到臨死，心思特別敏銳，那天罡北斗陣法的攻守趨退，呑吐開闔，竟是淸淸楚楚的宛在目前。

彭梁二長老挺持刀劍，走上前來正待下手，魯有脚忽然搶上，擋在靖蓉二人身前，叫道：「且住！」取出郭靖口中麻核，問道：「老幫主是怎生被害的，你給我明明白白的說來。」楊康忙道：「不必問啦，我都知道。」魯有脚卻道：「幫主，咱們問得越仔細越好。凡是與此事有關連的奸賊，不能放走了一個！」楊康暗暗着急，心想給他一說明眞相，定然有變，只是魯有脚的逼問理所該當，卻也不便攔阻，登時額頭滲出一粒粒的汗珠。

那知道郭靖口中的麻核雖給取了出來，他卻仍是不言不語，抬頭凝望北方天空，呆呆出神。魯有脚連問數聲，郭靖全然沒有聽見，原來他全神貫注，卻在鑽研天罡北斗陣的功夫，此時正當專心致志、如痴如狂的境界，那裏還來理睬魯有脚的說話？黃蓉與楊康見他竟然不乘此良機自辯，都是驚異萬分，只是一個暗悲，一個暗喜，心境自是迥異。

楊康一揮手，彭梁二人舉起刀劍。忽聽得嗤嗤聲響，一道紫色光燄掠過湖面。

彭梁二人愕然回顧，又見兩道藍色光燄沖天而起，這光燄離君山約有數里，發自湖心。簡長老道：「幫主，有貴客到啦。」楊康一驚，問道：「是誰？」簡長老道：「鐵掌幫的幫主。」楊康不知鐵掌幫的來歷，問道：「鐵掌幫？」簡長老道：「這是川湘的大幫會，他們幫主前來拜山，須得好好接待。這兩個小賊，待會發落不遲。」楊康道：「也好，就請簡長老延接賓客。」簡長老傳令下去，砰砰砰三響，君山島上登時飛起三道紅色火箭。

過不多時，來船靠岸，羣丐點亮火把，起立相迎。那軒轅台是在君山之頂，從山脚至山頂尚有好一程路，來客雖然均具輕功，也過半晌方到。

靖蓉二人被帶入人叢之中，由彭長老命弟子看管。黃蓉打量郭靖，見他神色呆滯，抬頭望天，喃喃不停的不知在說些甚麼，心中極爲詫異，料來他大受冤屈，神智有些胡塗了，心想不管來的是甚麼人，總是有了可乘之機，正自尋思，只見來客已到，火把照耀下數十名黑衣人擁着一個老者來至台前。這老者身披黃葛短衫，手揮蒲扇，不是裘千仞是誰？黃蓉又是好氣，又是好笑，卻又大爲失望，這人前來，決計不會有甚麼好事。

簡長老迎上前去，說了一番江湖套語，神態極爲恭謹，然後給楊康引見，說道：「這位是鐵掌水上飄裘老幫主，神掌無敵，威震當世。這位是敝幫今日新接任的楊幫主，少年英雄。兩位多親近親近。」

楊康在太湖歸雲莊上曾親眼見到裘千仞出醜露乖，心中好生瞧他不起，暗想這個大騙子原來還是甚麼幫會的幫主，心念一動，當下假裝不識，笑道：「幸會，幸會。」伸出手去和他拉手。雙掌相握，楊康立將全身之力運到手上，存心要揑得他呼痛叫饒，心想：「人人信你武功卓絕，卻要叫你栽在我的手裏。這眞是天賜良機，正好借你這老兒，讓我在衆丐之前示武立威。」那知他剛一用勁，掌心立感燙熱無比，猶似握到了一塊紅炭，急忙撤手，手掌卻已被對方牢牢抓住，這股燙熱宛如一直燒到了心裏，忍不住大叫：「啊唷！」登時臉色慘白，雙淚眞流，痛得彎下腰去，幾欲暈倒。

丐幫四大長老見狀大驚，一齊搶上護持。簡長老是四長老之首，將手中鋼杖在山石上一頓，錚的一響，火花四濺，怒道：「裘老幫主，你遠來是客，我們楊幫主年紀輕着，你怎能考較起他功夫來啦？」

裘千仞冷冷的道：「我好好跟他拉手，是貴幫幫主先來老較老朽啊。楊幫主存心要捏碎我這幾根老骨頭。」他口中說着話，手上絲毫不鬆，說一句，楊康「哎喲」一聲，等他這幾句話說完，楊康聲音微弱，已痛得暈了過去。

裘千仞鬆手外揮，楊康知覺已失，直跌出去。魯有脚急忙搶上扶住。簡長老怒道：「裘老幫主，你……你……這是甚麼用意？簡直豈有此理？」裘千仞哼了一聲，左掌向他臉上拍去。簡長老舉起鋼杖擋格。裘千仞變招快極，左手下壓，已抓住鋼杖杖頭。

他掌緣甫觸杖頭，尚未抓緊，已向裏奪。簡長老武功殊非泛泛，一驚之下，抓杖不放，裘千仞竟沒將杖奪到，右掌似風，忽地向左橫掃，噹的一聲，擊在鋼杖腰裏。簡長老雙手虎口震裂，鮮血長流，再也把持不住，鋼杖被他奪了過去。裘千仞橫杖反挑，同時架開彭梁二老的刀劍，收杖之際，右肘乘勢撞向魯有脚面門，於片刻之間便將丐幫四老盡皆逼開。羣丐相顧駭然，各取兵刃，只待幫主號令，就要擁上與鐵掌幫拚鬥。

裘千仞左手握住鋼杖杖頭，右手握住杖尾，哈哈一聲長笑，雙手暗運勁力，大喝一聲，要將鋼杖折爲兩截。那知簡長老這鋼杖千鍊百錘，極是堅靭，這一下竟沒折斷，只是被他兩膀神力拗得彎了下來。裘千仞勁力不收，那鋼杖慢慢彎轉，拗成了弧形。羣丐又驚又怒，忽見他左臂後縮，隨卽向前揮出，那弧形鋼杖倏地飛向空中，急向對面山石射去，錚的一聲巨響，杖頭直揷入山石之中，鋼石相擊之聲，嗡嗡然良久方息。

他顯了這手功夫，羣丐固然個個驚服，黃蓉更是駭異，心道：「這老兒明明是個沒本事的大騙子，怎地忽然變得如此厲害？多半是他跟楊康、簡長老串通了，又搞甚麼詭計，這鋼杖之中定然另有古怪。」一頭頂月光照耀，四周火把相襯，瞧瞧明明白白，確是在歸雲莊、牛家莊兩地所見的裘千仞。她轉頭向郭靖瞧去，見他仍是仰首上望，在這當口竟然觀起天象來，難道驚怒交集之下，當眞急心瘋了？她關心郭靖，也不再去想裘千仞玩的是甚麼把戲，一雙妙目只是瞧着郭靖的神情。

裘千仞冷然說道：「鐵掌幫和貴幫素來河水不犯井水，聞得貴幫今日大會君山，在下好意前來拜會，貴幫幫主何以一見面就給在下一個下馬威？」

簡長老爲他威勢所懾，心存畏懼，聽他言語之中敵意不重，忙道：「那是裘老幫主誤會了。老幫主威震四海，我們素來是十分敬仰的。今日蒙老幫主光降，敝幫上下全感榮寵。」

裘千仞昂首不答，神氣之間驕氣逼人，過了良久方道：「聽說洪老幫主仙去了，天下英雄，又弱一個，可惜啊可惜。貴幫奉立了這樣一位新幫主，唉，可嘆啊可嘆！」此時楊康已然甦醒，聽他當面譏刺，卻是敢怒而不敢言，但覺右掌仍是如火燒炙，五根手指已腫得如五枝山藥一般。丐幫四長老一時不知如何接口。裘千仞道：「在下今日拜會，有一樁事要向貴幫請教，此外卻有一份重禮奉獻。」簡長老道：「不敢，但請裘老幫主示下。」

裘千仞道：「前幾日敝幫有幾位兄弟奉老朽之命出外辦事，不知怎生惹惱了貴幫兩位朋友，將他們打得重傷。敝幫兄弟學藝不精，原本沒有話說，只是江湖上傳揚開來，鐵掌幫這個臉卻丟不起。老朽不識好歹，要領教領教貴幫兩位朋友的手段。」

楊康對丐幫兄弟原無絲毫愛護之心，豈敢爲了兩名幫衆而再得罪於他，當下說道：「是誰擅自惹事，和鐵掌幫的朋友動過手啦？快出來向裘老幫主陪罪。」

丐幫自洪七公接掌幫主以來，在江湖上從未失過半點威風，現下洪七公一死，新幫主竟如此軟弱，羣丐聽了他這幾句言語，無不憤恨難平。

黎生和余兆興又從人叢中出來，走上數步。黎生朗聲道：「啓稟幫主：本幫幫規第四條言明，凡我幫衆，須得行俠仗義，救苦扶難。前日我們兩人路見鐵掌幫的朋友欺壓良民，還要擄掠婦女，我二人忍耐不住，是以出頭阻止，動起手來，傷了鐵掌幫的朋友。」

楊康道：「不管怎樣，還是向裘老幫主陪罪罷。」

黎生和余兆興對望一眼，氣憤塡膺，若不陪罪，那是違了幫主之命，若去陪罪，這口氣實在難咽。黎生大聲叫道：「衆位兄弟，要是老幫主在世，決不能讓咱們丟這個臉。今日小弟是寧死不辱！」順手從裏腿中抽出一把短刀，一刀插在心裏，立時氣絕。余兆興撲上前去搶起短刀，在自己胸口也是一刀，死在黎生身上。

衆丐見二人不肯受辱而自刎，羣情洶湧，只是丐幫幫規極嚴，若無幫主號令，誰也不敢有甚麼異動。

裘千仞淡淡一笑，道：「這件事如此了結，倒也爽快。現下我要給貴幫送一批禮物。」左手一揮，他身後數十名黑衣大漢打開攜來的箱籠，各人手捧一盤，躬身放在楊康身邊，盤中金光燦然，盡是金銀珠寶之屬。衆丐見他們突然拿出金珠，更是詫異。裘千仞道：「鐵掌幫雖然有口飯吃，可拿不出這等重禮，這份禮物是大金國趙王爺託老朽轉送的。」

楊康又驚又喜，忙問：「趙王爺他在那裏？我要見他。」裘千仞道：「這是數月之前，趙王爺差人送到敝處的，命老朽有話轉告貴幫。」楊康嗯了一聲，心道：「那是爹爹南下之前安排下的事了，卻不知他送禮給這批叫化兒們作甚？」只聽裘千仞道：「趙王爺敬慕貴幫英雄，特命老朽親自來獻禮結納。」楊康欣然道：「有勞老幫主貴步，何以克當？」裘千仞笑道：「楊幫主年紀雖輕，倒是十分的通情達理，那是遠過洪幫主的了。」

楊康在燕京時未曾聽說完顏洪烈要與丐幫打甚麼交道，此時急欲知道他的用意，問道：「不知趙王爺對敝幫有何差遣，要請老幫主示下。」裘千仞笑道：「差遣二字，決不能提。趙王爺只對老朽順便說起，言道北邊地瘠民貧，難展駿足……」楊康接口道：「趙王爺是要我們移到南方來？」裘千仞笑道：「楊幫主聰明之極，適才老朽實是失敬。趙王爺言道：江南、湖廣地暖民富，丐幫衆兄弟何不南下歇馬？那可勝過在北邊苦寒之地多多了。」楊康笑道：「多承趙王爺與老幫主美意指點，在下自當遵從。」

裘千仞想不到對方竟一口答應，臉上毫無難色，倒也頗出意料之外，轉念一想，料來此人年輕懦弱，適才給自己鐵掌一捏之下，痛得死去活來，心中怕極，此刻自己不論說甚麼，他都不敢有絲毫違抗，但丐幫在北方根深柢固，豈能說撤便撤？事後羣丐計議，勢必反悔，須當敲釘轉脚，讓丐幫將來無法反口，於是說道：「大丈夫一言而決。楊幫主今日親口答應，丐幫衆兄弟撤過大江，今後不再北返的了？」

楊康正欲答應，魯有脚忽道：「啓稟幫主：咱們行乞爲生，要金珠何用？再說，我幫幫衆數十萬，足迹遍天下，豈能受人所限？還請幫主三思。」

楊康這時已然明白完顏洪烈的心意。他早知丐幫在江北向來與金人爲敵，諸多掣肘，金兵每次南下，丐幫必在金兵後方擾亂，或刺殺將領，或焚燒糧食，若將丐幫人衆南撤，自然大利金人南征，於是說道：「這是裘老幫主的一番美意，我們若是不收，倒顯得不恭了。金珠寶物我不要分，四位長老，待會盡數俵分與衆兄弟罷。」

魯有脚急道：「咱們洪老幫主號稱『北丐』，天下皆聞，北邊基業，豈能輕易捨卻？我幫忠義報國，世世與金人爲仇，禮物決不能收，撤過長江，更是萬萬不可。」

楊康勃然變色，正欲答話，彭長老笑道：「魯長老，我幫大事是決於幫主，不是決於你罷？」魯有脚凜然道：「若要忘了忠義之心，我是寧死不從。」楊康道：「簡、彭、梁三位長老，你們之意若何？」簡梁二長老遲疑未答，均覺丐幫撤過長江之舉頗爲不妥。彭長老卻大聲道：「但憑幫主吩咐。屬下豈敢有違？」

楊康道：「好，八月初一起，我幫撤過大江。」此言一出，羣丐中倒有一大半鼓噪起來。楊康見衆丐喧嚷，一時不知所措。簡、彭、梁三老大聲喝止，但鼓躁的皆是汚衣派羣丐，對三老都不加理會。

彭長老喝道：「魯長老，你是要背叛幫主不成？」魯有脚凜然道：「縱然千刀分屍，我也不敢欺尊滅長、背叛幫主。只是我幫列祖列宗遺訓，魯有脚更加不敢背棄。金狗是我大宋世仇，洪老幫主平日對咱們說甚麼話來？」簡、粱二長老垂頭不語，心中頗有悔意。

裘千仞見形勢不佳，若不將魯有脚制住，只怕此行難有成就，當下冷笑一聲，對楊康道：「楊幫主，這位魯長老跋扈得緊哪？」一語方罷，雙手暴發，猛往魯有脚肩上拿去。魯有脚當他冷笑之時，已有防備，知他手掌厲害，不敢硬接，猛地裏身形急矮，已從他胯下鑽過，腰未伸直，呼呼呼三脚往他臀上踢去。他名字叫魯有脚，這腿上功夫果然甚是了得，出足快捷無倫。裘千仞見他忽從自己胯下鑽過，心想此人招數好怪，覺得身後風響，急忙回掌力拍，魯有脚第三脚若是將勁用足，原可踢中他後臀，但若被對方鐵掌擊中，自己足脛卻也經受不起，足到中途，硬生生收轉，一個觔斗，從他身旁翻過，突然一口濃痰向裘千仞臉上吐去。裘千仞側頭避過，見他怪招百出，不覺一怔。

楊康喝道：「魯長老不得對貴客無禮！」魯有脚聽得幫主呼喝，當即退了兩步。裘千仞卻毫不容情，雙手猶似兩把鐵鉗，往他咽喉扼來。魯有脚暗暗心驚，翻身後退，只聽得敵人「嘿」的一聲，自己雙手已落入他掌握之中。

魯有脚身經百戰，雖敗不亂，用力上提沒能將敵人身子挪動，立時一個頭鎚往他肚上撞去。他自小練就銅鍾鐵頭之功，一頭能在牆上撞個窟窿。某次與丐幫兄弟賭賽，和一頭大雄牛角力，兩頭相撞，他腦袋絲毫無損，雄牛卻暈了過去。現下這一撞縱然不能傷了敵人，但雙手必可脫出他的掌握，那知頭頂剛與敵人肚腹相接，立覺相觸處柔若無物，宛似撞入了一堆棉花之中，心知不妙，急忙後縮，敵人的肚腹竟也跟隨過來。魯有脚用力掙扎，裘千仞那肚皮卻有極大吸力，牢牢將他腦袋吸住，驚惶之中只覺腦門漸漸發燙，同時雙手也似落入了一隻熔爐之中，既痛且熱。

裘千仞喝道：「你服了麼？」魯有脚罵道：「臭老賊，服你甚麼？」裘千仞左手用勁，格格幾響，將他右手五指指骨盡數捏斷，再問：「服了麼？」魯有脚又罵：「臭老賊，服你甚麼？」格格幾響，左手指骨又斷。他疼得神智迷糊，口中卻仍是罵聲不絕。

裘千仞道：「我肚皮運勁，把你腦袋也軋扁了，瞧你還罵不罵？」語聲未畢，丐羣中忽地躍出一人，身高膀寬，正是郭靖。

只見他大踏步走到魯有脚身後，高舉右掌，在他後臀拍拍拍連打三下，清脆可聞。這三下雖然打在魯有脚後臀之上，裘千仞只覺一股力道從魯有脚頭頂傳向自己肚腹，騰騰騰連撞三下，這三下一撞重似一撞，登時將肚上的吸力盡數化解。魯有脚斗然覺得頭頂一鬆，急忙站直身子，但雙手仍被對方緊握不放。郭靖叫道：「你不是裘老前輩敵手，走開罷！」左腿横掃，正好踢在他的肩頭。

這一腿仍和適才一般，着力之處雖在他的身上，但受力之點卻是傳到裘千仞雙臂。裘千仞但感虎口劇震，抓緊對方的掌力不由自主的鬆了。魯有脚得此良機，借着郭靖這一腿之力斜裏竄出，只是頭頂被吸得久了，一陣天旋地轉，站立不穩，倒在地上。

裘千仞見郭靖露了這三掌一腿，不由得暗驚，此人小小年紀，居然有隔物傳勁的本事，想不到丐幫之中還有這等人物，當下緊守門戶，並不搶先進攻。羣丐卻不明就裏，先前早認定郭靖是殺害幫主的幫兇，又見魯有脚被他踢倒，當下大聲呼喊，紛紛擁上。

郭靖本來手足被鋼絲和牛皮條絞成的繩索牢牢縛住，絲毫動彈不得，一直在仰觀北斗，潛思全眞七子當日在牛家村所使的陣法，再和記得滾瓜爛熟的九陰眞經經文反覆參照，許多疑難不明之處，一步步的在心中出現了解答。九陰眞經爲前輩高人自道藏中所悟，與馬鈺所傳的全眞派道家內功、全眞七子的天罡北斗陣皆是一脈相通，只不過更爲高深奧妙而已，只是郭靖悟心實在太差，事隔多月，始終領會不到其間的關連之處，此時見到天上北斗，這才隱隱約約的想到了。當裘千仞與楊康、簡長老、魯有脚等人一問一答之際，他卻正自全神思念眞經下卷中所述的「收筋縮骨法」。這縮骨法的最下乘功夫，是鼠竊狗盜的打洞穿窬之術，但練到上乘，卻能將全身筋骨縮成極小的一團，就如刺蝟箭豬之屬遇敵蜷縮一般。郭靖在明霞島上遵洪七公之囑，起手習練「易筋鍛骨篇」，此時已有小成，基礎旣佳，一經依法施爲，不知不覺間就將手脚上束縛的繩索卸去。他身手之靈活，實勝於頭腦十倍，繩索雖已卸脫，心中兀自不明白何以得能如此。

彭長老本在郭靖身畔，忽見他脫縛而出，吃驚非小，伸臂一把抓去沒有抓住，俯首但見地下空餘一團繩索，仍是牢牢的互相鈎結，而縛着的人卻如一條泥鰍般滑了出去，待要上前追趕，只見他已將魯有脚救出。彭長老心想挺身上前未必能討得了好去，口中大呼：「拿住這小賊！」一雙足卻釘在地下不動。

郭靖被縛得久了，甚是氣憤，體念黃蓉心意，想她小孩脾氣，必然惱怒更甚，雖知羣丐受楊康欺蒙，並非有意與自己爲敵，但見衆人高呼攻來，心道：「今日不好好打你們一頓，難消蓉兒胸中之氣！」有心要試試剛好想通的天罡北斗陣法，雙臂一振，足下已踏定了「天權」之位。

但見六七名丐幫幫衆同時從前後左右撲到，郭靖雙足挺立，凝如山岳，左臂橫在胸前。先到的三名幫衆同時伸手往他臂上抓去，郭靖只是不動，片刻間又有數人攻上。郭靖斗然間抽回手臂，滴溜溜的轉了個圈子，在丐幫這幾人後心疾施手脚，或推其背，或撞其腰，又或是踢其屁股，只聽「哎唷」「啊喲」「賊廝鳥」一連串叫喊，六七人跌成一團。

郭靖心下歡喜：「這法子果然使得。」回過身來，正要去抓楊康跟他算帳，月光下只見兩名丐幫幫衆撲向黃蓉，只怕她受了傷害，相距旣遠，救援不及，自己身上又無暗器，情急之下，彎腰除下脚上一對布鞋用力直揮出去。這計策本來他也想不出來，但聽江南六怪述說當年在法華寺大戰的情形，二師父朱聰曾除鞋投擲丘處機，於是也學上一手。

那兩名幫衆惟恐黃蓉也如郭靖一般脫身，各持兵刃，要將她卽行殺了，好替老幫主報仇，那知剛奔到黃蓉身前，兵刃尙未舉起，忽覺後心風聲峻急，有物飛擲而至，知道有人暗算。一個武功較高，急忙轉身，郭靖的鞋子正好打在他胸口，另一個未及回身，鞋子已到，卻是打在背脊之上。布鞋雖然柔軟輕飄，但被郭靖內力用上了，勁道亦是非同小可，兩人立脚不住，一個仰跌，一個俯衝，齊齊滾倒。彭長老站在鄰近，見郭靖以布鞋打人竟也如此剛猛凌厲，更是驚懼，忙退開數步。

郭靖揮手推開三名丐幫幫衆，急奔到黃蓉身旁，俯身去解她身上繩索，只解開一個結，丐幫幫衆已然湧到。郭靖索性坐在地下，就學丘處機、王處一等人以天罡北斗陣禦敵之法，只伸右掌迎戰，將黃蓉放在雙膝之上，左手慢慢解那繩結。他曾得周伯通傳授雙手互搏、一心二用之術，這時左手解索，右手迎敵，絲毫不見局促。

不到一盞茶時分，靖蓉二人身周已重重疊疊的圍了成百名幫衆，後面的人別說出手，連郭靖的身子也望不到一眼。

郭靖只以單掌防衛，始終不施攻擊殺手，直到將黃蓉手脚上的繩索盡數解開，又取出她口中麻核，才道：「蓉兒，你沒甚麼傷痛罷？」黃蓉側臥在他膝上，卻不起身，說道：「就是混身酸麻，倒沒受傷。」郭靖道：「好，你躺着歇一會兒，瞧我給你出氣。」兩人一個坐地，一個高臥，竟將四周兵刃亂響、高聲喧嘩的羣丐視若無物。黃蓉笑道：「你動手罷，只是別當眞傷了我的徒子徒孫。」郭靖道：「我理會得。」左掌輕輕撫摸她的一頭秀髮，右掌忽地發勁，砰砰砰三響，三名幫衆從人羣頭頂飛了出去。

羣丐一陣大亂，又有四人被他以掌力甩出。只聽人羣中有人叫道：「衆兄弟退開，讓八袋弟子對付兩名小賊。」正是簡長老的聲音。羣丐聽到號令，紛紛散開，靖蓉身旁只餘下三人，另有五人從後搶上，八人分站四周。這八丐背後都背負八隻麻袋，是丐幫中僅次於四大長老的人物，每人均統率一路幫衆，那接引楊康的瘦胖二丐亦在其內。八袋弟子原共九人，黎生自刎而死，就只賸下八人了。

郭靖知道目下對手雖減，但個個都是高手，正欲站起，黃蓉低聲道：「坐着打，你對付得了。別將他們瞧在眼裏。」郭靖心想：「若是八人齊上，卻是不易抵擋，須得先打倒幾個。」

認得胖瘦二丐是從牛家村接引楊康來此之人，左手抓起從黃蓉身上解下來的繩索，一招「斷脛盤打」着地掃去。這是馬王神韓寶駒當年所授金龍鞭法中的一招，鞭法雖同，只是他功力大進之後，使將出來便威力倍加。

胖瘦二丐見鋼索掃到，忙縱身躍起閃避。郭靖舞動鋼索，化成一道索牆，擋住前、左、後三方，卻將右面留出空隙。這破綻正在胖瘦二丐身前，其餘六丐卻盡被鋼索阻住，急切間攻不進去。二丐見有機可乘，立時撲上，只聽得簡長老急叫道：「攻不得！」但爲時已然不及，郭靖掌去如風，拍拍兩掌，分別擊在二丐肩頭。二丐身不由主的疾飛而出，撞向鐵掌幫的一衆黑衣漢子。

二丐受力雖同，但二人肥瘦有別，份量懸殊，重的跌得近，輕的飛出遠。砰砰兩響，撞倒了兩名黑衣漢子。裘千仞原在一旁袖手觀戰，見二丐飛跌而出，也不以爲意，但聽到相撞之聲，卻不由得吃了一驚，心道：「我們的人非死必傷。」搶上前去，只見胖瘦二丐已一躍站起，並無損傷，鐵掌幫的兩名幫衆卻已被撞得筋折骨斷，爬在地下。裘千仞大怒，剛欲回頭，只聽身後風響，又有兩名丐幫的八袋弟子被郭靖以掌力甩了出來。

裘千仞知道郭靖所使的這般隔物傳勁之力是遠重近輕，丐幫弟子親受者小，但被他們撞着了，受力卻是極重，當下回臂將一丐往無人處斜裏推出，隨卽雙掌併攏，呼的一聲，往另一丐背心擊去。這一擊是他生平賴以成名的鐵掌功夫，若是勝過郭靖掌力，便不但抵消了來力，還能以餘力重創那丐，否則自己縱不受傷，也會被擊得跌倒或是後退。

丐幫四老和黃蓉知他這雙掌一擊是正面和郭靖的功力比拚，勝負之間，關係非小，俱都凝神注視，但見他雙掌發出，那八袋弟子倒飛丈許，隨卽輕輕巧巧的落在地下，呆了一呆，轉身又向郭靖奔去，竟是絲毫沒有受傷。這一來，丐幫四老均知郭靖與裘千仞的武功大致是在伯仲之間，雖然郭靖稍有不及，卻也相差不遠，實是可驚可畏。黃蓉更感驚疑：「這老騙子功夫甚是尋常，怎能擋得住靖哥哥這一掌之力？這是硬接硬架的眞本事，萬萬不能施甚鬼蜮伎倆，好教人難以索解。」裘千仞一招接過，已試出郭靖的眞實功夫，以內力修爲而論，自己尙勝他半籌，但這小子與丐幫友敵難分，自己身在險地，犯不着在此與他拚鬥，當下右手一揮，約束鐵掌幫諸人退後。

丐幫八袋弟子的武功只與尹志平、楊康之儔相若，郭靖一起手就擊倒了四人，雖有一人回來重行加入戰團，但郭靖將降龍十八掌與天罡北斗陣配在一起，以威猛之勢，濟以靈動之變，這五丐怎能抵擋得住？若非郭靖瞧在師父臉上，早已將五丐打得非死卽傷，只鬥了十餘招，又以掌力震倒二丐。餘下三丐不敢進攻，轉身欲逃，郭靖左手鋼索揮出，捲住二人足踝，扯到身旁。黃蓉道：「綁住了！」郭靖抄起鋼索，將兩人手足反縛在一起。

黃蓉見他大獲全勝，旣驚且喜，心想擒獲自己的是那滿臉笑容的彭長老，記得師父曾說過江湖上有一門懾心之術，能使人忽然睡去，受人任意擺布，毫無反抗之力，想來這彭長老所用的正是這門邪術，問道：「靖哥哥，九陰眞經中載得有甚麼『懾心法』麼？」郭靖道：「沒有……」黃蓉好生失望，低聲道：「提防那笑臉惡丐，莫與他眼光相接。」郭靖點頭道：「我正要狠狠打這傢伙一頓出氣！」說着扶了黃蓉背脊，兩人一齊站起身來。郭靖瞪視楊康，大踏步向他走去。

楊康當郭靖大展神威、力鬥羣丐之際，心中已自惴惴不安，只盼羣丐倚多爲勝，將他制服，那知羣丐逐一敗退，郭靖卻向自己逼來，只要被他一近身，那裏還有性命？情急之下，高聲叫道：「四位長老，咱們這裏無數英雄好漢，豈能任由這小賊猖狂？」嘴裏喊得急，脚下也不慢了，忙退在簡長老身後。簡長老回首低聲道：「幫主放心，小賊武功再高，總是敵不過人多，咱們用車輪戰困死他。」提高嗓子叫道：「八袋弟子，布堅壁陣！」

一名八袋丐首應聲而出，帶頭十多名幫衆排成前後兩列，各人手臂相挽，十六七人結成一堵堅壁，發一聲喊，突然低頭向靖蓉二人猛衝過去。

黃蓉叫聲：「啊喲！」一閃身向左躍開。郭靖向右繞過，東西兩邊又有兩排幫衆衝了過來。郭靖見羣丐戰法怪異，待這堅壁衝近，竟不退避，雙掌突發，往壁中那人身上推去。他掌力雖強，可是這堅壁陣合十餘人的體重，再加上疾衝之勢，那裏推挪得開？那堅壁中心受力，微微一頓，兩翼卻包抄上來。郭靖一個踉蹌，險被這股巨力撞得摔倒，急忙左足一點，倏地飛起，從人牆之頂竄了過去，身子尙未落地，只叫得聲苦，但見迎面又是一堵幫衆列成的堅壁衝到，忙吸口氣，右足點地，又從衆人頭上躍過。豈知那些堅壁一堵接着一堵，竟似無窮無盡，前隊方過，立即轉作後隊，翻翻滾滾，便如巨輪般輾將過來。郭靖武功再強，終究寡不敵衆，至此已成束手待縛之勢。

黃蓉身法靈動，縱躍功夫也高過郭靖，但時刻稍久，一隊隊的移動巨壁越來越多，趨避奔竄之際漸感心跳氣喘，東閃西躲了一陣，竟與郭靖會在一起，漸漸被逼向山峯一角。黃蓉心念一動，叫道：「靖哥哥，退向崖邊。」郭靖聽了，一時尙未領會，但依言退向懸崖，眼見離崖邊只餘五六尺之地，丐幫的堅壁竟然停步不衝。郭靖恍然大悟：「啊，下面是個深谷，衝過來收不住脚，不跌死才怪。」向黃蓉望了一眼，剛要說她聰明，卻見她臉上突轉憂色，只見一堵又厚又寬的人牆緩緩移近，這番不是猛衝，卻是要慢慢的將二人擠入深谷之中，同時是成百人前後連成了十餘列，再也縱躍不過。

郭靖在蒙古之時，曾與馬鈺晚晚上落懸崖，這君山之崖遠不及大漠中懸崖的高險，眼見巨壁漸近，叫道：「蓉兒，你伏在我背上，咱們下去。」黃蓉嘆道：「不成啊，他們會用大石頭投擲，那是死路一條。」郭靖徬徨無計，不知如何，在這生死懸於一髮之際，忽然想起了九陰眞經上卷中的一段文字，說道：「蓉兒，眞經中有一段叫做『移魂大法』，只怕跟你說的甚麼懾心法差不多……好，咱們跟他們拚了，要摔麼大家一齊下去。」黃蓉嘆道：「這些都是師父手下的好兄弟，咱們多殺人又有何益？」

郭靖空然雙臂直伸，抱起她身子，低聲道：「快逃！」在她頰上親了一親，奮起平生之力，將她向軒轅台上擲去。黃蓉只覺猶似騰雲駕霧般從數百人的頭頂飛過，知道郭靖要獨擋羣丐，好讓自己乘隙逃走，雙膝微彎，輕輕落在台上，心中又酸又苦，卻見楊康正自得意洋洋的站在台角，指手劃脚，呼喝督戰，這良機豈肯錯過，足未站定，和身向前撲出，左手手指已搭住綠竹杖的杖頭。

楊康斗然見她猶似飛將軍從天而降，猛吃一驚，舉杖待擊，黃蓉右手食中二指倏取他的雙目，同時左足翻起，已將竹杖壓住。楊康武功本就不及黃蓉，而她這一招又是洪七公所授打狗棒法的絕招「獒口奪杖」，倘若竹杖被高手敵人奪去，只要施出此招，立時奪回，百發百中，卽是武功高出楊康數倍之人，遇上這招也決保不住手中桿棒。黃蓉奪杖是主，取目是賓，卻因手法過快，手指竟已戳得楊康眼珠劇痛，好一陣眼前發黑。楊康爲保眼珠，只得鬆手放開竹杖，隨卽躍下高台。

黃蓉雙手高舉竹杖，朗聲叫道：「丐幫衆兄弟立卽罷手停步。洪幫主並未歸天，全是奸徒造謠。」羣丐一聽，盡皆愕然，此事來得太過突兀，難以相信，但樂聞喜訊，惡聽噩耗，原是人之常情，當下人人回首望着高台。黃蓉又叫：「衆兄弟過來，請聽我說洪幫主消息。」楊康眼睛兀自疼痛，但耳中卻聽得清楚，在台下也高聲叫道：「我是幫主，衆兄弟聽我號令，快把那男賊擠下崖去，再來捉拿這胡說八道的女賊。」

丐幫幫衆對幫主奉若神明，縱有天大之事，對幫主號令也決不敢不遵，聽到楊康的號令，當卽發一聲喊，踏步向前。黃蓉叫道：「大家瞧明白了，幫主的打狗棒在我手中，我是丐幫幫主。」羣丐一怔，幫主打狗棒被人奪去之事，實是從所未聞，猶豫之間，又各停步。

黃蓉叫道：「我丐幫縱橫天下，今日卻被人趕上門來欺侮。黎生、余兆興兩位兄弟給人逼死，魯長老身受重傷，那是爲了甚麼緣故？」羣丐激動義憤，倒有半數回頭過來聽她說話。黃蓉又道：「只因爲這姓楊的奸賊與鐵掌幫勾結串通，造謠說洪老幫主逝世。你們可知這姓楊的是誰？」羣丐紛紛叫道：「是誰？快說，快說。」有的卻道：「莫聽這女賊言語，亂了心意。」衆人七張八嘴，莫衷一是。

黃蓉叫道：「這人不是姓楊，他姓完顏，是大金國趙王爺的兒子。他是存心來滅咱們大宋來着。」羣丐俱各愕然，卻無人肯信。黃蓉尋思：「這事一時之間難以教衆人相信，只好以毒攻毒，且栽他一贓。」探手入懷，一摸懷中各物幸好未被搜去，當即掏出那日朱聰從裘千仞身上偷來的鐵掌，高高舉起，叫道：「我剛才從這姓完顏的奸賊手中搶來這東西。大家瞧瞧，那是甚麼？」

羣丐與軒轅台相距遠了，月光下瞧不明白，好奇心起，紛紛湧到台邊。有人叫了起來：「這是鐵掌幫的鐵掌令啊，怎麼會在他的手裏？」

黃蓉大聲道：「是啊，他是鐵掌幫的奸細，身上自然帶了這個標記。丐幫在北方行俠仗義，已有幾百年，爲甚麼這姓楊的擅自答應撤向江南？」

楊康在台下聽得臉如死灰，右手一揚，兩枚鋼錐直向黃蓉胸口射去。他相距既近，出手又快，但見兩道銀光激射而至。黃蓉未加理會，羣丐中已有十餘人齊聲高呼：「留神暗器，小心了！」「啊喲不好！」兩枚鋼錐在軟蝟甲上一碰，錚錚兩聲，跌在台上。

黃蓉叫道：「完顏康，你若非作賊心虛，何必用暗器傷我？」

羣丐見暗器竟然傷她不得，更是駭異萬狀，紛紛議論：「到底誰是誰非？」「洪幫主眞的沒死麼？」人人臉上均現惶惑之色，一齊望着四大長老，要請他們作主。衆丐排成的堅壁早已散亂，郭靖從人叢中走到台邊，也無人再加理會。

軒轅台

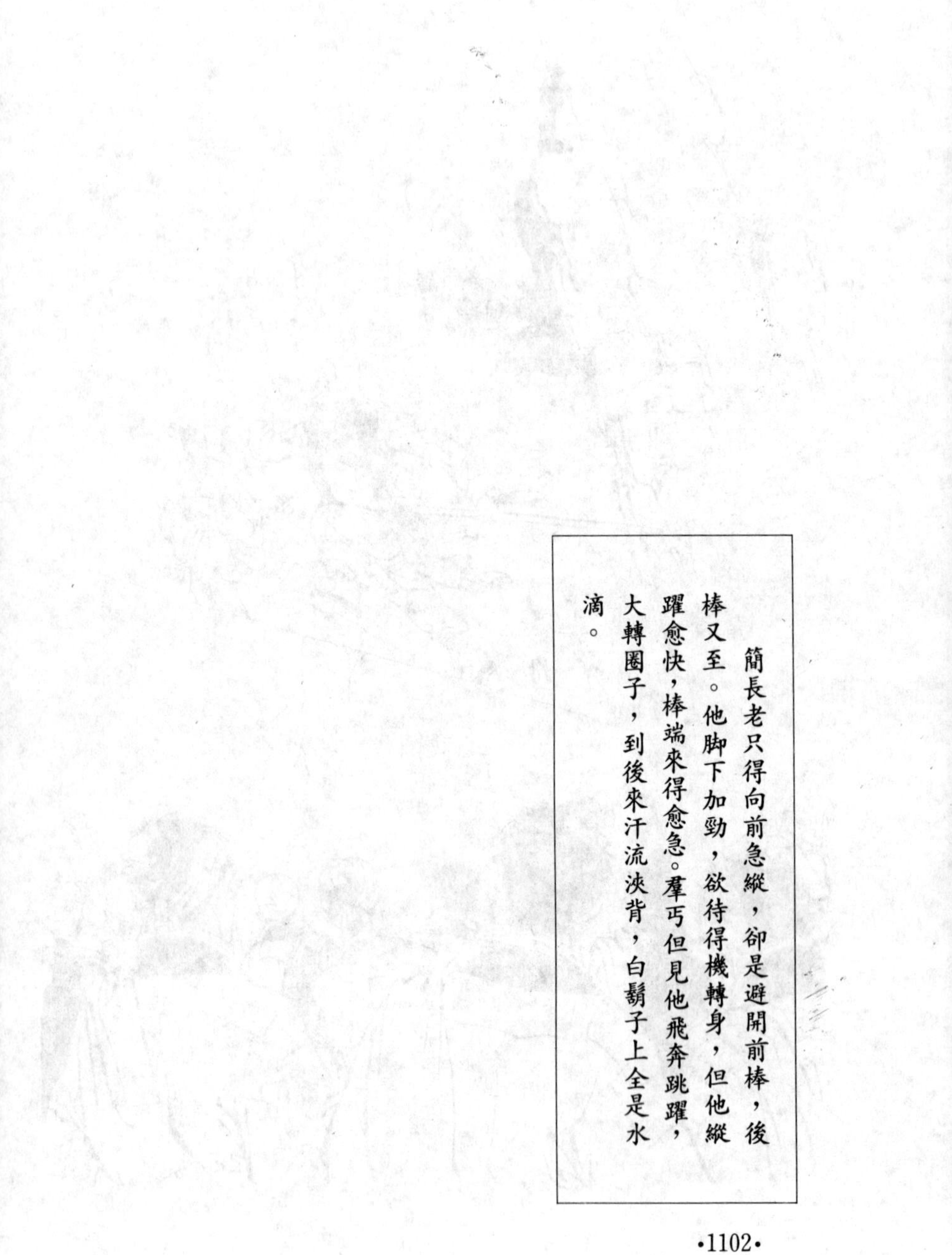

簡長老只得向前急縱，卻是避開前棒，後棒又至。他腳下加勁，欲待得機轉身，但他縱躍愈快，棒端來得愈急。羣丐但見他飛奔跳躍，大轉圈子，到後來汗流浹背，白鬍子上全是水滴。

第二十八回　鐵掌峯頂

此時魯有脚已經醒轉，四長老聚在一起商議。魯有脚道：「現下眞相未明，咱們須得對兩造詳加詢問，當務之急是査實老幫主的生死。」淨衣派三老卻道：「咱們既已奉立幫主，豈能任意更改？我幫列祖列宗相傳的規矩，幫主號令決不可違。」四人爭執不休。魯有脚雙手指骨齊斷，只痛得咬牙苦忍，但言辭之中絲毫不讓。

淨衣三老互相打個手勢，走到楊康身旁。彭長老高聲說道：「咱們只信楊幫主的說話。這個小妖女幫着奸人害死了洪老幫主，企圖脫罪免死，卻在這裏胡說八道。她妖言惑衆，決不能聽。衆兄弟，把她拿下來好好拷打，逼她招供。」

郭靖躍上台去，叫道：「誰敢動手？」衆人見他神威凜凜，無人敢上台來。

裘千仞率領徒衆遠遠站着，隔岸觀火，見丐幫內鬨，暗自歡喜。

黃蓉朗聲說道：「洪幫主眼下好端端在臨安大內禁宮之中，只因愛吃御廚食物，不暇分身，是以命我代領本幫幫主之位。待他吃飽喝足，自來與各位相見。」丐幫中無人不知洪幫主嗜吃如命，均想這話倒也有八分相像，只是要她這樣一個嬌滴滴的小姑娘代領幫主之位，卻也太過匪夷所思。

黃蓉又道：「這大金國的完顏小賊邀了鐵掌幫做幫手，暗使奸計害我，偷了幫主的打狗棒來騙人，你們怎麼不辨是非，胡亂相信？我幫四大長老見多識廣，怎地連這一個小小的奸計竟也瞧不破、識不透？」羣丐忽然聽她出言相責，不由得望着四大長老，各有相疑之色。

楊康到此地步，只有嘴硬死挺，說道：「你說洪幫主還在人世，他何以命你接任幫主？他要你作幫主，又有甚信物？」黃蓉將竹杖一揮道：「這是幫主的打狗棒，難道還不是信物？」楊康強顏大笑，說道：「哈哈，這明明是我的法杖，你剛才從我手中強行奪去，誰不見來？」黃蓉笑道：「洪幫主若是授你打狗棒，怎能不授你打狗棒法？若是授了你打狗棒法，這打狗棒又怎能讓我奪來？」

楊康聽她接連四句之中，都提到打狗棒，只道她是出言輕侮，大聲說：「這是我幫幫主的法杖，甚麼打狗棒不打狗棒，休得胡言，褻瀆了寶物。」他自以爲此語甚是得體，可以討得羣丐歡心，豈知這竹棒實是叫作「打狗棒」，胖瘦二丐因敬重此棒，與楊康偕行時始終不敢直呼「打狗棒」之名。他這幾句話明明是自認不知此棒眞名，羣丐立卽瞪目相視，臉上均有怒色。楊康已知自己這幾句話說得不對，只是不知錯在何處，萬料不到如此重要的一根法杖，竟會有這般粗俗的名字。

黃蓉微微一笑，道：「寶物長，寶物短的，你要，那就拿去。」伸出竹杖，候他來接。

楊康大喜，欲待上台取杖，卻又害怕郭靖。彭長老低聲道：「幫主，我們保駕。先拿回來再說。」便即躍上，楊康與簡粱二老跟着上台。魯有脚見黃蓉落單，也躍上台去，雙手垂在身側，心想：「我指骨雖斷，可還有一雙脚。『魯有脚』這名字難道是白叫的嗎？」

黃蓉大大方方將竹杖向楊康遞去。楊康防她使詭，微一遲疑，豎左掌守住門戶，這才接杖。黃蓉撒手離杖，笑問：「拿穩了麼？」楊康緊握杖腰，怒問：「怎麼？」黃蓉突然左手一搭，左足飛起，右手前伸，倏忽之間又將竹杖奪了過來。

簡彭粱三長老大驚欲救，竹杖早已到了黃蓉手中，這三老都是武功高手，三人環衛，竟自防護不住，眼睜睜被她空手搶了過去，不由得又驚又愧。

黃蓉將杖往台上一抛，道：「只要你拿得穩，就再取去。」楊康尚自猶豫，簡長老長袖揮出，已將竹杖捲起。這一揮一捲乾淨利落，實非身負絕藝者莫辯。台下羣丐看得分明，已有人喝起采來。簡長老舉杖過頂，遞給楊康。楊康右手運勁，緊緊抓住，心想：「這次你除非把我右手砍了下來，否則說甚麼也不能再給你搶去了。」

黃蓉笑道：「洪幫主傳授此棒給你之時，難道沒教你要牢牢拿住，別輕易給人搶去麼？」格格笑聲之中，雙足輕點，從簡粱二老間斜身而過，直欺到楊康面前。簡長老左腕翻處，反手擒拿，但黃蓉這一躍正是洪七公親授的「逍遙遊」身法，靈動如燕，簡長老這一下便拿了個空，相距如是之近而居然失手，實是他生平罕有之事，心頭只微微一震，便聽得棒聲颯然，橫掃足脛而來。簡粱二老忙躍起避過。黃蓉笑道：「這一招的名稱，可得罪了，叫作『棒打雙犬』！」白衫飄動，俏生生的站在軒轅台東角，那根碧綠晶瑩的竹杖在她手中映着月色，發出淡淡微光。這一次奪杖起落更快，竟無人看出她使的是甚麼手法。

郭靖高聲叫道：「洪幫主將打狗棒傳給誰了？難道還不明白麼？」台下羣丐見她接連奪棒三次，一次快似一次，不禁疑心大起，紛紛議論起來。

魯有脚朗聲道：「衆位兄弟，這位姑娘適才出手，當眞是老幫主的功夫。」簡長老和彭梁二人對望一眼，他三人跟隨洪七公日久，知道這確是老幫主的武功。簡長老說道：「她是老幫主的弟子，自然得到傳授，那有甚希奇？」魯有脚道：「自來打狗棒法，非丐幫幫主不傳，簡長老難道不知這個規矩？」簡長老冷笑道：「這位姑娘學得一兩路空手奪白刃的巧招，雖然了得，卻未必就是打狗棒法？」

魯有脚心中也是將信將疑，說道：「好，姑娘請你將打狗棒法試演一遍，倘若確是老幫主眞傳，天下丐幫兄弟自然傾心服你。」簡長老道：「這套棒法咱們都是只聞其名，無人見過，誰能分辨眞假。」魯有脚道：「依你說怎地？」簡長老雙掌一拍，大聲叫道：「只要這位姑娘以棒法打敗了我這對肉掌，姓簡的死心塌地奉她爲主。若是再有二心，教我萬箭透身，千刀分屍。」魯有脚道：「嘿，你是本幫高手，二十年前便已名聞江湖。這位姑娘有多大年紀？她棒法縱精，怎敵得過你數十寒暑之功？」

兩人正自爭論未決，梁長老性子暴躁，已聽得老大不耐，挺力撲向黃蓉，叫道：「打狗棒法是眞是假，一試便知。看刀！」呼呼呼連劈三刀，寒光閃閃，這三刀威猛迅捷，但均避開黃蓉身上要害之處，又快又準，不愧是丐幫高手。

黃蓉將竹杖往腰帶中一插，足下未動，上身微幌，避開三刀，笑道：「對你也用得着打狗棒法？你配麼？」左手進招，右手竟來硬奪他手中單刀。

梁長老成名已久，見這乳臭未乾的一個黃毛丫頭竟對自己如此輕視，怒火上沖，三刀一過，立時橫砍硬劈，連施絕招。簡長老此時對黃蓉已不若先前敵視，知道中間必有隱情，只怕梁長老鹵莽從事，傷害於她，叫道：「梁長老，可不能下殺手。」黃蓉笑道：「別客氣！」身形飄忽，拳打足踢，肘撞指截，瞬息間連變了十幾套武功。

台下羣丐看得神馳目眩。八袋弟子中的瘦丐忽然叫道：「啊，這是蓮花掌！」那胖丐跟着叫道：「咦，這小姑娘也會銅錘手！」他叫聲未歇，台上黃蓉又已換了拳法，台下丐幫中的高手一一叫了出來：「啊，這是幫主的混天功。」「啊哈，她用鐵帚腿法！這招是『垂手破敵』！」

原來洪七公生性疏懶，不喜收徒傳功，丐幫衆弟子立了大功的，他才傳授一招兩式，作為獎勵。黎生辦事奮不顧身，也只受傳了降龍十八掌中的一招「神龍擺尾」。洪七公又有一個脾氣，一路功夫傳了一人之後，不再傳給旁人，是以丐幫諸兄弟所學各自不同，只有黃蓉乖巧伶俐，烹飪手段又高，特別得他歡心，才在長江之濱的姜廟鎮上學得了他數十套武功，只不過她愛玩貪多，每一路武功只學得幾招。洪七公也懶得詳加指點，眼見黃蓉學得一知半解，只得形式而已，卻也不去管她，這時她有心在羣丐之前炫示，將洪七公親傳的本領一一施展出來，羣丐中有學過的，都情不自禁的呼叫出口。梁長老刀法精妙，若憑眞實功夫，實在黃蓉之上，只是她連換怪異招數，層出不窮，一時眼花撩亂，不敢進招，只將一柄單刀使得潑水不進，緊緊守住門戶。

刀光拳影中黃蓉忽地收掌當胸，笑道：「認栽了麼？」梁長老未展所長，豈肯服輸？單刀從懷中斗然翻出，縱刃斜削。黃蓉不避不讓，任他這一刀砍下，只聽衆丐齊聲驚呼，簡長老與魯有脚大叫：「住手！」梁長老也已知道不對，急忙提刀上揮，卻已收勢不及，正好砍在黃蓉左肩，暗叫：「不好！」這一刀雖然中間收勁，砍力不沉，卻也非令黃蓉身上受傷不可，正自大悔，突然左腕一麻，嗆啷一聲，單刀已跌落在地。他那裏知道黃蓉身穿軟蝟甲，鋼刀傷她不得，就在他欲收不收、又驚又悔之際，腕後三寸處的「會宗穴」已被黃蓉用家傳「蘭花拂穴手」拂中。

黃蓉伸足踏住單刀，側頭笑道：「怎麼？」梁長老本以爲這一刀定已砍傷對方，豈知她絲毫無損，那想得到她穿有護身寶衣，驚得呆了，不敢答話，急躍退開。楊康說道：「她是黃藥師的女兒，身上穿了刀槍不入的軟蝟甲，那也沒甚麼希奇。」

簡長老低眉凝思。黃蓉笑道：「怎麼？你信不信？」魯有脚連使眼色，叫她見好便收。她瞧出黃蓉武功雖博，功力卻大不及梁長老之深，若非出奇制勝，最多也只能打成平手，簡長老武功更遠在梁長老之上，黃蓉決非他的敵手，但見她笑吟吟的不理會自己的眼色，甚是焦急，欲待開言，雙手手骨被裘千仞捏碎，忍了半日，這時更加劇痛難熬，全身冷汗，那裏還說得出話來？

簡長老緩緩抬頭，說道：「姑娘，我來領敎領敎！」郭靖在旁見他神定氣閒，手澀步滯，也知黃蓉敵他不過，決意攬在自己身上，拾起綑縛過的牛皮索，搶上幾步，奮力疾揮，牛皮索倏地飛出，捲住簡長老那根被裘千仞挿入山石的鋼杖，喝一聲：「起！」那鋼杖被繩索扯動，激飛而出。

鋼杖去勢本是向着簡長老，郭靖縱身向前，搶在中間，一掌「時乘六龍」在杖旁劈了過去。這是降龍十八掌中的一招，力道非同小可。鋼杖受這勁力帶動，猛然間轉頭斜飛。郭靖伸手接住，左掌握住杖頭，使一招「密雲不雨」，右掌握住杖尾，使一招「損則有孚」，他以左右互搏之術，同使降龍二掌，本被裘千仞拗成弧形的鋼杖在兩股力道拉扯之下復又慢慢伸直。他雙手撒掌一合，使招「見龍在田」，掌緣擊在杖腰，叫道：「接兵刃罷！」鋼杖疾向簡長老飛去。

鋼杖從空中矯矢飛至，迅若風雷，勢不可當，簡長老知道若是伸手去接，手骨立時折斷，急忙躍開，只怕傷了台下衆丐，大叫：「台下快讓開！」卻見黃蓉倏地伸出竹棒，棒頭搭在鋼杖腰裏，輕輕向下按落。武學中有言道：「四兩撥千斤」，這一按力道雖輕，卻是打狗棒法中一招「壓扁狗背」的精妙招數，力道恰到好處，竟將鋼杖壓在台上，笑道：「你用鋼杖，我用竹棒，咱倆過過招玩兒。」

簡長老驚疑不已，打定了不勝卽降的主意，彎腰拾起鋼杖，杖頭向下，杖尾向上，躬身道：「請姑娘棒下留情。」這杖頭向下，原是武林中晚輩和長輩過招時極恭敬的禮數，意思是說不敢平手爲敵，只是請予指點。

黃蓉竹棒伸出，一招「撥狗朝天」，將鋼杖杖頭挑得甩了上來，笑道：「不用多禮，只怕我本領不及你。」這鋼杖是簡長老已使了數十年得心應手的兵刃，被她輕輕一挑，竟爾把持不住，杖頭直翻起來，砸向自己額角，急忙振腕收住，更是暗暗吃驚，當下依晚輩規矩讓過三招，鋼杖一招「秦王鞭石」，從背後以肩爲支，扳擊而下，使的是梁山泊好漢魯智深傳下來的「瘋魔杖法」。

黃蓉見他這一擊之勢威猛異常，心想只要被他杖尾掃到，縱有蝟甲護身，卻也難保不受內傷，當下不敢怠慢，展開師授「打狗棒法」，在鋼杖閃光中欺身直上。這鋼杖重逾三十斤，竹棒卻只十餘兩，但丐幫幫主世代相傳的棒法果然精微奧妙，雖然兩件兵器輕重懸殊，大小難匹，但數招一過，那粗如兒臂的鋼杖竟被一根小竹棒逼得施展不開。

簡長老初時只怕失手打斷本幫的世傳寶棒，出杖極有分寸，當與竹棒將接未觸之際，立即收杖。豈知黃蓉的棒法凌厲無倫，或點穴道，或刺要害，簡長老被迫收杖回擋，十餘合後，但見四方八面俱是棒影，全力招架尚且不及，那裏還有餘暇顧到勿與竹棒硬碰？

郭靖大爲歎服：「恩師武功，確是人所難測。」又想：「他老人家不知此刻身在何處？所受的傷不知好了些沒有？」忽見黃蓉棒法斗變，三根手指捉住棒腰，將那竹棒舞成個圓圈，宛似戲耍一般。

簡長老一呆，鋼杖抖起，猛點對方左肩。黃蓉竹棒疾翻，搭在鋼杖離杖頭尺許之處，順勢向外牽引，這一招十成中倒有九成九是借用了對方勁力。簡長老只感鋼杖似欲脫手飛出，急忙運勁回縮，那知鋼杖竟如是給竹棒黏住了，鋼杖後縮，竹棒跟着前行。他心中大驚，連變七八路杖法，終究擺脫不了竹棒的黏纏。

打狗棒法共有絆、劈、纏、戳、挑、引、封、轉八訣，黃蓉這時使的是個「纏」字訣，那竹棒有如一根極堅靭的細藤，纏住了大樹之後，任那樹粗大數十倍，不論如何橫挺直長，休想再能脫卻束縛。更拆數招，簡長老力貫雙膀，使開「大力金剛杖法」，將鋼杖運得呼呼風響，但他揮到東，竹棒跟向東，他打到西，竹棒隨到西。黃蓉毫不用力，棒隨杖行，看來似乎全由簡長老擺布，其實是如影隨形，借力制敵，便如當年郭靖馴服小紅馬之時，任它暴跳狂奔，始終是乘坐於馬背之上。

大力金剛杖法使到一半，簡長老已更無半點懷疑，正要撤杖服輸，彭長老忽然叫道：「用擒拿手，抓她棒頭。」黃蓉道：「好，你來抓！」棒法再變，使出了「轉」字訣。「纏」字訣是隨敵東西，這「轉」字訣卻是令敵隨己，但見竹棒化成了一團碧影，猛點簡長老後心「強間」、「風府」、「大椎」、「靈台」、「懸樞」各大要穴。這些穴道均在背脊中心，只要被棒端點中，非死卽傷。簡長老識得厲害，勢在不及回杖相救，只得向前竄躍趨避，豈知黃蓉的點打連綿不斷，一點不中，又點一穴，棒影只在他背後各穴上幌來幌去。

簡長老無法可施，只得向前急縱，卻是避開前棒，後棒又至。他腳下加勁，欲待得機轉身，但他縱躍愈快，棒端來得愈急。台下羣丐但見他繞着黃蓉飛奔跳躍，大轉圈子。黃蓉站在中心，舉棒不離他後心，竹棒自左手交到右手，又自右手交到左手，連身子也不必轉動，好整以暇，悠閒之極。簡長老的圈子越轉越大，逼得魯有腳與彭梁二長老不得不下台趨避。簡長老再奔了七八個圈子，高聲叫道：「黃姑娘手下容情，我服你啦！」口中大叫，足下可絲毫不敢停步。

黃蓉笑道：「你叫我甚麼？」簡長老忙道：「對，對！小人該死，小人參見幫主。」要待回身行禮，但見竹棒毫不放鬆，只得繼續奔跑，到後來汗流浹背，白鬍子上全是水滴。黃蓉心中氣惱已消，也就不爲已甚，笑上雙頰，竹棒縮回，使起「挑」字訣，搭住鋼杖向上甩出，將簡長老疾奔的力道傳到杖上，鋼杖急飛上天。

簡長老如逢大赦，立即撤手，回身深深打躬。台下羣丐見了她這打狗棒法神技，那裏更有絲毫懷疑，齊聲高叫：「參見幫主！」上前行禮。

簡長老踏上一步，一口唾液正要向黃蓉臉上吐去，但見她白玉般的臉上透出珊瑚之色，嬌如春花，麗若朝霞，這一口唾液那裏吐得上去？一個遲疑，咕的一聲，將一口唾液嚥入了咽喉，但聽得頭頂風響，鋼杖落將下來，他怕黃蓉疑心，不敢舉手去接，縱身躍開。

卻見人影閃動，一人躍上台來，接住了鋼杖，正是四大長老中位居第三的彭長老。黃蓉被他用「懾心法」擒住，最是惱恨，見此人上來，正合心意，也不說話，舉棒逕點他前胸「紫宮穴」，要用「轉」字訣連點他前胸大穴，逼他不住倒退，比簡長老適才更加狼狽。那知彭長老狡猾異常，知道自己武功不及簡長老，他尚不敵，自己也就不必再試，見黃蓉竹棒點來，不閃不避，叉手行禮。

黃蓉將棒端點在他的「紫宮穴」上，含勁未發，怒道：「你要怎地？」彭長老道：「小人參見幫主。」黃蓉怒目瞪了他一眼，與他目光相接，不禁心中微微一震，急忙轉頭，但說也奇怪，明知瞧他眼睛必受禍害，可是不由自主的要想再瞧他一眼。一回首，只見他雙目中精光逼射，動人心魄。這次轉頭也已不及，立即閉上眼睛。彭長老微笑道：「幫主，您累啦，您歇歇罷！」聲音柔和，極是悅耳動聽。黃蓉果覺全身倦怠，心想累了這大半夜，也眞該歇歇了，心念這麼一動，更是目酸口澀，精疲神困。

簡長老這時既已奉黃蓉爲幫主，那就要傾心竭力的保她，知道彭長老又欲行使「懾心術」，上前喝道：「彭長老，你敢對幫主怎地？」彭長老微笑，低聲道：「幫主要安歇，她也眞太倦啦，你莫驚擾她。」

黃蓉心中知道危急，可是全身酸軟，雙眼直欲閉住沉沉睡去，就算天塌下來，也須先睡一覺再說，就在這心智一半昏迷、一半清醒之際，猛然間想起郭靖說過的一句話，立時便似從夢中驚醒，叫道：「靖哥哥，你說眞經中有甚麼『移魂大法』？」

郭靖早已瞧出不妙，心想若那彭長老再使邪法，立時上去將他一掌擊斃，聽黃蓉如此說，忙躍上台去，在她耳邊將經文背誦了一遍。

黃蓉聽郭靖背誦經文，叫她依着止觀法門，由「制心止」而至「體眞止」，她內功本有根基，人又聰敏，一點卽透，當卽閉目默念，心息相依，綿綿密密，不多時卽寂然寧靜，睜開眼來，心神若有意，若無意，已至忘我境界。

彭長老見她閉目良久，只道已受了自己言語所惑，昏沉睡去，正自欣喜，欲待再施狡計，突見她睜開雙眼，向着自己微微而笑，便也報以微微一笑，但見她笑得更是歡暢，不知怎地，只覺全身輕飄飄的快美異常，不由自主的哈哈大笑起來。

黃蓉心想九陰眞經中所載的功夫果然厲害無比，只這一笑之間，已勝過了對方，當下也就格格淺笑。彭長老心知不妙，猛力鎭懾心神，那知這般驚惶失措，心神更是難收，眼見黃蓉笑生雙靨，那裏還能自制，站起身來，捧腹狂笑。只聽得他哈哈，嘻嘻，啊哈，啊喲，又叫又笑，越笑越響，笑聲在湖面上遠遠傳了出去。

羣丐面面相覷，不知他笑些甚麼。簡長老連叫：「彭長老，你幹甚麼？怎敢對幫主恁地不敬？」彭長老指着他的鼻子，笑得彎了腰。簡長老還以爲自己臉上有甚麼古怪，伸袖用力擦了幾擦。彭長老笑得更加猛烈，一個倒翻觔斗，翻下台來，在地下大笑打滾。

羣丐這才知道不妙。彭長老兩名親信弟子搶上前去相扶，被他揮手推開，自顧大笑不已，不到一盞茶時分，已笑得氣息難通，滿臉紫脹。須知「懾心術」或「移魂大法」係以專一強固之精神力量控制對方心靈，原非怪異，後世或稱「催眠術」，或稱「心理分析」，或稱「精神治療」等等，只是當時知其然而不知其所以然，自不免驚世駭俗。若是常人，受到這移魂大法，只是昏昏欲睡而已，原無大碍，他卻是正在聚精會神的運起懾心術對付黃蓉，被她突然還擊，這一來自受其禍，自是比之常人所遭厲害了十倍。

簡長老心想他只要再笑片刻，必致窒息而死，躬身向黃蓉道：「敬稟幫主：彭長老對幫主無禮，原該重懲，但求幫主大量寬恕。」魯有脚與梁長老也躬身相求，求懇聲中雜着彭長老聲嘶力竭的笑聲。

黃蓉向郭靖道：「靖哥哥，夠了麼？」郭靖道：「夠了，饒了他罷。」黃蓉道：「三位長老，你們要我饒他，那也可以，只是你們大家不得在我身上唾吐。」簡長老見彭長老命在頃刻，忙道：「幫規是幫主所立，也可由幫主所廢，弟子們但憑吩咐。」黃蓉見可免這唾吐之厄，心中大喜，笑道：「好啦，你去點了他的穴道。」

簡長老躍下台去，伸手點了彭長老兩處穴道，彭長老笑聲止歇，翻白了雙眼，儘自呼呼喘氣，委頓不堪。

黃蓉笑道：「這我眞要歇歇啦！咦，那楊康呢？」郭靖道：「走啦！」黃蓉跳了起來，叫道：「怎麼讓他走了？那裏去啦？」郭靖指向湖中，說道：「他跟那裘老頭兒走啦。」黃蓉望着湖中帆影，眼見相距已遠，追之不及，恨恨不已，心知郭靖顧念兩代結義之情，眼見他逃走卻不加阻攔。

原來楊康見黃蓉與簡長老剛動上手，便佔上風，知道若不走爲上着，立時性命難保，乘着衆人全神觀鬥之際，悄悄溜到鐵掌幫幫衆之中，央求相救。裘千仞瞧這情勢，黃蓉接任幫主之局已成，無可挽回，郭黃武功高強，丐幫勢大難敵，當下不動聲色，率領幫衆，帶同了楊康下船離島。丐幫弟子中雖有人瞧見，但簡黃激鬥方酣，無人主持大局，只得聽其自去，不與理會。

黃蓉執棒在手，朗聲說道：「現下洪幫主未歸，由我暫且署理幫主事宜。簡、梁兩位長老率領八袋弟子，東下迎接洪幫主。魯長老且在此養傷。」羣丐歡聲雷動。

黃蓉又道：「這彭長老心術不正，你們說該當如何處治？」簡長老躬身道：「彭兄弟罪大，原該處以重刑，但求幫主念他昔年曾爲我幫立下大功，免他死罪。」黃蓉笑道：「我早料到你會求情，好罷，剛才他笑也笑得夠了，革了他的長老，叫他做個八袋弟子罷。」簡、魯、彭、梁四老一齊稱謝。黃蓉道：「衆兄弟難得聚會，定然有許多話說。你們好好葬了黎生、余兆興兩位。我瞧魯長老爲人最好，一應大事全聽他吩咐。簡梁二位長老盡心相助。我這就要走，咱們在臨安府相見罷。」牽着郭靖的手，下山而去。

羣丐直送到山脚下，待她坐船在烟霧中沒了蹤影，方始重上君山，商議幫中大計。

郭黃二人回到岳陽樓時，天已大明，紅馬和雙鵰都好好候在樓邊。

黃蓉舉首遠眺，只見一輪紅日剛從洞庭湖連天波濤中踴躍而出，天光水色，壯麗之極，笑道：「靖哥哥，范文正公文章說得好：『銜遠山，呑長江，浩浩湯湯，橫無際涯。朝暉夕陰，氣象萬千。』如此景色，豈可不賞？咱們上去再飲幾杯。」郭靖道好，兩人上得樓來，見到昨日共飲之處，想起夜來種種驚險，不禁相視一笑。

岳陽並無佳釀，但山水怡情，自足暢懷。兩人對飲數杯，黃蓉忽然俏臉一板，眉間隱現怒色，說道：「靖哥哥，你不好！」郭靖吃了一驚，忙問：「甚麼事？」黃蓉道：「你自己知道。又問我幹嗎？」

郭靖搔頭沉思，那裏想得起來，只得求道：「好蓉兒，你說罷。」黃蓉道：「好，我問你：昨晚咱倆受丐幫陣法擠迫，眼見性命不保，你幹麼撇開我？難道你死了我還能活麼？難道你到今天還不知道我的心麼？」說着眼淚掉了下來，一滴滴的落在酒杯之中。郭靖見她對自己如此情深愛重，心中又驚又愛，伸出手去握住她右手，卻不知說甚麼話好，過了好一會，方道：「是我不好，咱倆原須死在一起才是。」

黃蓉輕輕嘆了口氣，正待說話，忽聽樓梯上脚步聲響，有人探頭張望。兩人抬起頭來，猛然照面，三個人都吃了一驚。上來的正是鐵掌水上飄裘千仞。

郭靖急忙站起，擋在黃蓉身前，只怕那老兒暴下殺手。那知裘千仞咧嘴一笑，舉手打個招呼，立卽轉身下樓，這一笑中顯得又是油滑，又是驚慌。黃蓉道：「他怕咱們。這人眞是奇怪，我跟下去瞧瞧。」也不等郭靖回答，已搶步下樓。

郭靖叫道：「千萬小心了！」忙摸出一錠銀子擲在櫃枱上，奔出樓門，兩邊一望，早不見裘千仞與黃蓉的影子，想起昨晚見到他功夫之狠、下手之辣，只怕黃蓉遭了他的毒手，大叫：「蓉兒，蓉兒，你在那兒？」

黃蓉聽得郭靖呼叫，卻不答應，她悄悄跟在裘千仞身後，要瞧個究竟，只一出聲自然被他知覺。這時兩人一先一後，正走在一所大宅之旁。黃蓉躲在北牆角後面，要待裘千仞走遠後再行跟蹤。裘千仞聽到郭靖叫聲，料知黃蓉跟隨在後，一轉過牆角，也躲了起來。兩人待了半晌，細聽沒有動靜，同時探頭，一個玉顏如湘江上芙蓉，一個老臉似洞庭湖橘皮，兩張臉相距不到半尺，兩張臉同時變色。

兩人各自輕叫一聲，轉身便走。黃蓉雖怕他掌力厲害，卻仍不死心，兜着大宅圍牆轉了大半個圈子，生怕他走遠了，展開輕功，奔得極急，要搶在東牆角後面，再行窺探，豈知她轉了這個念頭，裘千仞也是一般心思，一老一少繞着宅第轉了一圈，驀地裏又撞在一處，這次相遇卻是在朝南的照壁之後。

黃蓉尋思：「我若轉身後退，他必照我後心一掌。這老賊鐵掌厲害，只怕躲避不開。」只得微微一笑，說道：「裘老爺子，天地眞小，咱倆又見面啦。」心中卻在暗籌脫身之策：「我且跟他耗着，等靖哥哥趕到就不怕他啦。」裘千仞笑道：「那日在臨安一別，不意又在此處相遇，姑娘別來無恙。」黃蓉心想：「昨晚明明在君山見到你這老賊，今日卻又來信口開河。好，由得你睜着眼睛說夢話。我這打狗棒法厲害，且冷不防打他個措手不及。」突然提高聲音叫道：「靖哥哥你打他背心。」裘千仞吃了一驚，轉身看時，黃蓉竹棒揮出，以「絆」

字訣着地掃去。

裘千仞轉身不見有人，便知中計，微感勁風襲向下盤，急忙湧身躍起，總算躲過了一招，但這打狗棒法的「絆」字訣有如長江大河，綿綿而至，決不容敵人有絲毫喘息時機，一絆不中，二絆續至，連環鈎盤，雖只一個「絆」字，中間卻蘊藏着千變萬化。裘千仞越躍越快，但見地下一片綠竹化成的碧光盤旋飛舞。「絆」到十七八下，裘千仞縱身稍慢，被竹棒在左脛上一撥，右踝上一鈎，撲地倒了，張口大叫：「且慢動手，我有話說。」

黃蓉笑吟吟的收棒，待他躍起，尚未落地，又是一挑一打。裘千仞立足不住，仰天一交摔倒。片刻之間，黃蓉連絆了他五交，到第六次跌倒，裘千仞知道再起來只有多摔一交，俯伏在地，竟不動彈。黃蓉笑道：「你裝死嗎？」裘千仞應聲而起，拍的一聲，雙手拉斷了褲帶，提着褲腰，叫道：「你走不走，我要放手啦！」黃蓉一呆，萬料不到他以江湖上一個大幫之主竟會出此下流手段，生怕他放手落下褲子，啐了一口，轉身便走。只聽得背後那老兒哈哈大笑，得意非凡，接着脚步聲響，黃蓉回過頭來，只見他雙手提着褲腰，飛步追來。

黃蓉又好氣又好笑，饒是她智計多端，一時之間也無善策，只得疾奔逃避。兩人奔出十餘丈，裘千仞正待見好便收，忽見郭靖從屋角轉出，搶着擋在黃蓉面前，右掌擋胸，左掌從胯間緩緩抬起，劃個半圓，伸向胸間。裘千仞見多識廣，知他只要雙掌虛捧成球，立時便有極厲害的招術發出，當即大笑三聲，止步叫道：「啊喲，不妙，糟了，糟了。」

黃蓉道：「靖哥哥，打，別理他胡說。」郭靖昨晚在君山之巔見到裘千仞的鐵掌功夫，端的鋒銳狠辣，精妙絕倫，不在周伯通、黃藥師、歐陽鋒諸人之下，自己頗有不如，此時狹路相逢，那敢有絲毫輕敵之意？當下氣聚丹田，四肢百骸無一不鬆，全神待敵。

裘千仞雙手拉住褲腰，說道：「兩個娃娃且聽你爺爺說，這兩日你爺爺貪飲貪食，吃壞了肚子，可又要出恭啦。」黃蓉只叫：「靖哥哥打他。」自己卻不敢向前，反而後退數步。裘千仞道：「我料知你們這兩個娃娃的心意，不讓你爺爺好好施點本事教訓一頓，總是難以服氣，偏生你爺爺近來鬧肚子，到得緊要關頭上，肚子裏的東西總是出來搗亂。好罷，兩個娃娃聽了，七日之內，你爺爺在鐵掌山下相候，你們有種來麼？」

黃蓉聽他爺爺長、娃娃短的胡說，手中早就暗扣了一把鋼針，只待他說到興高采烈的當口，要以「滿天花雨」之技，在他全身釘上數十枚針兒，瞧他還敢不敢亂嚼舌根？心中正自算計，忽然聽到「鐵掌山下」四字，立時想起曲靈風遺畫中的那四行秘字，心中一凜，接口道：「好啊，任你是龍潭虎穴，我們也必來闖上一闖。到那時咱們可得來眞的，不許你再胡鬧賴皮了。鐵掌山在那裏？怎生走法？」

裘千仞道：「從此處向西，經常德、辰州，溯沅江而上，瀘溪與辰溪之間有座形如五指向天的高山，那就是鐵掌山了。那山形勢險惡，你爺爺的手脚又厲害無比，兩個娃娃若是害怕，那乘早向你爺爺陪個不是，也就別來啦。」黃蓉聽到「形如五指向天」六字，心中更喜，道：「好，一言爲定，七日之內，我們必來拜山。」裘千仞點點頭，忽然愁眉苦臉，連叫：「啊喲，啊喲！」提着褲腰向西疾趨。

郭靖道：「蓉兒，有一件事我實在推詳不透，你說給我聽。」黃蓉道：「甚麼事？」郭靖道：「這位老前輩的武功本來厲害之極，我們決非他敵手，怎麼老是愛玩弄騙人伎倆？有時又假裝武功低微？那日歸雲莊上他在我胸口擊了一掌，若是他使出眞力，我今日那裏還有命在？他裝瘋喬癲，到底是甚麼用意？」黃蓉輕輕咬着手指，沉思半晌，道：「我也眞個不懂。剛才我用打狗棒法接連絆了他幾交，這老兒毫無還手之力，只好撒賴使潑。莫非昨晚他拗曲鋼杖，又是甚麼詐術！」郭靖搖頭道：「他揑碎魯有脚雙手，用掌力接我內勁，那都是眞實本領，決計假裝不來。」

黃蓉俯下身來，拿着頭上珠釵在地下畫來畫去，又過半晌，嘆口氣道：「我可想不出這老兒在鬧甚麼玄虛啦。咱們到了鐵掌山，終究會有個水落石出。」郭靖道：「到鐵掌山幹麼？此間大事已了，咱們快找師父去。這糟老頭兒就愛搗鬼，豈能拿他作眞？」黃蓉道：「靖哥哥，我問你。爹爹給你那幅畫給雨淋濕了，透了些甚麼字出來？」郭靖搔了搔頭道：「那些字殘缺不全，早瞧不出甚麼意思啦。」黃蓉笑道：「那你不會想麼？」郭靖明知自己想不出，就算想出甚麼，也決不如黃蓉想得明白，忙道：「好蓉兒，你一定想出了，快說給我聽。」

黃蓉用釵兒將那四行字劃在地下，說道：「第一行少了的，必是個『武』字，湊起來就是『武穆遺書』四字。第二行我本來猜想不出，給那老兒一說，那就容易不過，不是『山』字，就是個『峯』字。」

黃蓉唸了一遍：「武穆遺書，在鐵掌山。」郭靖雙掌一拍，大聲叫道：「好啊，咱們快去！鐵掌幫與金人勾結，定會將這部寶書獻給完顏洪烈。下面兩句是甚麼呢？」黃蓉笑道：「你自己不用心思，偏愛催人家。那老兒說這鐵掌山形如五指，那第三句只怕是『中指峯下』四字。」郭靖拍手叫道：「對對，蓉兒你眞聰明。第四句，第四句！」黃蓉沉吟道：「我就是想不出這句啊。第二……節，第二……節。」頭一側，秀髮微揚，道：「想不出，我們去了再說。」

兩人縱馬引鵰，逕自西行，過常德，經桃源，下沅陵，不一日已到瀘溪，詢問鐵掌山的所在，卻是人人搖頭不知。兩人好生失望，只得尋一家小客店宿了。晚間黃蓉問起當地名勝古蹟，店小二滔滔不絕的說了許多，卻始終不提「鐵掌山」三字。黃蓉小嘴一撇，道：「這些去處也平常得緊。瀘溪畢竟是小地方，有甚好山好水？」那店小二受激，甚是不忿，道：「瀘溪雖是小地方，可是猴爪山的風景，別處那裏及得上？」黃蓉心中一動，忙問：「猴爪山在那裏？」那店小二不再答話，說道：「恕罪則個。」出房去了。

黃蓉追到門口，一把抓住他後心拉了回來，摸出一錠銀子放在桌上，道：「你說個清清楚楚，這銀子就是你的。」店小二怦然心動，伸手輕輕摸了摸銀子，涎臉道：「這麼大的一錠？」黃蓉微笑點頭。店小二低聲道：「小人說就說了，兩位可千萬去不得。那猴爪山裏住着一羣兇神惡煞，任誰走近離山五里，休想保得性命。」郭黃二人對望一眼，點了點頭。黃蓉道：「那猴爪山共有五個山峯，就像猴兒的手掌一般，是麼？」店小二喜道：「是啊！原來姑娘早知道啦！那可不是小人說的。這五個山峯生得才叫奇怪。」郭靖忙問：「怎樣？」

店小二道：「那五座山峯排列得就和五根手指一模一樣，中間的最高，兩旁順次矮下來。這還不奇，最奇的是每座山峯又分三截，就如手指的指節一般。」黃蓉跳了起來，叫道：「第二指節，第二指節。」郭靖大喜，也叫：「正是，正是。」店小二卻是不知所云，呆呆的望着兩人。黃蓉詳細問了入山途徑，把銀子給了他，店小二歡天喜地的去了。

黃蓉站起身來，道：「靖哥哥，走罷。」郭靖道：「此去不過六十餘里，小紅馬片刻卽至，咱們白日上去拜山爲是。」黃蓉笑道：「拜甚麼山？去盜書。」郭靖叫道：「是啊！我眞傻，想不到這節。」

兩人不欲驚動店中諸人，越窗而出，悄悄牽了紅馬，依着店小二指點的途徑，向東南方馳去。山路崎嶇，道旁長草過腰，極是難行，行得四十餘里，已遠遠望見五座山峯聳天入雲。小紅馬神駿無儔，不多時便已馳到山脚。

此時近看，但見五座山峯峭兀突怒，確似五根手指豎立在半空之中。居中一峯尤見挺拔。郭靖喜道：「這座山峯和那畫中的當眞一般無異，你瞧，峯頂不都是松樹？」黃蓉笑道：「就只少個舞劍的將軍。靖哥哥，你上去舞一會劍罷。」郭靖笑道：「就可惜我不是將軍。」黃蓉道：「要做將軍還不容易？將來成吉思汗……」說到這裏，便卽住口。郭靖明白她本來要說甚麼話，轉過了頭，不敢望她的臉。

兩人將紅馬與雙鵰留在山脚之下，繞到主峯背後，眼見四下無人，施展輕功，撲上山去，行了數里，山路轉了個大彎，斜向西行。兩人順路奔去，那道路東彎西曲，盤旋往復，好不怪異，走了一頓飯時分，前面密密麻麻的盡是松樹。

兩人停步商議是逕行上峯，還是入林看個究竟，剛說得幾句，忽見前面林中隱隱透出燈光。兩人打個招呼，放輕脚步，向燈火處悄悄走近。行不數步，突然呼的一聲，路旁大樹後躍出兩名黑衣漢子，各執兵刃，一聲不響的攔在當路。

黃蓉心想：「若是交手驚動了人，盜書就不易了。」靈機一動，從懷中取出裘千仞的那隻鐵掌，托在手中，走上前去，也是一言不發。兩名漢子向鐵掌一看，臉上各現驚異之色，躬身行禮，閃在道旁。黃蓉出手如電，竹棒突伸，輕輕兩顫，已點中二人穴道，抬腿將二人踢入長草叢中，直奔燈火之處。

走到臨近，見是一座五開間的石屋，燈火從東西兩廂透出，兩人掩到西廂，只見室內一隻大爐中燃了洪炭，煮着熱氣騰騰的一鑊東西，鑊旁兩個黑衣小童，一個使勁推拉風箱，另一個用鐵鏟翻炒鑊中之物，聽這沙沙之聲，所炒的似是鐵沙。一個老頭閉目盤膝坐在鍋前，對着鍋中騰上來的熱氣緩吐深吸。這老頭身披黃葛短衫，正是裘千仞。只見他呼吸了一陣，頭上冒出騰騰熱氣，隨即高舉雙手，十根手指上也微有熱氣嬝嬝而上，忽地站起身來，雙手猛插入鑊。那拉風箱的小童本已滿頭大汗，此時更是全力拉扯。裘千仞忍熱讓雙掌在鐵沙中熬煉，隔了好一刻，這才拔掌，回手拍的一聲，擊向懸在半空的一隻小布袋。這一掌打得聲音甚響，可是那布袋竟然紋絲不動，殊無半點搖幌。

郭靖暗暗吃驚，心想：「看這布袋，所盛鐵沙不過一升之量，又用細索憑空懸着，他竟然一掌打得布袋毫不搖動。此人武功深厚，委實非同小可。」黃蓉卻認定他裝模作樣，又是在搗鬼欺人，若非要先去盜書，早已出言譏嘲了。

兩人見他雙掌在布袋上拍一會，在鑊中熬一會，熬一會又拍一會，再無別般花樣，黃蓉想看出裘千仞鐵鑊中、手指上的熱氣到底是怎生弄將出來，看了半天，不知他古怪竅門的所在，心想：「倘若二師父到來，定能一出手便戳穿這老騙子的把戲，我可是甘拜下風。」於是掩到東廂窗下，向裏窺探，這一看又是一驚。

原來房中坐着一男一女，卻是楊康與穆念慈。郭靖與黃蓉都大爲詫異：「怎地穆姊姊竟會也在這裏？」但聽楊康正花言巧語，要騙她早日成親。穆念慈卻堅說要他先殺完顏洪烈，報了父母之仇，方能敍兒女之情。楊康道：「好妹子，你怎地如此不識大體？」穆念慈奇道：「我不識大體？」楊康道：「是啊！想那完顏洪烈防護甚週，以我一人之力，豈能輕易下手？你做了我媳婦，我假意帶你去拜見翁舅，那時兩人聯手，自然大功可成。」穆念慈見他說得有理，低首沉吟，燈光下雙頰暈紅。楊康見她已有允意，握住她的左手，輕輕撫摸，左手伸過去摟住了她的纖腰。

黃蓉再也忍耐不住，正待出言揭破他的陰謀，只聽身後一個蒼老的聲音喝道：「是誰擅自上我山來？」郭黃一齊回首，月光下看得明白，不是裘千仞是誰？以往見到裘千仞，見他雖然自高自大，裝模作樣，眼神中的油腔滑調卻總是掩飾不住，此刻卻見他神色儼然，威嚴殊不可犯。黃蓉不由得一怔，心想：「這老兒到了自己山上，架子更是擺得十足。是了，他定是早就發覺我們到了山上，他在鐵鑊中搞那玩意，不是做給我們看的嗎？」於是笑道：「裘老爺子，我跟你請安來啦。七日之約沒誤期麼？」裘千仞怒道：「甚麼七日之約？胡說八道！」黃蓉笑道：「咦，怎麼轉眼就忘了？你鬧肚子的病根兒好了罷？要是還沒好，不如去請大夫治好了再跟我動手，免得……嘻嘻！」

裘千仞更不答話，一聲長嘯，雙掌猛往黃蓉左右雙肩拍去。黃蓉笑嘻嘻的並不理會，不閃不避，有心要叫軟蝟甲上的尖刺在他掌上刺下十多個窟窿，只聽得郭靖驚叫：「蓉兒閃開。」

耳旁一股勁風過去，知道郭靖出手側擊敵人，只覺肩上兩股巨力同時撞到，欲待趨避，已自不及，身不由主的往後摔去，人未着地，氣息已閉。

裘千仞掌心與她蝟甲尖刺一觸，也已受傷不輕，雙掌流血，心下驚怒交集，眼見郭靖掌到，急忙迴掌橫擊。兩人掌力相交，砰砰兩聲，各自退出三步。只不過裘千仞穩穩站住，郭靖卻身子連幌了兩下，這一掌既交，雙方可說高下已判，昨晚在君山借着丐幫弟子的身子較勁，兩人似乎打成了平手，然而那是由於郭靖出手中帶着天罡北斗陣的巧勁，此刻硬碰硬的比拚，畢竟還是輸了一籌。郭靖關切黃蓉，那肯戀戰，忙俯身抱她起來，卻聽背後風聲颯然，敵人又攻了過來。

郭靖左手抱住黃蓉，更不回身，右手一招「神龍擺尾」向後揮去，這是降龍十八掌中的救命絕招，他在情急之下使將出來，更是威力倍增。裘千仞與他掌力一交，不由得身子也是微微一幌，又見掌心刺破處着實疼痛，只怕黃蓉身上所藏尖刺中餵有毒藥，忙舉掌在月光下察看，見血色鮮紅，畧覺放心。

郭靖乘他遲疑之際，抱起黃蓉，拔步向峯頂飛跑，只奔出數十步，猛聽得身後喊聲大作，回頭下望，但見無數黑衣漢子高舉火把大呼追來。郭靖後無退路，只得向峯頂攀援而上，忙亂中一探黃蓉鼻息，卻無呼吸，急叫：「蓉兒，蓉兒！」始終未聞回答。只這麼稍有稽遲，裘千仞與幫中十餘高手已追得相距不遠。郭靖心想：「若憑我一人，硬要闖下山去，原亦不難，只是蓉兒身受重傷，卻難犯此險。」

當下足底加快，再不依循峯上小徑，逕自筆直的往上爬去。他在大漠懸崖上練過爬山輕功，抄的又是近路，過不多時已將追兵拋遠。他足下不停，將臉挨過去和黃蓉臉頰相觸，覺到尙甚溫暖，稍感放心，叫了幾聲，黃蓉卻仍不答應，抬頭見離峯頂已近，心想這山峯周圍不廣，此時四下裏必已被敵人團團圍住，且找個歇足所在，救醒蓉兒再說。上下左右一望，見左上方二十餘丈處黑黝黝的似有一個洞穴，當即提氣竄去，奔到臨近，果然是個山洞，洞口砌似玉石，修建得極是齊整。

郭靖也不理洞內有無埋伏危險，直闖進去，將黃蓉輕輕放在地下，將右手放在她後心「靈台穴」上，助她順氣呼吸。只聽得山腰裏鐵掌幫的幫衆愈聚愈多，喊聲大振，郭靖卻充耳不聞，此時縱然有千軍萬馬衝到跟前，他也要先救醒黃蓉，再作理會。

約莫過了一盞茶時分，黃蓉「嚶」的一聲，悠悠醒來，低聲叫道：「我胸口好疼。」郭靖大喜，慰道：「蓉兒別怕，你在這裏歇一陣。」走到洞口。橫掌當胸，決心拚死抗敵護她，可是放眼下望，不由得驚奇萬分。只見山腰裏火把結成了整整齊齊的一道火牆，離山洞約有里許之遙，各人面目依稀可辨，當先一人身披葛衫，正是裘千仞。但衆人雙脚宛如釘牢在地下一般，儘管咆哮怒罵，卻不再上前一步。

望了一陣，猜不透衆人鬧的是甚麼玄虛，回進洞來，俯身去看黃蓉，忽聲身後擦擦兩聲，似是脚步聲響。郭靖大驚，先迴掌護住後心，再挺腰轉身，但那洞黑沉沉的望不見底，不知裏面藏的是人是怪。郭靖喝道：「是誰？快出來。」洞裏先傳出他呼喝的回聲，靜了半晌，忽聽傳出幾下咳嗽，一聲大笑，聽來不由得令人毛骨竦然，竟然便似裘千仞的聲音。

郭靖幌亮火摺，只見洞內大踏步走出一人，身披葛衫，手執蒲扇，白鬚皓髮，正是鐵掌水上飄裘千仞。郭靖一驚非小，適才明明見到他在山腰裏率衆叫罵，怎麼一轉眼之間竟已到了山洞之內？霎時之間，只覺背上涼颼颼地，竟已嚇出了一身冷汗。

只聽裘千仞哈哈笑道：「兩個娃娃果然不怕死，來找爺爺，好得很！膽子不小，挺有骨氣，好得很！」突然臉一板，眉目間猶似罩上一層嚴霜，喝道：「這是鐵掌幫的禁地，入者有死無生，兩個娃娃活得不耐煩了？」郭靖心中正琢磨他這話的用意，卻聽黃蓉輕聲道：「既是禁地，你怎麼又入來啦？」裘千仞登時現出尷尬神色，隨卽收住，說道：「爺爺有要事在身，可沒閒功夫跟你娃娃們扯談。」說着搶步出洞。

郭靖見他快步掠過身旁，只怕他猛下毒手，傷了黃蓉，心想：「此時先下手爲強，後下手遭殃。」雙手齊出，猛往他肩頭擊去，料他必要回掌擋架，那就立時以肘鎚撞擊他的前胸。這一招武功是妙手書生朱聰所授，先着擊肩乃虛，後着肘鎚方實，妙在後着含蘊不露，敵人不易識破。他先着擊出，裘千仞果然回掌擋架，郭靖兩臂一挺，肘鎚正要撞出，突覺對方雙掌擋來軟弱無力，全不似適才交鋒時那般勁在掌先的上乘功夫。郭靖手上變招遠比心中想事爲速，心中尙未決定該當如何，雙手順勢抓出，已將他兩手手腕牢牢拿住。

裘千仞用力掙扎，卻那裏掙得出他的掌握？他不掙也還罷了，這一掙更顯露了他武功淺薄。郭靖再無懷疑，兩手一放一拉，待裘千仞被這一拉之勢牽動，跌跌撞撞的衝將過來，順手便點了他胸口的「陰都穴」。裘千仞癱軟在地，動彈不得，說道：「我的小爺，這當口性命交關，你何苦和我鬧着玩兒？」

只聽得山腰中幫衆的喊聲更加響喨，想來其餘四峯中的幫衆也已紛紛趕到。郭靖道：「你好好送我們下山去。」裘千仞皺眉搖頭道：「我自己尙且性命不保，怎能送你們下山？」郭靖道：「你叫你徒子徒孫讓道，到了山下，我自然給你解開穴道。」裘千仞愁眉苦臉，說道：「我的小爺，你老磨着我幹麼？你到洞口去瞧瞧就明白啦。」

郭靖走到洞口，向下望去，不由得驚得呆了，但見裘千仞手揮蒲扇，正站在幫衆之前，向着洞口頓足而罵。郭靖急忙回頭，卻見裘千仞仍是好端端的臥在地下，奇道：「你……你……怎麼有兩個你？」

黃蓉低聲道：「傻哥哥，你還不明白，有兩個裘千仞啊，一個武功高強，一個卻就會吹牛。他倆生得一模一樣。這是個淨長着一張嘴的。」郭靖又呆了半晌，這才恍然大悟，向裘千仞道：「是不是？」

裘千仞苦着臉道：「姑娘旣說是，就算是罷。我們倆是雙生兄弟，我是哥哥。本來武功是我強，後來我兄弟的武功也就跟着了不得起來啦。」郭靖道：「那麼到底誰是裘千仞？」裘千仞道：「名字不同，又有甚麼干係？是我叫千仞還是他叫千仞，不都一樣？咱倆兄弟要好，從小就合用一個名兒。」郭靖道：「快說，到底誰是裘千仞？」黃蓉道：「那還用問？自然他是冒充字號的。」郭靖道：「哼，老頭兒，那麼你叫甚麼？」

裘千仞挨不過，只得道：「記得先父也曾給我另外起過一個名兒，叫甚麼『千丈』。我唸着不好聽，也就難得用它。」郭靖一笑，道：「哈，那你就是裘千丈，不用賴啦。」裘千丈面不紅，耳不赤，洋洋自如，說道：「人家愛怎生叫就怎生叫，你管得着麼？十尺爲丈，七尺爲仞，倒還是『千丈』比『千仞』長了三千尺。」黃蓉道：「我瞧你倒是改名爲千分、千厘好些。」

郭靖道：「怎麼他們儘在山腰裏吶喊，卻不上來？」裘千丈道：「不得我號令，誰敢上來？」郭靖將信將疑。黃蓉卻道：「靖哥哥，不給他些好的，諒這狡猾老賊也不肯吐露眞情。你點他『天突穴』！」郭靖依言伸指點去。

這「天突穴」乃屬奇經八脈中的陰維脈，係在咽喉之下，「璇璣穴」上一寸之處，是陰維任脈之會，一被點中，裘千丈只覺全身皮下似有千萬蟲蟻亂爬亂咬，痳癢難當，連叫：「啊唷，啊唷，你……你這不是坑死人麼？作這等陰賊損人勾當。」郭靖道：「快回答我的話，那就給你解了。」裘千丈叫道：「好罷，爺爺拗不過你這兩個娃娃。」當下忍着痳癢，把眞情說了出來。

原來裘千丈與裘千仞是同胞孿生兄弟，幼時兩人性情容貌，全無分別。到十三歲上，裘千仞無意之間救了鐵掌幫上官幫主的性命。那上官幫主感恩圖報，將全身武功傾囊相授。裘千仞到得二十四歲時，功夫寖尋有青出於藍之勢，次年上官幫主逝世，臨終時將鐵掌幫幫主之位傳了給他。裘千仞非但武功驚人，而且極有才畧，數年之間，將原來一個小小幫會整頓得好生興旺，自從「鐵掌殲衡山」一役將衡山派打得一蹶不振之後，鐵掌水上飄的名頭威震江湖。當年華山論劍，王重陽等曾邀他參預。裘千仞以鐵掌神功尚未大成，自知非王重陽敵手，故而謝絕赴會，十餘年來隱居在鐵掌峯下閉門苦練，有心要在二次論劍時奪取「武功天下第一」的榮號。

此時裘千丈的生性與兄弟已全然不同，一個武藝日進，一個自愧不如之餘，愈來愈愛吹牛騙人。一個隱居深山，一個乘勢打起兄弟的招牌在外招搖。郭靖與黃蓉在歸雲莊、臨安府等地所遇到的是裘千丈，而在君山、鐵掌山所遇的卻是裘千仞。只因二人容貌打扮一般無異，黃蓉一個托大，竟爲裘千仞鐵掌震傷。

這鐵掌山中指峯是鐵掌幫歷代幫主埋骨之所在，幫主臨終時自行上峯待死。幫中有一條極嚴厲的幫規，任誰進入中指峯第二指節的地區以內，決不能再活着下峯。若是幫主喪命在外，必由一名幫中弟子負骨上峯，然後自刎殉葬，幫中弟子都認是極大榮耀。郭靖背着黃蓉，慌不擇路，誤打誤撞的闖入了鐵掌幫聖地，是以幫衆只管忿怒呼叫，卻不敢觸犯禁條，追上峯來。連幫主裘千仞自己，空有一身武功，也惟有高聲叫罵而已。

那裘千丈卻何以又敢來到石室之中？原來鐵掌幫每代幫主臨終之時，必帶着他心愛的寶刀寶劍、珍物古玩上峯，一代又復一代，石室中寶物自是不少。裘千丈數月來累累受辱，自思藝不如人，但若有幾件削鐵如泥的利刃，臨敵交鋒之時自可威力大增，想到郭黃日內就要找上山來，遇上時如何抵敵？於是冒着奇險，偷入石室盜寶，料想鐵掌幫中無人敢上中指峯第二指節的禁地，決計無人發覺，豈道無巧不巧，偏偏遇上了二人。

郭靖聽他說完，沉吟不語，心想：「此處既是禁地，敵人諒必不敢逼近，但這山峯穿雲插天，四下無路可走，如何得脫此難？」黃蓉忽道：「靖哥哥，你到裏面探探去。」郭靖道：「我先瞧瞧你的傷勢。」打火點燃一根枯柴，解開她肩頭衣服和蝟甲，只見雪白的雙肩上各有一個烏黑的五指印痕，受傷實是不輕，若非身有蝟甲相護，這兩掌已要了她的性命。郭靖心想：「歐陽鋒與裘千仞的功力在伯仲之間，當日恩師硬接西毒的蛤蟆功，蓉兒好在隔了一層蝟甲至寶，但恩師的功夫與蓉兒卻又大不相同。看來蓉兒此傷與恩師所受的不相上下，實是難以痊可的了。」手中執着枯柴，呆呆出神。

裘千丈大叫：「娃娃說話是放屁麼？還不給爺爺解開穴道？這般又痳又癢，有誰抵得住了？你倒自己點了這穴道試試。」郭靖想着黃蓉的傷勢，竟沒聽見。

黃蓉微微一笑，道：「傻哥哥，你急甚麼？給老頭兒解了穴道罷。」郭靖這才覺醒，過去解開了他的「天突穴」。裘千丈身上痳癢漸止，可是「陰都穴」仍被閉住，躺在地下只有吹鬍子突眼珠的份兒。

郭靖找了一根兩尺來長的松柴，燃着了拿在手中，道：「蓉兒，我進去瞧瞧，你獨自在這兒，可害怕麼？」黃蓉身上冷一陣、熱一陣，實是疼痛難當，只是怕郭靖擔憂，強作笑容道：「有老頭兒陪着，我不怕，你去罷。」

郭靖高舉松柴，一步步向內走去，轉了兩個彎，前面赫然現出一個極大的洞穴。這石洞係天然生成，較之外面人工開鑿的石室大了十來倍。放眼瞧去，洞內共有十餘具骸骨，或坐或臥，神態各不相同，有的骸骨散開在地，有的卻仍具完好人形，更有些骨骼靈位之屬。每具骸骨之旁都放着兵刃、暗器、用具、珍寶等物。郭靖呆望半晌，心想：「這十多位幫主當年個個是一世之雄，今日卻盡數化作一團骸骨，總算大夥兒有伴，倒也不嫌寂寞。對，這法兒挺好，勝過獨個兒孤零零的埋在地下。」

他見到各種寶物利器，卻如不見，只是掛着黃蓉，正要轉身退出，忽見洞穴東壁一具骸骨的身上放着一隻木盒，盒上似乎有字。他走上數步，拿松柴湊近照去，只見盒上刻着「破金要訣」四字，他心中一動：「說不定這就是岳武穆王的遺書了。」伸左手去拿木盒，輕輕一拉，只聽得喀喀數聲，那骸骨突然迎頭向他撲將下來。

郭靖一驚，急向後躍，那骸骨撲在地下，四下散開。

郭靖拿了木盒，奔到外室，將松柴揷入地下孔隙，扶起黃蓉，在她面前將木盒揭開，盒內果然是兩本册子，一厚一薄。郭靖拿起面上那本薄册，翻了開來，原來是岳飛歷年的奏疏、表檄、題記、書啓、詩詞。郭靖隨手翻閱，但見一字一句之中，無不忠義之氣躍然，不禁大聲讚嘆。黃蓉低聲道：「你讀一段給我聽。」

郭靖順手一翻，見一頁上寫着「五嶽祠盟記」五字，於是讀道：「自中原板蕩，夷狄交侵，余發憤河朔，起自相台，總髮從軍，歷二百餘戰。雖未能遠入荒夷，洗蕩巢穴，亦且快國讎之萬一。今又提一旅孤軍，振起宜興。建康之戰，一鼓敗虜，恨未能使匹馬不回耳。故且養兵休卒，蓄銳待敵，嗣當激勵士卒，功期再戰，北踰沙漠，喋血虜廷，盡屠夷種，迎二聖歸京闕，取故土下版圖，朝廷無虞，主上奠枕，余之願也。河朔岳飛題。」

這篇短記寫盡了岳飛一生的抱負。郭靖識字有限，但胸中激起了慷慨激昂之情，雖然有幾個字讀錯了音，竟也把這篇題記讀得聲音鏗鏘，甚是動聽。

若是當日在歸雲莊上，裘千丈少不免要譏諷幾句，說岳飛不識時務，一片愚忠，於國於民皆無補益，但此刻身上穴道未解，只要有一言惹惱了郭靖，他多半又會再點自己的「天突穴」，岳飛是不是識時務並不相干，自己卻非大大的識時務不可，當下連連點頭，讚道：「文章做得好，讀也讀得好，英雄文章英雄讀，相得益彰。」

黃蓉歎道：「怪不得爹爹常說，只恨遲生了數十年，不能親眼見到這位大英雄。你再讀讀他的詩詞。」郭靖順次讀了幾首，「滿江紅」、「小重山」等詞黃蓉是熟知的，「題翠光寺」、「贈張完」等詩她卻從未見過。

山腰間鐵掌幫的喊聲不歇，郭靖讓黃蓉枕在自己腿上，藉着松柴火光，朗聲誦讀岳飛的遺詩道：「題目是『題鄱陽龍居寺』：巍石山前寺，林泉勝復幽。紫金諸佛相，白雪老僧頭。潭水寒生月，松風夜帶秋。我來囑龍語，爲雨濟民憂。」只聽得風動林木，山谷鳴響，黃蓉驟感寒意，偎在郭靖懷中。郭靖出神道：「岳武穆王念念不忘百姓疾苦，這才是眞英雄大豪傑啊。」

黃蓉嗯了一聲，微笑道：「大英雄的詩，小英雄來讀，旁邊還有一位老英雄躺在地下聽着，那更是錦上添花。」問郭靖道：「另一本册子裏寫着些甚麼？」郭靖拿起看了幾行，喜道：「這……這只怕便是岳武穆王親筆所書的兵法。完顏洪烈那奸賊作夢也想着的，就是這部書了。天幸沒叫那奸賊得了去。」只見第一頁上寫着十八個大字，曰：「重蒐選，謹訓習，公賞罰，明號令，嚴紀律，同甘苦。」

正待細看，忽然山腰間鐵掌幫徒喊聲陡止，四下裏除了山巔風響，更無半點聲息。這些時候中幫衆的叫罵聲、吶喊聲始終不斷，此刻忽爾停歇，反覺十分怪異。

郭靖與黃蓉側耳側聽，過了片刻，靜寂中隱隱傳來噼噼拍拍的柴草燃燒之聲，只聽裘千丈連珠價叫起苦來，叫道：「今日爺爺這條老命，送在你這兩個小娃娃手中了。」情急之下，把「大英雄」又叫作「小娃娃」了。郭靖搶出門去，只見幾排火牆正燒上峯來。這山峯四周圍是密林長草，這一着火，轉眼間便要成爲一片火海。

郭靖立時省悟：「他們不敢進入禁地，便使火攻。山洞中無着火之物，不致焚毀，可是咱們三個卻要活活的給烤成焦炭了。」急忙回身抱起黃蓉，只聽裘千丈躺在地下破口大罵，於是在他腰眼裏輕輕踢了兩脚，解開他的穴道，讓他自行逃走，將木盒和兩本册子揣在懷裏，不敢逗留，逕往峯頂爬去。

那石穴是在中指峯的第二指節，離峯頂尚有數十丈之遙。郭靖凝神提氣，片刻之間攀登峯頂。裘千丈也跟着一步步的挨上來。郭靖回頭向下望去，見火燄正緩緩燒上，雖然一時不致便到，但終究是難以脫身，不由得長嘆一聲。

黃蓉忽道：「岳武穆王名飛，字鵬舉，咱們來個鵰舉，好不好？」郭靖問道：「甚麼鵰舉？」黃蓉道：「叫鵰兒負了咱們飛下去啊。」

一聽此言，郭靖喜得跳起身來，叫道：「那當眞好玩得緊。我喚鵰兒上來。只不知鵰兒有沒這個力氣。」黃蓉嘆道：「反正是死，也只得冒險一試了。」郭靖當下盤膝坐定，凝聚中氣，在丹田盤旋片刻，然後從喉間一吐而出，嘯聲遠遠傳了出去，這正是馬鈺當年授他的全眞派玄門內功，他修習九陰眞經之後，功力更是精進。這中指峯自峯頂至峯脚相距何止數里，但嘯聲發出，過不多時便白影臨空，雙鵰在月光下御風而至，停在二人面前。

郭靖替黃蓉解下身上軟蝟甲，扶她伏在雌鵰背上，怕她傷後無力扶持，用衣帶將她身子與鵰身縛住，然後自己伏上雄鵰之背，摟住鵰頸，口中一聲呼嘯，雙鵰振翅而起。兩人斗然憑虛臨空，但雙鵰一飛離地，立感平穩異常。郭靖初時還怕自己身子重，那鵰兒未必負荷得起，豈知那白鵰雙翅展開，竟然並無急墮之像。

黃蓉究是小孩心性，心想這是天下奇觀，可得讓裘千丈那老兒瞧個仔細，於是輕拉鵰頸，要牠飛向裘千丈身旁。雌鵰依命飛近。裘千丈正自慌亂，眼見之下，不禁又驚又羨，叫道：「好姑娘，也帶我走罷。大火便要燒上來，老兒可活不成啦！」

黃蓉笑道：「我這鵰兒負不起兩人。你求你弟弟救你，不就成啦？你比他多三千尺，他非聽你號令不可。」輕拍鵰頸，轉身飛開。裘千丈大急，叫道：「好姑娘，你瞧我這玩意兒有趣不？」黃蓉好奇心起，拉鵰回頭，要瞧瞧他有甚麼玩意。那知裘千丈突然和身向前猛撲，飛離山峯，向黃蓉背上抱去。他深知若是衝下峯去，縱能脫出火圈，但私入禁地，犯了幫中嚴規，莫說是幫主的兄弟，縱是幫主本人，也未必能夠活命，這時便想再深入石洞避火，來路也被大火阻斷，是以不顧一切的要搶上鵰背逃走。

那白鵰雖然神駿，究竟負不起兩人，黃蓉被裘千丈一抱住，白鵰立時向峯下深谷急落。那鵰雙翅用力撲打，始終支持不住。裘千丈抓住黃蓉後心，用力要將她摔下鵰背，但她身子用衣帶縛在鵰上，急切間摔她不下。黃蓉手足被縛，也是難以回手。眼見二人一鵰都要摔入深谷，粉身碎骨。

鐵掌幫幫衆站在山腰看得明白，個個駭得目瞪口呆，做聲不得。

正危急間，那雄鵰負着郭靖疾撲而至，鋼喙啄去，正中裘千丈頂門。那老兒斗然間頭頂劇痛，伸手抵擋，就只這麼一鬆手，已一連串的觔斗翻將下去，長聲慘呼從山谷下傳將上來。

雌鵰背上斗輕，縱吭歡唳，振翅直上。雙鵰負着二人，比翼北去。

註：岳飛「滿江紅」詞膾炙人口，但不見於宋人記載。岳飛之孫岳珂編集「金陀萃編」及「經進家集」，遍錄岳飛之詩文奏章，此詞並未收入。此詞最早見於明人著作，有人疑爲明人僞作。惟消閒說部於此不必深究，故仍假定爲岳飛所作。

只見長桌上七盞油燈排成天罡北斗之形，地下蹲着一個頭髮花白的女子，凝目瞧着地下一根根的無數竹片，顯然正自潛心思索，雖聽得有人進來，卻不抬頭。

第二十九回　黑沼隱女

郭靖在鵰背連聲呼叫，召喚小紅馬在地下跟來。轉眼之間，雙鵰已飛出老遠。雌雄雙鵰形體雖巨，背上負了人畢竟難以遠飛，不多時便即不支，越飛越低，終於着地。郭靖躍下鵰背，搶過去看黃蓉時，見她在鵰背上竟已昏迷過去，忙將縛着她的衣帶解開，替她推宮過血。好一陣子，黃蓉才悠悠醒轉，但昏昏沉沉的說不出一句話來。

這時烏雲滿天，把月亮星星遮得沒半點光亮，郭靖死裏逃生，回想適才情景，兀自心有餘悸，雙手抱着黃蓉站在曠野之中，只覺天地茫茫，不知如何是好。卻又不敢呼召小紅馬，生怕裘千仞聞聲先至。

呆立半晌，只得信步而行，舉步踏到的盡是矮樹長草，那裏有路？每走一步，荆棘都鈎刺到小腿，他也不覺疼痛，走了一陣，四周更是漆黑一團，縱然盡力睜大眼睛，也是難以見物，當下一步一步走得更慢，只恐一個踏空，跌入山溝陷坑之中，但怕鐵掌幫衆追來，卻也不敢停步。這般苦苦走了二里有餘，突然左首現出一顆大星，在天邊閃閃發光。他凝神望去，想要辨別方向，看出原來並非天星，而是一盞燈火。

既有燈火，必有人家。郭靖好不欣喜，加快脚步，筆直向着燈火趕去，急行里許，但見黑森森的四下裏都是樹木，原來燈火出自林中。可是一入林中，再也無法直行，林中小路東盤西曲，少時忽然失了燈火所在，密林中難辨方向，忙躍上樹去眺望，卻見燈火已在身後。正是瞻之在前，忽焉在後，郭靖接連趕了幾次，頭暈眼花，始終走不近燈火之處，雙鵰一馬也不知到了那裏，他這時已知是林中道路作怪，欲待從樹頂上蹤躍過去，黑暗中卻看不清落足之處，又怕樹枝擦損了黃蓉。但若不去投宿，總不能在這黑森林中坐待天明，心想別這般沒頭蠅般瞎撞，且定一定神再說，當下站着調勻呼吸，稍歇片刻。

這時黃蓉神智已然清醒，被郭靖抱着這麼東轉西彎亂闖直奔，雖然瞧不到周遭情勢，卻已摸清林中道路，輕聲道：「靖哥哥，向右前方斜角走。」郭靖喜道：「蓉兒，你還好嗎？」黃蓉嗯了一聲，沒力氣說話。郭靖依言朝右前方斜行，黃蓉默默數着他的脚步，待數到十七步，道：「向左走八步。」郭靖依言而行。黃蓉又道：「再向右斜行十三步。」

一個指點，一個遵循，二人在伸手不見五指的樹林之中曲折前行。剛才郭靖這般一陣來回奔行，黃蓉已知林中道路，乃是由人工布置而成。黃藥師五行奇門之術極盡精妙，傳給了女兒的也有幾成。林中道路愈是奇幻，她愈能閉了眼睛說得清清楚楚，若是天然路徑，她既從未到過，在昏黑之中，縱是一條最平坦無奇小徑卻也辨認不出了。

這般時而向左，時而轉右，有時更倒退斜走數步，似乎越行越是迂迴迢遙，豈知不到一盞茶時分，燈火赫然已在眼前。

郭靖大喜，向前直奔。黃蓉急叫：「別莽撞！」郭靖「啊喲」一聲，雙足已陷入泥中，直沒至漆，急忙提氣後躍，硬生生把兩隻脚拔了出來，一股汚泥的臭味極是刺鼻，向前望去，眼前一團茫茫白霧裏着兩間茅屋，燈光便從茅屋中射出。

郭靖高聲叫道：「我們是過往客人，生了重病，求主人行個方便，借地方歇歇，討口湯喝。」過了半晌，屋中寂然無聲，郭靖再說了一遍，仍是無人回答。說到第三遍後，方聽得茅屋中一個女人聲音說道：「你們旣能來到此處，必有本事進屋，難道還要我出來迎接嗎？」語聲冷淡異常，顯是不喜外人打擾。

若在平時，郭靖寧可在林中露宿一宵，也不願故意去惹人之厭，此時卻是救傷要緊，然見眼前一大片汚泥，不知如何過去，當下低聲與黃蓉商量。

黃蓉想了片刻，道：「這屋子是建在一個汚泥湖沼之中。你瞧瞧淸楚，那兩間茅屋是否一方一圓。」郭靖睜大眼睛望了一會，喜道：「是啊！蓉兒你甚麼都知道。」黃蓉道：「走到圓屋之後，對着燈火直行三步，向左斜行四步，再直行三步，向右斜行四步。如此直斜交差行走，不可弄錯。」郭靖依言而行。落脚之處果然打有一根根的木樁。只是有些虛幌搖動，或歪或斜，若非他輕功了得，只走得數步便已摔入了泥沼。

他凝神提氣，直三斜四的走去，走到一百一十九步，已繞到了方屋之前。那屋卻無門戶，黃蓉低聲道：「從此處跳進去，在左首落脚。」郭靖背着黃蓉越牆而入，落在左首，不由得一驚，暗道：「果然一切都在蓉兒意料之中。」原來牆裏是個院子，分為兩半，左一半是實土，右一半卻是水塘。

郭靖跨過院子，走向內堂，堂前是個月洞，仍無門扉。黃蓉悄聲道：「進去罷，裏面再沒古怪啦。」郭靖點點頭，朗聲說道：「過往客人冒昧進謁，實非得已，尚請賢主人大度包容。」說畢停了片刻，才走進堂去。

只見當前一張長桌，上面放着七盞油燈，排成天罡北斗之形。地下蹲着一個頭髮花白的女子，身披蔴衫，凝目瞧着地下一根根的無數竹片，顯然正自潛心思索，雖聽得有人進來，卻不抬頭。

郭靖輕輕將黃蓉放在一張椅上，燈光下見她臉色憔悴，全無血色，心中甚是憐惜，欲待開口討碗湯水，但見那老婦全神貫注，生怕打斷了她的思路，一時不敢開口。

黃蓉坐了片刻，精神稍復，見地下那些竹片都是長約四寸，闊約二分，知是計數用的算子。再看那些算子排成商、實、法、借算四行，暗點算子數目，知她正在計算五萬五千二百二十五的平方根，這時「商」位上已記算到二百三十，但見那老婦撥弄算子，正待算那第三位數字。黃蓉脫口道：「五！二百三十五！」

那老婦吃了一驚，抬起頭來，一雙眸子精光閃閃，向黃蓉怒目而視，隨即又低頭撥弄算子。這一抬頭，郭黃二人見她容色清麗，不過四十左右年紀，想是思慮過度，是以鬢邊早見華髮。那女子撥弄了一會，果然算出是「五」，抬頭又向黃蓉望了一眼，臉上驚訝的神色迅即消去，又見怒容，似乎是說：「原來是個小姑娘。你不過湊巧猜中，何足為奇？別在這裏打擾我的正事。」順手將「二百三十五」五字記在紙上，又計下一道算題。

這次是求三千四百零一萬二千二百二十四的立方根，她剛將算子排為商、實、方法、廉法、隅、下法六行，算到一個「三」，黃蓉輕輕道：「三百二十四。」那女子「哼」了一聲，那裏肯信？布算良久，約一盞茶時分，方始算出，果然是三百二十四。

那女子伸腰站起，但見她額頭滿佈皺紋，面頰卻如凝脂，一張臉以眼爲界，上半老，下半少，卻似相差了二十多歲年紀。她雙目直瞪黃蓉，忽然手指內室，說道：「跟我來。」拿起一盞油燈，走了進去。

郭靖扶着黃蓉跟着過去，只見那內室牆壁圍成圓形，地下滿鋪細沙，沙上畫着許多橫直符號和圓圈，又寫着些「太」、「天元」、「地元」、「人元」、「物元」等字。郭靖看得不知所云，生怕落足踏壞了沙上符字，站在門口，不敢入內。

黃蓉自幼受父親教導，頗精曆數之術，見到地下符字，知道盡是些術數中的難題，那是算經中的「天元之術」，雖然甚是繁複，但只要一明其法，也無甚難處（按：即今日代數中多元多次方程式，我國古代算經中早記其法，天、地、人、物四字即西方代數中X、Y、Z、W四未知數）。黃蓉從腰間抽出竹棒，倚在郭靖身上，隨想隨在沙上書寫，片刻之間，將沙上所列的七八道算題盡數解開。

這些算題那女子苦思數月，未得其解，至此不由得驚訝異常，呆了半晌，忽問：「你是人嗎？」黃蓉微微一笑，道：「天元四元之術，何足道哉？算經中共有一十九元，『人』之上是仙，明、霄、漢、壘、層、高、上、天，『人』之下是地、下、低、減、落、逝、泉、暗、鬼。算到第十九元，方才有點不易罷啦！」

那女子沮喪失色，身子搖了幾搖，突然一交跌在細沙之中，雙手捧頭，苦苦思索，過了一會，忽然抬起頭來，臉有喜色，道：「你的算法自然精我百倍，可是我問你：將一至九這九個數字排成三列，不論縱橫斜角，每三字相加都是十五，如何排法？」

黃蓉心想：「我爹爹經營桃花島，五行生剋之變，何等精奧？這九宮之法是桃花島陣圖的根基，豈有不知之理？」當下低聲誦道：「九宮之義，法以靈龜，二四為肩，六八為足，左三右七，戴九履一，五居中央。」邊說邊畫，在沙上畫了一個九宮之圖。

那女子面如死灰，嘆道：「只道這是我獨創的秘法，原來早有歌訣傳世。」黃蓉笑道：「不但九宮，即使四四圖，五五圖，以至百子圖，亦不足為奇。就說四四圖罷，以十六字依次作四行排列，先以四角對換，一換十六，四換十三，後以內四角對換，六換十一，七換十。這般橫直上下斜角相加，皆是三十四。」那女子依法而畫，果然絲毫不錯。

黃蓉道：「那九宮每宮又可化為一個八卦，八九七十二數，以從一至七十二之數，環繞九宮成圈，每圈八字，交界之處又有四圈，一共一十三圈，每圈數字相加，均為二百九十二。這洛書之圖變化神妙如此，諒你也不知曉。」舉手之間，又將七十二數的九宮八卦圖在沙上畫了出來。

那女子瞧得目瞪口呆，顫巍巍的站起身來，問道：「姑娘是誰？」不等黃蓉回答，忽地捧住心口，臉上現出劇痛之色，急從懷中小瓶內取出一顆綠色丸藥吞入腹中，過了半晌，臉色方見緩和，嘆道：「罷啦，罷啦！」眼中流下兩道淚水。

郭靖與黃蓉面面相覷，只覺此人舉動怪異之極。那女子正待說話，突然傳來陣陣吶喊之聲，正是鐵掌幫追兵到了。那女子道：「是朋友，還是仇家？」郭靖道：「是追趕我們的仇家。」那女子道：「鐵掌幫？」郭靖道：「是。」那女子側耳聽了一會，說道：「裘幫主親自領人追趕，你們究是何人？」問到這句時，聲音極是嚴厲。

郭靖踏上一步，攔在黃蓉身前，朗聲道：「我二人是九指神丐洪幫主的弟子。我師妹為鐵掌幫裘千仞所傷，避難來此，前輩若是與鐵掌幫有甚瓜葛，不肯收留，我們就此告辭。」說着一揖到地，轉身扶起黃蓉。

那女子淡淡一笑，道：「年紀輕輕，偏生這麼倔強，你挨得，你師妹可挨不得了，知道麼？我道是誰，原來是洪七公的徒弟，怪不得有這等本事。」

她傾聽鐵掌幫的喊聲忽遠忽近，時高時低，嘆道：「他們找不到路，走不進來的，儘管放心。就算來到這裏，你們是我客人，神……神……瑛姑豈能容人上門相欺？」心想：「我本來叫做『神算子』瑛姑，但你這小姑娘算法勝我百倍，我怎能再厚顏自稱『神算子』？」只說了個『神』字，下面兩字就不說了。

郭靖作揖相謝。瑛姑解開黃蓉肩頭衣服，看了她的傷勢，皺眉不語，從懷中小瓶內又取出一顆綠色丸藥，化在水中給黃蓉服食。黃蓉接過藥碗，心想不知此人是友是敵，如何能服她之藥？瑛姑見她遲疑，冷笑道：「你受了裘千仞鐵掌之傷，還想好得了麼？我就算有害你之心，也不必多此一舉。這藥是止你疼痛的，不服也就算了。」說着夾手將藥碗搶過，潑在地下。

郭靖見她對黃蓉如此無禮，不禁大怒，說道：「我師妹身受重傷，你怎能如此氣她？蓉兒，咱們走。」瑛姑冷笑道：「我瑛姑這兩間小小茅屋，豈能容你這兩個小輩說進就進，說出就出？」手中持着兩根竹算籌，攔在門口。

郭靖心道：「說不得，只好硬闖。」叫道：「前輩，恕在下無禮了。」身形一沉，舉臂劃個圓圈，一招「亢龍有悔」，當門直衝出去。這是他得心應手的厲害招術，只怕瑛姑抵擋不住，勁道只使了三成，惟求奪門而出，並無傷人之意。

眼見掌風襲到瑛姑身前，郭靖要瞧她如何出手，而定續發掌力或立即回收，那知她身子微側，左手前臂斜推輕送，竟將郭靖的掌力化在一旁。郭靖料想不到她的身手如此高強，被她這麼一帶，竟然立足不住，向前搶了半步，瑛姑也料不到郭靖掌力這等沉猛，足下在沙上一滑，隨即穩住。兩人這一交手，心下均各暗暗稱異。瑛姑喝道：「小子，師父的本領都學全了嗎？」語聲中將竹籌點了過來，對準了他右臂彎處的「曲澤穴」。

這一招明點穴道，暗藏殺手，郭靖那敢怠慢，立即回臂反擊，將那降龍十八掌掌法一招招使將出來，數招一過，立即體會出瑛姑的武功純是陰柔一路。她並無一招是明攻直擊，但每一招中均含陰毒後着，若非郭靖會得雙手互搏之術，急危中能分手相救，早已中招受傷。他愈戰愈不敢托大，掌力漸沉，但瑛姑的武功另成一家，出招似乎柔弱無力，卻如水銀瀉地，無孔不入，直教人防不勝防。

再拆數招，郭靖被逼得倒退兩步，忽地想起洪七公當日教他抵禦黃蓉「落英神劍掌」的法門：不論對方招術如何千變萬化，儘可置之不理，只以降龍十八掌硬攻，那就有勝無敗。他本想此間顯非吉地，這女子也非善良之輩，但與她無冤無仇，但求衝出門去，既不願與她多所糾纏，更不欲傷她性命，是以掌力之中留了三分，豈知這女子功夫甚是了得，稍有疏忽，只怕兩人的性命都要送在此地，當下吸一口氣，兩肘往上微抬，右拳左掌，直擊橫推，一快一慢的打了出去。這是降龍十八掌中第十六掌「履霜冰至」，乃洪七公當日在寶應劉氏宗祠中所傳，一招之中剛柔並濟，正反相成，實是妙用無窮。洪七公的武學本是純陽至剛一路，但剛到極處，自然而然的剛中有柔，原是易經中老陽生少陰的道理，而「亢龍有悔」、「履霜冰至」這些掌法之中，剛勁柔勁混而爲一，實已不可分辨。

瑛姑低呼一聲：「咦！」急忙閃避，但她躲去了郭靖的右拳直擊和左脚的一踹，卻讓不開他左掌橫推，這一掌正好按中她的右肩。郭靖掌到勁發，眼見要將她推得撞向牆上，這草屋的土牆那裏經受得起這股大力，若不是牆坍屋倒，就是她身子破牆而出，但說也奇怪，手掌剛與她肩頭相觸，只覺她肩上卻似塗了一層厚厚的油脂，溜滑異常，連掌帶勁，都滑到了一邊，只是她身子也是劇震，手中兩根竹籌撒在地下。

郭靖吃了一驚，急忙收力，但瑛姑身手快捷之極，早已乘勢直上，雙手五指成錐，分戳他胸口「神封」、「玉書」兩穴，的是上乘點穴功夫。郭靖封讓不及，身子微側，這一側似是閃避來招，其實中間暗藏殺着。心下動念：「她的點穴手法倒跟周大哥有些相像，若不是我跟周大哥在山洞中拆過數千數萬招，這一下不免着了她的道兒。」瑛姑只覺一股勁力從他身上右臂發出，撞向自己上臂，知道雙臂一交，敵在主位，己處奴勢，自己胳臂非斷不可，當下仍以剛才用過的「泥鰍功」將郭靖的手臂滑了開去。

這幾下招招神妙莫測，每一式都大出對方意料之外，兩人心驚膽寒，不約而同的躍開數步，各自守住門戶。郭靖心想：「這女子的武功好不怪異！她身上不受掌力，那我豈不是只有挨打的份兒？」瑛姑心中訝異更甚：「這少年小小年紀，怎能練到如此功夫。」隨即想起：「我在此隱居十餘年，勤修苦練，無意中悟得上乘武功的妙諦，自以為將可無敵於天下，不久就要出林報仇救人，豈知算數固然不如那女郎遠甚，連武功也勝不得這樣一個乳臭少年，何況他背上負得有人，當眞動手，我早輸了。我十餘載的苦熬，豈非盡付流水？復仇救人，再也休提？」想到此處，眼紅鼻酸，不自禁的又要流下淚來。郭靖只道自己掌力已將她震痛，忙道：「晚輩無禮得罪，實非有心，請前輩恕罪，放我們走罷。」

瑛姑見他說話之時，不住轉眼去瞧黃蓉，關切之情深摯已極，想起自己一生不幸，愛侶遠隔，至今日團聚之念更絕，不自禁的起了妒恨之心，冷冷的道：「這女孩兒中了裘千仞的鐵掌，臉上已現黑氣，已不過三日之命，你還苦苦護着她幹麼？」

郭靖大驚，細看黃蓉臉色，果然眉間隱隱現出一層淡墨般的黑暈。他胸口一涼，隨即感到一股熱血湧上，搶上去扶着黃蓉，顫聲道：「蓉兒，你……你覺得怎樣？」黃蓉胸腹間有如火焚，四肢卻是冰涼，知那女子的話不假，嘆了口氣道：「靖哥哥，這三天之中，你別離開我一步，成麼？」郭靖道：「我……我半步也不離開你。」

瑛姑冷笑道：「就算你半步不離開，也只廝守得三十六個時辰。」郭靖抬頭望她，眼中充滿淚水，一臉哀懇之色，似在求她別再說刻薄言語刺傷黃蓉之心。

瑛姑自傷薄命，十餘年來性子變得極為乖戾，眼見這對愛侶横遭慘變，竟是大感快慰，正想再說幾句厲害言語來譏刺兩人，見到郭靖哀傷欲絕的神氣，腦海中忽如電光一閃，想到一事：「啊，啊，老天送這兩人到此，卻原來是叫我報仇雪恨，得償心願。」抬起了頭，喃喃自語：「天啊，天啊！」

只聽得林外呼叫吆喝之聲又漸漸響起，看來鐵掌幫四下找尋之後，料想靖蓉二人必在林中，只是無法覓路進入，過了半晌，林外遠遠送來了裘千仞的聲音，叫道：「神算子瑛姑哪，裘鐵掌求見。」他這兩句話逆風而呼，但竟然也傳了過來，足見內功深湛之極。

瑛姑走到窗口，氣聚丹田，長叫道：「我素來不見外人，到我黑沼來的有死無生，你不知道麼？」只聽裘千仞叫道：「有一男一女走進你黑沼來啦，請你交給我罷。」瑛姑叫道：「誰走得進我的黑沼？裘幫主可把瑛姑瞧得忒也小了。」裘千仞嘿嘿嘿幾聲冷笑，不再開腔，似乎信了她的說話。只聽鐵掌幫徒衆的呼叫之聲，漸漸遠去。

瑛姑轉過身來，對郭靖道：「你想不想救你師妹？」郭靖一呆，隨即雙膝點地，跪了下去，叫道：「老前輩若肯賜救……」瑛姑臉上猶似罩了一層嚴霜，森然道：「老前輩！我老了麼？」郭靖忙道：「不，不，也不算很老。」瑛姑雙目緩緩從郭靖臉上移開，望向窗外，自言自語的道：「不算很老，嗯，畢竟也是老了！」

郭靖又喜又急，聽她語氣之中，似乎黃蓉有救，可是自己一句話又得罪了她，不知她還肯不肯施救，欲待辯解，卻又不知說甚麼話好。

瑛姑回過頭來，見他滿頭大汗，狼狽之極，心中酸痛：「我那人對我只要有這傻小子十分之一的情意，唉，我這生也不算虛度了。」輕輕吟道：「四張機，鴛鴦織就欲雙飛。可憐未老頭先白，春波碧草，曉寒深處，相對浴紅衣。」

郭靖聽她唸了這首短詞，心中一凜，暗道：「這詞好熟，我聽見過的。」可是曾聽何人唸過，一時卻想不起來，似乎不是二師父朱聰，也不是黃蓉，於是低聲問道：「蓉兒，她唸的詞是誰作的？說些甚麼？」黃蓉搖頭道：「我也是第一次聽到，不知是誰作的。嗯，『可憐未老頭先白』，眞是好詞！鴛鴦生來就白頭……」說到這裏，目光不自禁的射向瑛姑的滿頭花白頭髮，心想：「果然是『可憐未老頭先白』！」

郭靖心想：「蓉兒得她爹爹教導，甚麼都懂，若是出名的歌詞，決無不知之理。那麼是誰吟過這詞呢？當然不會是她，不會是她爹爹，也不會是歸雲莊的陸莊主。然而我確實聽見過的。唉，管他是誰吟過的。這位前輩定有法子救得蓉兒，她問我這句話，總不是信口亂問。我可怎生求她才好？不管她要我幹甚麼……」

瑛姑此時也在回憶往事，臉上一陣喜一陣悲，頃刻之間，心中經歷了數十年的恩恩怨怨，猛然抬起頭來，道：「你師妹給裘鐵掌擊中，不知是他掌下留力，還是你這小子出手從中擋格，總算沒立時斃命，但無論如何，挨不過三天……嗯，她的傷天下只有一人救得！」

郭靖怔怔的聽着，聽到最後一句時，心中怦地一跳，眞是喜從天降，跪下來咚咚咚磕了三個響頭，叫道：「請老……不，不，請你施救，感恩不盡。」

瑛姑冷冷的道：「哼！我如何有救人的本事？倘若我有此神通，怎麼還會在這陰濕寒苦之地受罪？」郭靖不敢接口。過了一會，瑛姑才道：「也算你們造化不淺，遇上我知道此人的所在，又幸好此去路程非遙，三天之內可至。只是那人肯不肯救，卻是難說。」郭靖喜道：「我苦苦求他，想來他決不至於見危不救。」瑛姑道：「說甚麼不至於見危不救？見死不救，也是人情之常。苦苦相求，有誰不會？難道就能教他出手救人？你給他甚麼好處了？他爲甚麼要救你？」語意之中，實是含着極大怨憤。

郭靖不敢接口，眼前已出現一綫生機，只怕自己說錯一言半語，又復壞事，只見她走到外面方室，伏在案頭提筆書寫甚麼，寫了好一陣，將那張紙用一塊布包好，再取出針綫，將布包摺縫處密密縫住，這樣連縫了三個布囊，才回到圓室，說道：「出林之後，避過鐵掌幫的追兵，直向東北，到了桃源縣境內，開拆白色布囊，下一步該當如何，裏面寫得明白。時地未至，千萬不可先拆。」郭靖大喜，連聲答應，伸手欲接布囊。

瑛姑縮手道：「慢着！若是那人不肯相救，那也算了。若能救活她的性命，我卻有一事相求。」郭靖道：「活命之恩，自當有報，請前輩吩咐便了。」瑛姑冷冷的道：「假若你師妹不死，她須在一月之內，重回此處，和我相聚一年。」郭靖奇道：「那幹甚麼啊？」瑛姑厲聲道：「幹甚麼跟你有何相干？我只問她肯也不肯？」黃蓉接口道：「你要我授你奇門術數，這有何難？我答允便是。」

瑛姑向郭靖白了一眼，說道：「枉爲男子漢，還不及你師妹十分中一分聰明。」當下將三個布囊遞了給他。郭靖接在手中，見一個白色，另兩個一紅一黃，當即穩穩放在懷中，重行叩謝。瑛姑閃開身子，不受他的大禮，說道：「你不必謝我，我也不受你的謝。你二人與我無親無故，我幹麼要救她？就算沾親有故，也犯不着費這麼大的神呢！咱們話說在先，我救她性命是爲了我自己。哼，人不爲己，天誅地滅。」

這番話在郭靖聽來，極不入耳，但他素來拙於言辭，不善與人辯駁，此時爲了黃蓉，更加不敢多說，只是恭恭敬敬的聽着。瑛姑白眼一翻，道：「你們累了一夜，也必餓了，且吃些粥罷。」

當下黃蓉躺在榻上，半醒半睡的養神，郭靖守在旁邊，心中思潮起伏。過不多時，瑛姑用木盤托出兩大碗熱騰騰的香粳米粥來，還有一大碟山鷄片、一碟臘魚。郭靖早就餓了，先前掛念着黃蓉傷勢，並未覺得，此時畧爲寬懷，見到鷄魚白粥，先吞了一口唾涎，輕輕拍拍黃蓉的手背，道：「蓉兒，起來吃粥。」

黃蓉眼睜一綫，微微搖頭道：「我胸口疼得緊，不要吃。」瑛姑冷笑道：「有藥給你止痛，卻又疑神疑鬼。」黃蓉不去理她，只道：「靖哥哥，你再拿一粒九花玉露丸給我服。」那些丸藥是陸乘風當日在歸雲莊上所贈，黃蓉一直放在懷內，洪七公與郭靖爲歐陽風所傷後，都曾服過幾顆，雖無療傷起死之功，卻大有止疼寧神之效。郭靖應了，解開她的衣囊，取了一粒出來。

當黃蓉提到「九花玉露丸」之時，瑛姑突然身子微微一震，後來見到那朱紅色的藥丸，厲聲道：「這便是九花玉露丸麼？給我瞧瞧！」郭靖聽她語氣甚是怪異，不禁抬頭望了她一眼，卻見她眼中微露兇光，心中更奇，當下將一囊藥丸盡數遞給了她。瑛姑接了過來，但覺芳香撲鼻，聞到氣息已是遍體清涼，雙目凝視郭靖道：「這是桃花島的丹藥啊，你們從何處得來？快說，快說！」說到後來，聲音已極是慘厲。

黃蓉心中一動：「這女子研習奇門五行，難道跟我爹爹那一個弟子有甚干係？」只聽郭靖道：「她就是桃花島主的女兒。」瑛姑一躍而起，喝道：「黃老邪的女兒？」雙眼閃閃生光，兩臂一伸一縮，作勢就要撲上。黃蓉道：「靖哥哥，將那三隻布囊還她！她既是我爹爹仇人，咱們也不用領她的情。」郭靖將布囊取了出來，卻遲遲疑疑的不肯遞過去。黃蓉道：「靖哥哥，放下！也未必當眞就死了。死又怎樣？」郭靖從來不違黃蓉之意，只得將布囊放在桌上，淚水已在眼中滾來滾去。

卻見瑛姑望着窗外，又喃喃的叫道：「天啊，天啊！」突然走到隔室之中，背轉身子，不知做些甚麼。黃蓉道：「咱們走罷，我見了這女子厭煩得緊。」郭靖未答，瑛姑已走了回來，說道：「我研習術數，爲的是要進入桃花島。黃老邪的女兒已然如此，我再研習一百年也是無用。命該如此，夫復何言？你們走罷，把布囊拿去。」說着將一袋九花玉露丸和三隻布囊都塞到郭靖手中，對黃蓉道：「這九花玉露丸於你傷勢有害，千萬不可再服。傷愈之後一年之約可不要忘記。你爹爹毀了我一生，這裏的飲食寧可餵狗，也不給你們吃。」說着將白粥鷄魚都從窗口潑了出去。

黃蓉氣極，正欲反唇相譏，一轉念間，扶着郭靖站起身來，用竹杖在地下細沙上寫了三道算題：

第一道是包括日、月、水、火、木、金、土、羅睺、計都的「七曜九執天竺筆算」；第二道是「立方招兵支銀給米題」（按：即西洋數學中的級數論）；第三道是道「鬼谷算題」：「今有物不知其數，三三數之賸二，五五數之賸三，七七數之賸二，問物幾何？」（按：這屬於高等數學中的數論，我國宋代學者對這類題目鑽研已頗精深。）

她寫下三道題目，扶着郭靖手臂，緩緩走了出去。郭靖步出大門，回過頭來，只見瑛姑手執算籌，凝目望地，呆呆出神。

兩人走入林中，郭靖將黃蓉背起，仍由她指點路徑，一步步的向外走去。郭靖只怕數錯腳步，不敢說話，直到出了林子，才問：「蓉兒，你在沙上畫了些甚麼？」黃蓉笑道：「我出三道題目給她。哼，半年之內，她必計算不出，叫她的花白頭髮全都白了。誰教她這等無禮？」郭靖道：「她跟你爹爹結下甚麼仇啊？」黃蓉道：「我沒聽爹爹說過。」過了半晌，道：「她年輕時候必是個美人兒，靖哥哥你說是麼？」她心裏隱隱猜疑：「莫非爹爹昔日與她有甚情愛糾纏之事？哼，多半是她想嫁我爹爹，我爹爹卻不要她。」

郭靖道：「管她美不美呢。她想着你的題目，就算忽然反悔，也不會再追出來把布囊要回去啦。」黃蓉道：「不知布囊中寫些甚麼，只怕她未必安着好心，咱們拆開來瞧瞧。」郭靖忙道：「不，不！依着她的話，到了桃源再拆。」黃蓉甚是好奇，忍不住的要先看，但郭靖堅執不允，只得罷了。

鬧了一夜，天已大明，郭靖躍上樹頂四下眺望，不見鐵掌幫徒衆的蹤迹，先放了一大半心，數聲呼嘯，小紅馬聞聲馳到，不久雙鵰也飛臨上空。兩人甫上馬背，忽聽林邊喊聲大振，數十名鐵掌幫衆蜂湧而來。他們在樹林四周守了半夜，聽到郭靖呼嘯，急忙追至，裘千仞卻不在其內。郭靖叫道：「失陪了！」腿上微一用勁，小紅馬猶如騰空而起，但覺耳旁風生，片刻之間已將幫衆拋得無影無蹤。

小紅馬到午間已奔出百餘里之遙。兩人在路旁一個小飯鋪中打尖，黃蓉胸口疼痛，只能喝半碗米湯。郭靖一問，知道當地已屬桃源縣管轄，忙取出白布小囊，拉斷縫綫，原來裏面是一張地圖，圖旁註着兩行字道：「依圖中所示路徑而行，路盡處係一大瀑布，旁有茅舍。到達時拆紅色布囊。」

郭靖更不躭擱，上馬而行，依着地圖所示奔出七八十里，道路愈來愈窄，再行八九里，道路兩旁山峯壁立，中間一條羊腸小徑，僅容一人勉強過去，小紅馬卻已前行不得。郭靖只得負起黃蓉，留小紅馬在山邊啃食野草，邁開大步逕行入山。

循着陡路上嶺，約莫走了一個時辰，道路更窄，有些地方郭靖須得將黃蓉横抱了，兩人側着身子方能過去。這時正當七月盛暑，赤日炎炎，流火鑠金，但路旁山峯插天，將驕陽全然遮去，倒也頗爲清涼。

又行了一陣，郭靖腹中飢餓，從懷中取出乾糧炊餅，撕了幾片餵在黃蓉嘴裏，自己也不停步，邊走邊吃，吃完三個大炊餅，正覺脣乾口渴，忽聽遠處傳來隱隱水聲，當即加快脚步。空山寂寂，那水聲在山谷間激盪回響，轟轟洶洶，愈走水聲愈大，待得走上嶺頂，只見一道白龍似的大瀑布從對面雙峯之間奔騰而下，聲勢甚是驚人。從嶺上望下去，瀑布旁果有一間草屋。郭靖揀塊山石坐下，取出紅色布囊拆開，見囊內白紙上寫道：

「此女之傷，當世唯段皇爺能救……」

郭靖看到「段皇爺」三字，吃了一驚，道：「段皇爺，那不是與你爹爹齊名的『南帝』嗎？」黃蓉本已極爲疲累，聽他說到「南帝」，心中一凜，道：「段皇爺？師父也說過他的傷只有段皇爺能治。我曾聽爹爹說，段皇爺在雲南大理國做皇帝，那不是……」一想起雲南與此處相隔萬水千山，三日之間那能到達，不禁胸中涼了，勉力坐起，倚在郭靖肩頭，和他同看紙上之字：

「此女之傷，當世唯段皇爺能救。彼多行不義，避禍桃源，外人萬難得見，若言求醫，更犯大忌，未登其堂，已先遭漁樵耕讀之毒手矣。故須假言奉師尊洪七公之命，求見皇爺稟報要訊，待見南帝親面，以黃色布囊中之圖交出。一綫生機，盡懸於斯。」

郭靖讀畢，轉頭向着黃蓉，卻見她蹙眉默然，即問：「蓉兒，段皇爺怎麼多行不義了？爲甚麼求醫是更犯大忌？漁樵耕讀的毒手是甚麼？」黃蓉嘆道：「靖哥哥，你別當我聰明得緊，甚麼事都知道。」

郭靖一怔，伸手將她抱起，道：「好，咱們下去。」凝目遠眺，只見瀑布旁柳樹下坐着一人，頭戴斗笠，隔得遠了，那人在幹甚麼卻瞧不清楚。

一來心急，二來下嶺路易走得多，不多時郭靖已背着黃蓉快步走近瀑布，只見柳樹下那人身披簑衣，坐在一塊石上，正自垂釣。這瀑布水勢湍急異常，一瀉如注，水中那裏有魚？縱然有魚，又那有餘暇呑餌？看那人時，見他約莫四十來歲年紀，一張黑漆漆的鍋底臉，虬髯滿顋，根根如鐵，雙目一動不動的凝視水中。

郭靖見他全神貫注的釣魚，不敢打擾，扶黃蓉倚在柳樹上休息，自己過去瞧那瀑布中到底有甚麼魚。等了良久，忽見水中金光閃了幾閃，那漁人臉現喜色，猛然間釣桿直彎下去，只見水底下一條尺來長的東西咬着釣絲，那物非魚非蛇，全身金色，模樣甚是奇特。郭靖大感詫異，不禁失聲叫道：「咦，這是甚麼？」

便在這時，水中又鑽出一條同樣的金色怪魚咬住釣絲，那漁人更是喜歡，用力握住釣桿不動。只見那釣桿愈來愈彎，眼見要支持不住，突然拍的一聲，桿身斷爲兩截。兩條怪魚吐出釣絲，在水中得意洋洋的游了幾轉，瀑布雖急，卻沖之不動，轉眼之間，鑽進了水底岩石之下，再也不出來了。

那漁人轉過身來，圓睜怒目，喝道：「臭小子，老子辛辛苦苦的等了半天，偏生叫你這小賊來驚走了。」伸出蒲扇般的大手，上前兩步就要動武，不知忽地想起了甚麼，終於強自克制，雙手揑得骨節格格直響，滿臉怒容。

郭靖知道自己無意之中闖了禍，不敢回嘴，只得道：「大叔息怒，是小人不是，不知那是甚麼怪魚？」那漁人罵道：「你瞎了眼珠啦，這是魚麼？這是金娃娃。」郭靖被罵，也不惱怒，陪笑道：「請問大叔，甚麼是金娃娃？」那漁人更是暴跳如雷，喝道：「金娃娃就是金娃娃，你這臭小賊囉唆甚麼？」郭靖要懇他指點去見段皇爺的路徑，那敢輕易得罪，只是打拱作揖的陪不是。旁邊黃蓉卻忍不住了，插口道：「金娃娃就是金色的娃娃魚。我家裏便養着幾對，有甚麼希罕了？」

那漁人聽黃蓉說出「金娃娃」的來歷，微感驚訝，罵道：「哼，吹得好大的氣，家裏養着幾對！我問你，金娃娃幹甚麼用的？」黃蓉道：「有甚麼用啊？我見牠生得好看，叫起來呀呀呀的，好像小孩兒一般，就養着玩兒。」

那漁人聽她說得不錯，臉色登時和緩，道：「女娃兒，你家裏若是眞養得有，那你就須賠我一對。」黃蓉道：「我幹麼要賠你？」漁人指着郭靖道：「我正好釣到一條，卻給他莽莽撞撞的一聲大叫，又惹出一條來，扯斷了釣桿。這金娃娃聰明得緊，吃過了一次苦頭，第二次休想再釣得着。不叫你賠叫誰賠？」黃蓉笑道：「就算釣着，你也只有一條。你釣到了一條，第二條難道還肯上鈎？」漁人無言可對，搔搔頭道：「那麼賠我一條也是好的。」黃蓉道：「若是把一對金娃娃生生拆散，過不了三天，雌雄兩條都會死的。」

那漁人更無懷疑，忽地向她與郭靖連作三揖，叫道：「好啦，算我的不是，求你送我一對成不成？」

黃蓉微笑道：「你先得對我說，你要金娃娃何用？」那漁人遲疑了一陣，道：「好，就說給你聽。我師叔是天竺國人，前幾日來探訪我師父，在道上捉得了一對金娃娃，十分歡喜。他說天竺國有一種極厲害的毒蟲，爲害人畜，難有善法除滅，這金娃娃卻是那毒蟲尅星。他叫我餵養幾日，待他與我師父說完話下山，再交給他帶回天竺去繁殖，那知道……」黃蓉接口道：「那知道你一個不小心，讓金娃娃逃入了這瀑布之中！」

那漁人奇道：「咦，你怎知道？」黃蓉小嘴一撇，道：「那還不易猜。這金娃娃本就難養，我先前共有五對，後來給逃走了兩對。」那漁人雙眼發亮，臉有喜色，道：「好姑娘，給我一對，你還賸兩對哪。否則師叔怪罪起來，我可擔當不起。」黃蓉笑道：「送你一對，那也沒甚麼大不了，可是你先前幹麼這樣兇啊？」

那漁人又是笑又是急，只說：「唉，是我這麼莽撞脾氣不好，當眞要好好改才是。好姑娘，你府上在那裏？我跟你去取，好不好？這裏去不遠罷？」黃蓉輕輕嘆了口氣道：「說近不近，說遠不遠，三四千里路是有的。」

那漁人吃了一驚，根根虬髯豎了起來，喝道：「小丫頭，原來是在消遣老爺。」提起醋缽大的拳頭，就要往黃蓉頭上搥將下去，只是見她年幼柔弱，這一拳怕打死了她，拳在空中，遲遲不落。郭靖早已搶在旁邊，只待他拳勁一發，立時抓他手腕。黃蓉笑道：「急甚麼？我早想好了主意。靖哥哥，你呼白鵰兒來罷。」

郭靖不明她的用意，但依言呼鵰。那漁人聽他喉音一發，山谷鳴響，中氣極是充沛，不禁暗暗吃驚：「適才幸好未曾動手，否則怕要吃這小子的虧。」

過不多時，雙鵰循聲飛至。黃蓉剝了塊樹皮，用針在樹皮背後刺了一行字道：「爹爹：我要一對金娃娃，叫白鵰帶來罷。女蓉叩上。」郭靖大喜，割了二條衣帶，將樹皮牢牢縛在雄鵰足上。黃蓉向雙鵰道：「到桃花島，速去速回。」郭靖怕雙鵰不能會意，手指東方，連說了三聲「桃花島」。雙鵰齊聲長鳴，振翼而起，在天空盤旋一周，果然向東而去，片刻之間已隱沒雲中。

那漁人驚得張大了口合不攏來，喃喃的道：「桃花島，桃花島？黃藥師黃老先生是你甚麼人？」黃蓉傲然道：「是我爹爹，怎麼啦？」那漁人道：「啊！」卻不接話。黃蓉道：「數日之間，我的白鵰兒會把金娃娃帶來，不太遲罷？」那漁人道：「但願如此。」一望着靖蓉二人上下打量，眼中滿是懷疑神色。

郭靖打了一躬道：「不曾請教大叔尊姓大名。」那漁人不答，卻道：「你們到這裏來幹甚麼？是誰教你們來的？」郭靖恭恭敬敬的道：「晚輩有事求見段皇爺。」他原想依瑛姑柬帖所示，說是奉洪七公之命而來，但明明是撒謊的言語，終究說不出口。

那漁人厲聲道：「我師父不見外人，你們找他幹麼？」依郭靖本性，就要實說，但又恐因此見南帝不着，誤了黃蓉性命，說不得，只好權且騙他一騙，正要開言，那漁人見他神色不定，黃蓉容顏憔悴，已猜到了七八分，喝道：「你們想要我師父治病，是不是？」郭靖被他喝破心事，那裏還能隱瞞，只得點頭稱是，心中又急又悔，只恨沒能搶先撒謊。

那漁人大聲道：「見我師父，再也休想。我拚着受師父師叔責罵，也不要你們甚麼金娃娃、銀娃娃啦，快快下山去罷！」

這幾句話說得斬釘截鐵，絕無絲毫轉圜餘地，只把郭靖聽得呆了半晌，倒抽涼氣，過了好一陣，上前躬身行禮道：「這位受傷求治的是桃花島黃島主的愛女，現下是丐幫的幫主，務求大叔瞧着黃島主與洪幫主兩位金面，指點一條明路，引我們拜見段皇爺。」

那漁人聽到「洪幫主」三字，臉色稍見和緩，搖頭道：「這位小姑娘是丐幫幫主？我可不信。」郭靖指着黃蓉手中的竹杖道：「這是丐幫幫主的打狗棒，想來大叔必當識得。」那漁人點了點頭道：「那麼九指神丐是你們甚麼人？」郭靖道：「正是我們兩人的恩師。」那漁人「啊」了一聲，道：「原來如此。你們來找我師父，那是奉九指神丐之命的了？」

郭靖遲疑未答，黃蓉忙接口道：「正是。」那漁人低頭沉吟，自言自語：「九指神丐與我師父交情非比尋常，這事該當如何？」黃蓉心想，乘他猶豫難決之際，快下說辭，又道：「師父命我們求見段皇爺，除了請他老人家療傷，尚有要事奉告。」

那漁人突然抬起頭來，雙目如電，逼視黃蓉，厲聲道：「九指神丐叫你們來求見『段皇爺』？」黃蓉道：「是啊！」那漁人又追問一句：「當眞是『段皇爺』，不是旁人？」黃蓉知道其中必有別情，可是無法改口，只得點了點頭。

那漁人走上兩步，大聲喝道：「段皇爺早已不在塵世了！」靖蓉二人大吃一驚，齊聲道：「死了？」那漁人道：「段皇爺離此塵世之時，九指神丐就在他老人家的身旁，豈有再命你們來拜見段皇爺之理？你們受誰指使？到此有何陰謀詭計？快快說來。」說着又踏前一步，左手一拂，右手橫裏來抓黃蓉肩頭。

郭靖見他越逼越近，早有提防，當他右手離黃蓉身前尺許之際，左掌圓勁，右掌直勢，使招「見龍在田」，擋在黃蓉身前。這一招純是防禦，卻是在黃蓉與漁人之間布了一道堅壁，敵來則擋，敵不至則消於無形。那漁人見他雖然出掌，但勢頭斜向一邊，並非對自己進擊，心中微感詫異，五指繼續向黃蓉左肩抓去，又進半尺，突然與郭靖那一招勁道相遇，只感手臂劇痛，胸口微微發熱，這一抓立時被反彈出來。

他只怕郭靖乘勢進招，急忙躍開，橫臂當胸，心道：「當年聽洪七公與師父談論武功，這正是他老人家的降龍十八掌功夫，那麼這兩個少年確是他的弟子，倒也不便得罪。」只見郭靖拱了拱手，神色甚是謙恭，這一招雖是他佔了上風，但無半點得意之色，心中對他又多了幾分好感，說道：「兩位雖是九指神丐的弟子，可是此行卻非奉他老人家之命而來，是也不是？」郭靖不知他如何猜到，但既被說中，無法抵賴，只得點了點頭。

那漁人臉上已不似先前兇狠，說道：「縱然九指神丐自身受傷至此，小可也不能送他老人家上山去見家師。區區下情，兩位見諒。」黃蓉道：「當眞連我師父也不能？」那漁人搖頭道：「不能！打死我也不能！」黃蓉心中琢磨：「他明說段皇爺是他師父，可是又說段皇爺已經死了，又說死時洪恩師就在他的身旁，這中間許多古怪之處，卻是叫人難以索解。」

尋思：「他師父在這山上，那是一定的了，管他是不是段皇爺，我們總得見上一見。」抬頭仰視，只見那山峯穿雲插天，較之鐵掌山的中指峯尤高數倍，山石滑溜，寸草不生，那片大瀑布恰如從空而降，實無上山之路，心想：「李白說黃河之水天上來，這一片水才眞是天上來呢。」

她目光順着瀑布往下流動，心中盤算上山之策，突然眼前金光閃爍，水底有物游動。她慢慢走到水邊，定睛瞧去，只見一對金娃娃鑽在山石之中，兩條尾巴卻在外面亂幌，忙向郭靖招手，叫他過來觀看。

郭靖「啊」的一聲，道：「我下去捉上來。」黃蓉道：「唏！那不成，水這麼急，怎站得住足？別發傻啦。」郭靖卻想：「我若冒險將這對怪魚捉到送給漁人，當能動他之心，引我們去見他師父。否則的話，難道眼睜睜瞧着蓉兒之傷無人療治？」他知黃蓉必會阻攔，當下一語不發，也不除衣褲鞋襪，湧身就往瀑布中跳落。

黃蓉急叫：「靖哥哥！」站起身來，立足不定，搖搖欲倒。那漁人也是大吃一驚，伸手扶她站穩了，立即奔向茅屋，似欲去取物來救郭靖。黃蓉坐回石上，看郭靖時，只見他穩穩站定水底，一任瀑布狂沖猛擊，身子竟未搖幌，慢慢彎腰去捉那對金娃娃。

但見他一手一條，已握住了金娃娃的尾巴輕輕向外拉扯，只恐弄傷了怪魚，不敢使力，豈知那金娃娃身上全是黏液，滑膩異常，幾下扭動，掙脫了郭靖掌握，先後竄入石底。郭靖急搶時，卻那裏來得及，剎那間影蹤不見。黃蓉失聲低呼，忽聽背後一人大聲驚叫，回過頭來，見那漁人已站在自己身後，左肩上扛了一艘黑黝黝的小船，右手握着兩柄鐵槳，想是要下水去救人。

郭靖雙足使勁，以「千斤墜」功夫牢牢站穩石上，恰以中流砥柱，屹立不動，閉氣凝息，伸手到怪魚遁入的那大石底下用力一抬，只感那石微微搖動，心中大喜，使出降龍十八掌中一招「飛龍在天」，雙掌向上猛舉，水聲響處，那巨石竟被他抬了起來。他變招奇速，巨石一起，立時一招「潛龍勿用」橫推過去，那巨石受水力與掌力夾擊，擦過他身旁，蓬蓬隆隆，滾落下面深淵中去了，響聲在山谷間激盪發出回音，轟轟然良久不絕。只見他雙手高舉，一手抓住一隻金娃娃，一步一步從瀑布中上來。

瀑布日夜奔流，年深月久，在岩石間切了一道深溝，約有二丈來高。那漁人見郭靖站在溝底，那裏跳得上來，於是垂下鐵槳，想要讓他握住，吊將上來。但郭靖手中握着怪魚，只怕一鬆手又被滑脫逃去，當下在水底凝神提氣，右足一點，身子斗然間從瀑布中鑽出，跟着左足在深溝邊上橫裏一撐，人已借力躍到岸上。

黃蓉雖和他相聚日久，卻不料他功力已精進如此，見他在水底定身抬石、閉氣捉魚，視瀑布的巨力衝擊儼若無物，心中又驚又喜。其實郭靖爲救黃蓉，乃是豁出了性命干冒大險，待得出水上岸，回頭見那瀑布奔騰而去，水沫四濺，不由得目眩心驚，自己也不信適才居然有此剛勇下水。那漁人更是驚佩無已，知道若非氣功、輕功、外功俱臻上乘，別說捉魚，一下水就給瀑布沖入下面深淵去了。

兩尾金娃娃在郭靖掌中翻騰掙扎，哇哇而叫，宛如兒啼。郭靖笑道：「怪不得叫作娃娃魚，果然像小孩兒哭叫一般。」伸手交給漁人。

那漁人喜上眉梢，放下鐵槳，正要接過，忽然心中一凜，縮回手去，說道：「你抛回水裏去罷，我不能要。」郭靖奇道：「幹麼？」漁人道：「我收了金娃娃，仍是不能帶你去見我師父。受惠不報，難道不教天下英雄恥笑？」郭靖一呆，正色道：「大叔堅執不允携帶，必有爲難之處，晚輩豈敢勉強？區區一對魚兒，說得上甚麼受惠不受惠？大叔只管拿去！」說着將魚兒送到漁人手中。那漁人伸手接了，神色間頗爲過意不去。

郭靖轉頭向黃蓉道：「蓉兒，常言道死生有命，壽算難言，你的傷若是當眞不治，陰世路上，總是有你靖哥哥陪着就是了。咱們走罷！」

黃蓉聽他眞情流露，不禁眼圈一紅，但心中已有算計，向漁人道：「大叔，你既不肯指點，那也罷了，但有一件事我不明白，你若不說，我可是死不瞑目。」漁人道：「甚麼？」黃蓉道：「這山峯光滑如鏡，無路可上，你若肯送我們上山，卻又有甚麼法子？」那漁人心想：「若不是我携帶，他們終究難以上山，這一節說也無妨。」於是說道：「說難是難，說易卻也容易得緊。從右首轉過山角，已非瀑布，乃是一道急流，我坐在這鐵舟之中，扳動鐵槳，在急湍中逆流而上，一次送一人，兩次就送兩人上去。」

黃蓉道：「啊，原來如此。告辭了！」站起身來，扶着郭靖轉身就走。郭靖一拱手，不再言語。那漁人見二人下山，只怕金娃娃逃走，飛奔到茅舍中去安放。黃蓉道：「快搶鐵舟鐵槳，轉過山角下水！」郭靖一怔，道：「這……這不大好罷？」黃蓉道：「好，你愛做君子，那就做君子罷！」

「救蓉兒要緊，還是做正人君子要緊？」瞬息之間，這念頭在腦海中連閃幾次，一時沉吟難決，卻見黃蓉已快步向上而行，這時那裏還容得他細細琢磨，不由自主的舉起鐵舟，急奔轉過山角，喝一聲：「起！」用力擲入瀑布的上游。

鐵舟一經擲出，他立即搶起鐵槳，挾在左腋之下，右手橫抱黃蓉，只見鐵舟已順着水流衝到跟前，同時聽到耳後暗器聲響，當即低頭讓過暗器，湧身前躍，雙雙落入舟中。一枚暗器打中黃蓉背心，給背囊中包着的軟蝟甲彈開。這時水聲轟轟，只聽得那漁人高聲怒吼，已分辨不出他叫些甚麼，眼見鐵舟隨着瀑布即將流至山石邊緣，若是衝到了邊緣之外，這一瀉如注，自非摔得粉身碎骨不可，郭靖左手鐵槳急忙揮出，用力一扳，鐵舟登時逆行了數尺。他右手放下黃蓉，鐵槳再是一扳，那舟又向上逆行了數尺。

那漁人站在水旁戟指怒罵，風聲水聲中隱隱聽到甚麼「臭丫頭！」「小賤人！」之聲，黃蓉嘻嘻而笑，道：「他仍當你是好人，淨是罵我。」

郭靖全神貫注的扳舟，那裏聽到她說話，雙膀使力，揮槳與激流相抗。那鐵舟翹起了頭鼓浪逆行。此處水流雖不如瀑布般猛衝而下，卻也極是急促，郭靖划得面紅氣促，好幾次險些給水沖得倒退下去，到後來水勢略緩，他又悟到了用槳之法，以左右互搏的心法，雙手分使「神龍擺尾」那一招。每一槳出去，都用上降龍十八掌的剛猛之勁，掌力直透槳端，左一槳「神龍擺尾」，右一槳「神龍擺尾」，把鐵舟推得宛似順水而行一般。黃蓉讚道：「就是讓那漁人來划，也未必能有這麼快！」

又行一陣，划過兩個急灘，一轉彎，眼前景色如畫，清溪潺潺，水流平穩之極，幾似定住不動。那溪水寬約丈許，兩旁垂柳拂水，綠柳之間夾植着無數桃樹，若在春日桃花盛開之時，想見一片錦繡，繁華耀眼。這時雖無桃花，但水邊生滿一叢叢白色小花，芳香馥郁。靖蓉二人心曠神怡，料想不到這高山之巔竟然別有一番天地。溪水碧綠如玉，深難見底，郭靖持住槳柄頂端，將鐵槳豎直下垂，想探知溪底究有多深，突然間一股大力衝到，他未曾防備，鐵槳幾欲脫手，原來溪面水平如鏡，底下卻有一股無聲的激流。

那鐵舟緩緩向前駛去，綠柳叢間時有飛鳥鳴囀。黃蓉嘆道：「若是我的傷難以痊可，那就葬身此處，不再下去了。」郭靖正想說幾句話相慰，鐵舟忽然鑽入了一個山洞。洞中香氣更濃，水流卻又湍急，只聽得一陣嗤嗤之聲不絕。郭靖道：「那是甚麼聲音？」黃蓉搖搖頭道：「我也不知道。」

眼前斗亮，鐵舟已然出洞，兩人不禁同聲喝采：「好！」原來洞外是個極大的噴泉，高達二丈有餘，奔雪濺玉，一條巨大的水柱從石孔中直噴上來，飛入半空，嗤嗤之聲就是從噴泉發出。那溪水至此而止，這噴泉顯是下面溪水與瀑布的源頭了。

郭靖扶着黃蓉上了岸，將鐵舟拉起放在石上，回過頭來，卻見水柱在太陽照耀下映出一條眩目奇麗的彩虹。當此美景，二人縱有百般讚美之意，卻也不知說甚麼話好，只是手攜着手，並肩坐在石上，胸中一片明淨，再無別念，看了半晌，忽聽得彩虹後傳出一陣歌聲。

只聽他唱的是個「山坡羊」的曲兒：

「城池俱壞，英雄安在？雲龍幾度相交代？想興衰，苦爲懷。唐家才起隋家敗，世態有如雲變改。疾，也是天地差！遲，也是天地差！」

那「山坡羊」小曲於宋末流傳民間，到處皆唱，調子雖一，曲詞卻隨人而作，何止千百？

惟語句大都俚俗。黃蓉聽得這首曲子感慨世事興衰，大有深意，心下暗暗喝采。只見唱曲之人從彩虹後轉了出來，左手提着一綑松柴，右手握着一柄斧頭，原來是個樵夫。黃蓉立時想起瑛姑柬帖中所云：「若言求醫，更犯大忌，未登其堂，已先遭漁樵耕讀之毒手矣。」當時不明「漁樵耕讀」四字說的是甚麼，現下想來，捉金娃娃的是個漁人，此處又見樵子，那麼漁樵耕讀想來必是段皇爺手下的四個弟子或親信了，不禁暗暗發愁：「闖過那漁人一關已是好不容易。這樵子歌聲不俗，瞧來決非易與。那耕讀二人，又不知是何等人物？」只聽那樵子又唱道：

「天津橋上，憑欄遙望，春陵王氣都凋喪。樹蒼蒼，水茫茫，雲台不見中興將，千古轉頭歸滅亡。功，也不久長！名，也不久長！」

他慢慢走近，隨意向靖蓉二人望了一眼，宛如不見，提起斧頭便在山邊砍柴。黃蓉見他容色豪壯，神態虎虎，舉手邁足間似是大將軍有八面威風。若非身穿粗布衣裳而在這山林間樵柴，必當他是個叱咤風雲的統兵將帥，心中一動：「師父說南帝段皇爺是雲南大理國的皇帝，這樵子莫非是他朝中猛將？只是他歌中詞語，卻何以這般意氣蕭索？」又聽他唱道：

「峯巒如聚，波濤如怒，山河表裏潼關路。望西都，意踟躕。傷心秦漢經行處，宮闕萬間都做了土。興，百姓苦！亡，百姓苦！」

當聽到最後兩句，黃蓉想起父親常道：「甚麼皇帝將相，都是害民惡物，改朝換姓，就只苦了百姓！」不禁喝了聲采：「好曲兒！」

那樵子轉過身來，把斧頭往腰間一插，問道：「好？好在那裏？」

黃蓉欲待相答，忽想：「他愛唱曲，我也來唱個『山坡羊』答他。」當下微微一笑，低頭唱道：

「青山相待，白雲相愛。夢不到紫羅袍共黃金帶。一茅齋，野花開，管甚誰家興廢誰成敗？陋巷單瓢亦樂哉。貧，氣不改！達，志不改！」

她料定這樵子是個隨南帝歸隱的將軍，昔日必曾手綰兵符，顯赫一時，是以她唱的這首曲中極讚糞土功名、山林野居之樂，其實她雖然聰明伶俐，畢竟不是文人學士，能在片刻之間便作了這樣一首好曲子出來。她在桃花島上時曾聽父親唱過此曲，這時但將最後兩句改了幾個字，以推崇這樵子當年富貴時的功業。只是她傷後缺了中氣，聲音未免過弱。常言道：「千穿萬穿，馬屁不穿！」這一首小曲兒果然教那樵子聽得心中大悅，他見靖蓉二人乘鐵舟、挾鐵槳溯溪而上，自必是山下那漁人所借的舟槳，心曠神怡之際，當下也不多問，向山邊一指，道：「上去罷！」

只見山邊一條手臂粗細的長藤，沿峯而上。靖蓉二人仰頭上望，見山峯的上半截隱入雲霧之中，不知峯頂究有多高。

兩人所唱的曲子，郭靖聽不懂一半，聽那樵子放自己上去，實不明是何原因，只怕他又起變卦，當下更不打話，揹起黃蓉，雙手握着長藤，提氣而上。他雙臂交互攀援，爬得甚是迅捷，片刻之間，離地已有十餘丈，隱隱聽得那樵子又在唱曲，甚麼「……當時紛爭今何處？贏，都變作土！輸，都變作土！」

黃蓉伏在他背上笑道：「靖哥哥，依他說，咱們也別來求醫啦。」郭靖愕然，問道：「怎麼？」黃蓉道：「反正人人都是要死的，治好了，都變作土！治不好，都變作土！」郭靖道：「呸，別聽他的。」黃蓉輕輕唱道：「活，你背着我！死，你背着我！」

隨着黃蓉低宛的歌聲，兩人已鑽入雲霧之中，放眼白茫茫一片，雖當盛暑，身上卻已頗感寒意。黃蓉嘆道：「眼前奇景無數，就算治不好，也不枉了一場奔波。」郭靖道：「蓉兒，你別再說死啦活啦，成不成？」黃蓉低低一笑，在他頸中輕輕吹氣。郭靖只感頸中又熱又癢，叫道：「你再胡鬧！我一個失手，兩個兒一齊摔死。」黃蓉笑道：「好啊，這次可不是我說死啦活啦！」

郭靖一笑，無話可答，愈爬愈快，突見那長藤向前伸，原來已到了峯頂，剛踏上平地，猛聽得轟隆一聲巨響，似是山石崩裂，又聽得牛鳴連連，接着一個人大聲吆喝。郭靖奇道：「這麼高的山上也有牛，可當眞怪了！」負着黃蓉，循聲奔去。黃蓉道：「漁樵耕讀麼，耕田就得有牛。」

一言甫畢，只見山坡上一頭黃牛昂首吽鳴，所處形勢卻極怪異。那牛仰天臥在一塊岩石上，四足掙扎，站不起來，那石搖搖欲墜，下面一人擺起了丁字步，雙手托住岩石，只要一鬆手，勢必連牛帶石一起跌入下面深谷。那人所站處又是一塊突出的懸岩，無處退讓，縱然捨得那牛不要，但那岩石壓將下來，不是斷手，也必折足。瞧這情勢，必是那牛爬在坡上吃草，失足跌將下來，撞鬆岩石，那人便在近處，搶着托石救牛，卻將自己陷入這狼狽境地。黃蓉笑道：「適才唱罷『山坡羊』，轉眼又見『山坡牛』！」

那山峯頂上是塊平地，開墾成二十來畝山田，種着禾稻，一柄鋤頭拋在田邊，托石之人上身赤膊，腿上泥污及膝，顯見那牛跌下時他正在耘草。黃蓉放眼察看，心中琢磨：「此人自然是漁樵耕讀中的『耕』了。這頭牛少說也有三百斤上下，岩石的份量瞧來也不在那牛之下，雖有一半靠着山坡，但那人穩穩托住，也算得是神力驚人。」郭靖將她往地下一放，奔了過去。黃蓉急叫：「慢來，別忙！」但郭靖救人要緊，挨到農夫身邊，蹲下身去舉手托住岩石，道：「我托着，你先去將牛牽開！」

那農夫手上斗輕，還不放心郭靖有偌大力氣托得起黃牛與大石，當下先鬆右手，側過身子，左手仍然托在石底。郭靖脚下踏穩，運起內勁，雙臂向上奮力挺舉，大石登時高起尺許，那農夫左手也就鬆了。

他稍待片刻，見那大石並不壓將下來，知道郭靖儘可支撐得住，這才彎腰從大石下鑽過，躍上山坡，要去牽開黃牛，不自禁向郭靖望了一眼，瞧瞧這忽來相助之人卻是何方英雄，一瞧之下，不由得大爲詫異，但見他只是個十八九歲的少年，實無驚人之處，雙手托着黃牛大石，卻又顯得並不如何吃力。

那農夫自負膂力過人，看來這少年還遠在自己之上，不覺大起疑心，再向坡下望去，見一個少女倚在石旁，神情委頓，似患重病，懷疑更甚，向郭靖道：「朋友，到此何事？」郭靖道：「求見尊師。」那農夫道：「爲了何事？」

郭靖一怔，還未回答，黃蓉側身叫道：「你快牽牛下來，慢慢再問不遲。他一個失手，豈不連人帶牛都摔了下去？」

那農夫心想：「這二人來求見師父，下面兩位師兄怎無響箭射上？若是硬闖兩關，武功自然了得。這時正好乘他鬆手不得，且問個明白。」於是又問：「來求我師父治病？」郭靖心道：「反正在下面已經說了，也就不必瞞他。」當下點點頭。那農夫臉色微變，道：「我先去問問。」說着也不去牽牛，從坡上躍下地來。郭靖大叫：「喂，你快先幫我把大石推開再說！」那農夫笑道：「片刻即回。」

黃蓉見這情狀，早已猜知那農夫心意，存心要耗卻郭靖的氣力，待他托着大石累到精疲力盡，再來援手，那時要擒二人下山，可說易如反掌，只恨自己傷後力氣全失，無法相助推開大石，但見那農夫飛步向前奔去，不知到何時才再回來，心中又氣又急，叫道：「喂，大叔，快回來。」

那農夫停步笑道：「他力氣很大，托個一時三刻不會出亂子，放心好啦。」黃蓉心中更怒，暗道：「靖哥哥好意相救，你卻叫他鑽進圈套，竟說要他托個一時三刻。我且想個甚麼法兒也來損你一下。」眉尖微蹙，早有了主意，叫道：「大叔，你要去問過尊師，那也該當。這裏有一封信，是家師洪七公給尊師的，相煩帶去。」

那農夫聽得洪七公名字，「咦」了一聲，道：「原來姑娘是九指神丐弟子。這位小哥也是洪老前輩門下的嗎？難怪恁地了得。」說着走近來取信。

黃蓉點頭道：「嘿，他是我師哥，也不過有幾百斤蠻力，說到武功，可遠遠及不上大叔了。」慢慢打開背囊，假裝取信，卻先抖出那副軟蝟甲來，回頭向郭靖望了一眼，臉露驚惶神色，叫道：「啊喲，不好，他手掌要爛啦，大叔，快想法兒救他一救。」

那農夫一怔，隨即笑道：「不得事。信呢？」伸手只待接信。黃蓉急道：「你不知道，我師哥正在練劈空掌，兩隻手掌昨晚浸過醋，還沒散功，壓得久了，手掌可就毀啦。」她在桃花島時曾跟父親練過劈空掌，知道練功的法門。

那農夫雖不會這門功夫，但他是名家弟子，見聞廣博，知道確有此事，心想：「若是無端端傷了九指神丐的弟子，不但師父必定怪罪，我心中可也過意不去，何況他又是好意出手救我。只是不知道這小姑娘的話是眞是假，只怕她行使詭計，卻是騙我去放他下來。」

黃蓉見他沉吟未決，拿起軟蝟甲一抖，道：「這是桃花島至寶軟蝟甲，刀劍不損，請大叔去給他墊在肩頭，再將大石壓上，那麼他既走不了，身子又不受損，豈非兩全其美？否則你毀了他的手掌，我師父豈肯干休？定會來找你師父算帳。」那農夫倒也聽見過軟蝟甲的名字，將信將疑的接過手來。黃蓉見他臉上仍有不信之色，道：「我師父教我，不可對人說謊，怎敢欺騙大叔？大叔若是不信，便在這甲上砍幾刀試試。」

那農夫見她臉上一片天眞無邪，心道：「九指神丐是前輩高人，言如金玉，我師父提到時向來十分欽佩。瞧這小姑娘模樣，確也不是撒謊之人。」只是爲了師父安危，絲毫不敢大意，從腰間拔出短刀，在軟蝟甲上砍了幾刀，那甲果然紋絲不傷，眞乃武林異寶，這時再無懷疑，道：「好，我去給他墊在肩頭就是。」他那知黃蓉容貌冰雪無邪，心中卻是鬼計多端，當下拿着軟蝟甲，挨到郭靖身旁，將甲披在他的右肩，雙手托住大石，臂上運勁，挺起大石，說道：「你鬆手罷，用肩頭抗住。」

黃蓉扶着山石，凝目瞧着二人，眼見那農夫托起大石，叫道：「靖哥哥，飛龍在天！」

郭靖只覺手上一鬆，又聽得黃蓉呼叫，更無餘暇去想，立時右掌前引，左掌從右手腕底穿出，使一招降龍十八掌中的「飛龍在天」，人已躍在半空，右掌復又翻到左掌之前，向前一撲，落在黃蓉身旁，那軟蝟甲兀自穩穩的放在肩頭，只聽那農夫破口大罵，回頭看時，又見他雙手上舉，托着大石動也不能動了。

黃蓉極是得意，道：「靖哥哥，咱們走罷。」回頭向那農夫道：「你力氣很大，托個一時三刻不會出亂子，放心好啦。」

那農夫罵道：「小丫頭，使這勾當算計老子！你說九指神丐言而有信，哼，他老人家一世英名，都讓你這小丫頭給毀了。」黃蓉笑道：「毀甚麼啊？師父叫我不能撒謊，可是我爹爹說騙騙人沒甚麼大不了。我愛聽爹爹的話，我師父可拿我沒法子。」那農夫怒道：「你爹爹是誰？」黃蓉道：「咦，我不是給你試過軟蝟甲麼？」那農夫大罵：「該死，該死！原來鬼丫頭是黃老邪的鬼女兒。我怎麼這生胡塗？」

黃蓉笑道：「是啊，我師父言出如山，他是從來不騙人的。這件事難學得緊，我也不想學他。我說，還是我爹爹教得對呢！」說着格格而笑，牽着郭靖的手逕向前行。

註：散曲發源於北宋神宗熙寧、元豐年間，宋金時即已流行民間。惟本回樵子及黃蓉所唱「山坡羊」爲元人散曲，係屬晚出。

接連躍過了七個斷崖，忽聽得書聲朗朗，石梁已到盡頭，缺口彼端盤膝坐着一個書生，手中拿了一卷書，正自朗誦。那書生背後又有一個短短的缺口。

第三十回　一燈大師

兩人順着山路向前走去，行不多時，山路就到了盡頭，前面是條寬約尺許的石梁，橫架在兩座山峯之間，雲霧籠罩，望不見盡處。若是在平地之上，尺許小徑又算得了甚麼，可是這石梁下臨深谷，別說行走，只望一眼也不免膽戰心驚。黃蓉嘆道：「這位段皇爺藏得這麼好，就算誰和他有潑天仇恨，找到這裏，也已先消了一半氣。」郭靖道：「那漁人怎麼說段皇爺已不在塵世了？可好教人放心不下。」黃蓉道：「這也當眞猜想不透，瞧他模樣，不像是在撒謊，又說咱們師父是親眼見段皇爺死的。」郭靖道：「到此地步，只是有進無退。」蹲低身子揹起黃蓉，使開輕功提縱術，走上石梁。

石梁凹凸不平，又加終年在雲霧之中，石上溜滑異常，走得越慢，反是越易傾跌。郭靖提氣快步而行，奔出七八丈，黃蓉叫道：「小心，前面斷了。」郭靖也已看到那石梁忽然中斷，約有七八尺長的一個缺口，當下奔得更快，借着一股衝力，飛躍而起。黃蓉連經兇險，早已把生死置之度外，笑道：「靖哥哥，你飛得可沒白鵰兒穩呢。」

奔一段，躍過一個缺口，接連過了七個斷崖，眼見對面山上是一大片平地，忽聽書聲朗朗，石梁已到盡頭，可是盡頭處卻有一個極長缺口，看來總在一丈開外，缺口彼端盤膝坐着一個書生，手中拿了一卷書，正自朗誦。那書生身後又有一個短短的缺口。

郭靖止步不奔，穩住身子，登感不知所措：「若要縱躍而過，原亦不難，只是這書生佔住了衝要，除了他所坐之處，別地無可容足。」於是高聲說道：「晚輩求見尊師，相煩大叔引見。」那書生搖頭幌腦，讀得津津有味，於郭靖的話似乎全沒聽見。郭靖提高聲音再說一遍，那書生仍是充耳不聞。郭靖低聲道：「蓉兒，怎麼辦？」

黃蓉蹙眉不答，她一見那書生所坐的地勢，就知此事甚為棘手，在這寬不逾尺的石梁之上，動上手卽判生死，縱然郭靖獲勝，但此行是前來求人，如何能出手傷人？見那書生全不理睬，不由得暗暗發愁，再聽他所讀的原來是一部最平常不過的「論語」，只聽他讀道：「暮春者，春服既成，冠者五六人，童子六七人，浴乎沂，風乎舞雩，詠而歸。」讀得興高采烈，一誦三嘆，確似在春風中載歌載舞，喜樂無已。

黃蓉心道：「要他開口，只有出言相激。」當下冷笑一聲，說道：「『論語』縱然讀了千遍，不明夫子微言大義，也是枉然。」

那書生愕然止讀，抬起頭來，說道：「甚麼微言大義，倒要請教。」黃蓉打量那書生，見他四十來歲年紀，頭戴逍遙巾，手揮摺疊扇，頦下一叢漆黑的長鬚，確是個飽學宿儒模樣，於是冷笑道：「閣下可知孔門弟子，共有幾人？」

那書生笑道：「這有何難？孔門弟子三千，達者七十二人。」黃蓉問道：「七十二人中有老有少，你可知其中冠者幾人，少年幾人？」那書生愕然道：「『論語』中未曾說起，經傳中亦無記載。」黃蓉道：「我說你不明經書上的微言大義，豈難道說錯了？剛才我明明聽你讀道：冠者五六人，童子六七人。五六得三十，成年的是三十人，六七四十二，少年是四十二人。兩者相加，不多不少是七十二人。瞧你這般學而不思，嘿，殆哉，殆哉！」

那書生聽她這般牽強附會的胡解經書，不禁啞然失笑，可是心中也暗服她的聰明機智，笑道：「小姑娘果然滿腹詩書，佩服佩服。你們要見家師，爲着何事？」

黃蓉心想：「若說前來求醫，他必多方留難。可是此話又不能不答，好，他既在讀『論語』，我且掉幾句孔夫子的話來搪塞一番。」於是說道：「聖人，吾不得而見之矣！得見君子者，斯可矣。有朋自遠方來，不亦樂乎？」

那書生仰天大笑，半晌方止，說道：「好，好，我出三道題目考考你，若是考得出，那就引你們去見我師父。倘有一道不中式，只好請兩位從原路回去了。」黃蓉道：「啊喲，我沒讀過多少書，太難的我可答不上來。」那書生笑道：「不難，不難。我這裏有一首詩，說的是在下出身來歷，打四個字兒，你倒猜猜看。」黃蓉道：「好啊，猜謎兒，這倒有趣，請唸罷！」

那書生撚鬚吟道：「六經蘊籍胸中久，一劍十年磨在手……」黃蓉伸了伸舌頭，說道：「文武全才，可了不起！」那書生一笑接吟：「杏花頭上一枝橫，恐洩天機莫露口。一點纍纍大如斗，卻掩半牀無所有。完名直待掛冠歸，本來面目君知否？」

黃蓉心道：「『完名直待掛冠歸，本來面目君知否？』瞧你這等模樣，必是段皇爺當年朝中大臣，隨他掛冠離朝，歸隱山林，這又有何難猜？」便道：「『六』字下面一個『一』一個『十』，是個『辛』字。『杏』字上加横、下去『口』，是個『未』字。半個『牀』字加『大』加一點，是個『狀』字。『完』掛冠，是個『元』字。辛未狀元，失敬失敬，原來是位辛未科的狀元爺。」

那書生一呆，本以為這字謎頗為難猜，縱然猜出，也得耗上半天，在這窄窄的石梁之上，那少年武功再高，只怕也難以久站，要叫二人知難而退，乖乖的回去，豈知黃蓉竟似不加思索，隨口而答，不由得驚訝異常，心想這女孩兒原來絕頂聰明，倒不可不出個極難的題目來難難她，四下一望，見山邊一排棕櫚，樹葉隨風而動，宛若揮扇，他是狀元之才，即景生情，於是搖了搖手中的摺疊扇，說道：「我有一個上聯，請小姑娘對對。」

黃蓉道：「對對子可不及猜謎兒有趣啦，好罷，我若不對，看來你也不能放我們過去，你出對罷。」

那書生揮扇指着一排棕櫚道：「風擺棕櫚，千手佛搖摺疊扇。」這上聯既是即景，又隱然自抬身分。

黃蓉心道：「我若單以事物相對，不含相關之義，未擅勝場。」遊目四顧，只見對面平地上有一座小小寺院，廟前有一個荷塘，此時七月將盡，高山早寒，荷葉已然凋了大半，心中一動，笑道：「對子是有了，只是得罪大叔，說來不便。」那書生道：「但說不妨。」黃蓉道：「你可不許生氣。」那書生道：「自然不氣。」黃蓉指着他頭上戴的逍遙巾道：「好，我的下聯是：『霜凋荷葉，獨脚鬼戴逍遙巾』。」

這下聯一說，那書生哈哈大笑，說道：「妙極，妙極！不但對仗工整，而且敏捷之至。」郭靖見那蓮梗撑着一片枯凋的荷葉，果然像是個獨脚鬼戴了一頂逍遙巾，也不禁笑了起來。黃蓉笑道：「別笑，別笑，一摔下去，咱兩可成了兩個不戴逍遙巾的小鬼啦！」

那書生心想：「尋常對子是定然難不倒她的了，我可得出個絕對。」猛然想起少年時在塾中讀書之時，老師曾說過一個絕對，數十年來無人能對得工整，說不得，只好難她一難，於是說道：「我還有一聯，請小姑娘對個下聯：『琴瑟琵琶，八大王一般頭面』。」

黃蓉聽了，心中大喜：「琴瑟琵琶四字中共有八個王字，原是十分難對。只可惜這是一個老對，不是你自已想出來的。爹爹當年在桃花島上閒着無事，早就對出來了。我且裝作好生爲難，逗他一逗。」於是皺起了眉頭，作出愁眉苦臉之狀。那書生見難倒了她，甚是得意，只怕黃蓉反過來問他，於是說在頭裏：「這一聯本來極難，我也對不工穩。不過咱們話說在先，小姑娘既然對不出，只好請回了。」

黃蓉笑道：「若說要對此對，卻有何難？只是適才一聯已得罪了大叔，現在這一聯是一口氣要得罪漁樵耕讀四位，是以說不出口。」那書生不信，心道：「你能對出已是千難萬難，豈能同時又嘲諷我師兄弟四人？」說道：「但求對得工整，取笑又有何妨？」黃蓉笑道：「既然如此，我告罪在先，這下聯是：『魑魅魍魎，四小鬼各自肚腸』。」

那書生大驚，站起身來，長袖一揮，向黃蓉一揖到地，說道：「在下拜服。」黃蓉回了一禮，笑道：「若不是四位各逞心機要阻我們上山，這下聯原也難想。」

原來當年黃藥師作此對時，陳玄風、曲靈風、陸乘風、馮默風四弟子隨侍在側，黃藥師以此與四弟子開個玩笑。其時黃蓉尚未出世，後來聽父親談及，今日卻拿來移用到漁樵耕讀四人身上。

那書生哼了一聲，轉身縱過小缺口，道：「請罷。」

郭靖站着靜聽兩人賭試文才，只怕黃蓉一個回答不出，前功盡棄，待見那書生讓道，心中大喜，當下提氣躍過缺口，在那書生先前坐處落足一點，又躍過了最後那小缺口。

那書生見他負了黃蓉履險如夷，心中也自嘆服：「我自負文武雙全，其實文不如這少女，武不如這少年，慚愧啊慚愧。」側目再看黃蓉，只見她洋洋得意，想是女孩兒折服了一位飽學的狀元公，掩不住的心中喜悅之情，心想：「我且取笑她一番，好教她別太得意了！」於是說道：「姑娘文才雖佳，行止卻是有虧。」黃蓉道：「倒要請教。」那書生道：「『孟子』書中有云：『男女授受不親，禮也。』瞧姑娘是位閨女，與這位小哥並非夫妻，卻何以由他負在背上？孟夫子只說嫂溺，叔可援之以手。姑娘既沒有掉在水裏，又非這小哥的嫂子，這樣背着抱着，實是大違禮教。」

黃蓉心道：「哼，靖哥哥和我再好，別人總知道他不是我丈夫。陸乘風陸師哥這麼說，這位狀元公又這麼說。」當下小嘴一扁，說道：「孟夫子最愛胡說八道，他的話怎麼也信得的？」

那書生怒道：「孟夫子是大聖大賢，他的話怎麼信不得？」黃蓉笑吟道：「乞丐何曾有二妻？鄰家焉得許多鷄？當時尚有周天子，何事紛紛說魏齊？」那書生越想越對，呆在當地，半晌說不出話來。

原來這首詩是黃藥師所作，他非湯武、薄周孔，對聖賢傳下來的言語，挖空了心思加以駁斥嘲諷，曾作了不少詩詞歌賦來諷刺孔孟。孟子講過一個故事，說齊人有一妻一妾而去乞討殘羹冷飯，又說有一個人每天要偷鄰家一隻鷄。黃藥師就說這兩個故事是騙人的。這首詩最後兩句言道：戰國之時，周天子尚在，孟子何以不去輔佐王室，卻去向梁惠王、齊宣王求官做？這未免是大違於聖賢之道。

那書生心想：「齊人與攘鷄，原是比喻，不足深究，但最後這兩句，只怕起孟夫子於地下，亦難自辯。」又向黃蓉瞧了一眼，心道：「小小年紀，怎恁地精靈古怪？」當下不再言語，引着二人向前走去。經過荷塘之時，見到塘中荷葉，不禁又向黃蓉一望。黃蓉噗哧一笑，轉過頭去。

那書生引二人走進廟內，請二人在東廂坐了，小沙彌奉上茶來。那書生道：「兩位稍候，待我去稟告家師。」郭靖道：「且慢！那位耕田的大叔，在山坡上手托大石，脫身不得，請大叔先去救了他。」那書生吃了一驚，飛奔而出。

黃蓉道：「可以拆開那黃色布囊啦。」郭靖道：「啊，你若不提，我倒忘了。」忙取出黃囊拆開，只見囊裏白紙上並無一字，卻繪了一幅圖，圖上一個天竺國人作王者裝束，正用刀割切自己胸口肌肉，全身已割得體無完膚，鮮血淋漓。他身前有一架天平，天平一端站着一隻白鴿，另一邊堆了他身上割下來的肌肉，鴿子雖小，卻比大堆肌肉還要沉重。天平之旁站着一頭猛鷹，神態兇惡。這圖筆法頗爲拙劣，黃蓉心想：「那瑛姑原來沒學過繪畫，字倒寫得不錯，這幅圖卻如小孩兒塗鴉一般。」瞧了半天，不明圖中之意。郭靖見她竟也猜想不出，自己也就不必多耗心思，當下將圖摺起，握在掌中。

只聽殿上脚步聲響，那農夫怒氣沖沖，扶着書生走向內室，想是他被大石壓得久了，累得精疲力盡。約莫又過了一盞茶時分，一個小沙彌走了進來，雙手合十，行了一禮，說道：「兩位遠道來此，不知有何貴幹？」郭靖道：「特來求見段皇爺，相煩通報。」那小沙彌合十道：「段皇爺早已不在塵世，累兩位空走一趟。且請用了素齋，待小僧恭送下山。」

郭靖大失所望，心想千辛萬苦的到了此間，仍是得到這樣一個回覆，這便如何是好？可是黃蓉見了廟宇，已猜到三成，這時見到小沙彌神色，更猜到了五六成，從郭靖手中接過那幅圖畫，說道：「弟子郭靖、黃蓉求見。盼尊師念在九指神丐與桃花島故人之情，賜見一面。這一張紙，相煩呈給尊師。」小沙彌接過圖畫，不敢打開觀看，合十行了一禮，轉身入內。

這一次他不久卽回，低眉合十道：「恭請兩位。」郭靖大喜，扶着黃蓉隨小沙彌入內。那廟宇看來雖小，裏邊卻甚進深。三人走過一條青石鋪的小徑，又穿過一座竹林，只覺綠蔭森森，幽靜無比，令人煩俗盡消。竹林中隱着三間石屋。小沙彌輕輕推開屋門，讓在一旁，躬身請二人進屋。

郭靖見小沙彌恭謹有禮，對之甚有好感，向他微笑示謝，然後與黃蓉並肩而入。只見室中小几上點着一爐檀香，几旁兩個蒲團上各坐一個僧人。一個肌膚黝黑，高鼻深目，顯是天竺國人。另一個身穿粗布僧袍，兩道長長的白眉從眼角垂了下來，面目慈祥，眉間雖隱含愁苦，但一番雍容高華的神色，卻是一望而知。那書生與農夫侍立在他身後。

黃蓉此時再無懷疑，輕輕一拉郭靖的手，走到那長眉僧人之前，躬身下拜，說道：「弟子郭靖、黃蓉，參見師伯。」郭靖心中一愕，當下也不暇琢磨，隨着她爬在地下，着力磕了四個響頭。

那長眉僧人微微一笑，站起身來，伸手扶起二人，笑道：「七兄收得好弟子，藥兄生得好女兒啊。聽他們說，」說着向農夫與書生一指，「兩位文才武功，俱遠勝於我的劣徒，哈哈，可喜可賀。」

郭靖聽了他的言語，心想：「這口吻明明是段皇爺了，只是好端端一位皇帝，怎麼變成了和尚？他們怎麼又說他已不在塵世？可教人丈二金剛摸不着頭腦。蓉兒怎麼又知道他就是段皇爺？」只聽得那僧人又向黃蓉道：「你爹爹和你師父都好罷？想當年在華山絕頂與你爹爹比武論劍，他尚未娶親，不意一別二十年，居然生下了這麼俊美的女兒。你還有兄弟姊妹嗎？你外祖是那一位前輩英雄？」

黃蓉眼圈一紅，說道：「我媽就只生我一個，她早已去世啦，外祖父是誰我也不知道。」那僧人道：「啊。」輕拍她肩膀安慰，又道：「我入定了三日三夜，剛才回來，你們到久了罷？」黃蓉尋思：「瞧他神色，倒是很喜歡見到我們，那麼一路阻攔，不令我們上山，都是他弟子們的主意了。」當下答道：「弟子也是剛到。幸好幾位大叔在途中多方留難，否則就算早到了，段師伯入定未回，也是枉然。」

那僧人呵呵笑道：「他們就怕我多見外人。其實，你們又那裏是外人了？小姑娘一張利口，確是家學淵源。段皇爺早不在塵世啦，我現下叫作一燈和尚。你師父親眼見我皈依三寶，你爹爹只怕不知罷？」

郭靖這時方才恍然大悟：「原來段皇爺剃度做了和尙，出了家便不是俗世之人，因此他弟子說段皇爺早已不在塵世，我師父親眼見他皈佛爲僧，若是命我等前來找他，自然不會再說來見段皇爺，必是說來見一燈大師。蓉兒眞是聰明，一見他面就猜到了。」只聽黃蓉說道：「我爹爹並不知曉。我師父也沒向弟子說知。」

一燈笑道：「是啊，你師父的口多入少出，吃的多，說的少，老和尙的事他決計不會跟人說起。你們遠來辛苦，用過了齋飯沒有？咦！」說到這裏突然一驚，拉着黃蓉的手走到門口，讓她的臉對着陽光，細細審視，越看神色越是驚訝。

郭靖縱然遲鈍，也瞧出一燈大師已發覺黃蓉身受重傷，心中酸楚，突然雙膝跪地，向他連連磕頭。一燈伸手往他臂下一抬，郭靖只感一股大力欲將他身子掀起，不敢運勁相抗，隨着來力勢頭，緩緩的站起身來，說道：「求大師救她性命！」

一燈適才這一抬，一半是命他不必多禮，一半卻是試他功力，這一抬只使了五成力，若覺他抵擋不住，立時收勁，也決不致將他掀個觔斗，如抬他不動，當再加勁，只這一抬之間，就可明白對方武功深淺，豈知郭靖竟是順着來勢站起，將他勁力自然而然的化解了，這比抬他不動更令一燈吃驚，暗道：「七兄收的好徒弟啊，無怪我徒兒甘拜下風。」

這時郭靖說了一句：「求大師救她性命！」一言方畢，突然立足不穩，身子不由自主的向前踏了一步，急忙運勁站定，可是已心浮氣粗，滿臉漲得通紅，心中大吃一驚：「一燈大師的功力竟持續得這麼久！我只道已經化除，那知他借力打力，來勁雖解，隔了片刻之後，我自己的反力卻將我這麼向前推出，若是當眞動手，我這條小命還在嗎？東邪西毒，南帝北丐，當眞是名不虛傳。」這一下拜服得五體投地，胸中所思，臉上卽現。

一燈見他目光中露出又驚又佩的神色，伸手輕輕拍了拍他的肩膀，笑道：「練到你這樣，也已不容易了啊。」這時他拉着黃蓉的手尚未放開，一轉頭，笑容立歛，低聲道：「孩子，你不用怕，放心好啦。」扶着她坐在蒲團之上。

黃蓉一生之中從未有人如此慈祥相待，父親雖然愛憐，可是說話行事古裏古怪，平時相處，倒似她是一個平輩好友，父女之愛卻是深藏不露，這時聽了一燈這幾句溫暖之極的話，就像忽然遇到了她從未見過面的親娘，受傷以來的種種痛楚委屈苦忍已久，到這時再也克制不住，「哇」的一聲，哭了出來。一燈大師柔聲安慰：「乖孩子，別哭別哭！你身上的痛，伯伯一定給你治好。」那知他越是說得親切，黃蓉心中百感交集，哭得越是厲害，到後來抽抽噎噎的竟是沒有止歇。

郭靖聽他答應治傷，心中大喜，一轉頭間，忽見那書生與農夫橫眉凸睛、滿臉怒容的瞪着自己，當卽心中歉然：「我們來到此處，全憑蓉兒使詐用智，無怪他們發怒。只是一燈大師如此慈和，他的弟子卻定要阻攔，不知是何緣故。」

只聽一燈大師道：「孩子，你怎樣受的傷，怎樣找到這裏，慢慢說給伯伯聽。」當下黃蓉收淚述說，將怎樣誤認裘千仞爲裘千丈、怎樣受他雙掌推擊等情說了。一燈聽到鐵掌裘千仞的名字時，眉頭微微一皺，但隨卽又神定氣閒的聽着。黃蓉述說之時，一直留心察看着一燈大師的神情，他雖只眉心稍蹙，卻也逃不過她的眼睛；待講到如何在森林黑沼中遇到瑛姑、她怎樣指點前來求見，一燈大師的臉色在一瞬間又是一沉，似乎突然想到了一件痛心疾首的往事。黃蓉便卽住口，過了片刻，一燈大師嘆了口氣，問道：「後來怎樣？」黃蓉接着述說漁樵耕讀的諸般留難，樵子是輕易放他們上來的，着實將他誇獎了幾句，對其餘三人卻加油添醬的都告了一狀，只氣得書生與農夫二人更加怒容滿臉。郭靖幾次插口道：「蓉兒，別瞎說，那位大叔沒這麼兇！」可是她在一燈面前撒嬌使賴，張大其辭，把一燈身後兩弟子只聽得臉上一陣紅一陣青，礙於在師尊面前，卻不敢接一句口。

一燈大師連連點頭，道：「咳，對待遠客，怎可如此？這幾個孩兒對朋友眞是無禮，待會我叫他們向你兩個陪不是。」

黃蓉向那書生與農夫瞪了一眼，甚是得意，口中不停，直說到怎樣進入廟門，道：「後來我把那幅圖畫給你看，你叫我進來，他們才不再攔我。」一燈奇道：「甚麼圖畫？」黃蓉道：「就是那幅老鷹啦、鴿子啦、割肉啦的畫。」一燈道：「你交給誰了？」黃蓉還未回答，那書生從懷中取了出來，雙手捧住，說道：「在弟子這裏。剛才師父入定未回，是以還沒呈給師父過目。」

一燈伸手接過，向黃蓉笑道：「你瞧。若是你不說，我就看不到啦。」慢慢打開那幅畫來，一瞥之間，已知圖中之意，笑道：「原來人家怕我不肯救你，拿這畫來激我，那不是忒也小覷了老和尙麼？」黃蓉一轉頭，見那書生與農夫臉上又是焦急又是關切，心中大是起疑：「幹麼他們聽到師父答應給我治病，就如要了他們命根子似的，難道治病的藥是至寶靈丹，實在捨不得麼？」

回過頭來，卻見一燈在細細審視那畫，隨卽拿到陽光下透視紙質，輕輕彈了幾下，臉上大有懷疑之色，對黃蓉道：「這是瑛姑畫的麼？」黃蓉道：「是啊。」一燈沉吟半晌，又問：「你親眼瞧見她畫的？」黃蓉知道其中必有蹊蹺，回想當時情景，說道：「瑛姑書寫之時，背向我們，我只見她筆動，卻沒親眼見到她書畫。」一燈道：「你說還有兩隻布囊，囊中的柬帖給我瞧瞧。」郭靖取了出來，一燈看了，神色微變，低聲道：「果眞如此。」

他把三張柬帖都遞給黃蓉，道：「藥兄是書畫名家，你家學淵源，必懂鑒賞，倒瞧瞧這三張柬帖有何不同。」黃蓉接過手來一看，就道：「這兩張柬帖只是尋常玉版紙，畫着圖畫的卻是舊繭紙，向來甚是少見。」

一燈大師點頭道：「嗯，書畫我是外行，你看這幅畫功力怎樣？」黃蓉細細瞧了幾眼，笑道：「伯伯還裝假說外行呢！你早就瞧出這畫不是瑛姑繪的啦。」一燈臉色微變，說道：「那麼當眞不是她繪的了？我只是憑事理推想，並非從畫中瞧出。」黃蓉拉着他手臂道：「伯伯你瞧，這兩張柬帖中的字筆致柔弱秀媚，圖畫中的筆法卻瘦硬之極。嗯，這幅圖是男人畫的，對啦，定是男人的手筆，這人全無書畫素養，甚麼間架、遠近一點也不懂，可是筆力沉厚遒勁，直透紙背……這墨色可舊得很啦，我看比我的年紀還大。」

一燈大師嘆了口氣，指着竹几上一部經書，示意那書生拿來。那書生取將過來，遞在師父手中。黃蓉見經書封面的黃籤上題着兩行字道：「大莊嚴論經。馬鳴菩薩造。西域龜茲三藏鳩摩羅什譯。」心道：「他跟我講經，那我可一竅不通啦。」一燈隨手將經書揭開，將那幅畫放在書旁，道：「你瞧。」黃蓉「啊」的一聲低呼，說道：「紙質一樣。」一燈點了點頭。郭靖不懂，低聲問道：「甚麼紙質一樣？」黃蓉道：「你細細比較，這經書的紙質和那幅畫不是全然相同麼？」郭靖仔細看時，果見經書的紙質粗糙堅厚，雜有一條條黃絲，與畫紙一般無異，道：「當眞是一樣的，那又怎樣？」黃蓉不答，眼望一燈大師，待他解釋。

一燈大師道：「這部經書是我師弟從西域帶來送我的。」靖蓉二人自和一燈大師說話之後，一直未留心那天竺僧人，這時齊向他望去，只見他盤膝坐在蒲團之上，對各人說話似乎充耳不聞。一燈又道：「這部經是以西域的紙張所書，這幅畫也是西域的紙張。你聽說過西域白駝山之名麼？」黃蓉驚道：「西毒歐陽鋒？」一燈緩緩點頭，道：「不錯，這幅畫正是歐陽鋒繪的。」

一聽此言，郭靖、黃蓉俱都大驚，一時說不出話來。

一燈微笑道：「這位歐陽居士處心積慮，眞料得遠啊。」黃蓉道：「伯伯，我不知這畫是老毒物繪的，這人定然不懷好意。」一燈微笑道：「一部九陰眞經，也瞧得恁大。」黃蓉道：「這畫和九陰眞經有關麼？」一燈見她興奮驚訝之下，頰現暈紅，其實已吃力異常，只是強運內力撐住，於是伸手扶住她右臂，說道：「這事將來再說，先治好你的傷要緊。」當下扶着她慢慢走向旁邊廂房，將到門口，那書生和農夫突然互使個眼色，搶在門口，同時跪下，說道：「師父，待弟子給這位姑娘醫治。」

一燈搖頭道：「你們功力夠麼？能醫得好麼？」那書生和農夫道：「弟子勉力一試。」一燈大師臉色微沉，道：「人命大事，豈容輕試？」那書生道：「這二人受奸人指使來此，決無善意。師父雖然慈悲為懷，也不能中了奸人毒計。」一燈大師嘆了口氣道：「我平日教了你們些甚麼來？你拿這畫好生瞧瞧去。」說着將畫遞給了他。那農夫磕頭道：「這畫是西毒繪的，師父，是歐陽鋒的毒計。」說到後來，神態惶急，淚流滿面。

靖蓉二人都是大惑不解：「醫傷治病，怎地有恁大干係？」

一燈大師輕聲道：「起來，起來，別讓客人心中不安。」他聲調雖然和平，但語氣卻極堅定。二弟子知道無可再勸，只得垂頭站起。一燈大師扶着黃蓉進了廂房，向郭靖招手道：「你也來。」郭靖跟着進房。一燈將門上捲着的竹簾垂了下來，點了一根綫香，插在竹几上的爐中。

房中四壁蕭然，除一張竹几外，只地下三個蒲團。一燈命黃蓉在中間一個蒲團上坐了，自行盤膝坐在她身旁的蒲團上，向竹簾望了一眼，對郭靖道：「你守着房門，別讓人進來，即令是我的弟子，也不得放入。」郭靖答應了。一燈閉了雙眼，忽又睜眼說道：「他們若要硬闖，你就動武好了。干係你師妹的性命，要緊，要緊。」郭靖道：「是！」心下更是大惑不解：「他的弟子對他這般敬畏，怎敢違抗師命，硬闖進來？」

一燈轉頭對黃蓉道：「你全身放鬆，不論有何痛癢異狀，千萬不可運氣抵禦。」黃蓉笑道：「我就算自己已經死啦。」一燈一笑，道：「女娃兒當眞聰明。」當即閉目垂眉，入定運功，當那綫香點了一寸來長，忽地躍起，左掌撫胸，右手伸出食指，緩緩向她頭頂百會穴上點去。黃蓉身不由主的微微一跳，只覺一股熱氣從頂門直透下來。

一燈大師一指點過，立即縮回，只見他身子未動，第二指已點向她百會穴後一寸五分處的後頂穴，接着強間、腦戶、風府、大椎、陶道、身柱、神道、靈台一路點將下來，一枝綫香約燃了一半，已將她督脈的三十大穴順次點到。

郭靖此時武功見識俱已大非昔比，站在一旁見他出指舒緩自如，收臂瀟洒飄逸，點這三十處大穴，竟使了三十般不同手法，每一招卻又都是堂廡開廓，各具氣象，江南六怪固然未曾教過，九陰眞經的「點穴篇」中亦未得載，眞乃見所未見，聞所未聞，只瞧得他神馳目眩，張口結舌，只道一燈大師是在顯示上乘武功，那裏想到他正以畢生功力替黃蓉打通周身的奇經八脈。

督脈點完，一燈坐下休息，待郭靖換過綫香，又躍起點在她任脈的二十五大穴，這次使的卻全是快手，但見他手臂顫動，猶如蜻蜓點水，一口氣尙未換過，已點完任脈各穴，這二十五招雖然快似閃電，但着指之處，竟無分毫偏差。郭靖驚佩無已，心道：「咳，天下竟有這等功夫！」

待點到陰維脈的一十四穴，手法又自不同，只見他龍行虎步，神威凜凜，雖然身披袈裟，但在郭靖眼中看來，那裏是個皈依三寶的僧人，眞是一位君臨萬民的皇帝。陰維脈點完，一燈大師巡不休息，直點陽維脈三十二穴，這一次是遙點，他身子遠離黃蓉一丈開外，倏忽之間，欺近身去點了她頸中的風池穴，一中卽離，快捷無倫。

郭靖心道：「當與高手爭搏之時，近鬥兇險，若用這手法，既可克敵，又足保身，實是無上妙術。」凝神觀看一燈的趨退轉折，搶攻固然神妙，尤難的卻是在一攻而退，魚逝兎脫，無比靈動，忽然心想：「那瑛姑和我拆招之時，身法滑溜之極，與大師這路點穴法有三分相像，倒似是跟大師學的一般，但高下卻是差得遠了。」

再換兩枝綫香，一燈大師已點完她陰蹻、陽蹻兩脈，當點至肩頭巨骨穴時，郭靖突然心中一動：「啊，九陰眞經中何嘗沒有？只不過我這蠢才一直不懂而已。」心中暗誦經文，但見一燈大師出招收式，依稀與經文相合，只是經文中但述要旨，一燈大師的點穴法卻更有無數變化。一燈大師此時宛如現身說法，以神妙武術揭示九陰眞經中的種種秘奧。郭靖未得允可，自是不敢去學他一陽指的指法，然於眞經妙詣，卻已大有所悟。

最後帶脈一通，卽是大功告成。那奇經七脈都是上下交流，帶脈卻是環身一周，絡腰而過，狀如束帶，是以稱爲帶脈。這次一燈大師背向黃蓉，倒退而行，反手出指，緩緩點她章門穴。這帶脈共有八穴，一燈出手極慢，似乎點得甚是艱難，口中呼呼喘氣，身子搖搖幌幌，大有支撐不住之態。郭靖吃了一驚，見一燈額上大汗淋漓，長眉梢頭汗水如雨而下，要待上前相扶，卻又怕誤事，看黃蓉時，她全身衣服也忽被汗水濕透，顰眉咬唇，想是在竭力忍住痛楚。

忽然刷得一聲，背後竹簾捲起，一人大叫：「師父！」搶進門來。郭靖心中念頭尙未轉定，已使一招「神龍擺尾」，右掌向後揮出，拍的一聲，擊在那人肩頭，隨卽回過身來，只見一人身子搖幌，踉蹌退了兩步，正是那個漁人。他鐵舟、鐵槳被奪，無法自溪水中上峯，只得遠兜圈子，多走了二十餘里，從山背迂迴而上。待得趕到，聽得師父已在爲那小姑娘治傷，情急之下，便卽闖入，意欲死命勸阻，不料被郭靖一招推出，正欲再上，樵子、農夫、書生三人也已來到門外。

那書生怒道：「完啦，還阻攔甚麼？」郭靖回過頭來，只見一燈大師已盤膝坐上蒲團，臉色慘白，僧袍盡濕，黃蓉卻已跌倒，一動也不動，不知生死。郭靖大驚，搶過去扶起，鼻中先聞到一陣腥臭，看她臉時，白中泛青，全無血色，然一層隱隱黑氣卻已消逝，伸手探她鼻息，但覺呼吸沉穩，當下先放心了大半。

漁樵耕讀四弟子圍坐在師父身旁，不發一言，均是神色焦慮。

郭靖凝神望着黃蓉，見她臉色漸漸泛紅，心中更喜，豈知那紅色愈來愈甚，到後來雙頰如火，再過一會，額上汗珠滲出，臉色又漸漸自紅至白。這般轉了三會，發了三次大汗，黃蓉「嚶」的一聲低呼，睜開雙眼，說道：「靖哥哥，爐子呢，咦，冰呢？」郭靖聽她說話，喜悅無已，顫聲道：「甚麼爐子？冰？」黃蓉四下一望，搖了搖頭，笑道：「啊，我做了個惡夢，夢到歐陽鋒啦，歐陽克啦，裘千仞啦，他們把我放到爐子裏燒烤，又拿冰來冰我，等我身子涼了，又去烘火，咳，眞是怕人。咦，伯伯怎麼啦？」

一燈緩緩睜眼，笑道：「你的傷好啦，休息一兩天，別亂走亂動，那就沒事。」黃蓉道：「我全身沒一點力氣，手指頭兒也懶得動。」那農夫橫眉怒目，向她瞪了一眼。黃蓉不理，向一燈道：「伯伯，你費這麼大的勁醫我，一定累得厲害，我有依據爹爹秘方配製的九花玉露丸，你服幾丸，好不好？」一燈喜道：「好啊，想不到你帶有這補神健體的妙藥。那年華山論劍，個個鬥得有氣沒力，你爹爹曾分給大家一起服食，果然靈效無比。」郭靖忙從黃蓉衣囊中取出那小袋藥丸，呈給一燈。樵子趕到廚下取來一碗清水，書生將一袋藥丸盡數倒在掌中，遞給師父。

一燈笑道：「那用得着這許多？這藥丸調製不易，咱們討一半吃罷。」那書生急道：「師父，就把世上所有靈丹妙藥搬來，也還不夠呢。」一燈拗不過他，自感內力耗竭，於是從他手中將數十粒九花玉露丸都吞服了，喝了幾口清水，對郭靖道：「扶你師妹去休息兩日，下山時不必再來見我。嗯，有一件事你們須得答應我。」

郭靖拜倒在地，咚咚咚咚，連磕四個響頭。黃蓉平日對人嘻皮笑臉，就算在父親、師父面前，也是全無小輩規矩，這時卻向一燈盈盈下拜，低聲道：「伯伯活命之德，姪女不敢有一時一刻忘記。」

一燈微笑道：「還是轉眼忘了的好，也免得心中牽掛。」回過頭來對郭靖道：「你們這番上山來的情景，不必向旁人說起，就算對你師父，也就別提。」郭靖正自盤算如何接洪七公上山求他治傷，聽了此言，不禁愕然怔住，說不出話來。

一燈微笑道：「以後你們也別再來了，我們大夥兒日內就要搬家。」郭靖忙道：「搬到那裏去？」一燈微笑不語。黃蓉心道：「傻哥哥，他們就是因爲此處的行蹤被咱們發見了，因此要搬場，怎能對你說？」想到一燈師徒在此一番辛苦經營，爲了受自己之累，須得全盤捨卻，更是歉然無已，心想此恩此德只怕終身難報了，也難怪漁樵耕讀四人要竭力阻止自己上山，想到此處，向四弟子望了一眼，要想說幾句話陪個不是。一燈大師臉色突變，身子幾下搖幌，伏倒在地。

四弟子和靖蓉大驚失色，同時搶上扶起，只見他臉上肌肉抽動，似在極力忍痛。六人心中惶急，垂手侍立，不敢作聲。過了一盞茶時分，一燈臉上微露笑容，向黃蓉道：「孩子，這九花玉露丸是你爹爹親手調製的麼？」黃蓉道：「不是，是我師哥陸乘風依着爹爹的秘方所製。」一燈道：「你可曾聽爹爹說過，這丸藥服得過多反爲有害麼？」黃蓉大吃一驚，心道：「難道這九花玉露丸有甚不妥？」忙道：「爹爹曾說服得越多越好，只是調製不易，他自己也不捨得多服。」

一燈低眉沉思半晌，搖頭道：「你爹爹神機妙算，人所難測，我怎猜想得透？難道是他要懲治你陸師兄，給了他一張假方？又難道你陸師兄與你有仇，在一包藥丸之中雜了幾顆毒藥？」衆人聽到「毒藥」兩字，齊聲驚呼。那書生道：「師父，你中了毒？」一燈微笑道：「好得有你師叔在此，再厲害的毒藥也害不死人。」

四弟子怒不可抑，向黃蓉罵道：「我師父好意相救，你膽敢用毒藥害人？」四人團團將靖蓉圍住，立刻就要動手。

這下變起倉卒，郭靖茫然無措，不知如何是好。黃蓉聽一燈問第一句話，卽知是九花玉露丸出了禍端，瞬息之間，已將自歸雲莊受丸起始的一連串事件在心中查察了一遍，待得想到在黑沼茅屋之中，瑛姑曾拿那丸藥到另一室中細看，隔了良久方才出來，心中登時雪亮，叫道：「伯伯，我知道啦，是瑛姑。」一燈道：「又是瑛姑？」黃蓉當下把在黑沼茅屋中的情狀說了一遍，並道：「她叮囑我千萬不可再服這丸藥，自然因爲她在其中混入了外形相同的毒丸。」那農夫厲聲道：「哼，她待你眞好，就怕害死了你。」

黃蓉想到一燈已服毒丸，心中難過萬分，再無心緒反唇相稽，只低聲道：「倒不是怕害死我，只怕我服了毒丸，就害不到伯伯了。」一燈只嘆道：「孽障，孽障。」臉色隨卽轉爲慈和，對靖蓉三人道：「這是我命中該當遭刦，與你們全不相干，就是那瑛姑，也只是要了卻從前的一段因果。你們去休息幾天，好好下山去罷。我雖中毒，但我師弟是療毒聖手，不用掛懷。」說着閉目而坐，再不言語。

靖蓉二人躬身下拜，只見一燈大師滿臉笑容，輕輕揮手，兩人不敢再留，慢慢轉身出去。那小沙彌候在門外，領二人到後院一間小房休息。房中也是全無陳設，只放着兩張竹榻，一張竹几。

不久兩個老和尚開進齋飯來，說道：「請用飯。」黃蓉掛念一燈身子，問道：「大師好些了麼？」一個老和尚尖聲道：「小僧不知。」俯身行禮，退了出去。郭靖道：「聽這兩人說話，我還道是女人呢。」黃蓉道：「是太監，定是從前服侍段皇爺的。」郭靖「啊」了一聲，兩人滿腹心事，那裏吃得下飯去。

禪院中一片幽靜，萬籟無聲，偶然微風過處，吹得竹葉簌簌作聲，過了良久，郭靖道：「蓉兒，一燈大師的武功可高得很哪。」黃蓉「嗯」了一聲。郭靖又道：「咱們師父、你爹爹、周大哥、歐陽鋒、裘千仞這五人武功再高，卻也未必勝過一燈大師。」黃蓉道：「你說這六人之中，誰能稱得上天下第一？」郭靖沉吟半晌道：「我看各有各的獨到造詣，實在難分高下。這一門功夫是這一位強些，那一門功夫又是那一位厲害了。」黃蓉道：「若說文武全才、博學多能呢？」郭靖道：「那自然要推你爹爹啦。」黃蓉甚是得意，笑靨如花，忽然嘆了口氣道：「因此這就奇啦。」

郭靖忙問：「奇甚麼？」黃蓉道：「你想，一燈大師這麼高的本領，漁樵耕讀四位弟子又都非泛泛之輩，他們何必這麼戰戰兢兢的躲在這深山之中？為甚麼聽到有人來訪，就如大禍臨頭般的害怕？當世六大高手之中，只有西毒與裘鐵掌或許是他的對頭，但這二人各負盛名，難道能不顧身分、聯手來跟他為難麼？」郭靖道：「蓉兒，就算歐陽鋒與裘千仞聯手來尋仇，現下咱們也不怕。」黃蓉奇道：「怎麼？」

郭靖臉上現出忸怩神色，頗感不好意思。黃蓉笑道：「咦！怎麼難為情起來啦？」郭靖道：「一燈大師武功決不在西毒之下，至少也能打成平手，我瞧他的反手點穴法似乎正是蛤蟆功的剋星。」黃蓉道：「那麼裘千仞呢？漁樵耕讀四人可不是他對手。」郭靖道：「不錯，在洞庭君山和鐵掌峯上，我都曾和他對過一掌，若是打下去，五十招之內，或許能和他拚成平手，但一百招之後，多半便擋不住了。今日我見了一燈大師替你治傷的點穴手法……」黃蓉大喜，搶着說道：「你就學會了？你能勝過那該死的裘鐵掌？」

郭靖道：「你知我資質魯鈍，這點穴功夫精深無比，那能就學會了？何況大師又沒說傳我，我自然不能學。不過看了大師的手法，於九陰眞經本來不明白的所在，又多懂了一些。要勝過裘鐵掌是不能的，但要和他多耗些時刻，想來也還可以。」黃蓉嘆道：「可惜你忘了一件事。」郭靖道：「甚麼？」黃蓉道：「大師中了毒，不知何時能好。」郭靖默然，過了一陣，恨恨的道：「那瑛姑恁地歹毒。」忽然叫道：「啊，不好！」

黃蓉嚇了一跳，道：「甚麼？」郭靖道：「你曾答應瑛姑，傷愈之後陪她一年，這約守是不守？」黃蓉道：「你說呢？」郭靖道：「若是不得她指點，咱們定然找不到一燈大師，你的傷勢那就難說得很……」黃蓉道：「甚麼難說得很？乾脆就說我的小命兒一定保不住。你是大丈夫言出如山，必是要我守約的了。」她想到郭靖不肯背棄與華箏所訂的婚約，不禁黯然垂頭。

這些女兒家的心事，郭靖實是捉摸不到半點，黃蓉已在泫然欲泣，他卻是渾渾噩噩的不知不覺，只道：「那瑛姑說你爹爹神機妙算，勝她百倍，就算你肯傳授術數之學，終是難及你爹爹的皮毛，那幹麼還是要你陪她一年？」黃蓉掩面不理。郭靖還未知覺，又問一句，黃蓉怒道：「你這傻瓜，甚麼也不懂！」

郭靖不知她何以忽然發怒，被她罵得摸不着頭腦，只道：「蓉兒！我本是個傻瓜，這才求你跟我說啊。」黃蓉惡言出口，原已極爲後悔，聽他這麼柔聲說話，再也忍耐不住，伏在他的懷裏哭了出來。郭靖更是不解，只得輕輕拍着她的背脊安慰。

黃蓉拉起郭靖衣襟擦了擦眼淚，笑道：「靖哥哥，是我不好，下次我一定不罵你啦。」郭靖道：「我本來是傻瓜，你說說有甚麼相干？」黃蓉道：「唉，你是好人，我是壞姑娘。我跟你說，那瑛姑和我爹爹有仇，本來想精研術數武功，到桃花島找我爹爹報仇，後來見術數不及我，武功不及你，知道報仇無望，於是想把我作爲抵押，引我爹爹來救。這樣反客爲主，她就能布設毒計害他啦。」

郭靖恍然大悟，一拍大腿，道：「啊，一點兒也不錯，這約是不能守的了。」黃蓉道：「怎麼不守？當然要守。」郭靖奇道：「咦？」黃蓉道：「瑛姑這女人厲害得緊，瞧她在九花玉露丸中混雜毒丸加害一燈大師的手段，就可想見其餘。此女不除，將來終是爹爹的大患。

傳來數聲驚呼。

她要我相陪，那就陪她，現下有了提防，決不會再上她當，不管她有甚麼陰謀毒計，我總能一一識破。」郭靖道：「唉，那可如伴着一頭老虎一般。」黃蓉正要回答，忽聽前面禪房中

兩人對望一眼，凝神傾聽，驚呼聲卻又停息。郭靖道：「不知大師身子怎地？」黃蓉搖了搖頭。郭靖又道：「你吃點飯，躺下歇一陣。」黃蓉仍是搖頭，忽道：「有人來啦！」

果然聽得幾個人脚步響，從前院走來，一人氣忿忿的道：「那小丫頭鬼計多端，先宰了她。」聽聲音正是那農夫。靖蓉二人吃了一驚，又聽那樵子的聲音道：「不可魯莽，先問問清楚。」那農夫道：「還問甚麼？兩個小賊必是師父的對頭派來的。咱們宰一個留一個。要問，問那傻小子就成了。」說話之間，漁樵耕讀四人已到了門外，他們堵住了出路，說話也不怕靖蓉二人聽見。

郭靖更不遲疑，一招「亢龍有悔」，出掌向後壁推去，只聽轟隆隆一聲響喨，半堵土牆登時推倒。他俯身負起黃蓉，從半截斷牆上躍了出去，人在空中，那農夫出手如風，倏來抓他左腿。黃蓉左手輕揮，往農夫掌背「陽池穴」上拂去，這是她家傳的「蘭花拂穴手」，雖然傷後無力，但這一拂輕靈飄逸，認穴奇準，卻也是非同小可。那農夫精熟點穴功夫，眼見她手指如電而至，吃了一驚，急忙回手相格，穴道終於未被拂中，但就這麼慢得一慢，郭靖已負着黃蓉躍出後牆。

他只奔出數步，叫一聲苦，原來禪院後面長滿了一人來高的荆棘，密密麻麻，倒刺橫生，

實是無路可走，回過頭來，卻見漁樵耕讀四人一字排開，攔在身前。郭靖朗聲道：「尊師命我們下山，各位親耳所聞，卻爲何違命攔阻？」

那漁人瞪目而視，聲如雷震，說道：「我師慈悲爲懷，甘願捨命相救，你……」靖蓉二人驚道：「怎地捨命相救？」那漁人與農夫同時「呸」的一聲，那書生冷笑道：「姑娘之傷是我師捨命相救，難道你們當眞不知？」靖蓉齊道：「實是不知，乞道其詳。」

那書生見二人臉色誠懇，不似作僞，向樵子望了一眼。樵子點了點頭。書生道：「姑娘身上受了極厲害的內傷，須用一陽指再加上先天功打通奇經八脈各大穴道，方能療傷救命。自從全眞教主重陽眞人仙遊，當今唯我師身兼一陽指與先天功兩大神功。但用這功夫爲人療傷，本人卻是元氣大傷，五年之內武功全失。」黃蓉「啊」了一聲，心中既感且愧。

那書生又道：「此後五年之中每日每夜均須勤修苦練，只要稍有差錯，不但武功難復，而且輕則殘廢，重則喪命。我師如此待你，你怎能喪盡天良，恩將仇報？」黃蓉掙下地來，朝着一燈大師所居的禪房拜了四拜，嗚咽道：「伯伯活命之恩，實不知深厚如此。」

漁樵耕讀見她下拜，臉色稍見和緩。那漁人問道：「你爹爹差你來算計我師，是否你自己也不知道？」黃蓉怒道：「我爹爹怎能差我來算計伯伯？我爹爹桃花島主是何等樣人，豈能做這卑鄙齷齪的勾當？」那漁人作了一揖，說道：「倘若姑娘不是令尊所遣，在下言語冒犯，還望恕罪。」黃蓉道：「哼，這話但教我爹爹聽見了，就算你是一燈大師的高徒，總也有點兒苦頭吃。」那漁人一哂，道：「令尊號稱東邪，行事……行事……嘿嘿……我們本想西毒做得出的事，令尊也能做得出。現下看來，只怕這個念頭轉錯了。」

黃蓉道：「我爹爹怎能和西毒相比？歐陽鋒那老賊幹了甚麼啦？」那書生道：「好，咱們把一切攤開來說個清楚。回房再說。」

當下六人回入禪房，分別坐下。漁樵耕讀四人所坐地位，若有意若無意的各自擋住了門窗通路，黃蓉知道是防備自己逃逸，只微微一笑，也不點破。

那書生道：「九陰眞經的事你們知道麼？」黃蓉道：「知道啊，難道此事與九陰眞經又有甚麼干係了？唉，這書當眞害人不淺。」不禁想起母親因默寫經文不成而死。那書生道：「華山首次論劍，是爲爭奪眞經，全眞教主武功天下第一，眞經終於歸他，其餘四位高手心悅誠服，原無話說。那次華山論劍，各逞奇能，重陽眞人對我師的一陽指甚是佩服，第二年就和他師弟到大理來拜訪我師，互相切磋功夫。」

黃蓉接口道：「他師弟？是老頑童周伯通？」那書生道：「是啊，姑娘年紀雖小，識得人卻多。」黃蓉道：「你不用讚我。」那書生道：「周師叔爲人確是很滑稽的，但我可不知他叫做老頑童。那時我師還未出家。」黃蓉道：「啊，那麼他是在做皇帝。」

那書生道：「不錯，全眞教主師兄弟在皇宮裏住了十來天，我們四人都隨侍在側。我師將一陽指的要旨訣竅，盡數說給了重陽眞人知道。重陽眞人十分喜歡，竟將他最厲害的先天功功夫傳給了我師。他們談論之際，我們雖然在旁，只因見識淺陋，縱然聽到，卻也難以領悟。」

黃蓉道：「那麼老頑童呢？他功夫不低啊。」那書生道：「周師叔好動不好靜，數日在大理皇宮裏東闖西走，到處玩耍，竟連皇后與宮妃的寢宮也不避忌。太監宮娥們知道他是皇爺的上賓，也就不加阻攔。」黃蓉與郭靖臉露微笑。

那書生又道：「重陽眞人臨別之際，對我師言道：『近來我舊疾又發，想是不久人世，好在先天功已有傳人，再加上皇爺的一陽指神功，世上已有尅制他之人，就不怕他橫行作怪了。』這時我師方才明白，重陽眞人千里迢迢來到大理，主旨是要將先天功傳給我師，要在他身死之後，留下一個尅制西毒歐陽鋒之人。只因東邪、西毒、南帝、北丐、中神通五人向來齊名當世，若說前來傳授功夫，未免對我師不敬，是以先求我師傳他一陽指，再以先天功作爲交換。我師明白了他這番用意之後，心下好生相敬，當卽勤加修練先天功。重陽眞人學到一陽指後，在世不久，並未研習，聽說也沒傳給徒弟。後來我大理國出了一件不幸之事，我師看破世情，落髮爲僧。」黃蓉心想：「段皇爺皇帝不做，甘願爲僧，那麼這必是一件極大的傷心之事，人家不說，可不便相詢。」斜眼見郭靖張口欲問，忙向他使個眼色。郭靖「噢」的答應一聲，忙閉住了口。

那書生神色黯然，想是憶起了往事，頓了一頓，才接口道：「不知怎的，我師練成先天功的訊息，終於洩漏了出去。有一日，我這位師兄，」說着向那農夫一指，續道：「我師兄奉師命出外採藥，在雲南西疆大雪山中，竟被人用蛤蟆功打傷。」黃蓉道：「那自然是老毒物了。」

那農夫怒道：「不是他還有誰？先是一個少年公子跟我無理糾纏，說這大雪山是他家的，不許旁人擅自闖入採藥。大雪山周圍千里，那能是他家的？這人自是有意向我尋釁無疑。我受了師父教訓，一再忍讓，那少年卻得寸進尺，說要我向他磕三百個響頭，才放我下山，我再也忍耐不住，終於和他動起手來。這少年功夫了得，兩人鬥了半天，也只打得個平手。那知老毒物突然從山坳邊轉了出來，一言不發，出掌就將我打成重傷。那少年命人背負了我，送到我師那時所住的天龍寺外。」

黃蓉道：「有人代你報了仇啦，這歐陽公子已給人殺了。」那農夫怒道：「啊，已經死了，誰殺了他的？」黃蓉道：「咦，別人把你仇家殺了，你還生氣呢。」那農夫道：「我的仇怨要自已親手來報。」黃蓉嘆道：「可惜你自已報不成了。」那農夫道：「是誰殺的？」黃蓉道：「那也是個壞人，功夫遠不及那歐陽公子，卻使詐殺了他。」

那書生道：「殺得好！姑娘，你可知歐陽鋒打傷我師兄的用意麼？」黃蓉道：「那有甚麼難猜？憑西毒的功夫，一掌就能將你師兄打死了，可是只將他打成重傷，又送到你師父門前，當然是要大師耗損眞力給弟子治傷。依你們說，這一來元氣耗損，就得以五年功夫來修補，那麼下次華山論劍，大師當然趕不上他啦。」

那書生嘆道：「姑娘果眞聰明，可是只猜對了一半。那歐陽鋒的陰毒，人所難料。他乘我師給師兄治傷之後，玄功未復，竟然暗來襲擊，意圖害死我師……」郭靖插嘴問道：「一燈大師如此慈和，卻難道也與歐陽鋒結了仇怨麼？」那書生道：「小哥，你這話可問得不對了。第一，慈悲爲懷的好人，跟陰險毒辣的惡人向來就勢不兩立。第二，歐陽鋒要害人，未必就爲了與人有仇。只因他知先天功是他蛤蟆功的尅星，就千方百計的要想害死我師。」郭靖連連點頭，又問：「大師受了他害麼？」

那書生道：「我師一見我師兄身上的傷勢，便卽洞燭歐陽鋒的奸謀，連夜遷移，總算沒給西毒找到。我們知他一不做，二不休，決不肯就此罷手，於是四下尋訪，總算找到了此處這個隱秘的所在。我師功力復元之後，依我們師兄弟說，要找上白駝山去和西毒算帳，但我師力言不可怨怨相報，不許我們出外生事。好容易安穩了這些年，那知又有你倆尋上山來。我們只道旣是九指神丐的弟子，想來不能有加害我師之心，是以上山之時也未全力阻攔，否則拚着四人性命不要，也決不容你們進入寺門。豈知人無傷虎意，虎有害人心，唉，我師終於還是遭了你們毒手。」說到這裏，劍眉忽豎，虎虎有威，慢慢站起身來，刷的一聲，腰間長劍出鞘，一道寒光，耀人眼目。

漁人、樵子、農夫三人同時站起，各出兵刃，分佔四角。

黃蓉道：「我來相求大師治病之時，實不知大師這一舉手之勞，須得耗損五年功力。那藥丸中混雜了毒丸，更是受旁人陷害。大師恩德，天高地厚，我就算是全無心肝，也不能恩將仇報。」

那漁人厲聲道：「那你們爲甚麼乘着我師功力旣損、又中劇毒之際，引他仇人上山？」靖蓉二人大吃一驚，齊聲道：「沒有啊！」那漁人道：「還說沒有？我師一中毒，山下就接到那對頭的玉環，若非先有勾結，天下那有這等巧事？」黃蓉道：「甚麼玉環？」那漁人怒道：「還在裝痴喬獃！」雙手鐵槳一分，左槳橫掃，右槳直戳，分向靖蓉二人打到。

郭靖本與黃蓉並肩坐在地下蒲團之上，眼見雙槳打到，躍起身來右手勾抓揮出，拂開了橫掃而來的鐵槳，左手跟着伸過去抓住槳片，上下一抖。這一抖中蘊力蓄勁，甚是凌厲，那漁人只覺虎口酸痲，不由自主的放脫了槳柄。郭靖迴過鐵槳，噹的一聲，與農夫的鐵耙相交，火花四濺，隨卽又將鐵槳遞回漁人手中。漁人一愕，順手接過，右膀運力，與樵子的斧頭同時擊下。郭靖雙掌後發先至，挾着一股勁風，襲向二人胸前。那書生識得降龍十八掌的狠處，急叫：「快退。」

漁人與樵子是名師手下高徒，武功非比尋常，這兩招均未用老，疾忙收勢倒退，猛地裏身子一頓，倒退之勢斗然被抑，原來手中兵刃已被郭靖掌力反引而前，無可奈何，只得撤手，先救性命要緊。郭靖接過鐵槳鋼斧，輕輕擲出，叫道：「請接住了。」

那書生讚道：「好俊功夫！」長劍挺出，斜刺他的右脅。郭靖眼看來勢，心中微驚，已知一燈四大弟子之中這書生雖然人最文雅，武功卻勝於儕輩，當下不敢怠慢，雙掌飛舞，將黃蓉與自己籠罩在掌力之下。這一守當眞是穩若淵停岳峙，直無半點破綻，雙掌氣勢如虹，到後來圈子愈放愈大，漁樵耕讀四人被逼得漸漸向牆壁靠去，別說進攻，連招架也自不易。這時郭靖掌力若吐，四人中必然有人受傷。

再鬥片刻，郭靖不再加催掌力，敵人硬攻則硬擋，輕擊則輕架，見力消力，始終穩持個不勝不負的均勢。

那書生劍法忽變，長劍振動，只聽得嗡然作聲，久久不絕，接着上六劍，下六劍，前六劍，後六劍，左六劍，右六劍，連刺六六三十六劍，正是雲南哀牢山三十六劍，稱爲天下劍法中攻勢凌厲第一。郭靖左掌擋住漁樵耕三人的三般兵器，右掌隨着書生長劍的劍尖上下、前後、左右舞動，儘管劍法變化無窮，他始終以掌力將劍刺方向逼歪了，每一劍都是貼衣而過，刺不到他一片衣角。

堪堪刺到第三十六劍，郭靖右手中指曲起，扣在拇指之下，看準劍刺來勢，猛往劍身上彈去。這彈指神通的功夫，黃藥師原可算得並世無雙，當日他與周伯通比玩石彈、在歸雲莊彈石指點梅超風，都是使的這門功夫。郭靖在臨安牛家村見了他與全眞七子一戰，學到了其中若干訣竅，彈指的手法雖遠不及黃藥師奧妙，但力大勁厲，只聽得錚的一聲，劍身抖動，那書生手臂酸痳，長劍險些脫手，心中一驚，向後躍開，叫道：「住手！」

漁樵耕三人一齊跳開，只是他們本已被逼到牆邊，無處可退，漁人從門中躍出，農夫卻跳上半截被推倒的土牆。那樵子將斧頭插還腰中，笑道：「我早說這兩位未存惡意，你們總是不信。」那書生收劍還鞘，向郭靖一揖，說道：「小哥掌下容讓，足感盛情。」

郭靖忙躬身還禮，心中卻是不解：「我們本就不存歹意，爲何你們起初定是不信，動了手卻反而信了？」黃蓉見他臉色，料知他的心意，在他耳邊細聲道：「你若懷有惡意，早已將他們四人傷了。一燈大師此時又怎是你的對手？」郭靖心想不錯，連連點頭。

那農夫和漁人重行回入寺中。黃蓉道：「但不知大師的對頭是誰？送來的玉環又是甚麼東西？」那書生道：「非是在下不肯見告，實是我等亦不知情，只知我師出家與此人大有關連。」黃蓉正欲再問，那農夫突然跳起身來，叫道：「啊也，這事好險！」漁人道：「甚麼？」那農夫指着書生道：「我師治傷耗損功力，他都毫不隱瞞的說了。若是這兩位不懷好意，我等四人攔阻不住，我師父還有命麼？」

那樵子道：「狀元公神機妙算，若是連這一點也算不到，怎能做大理國的相爺？他早知兩位是友非敵，適才動手，一來是想試試兩位小朋友的武功，二來是好教你信服。」那書生微微一笑。農夫和漁人橫了他一眼，半是欽佩，半是怨責。

就在此時，門外足步聲響，那小沙彌走了進來，合十說道：「師父命四位師兄送客。」各人當卽站起。

郭靖道：「大師既有對頭到來，我們怎能就此一走了事？非是小弟不自量力，卻要和四位師兄齊去打發了那對頭再說。」

漁樵耕讀互望一眼，各現喜色。那書生道：「待我去問過師父。」四人一齊入內，過了良久方才出來。靖蓉見到四人臉上情狀，已知一燈大師未曾允可。果然那書生道：「我師多謝兩位，但他老人家說各人因果，各人自了，旁人插手不得。」

黃蓉道：「靖哥哥，咱們自去跟大師說話。」二人走到一燈大師禪房門前，卻見木門緊閉，郭靖打了半天門，全無回音。這門雖然一推便倒，可是他那敢動粗？那樵子黯然道：「我師是不能接見兩位了。山高水長，咱們後會有期。」郭靖感激一燈大師，胸口熱血上湧，不能自已，說道：「蓉兒，大師許也罷，不許也罷，咱們下山，但見山下有人囉唣，先打他一個落花流水再說。」黃蓉道：「此計大妙。若是大師的對頭十分厲害，咱們死在他的手裏，也算是報了大師的恩德。」郭靖的話是衝口而出，黃蓉卻是故意提高嗓子，要叫一燈大師聽見。

兩人甫行轉過身子，那木門忽然呀的一聲開了，一名老僧尖聲道：「大師有請。」郭靖又驚又喜，與黃蓉並肩而入，見一燈和那天竺僧人仍是盤膝坐在蒲團之上。兩人伏地拜倒，抬起頭來，但見一燈臉色焦黃，與初見時神完氣足的模樣已大不相同。兩人又是感激，又是難過，不知說甚麼話好。

一燈向門外四弟子道：「大家一起進來罷，我有話說。」

漁樵耕讀走進禪房，躬身向師父師叔行禮。那天竺僧人點了點頭，隨卽低眉凝思，對各人不再理會。一燈大師望着嫋嫋上升的青烟出神，手中玩弄着一枚羊脂白玉的圓環。

黃蓉心想：「這明明是女子戴的玉鐲，卻不知大師的對頭送來有何用意。」

過了好一陣，一燈嘆了口氣，向郭靖和黃蓉道：「你倆一番美意，老僧心領了。中間這番因果，我若不說，只怕雙方有人由此受了損傷，大非老僧本意。你們可知道我原來是甚麼人？」黃蓉道：「伯伯原來是雲南大理國的皇爺。天南一帝，威名赫赫，天下誰不知聞？」一燈微微一笑，說道：「皇爺是假的，老僧是假的，『威名赫赫』更是假的。就是你這個小姑娘，也是假的。」黃蓉不懂他的禪機，睜大一雙晶瑩澄澈的美目，怔怔的望着他。

一燈緩緩的道：「我大理國自神聖文武帝太祖開國，那一年是丁酉年，比之宋太祖趙匡胤趙皇爺陳橋兵變、黃袍加身，還早了二十三年。我神聖文武帝七傳而至秉義帝，他做了四年皇帝，出家爲僧，把皇位傳給姪兒聖德帝。後來聖德帝、興宗孝德帝、保定帝、憲宗宣仁帝，我的父皇景宗正康帝，都是避位出家爲僧。自太祖到我，十八代皇帝之中，倒有七人出家。」

漁樵耕讀都是大理國人，自然知道先代史實。郭靖和黃蓉卻聽得奇怪之極，心道：「一燈大師不做皇帝做和尙，已令人十分詫異，原來他許多祖先都是如此，難道做和尙當眞比皇帝還要好麼？」

一燈大師又道：「我段氏因緣乘會，以邊地小吏而竊居大位。每一代都自知度德量力，實不足以當此大任，是以始終戰戰兢兢，不敢稍有隕越。但爲帝皇的不耕而食，不織而衣，出則車馬，入則宮室，這不都是百姓的血汗麼？是以每到晚年，不免心生懺悔，回首一生功罪，總是爲民造福之事少，作孽之務衆，於是往往避位爲僧了。」說到這裏，抬頭向外，嘴角露着一絲微笑，眉間卻有哀戚之意。

六人靜靜的聽着，不敢接嘴，一燈大師豎起左手食指，將玉環套在指上，轉了幾圈，說道：「但我自己，卻又不是因此而覺迷爲僧。這件因由說起來，還是與華山論劍、爭奪眞經一事有關。那一年全眞教主重陽眞人得了眞經，翌年親來大理見訪，傳我先天功的功夫。他在我宮中住了半月，兩人切磋武功，言談甚是投合，豈知他師弟周伯通這十多天中悶得發慌，在我宮中東遊西逛，惹出了一場事端。」

黃蓉心道：「這老頑童若不生事，那反而奇了。」

國立中央圖書館出版品預行編目資料:

射鵰英雄傳／金庸著 --二版-- 臺北市:遠流，民79

四冊，21公分--(金庸作品集;5-8)

ISBN 957-32-0410-X(一套:平裝)

857.9